HISTORICAL – die Nr. 1 in der Geschichte der Liebe.

IMPRESSUM

HISTORICAL GOLD erscheint vierwöchentlich in der Harlequin Enterprises GmbH

CORA Verlag
Redaktion und Verlag:
Postfach 301161, 20304 Hamburg
Tel.: +49 (0) 40/6 36 64 20-0
Fax: +49 (0) 711/72 52-3 99
E-Mail: kundenservice@cora.de

Geschäftsführung:	Thomas Beckmann
Redaktionsleitung:	Claudia Wuttke (v. i. S. d. P.)
Lektorat/Textredaktion:	Bettina Lahrs
Produktion:	Christel Borges
Grafik:	Deborah Kuschel (Art Director), Birgit Tonn, Marina Grothues (Foto)
Vertrieb:	Axel Springer Vertriebsservice GmbH, Süderstraße 77, 20097 Hamburg, Telefon: +49 (040) 3 47-2 92 77
Anzeigen:	Katrin Jenner

© 2011 by Julianne MacLean
Originaltitel: „Claimed By The Highlander"
erschienen bei: St. Martin's Paperbacks, New York
Published by Arrangement with Julianne MacLean.
Dieses Werk wurde vermittelt durch die Literarische Agentur
Thomas Schlück GmbH, 30827 Garbsen.
Übersetzung: Diana Bürgel

Deutsche Erstausgabe in der Reihe: HISTORICAL GOLD
Band 275 (6) 2014 by Harlequin Enterprises GmbH, Hamburg

Abbildungen: Hot Damn Stock, alle Rechte vorbehalten

Alle Rechte, einschließlich das des vollständigen oder auszugsweisen Nachdrucks in jeglicher Form, sind vorbehalten.

HISTORICAL GOLD-Romane dürfen nicht verliehen oder zum gewerbsmäßigen Umtausch verwendet werden. Führung in Lesezirkeln nur mit ausdrücklicher Genehmigung des Verlages. Für unaufgefordert eingesandte Manuskripte übernimmt der Verlag keine Haftung. Sämtliche Personen dieser Ausgabe sind frei erfunden. Ähnlichkeiten mit lebenden oder verstorbenen Personen sind rein zufällig.
HARLEQUIN sowie das H & Raute-Logo sind Marken der Harlequin Enterprises Limited oder ihrer Tochtergesellschaften und werden von Dritten unter Lizenz verwendet.

Satz und Druck: GGP Media GmbH, Pößneck
Printed in Germany

Aus Liebe zur Umwelt: Für CORA-Romanhefte wird ausschließlich 100 % umweltfreundliches Papier mit einem hohen Anteil Altpapier verwendet.
Der Verkaufspreis dieses Bandes versteht sich einschließlich der gesetzlichen Mehrwertsteuer.

Im CORA Verlag – Harlequin Enterprises GmbH erscheinen u. a. noch folgende Romanreihen:
JULIA, ROMANA, BACCARA, BIANCA, TIFFANY, MYSTERY
Weitere siehe auch www.cora.de

CORA Leser- und Nachbestellservice

Haben Sie Fragen? Rufen Sie uns an! Sie erreichen den CORA Leserservice montags bis freitags von 8.00 bis 18.00 Uhr:

CORA Leserservice	Telefon:	+49 (0) 40/6 36 64 20-0
Postfach 810580	Fax:	+49 (0) 711/72 52-3 99
70522 Stuttgart	E-Mail:	kundenservice@cora.de

www.cora.de

Er wurde verbannt, und alles war verloren. Doch seine Zeit wird kommen. Wenn der schlafende Löwe erwacht, werden die MacEwens ihn brüllen hören.

Das Orakel, 3. März 1718
Äußere Hebriden, Schottland

Julianne MacLean

Kurz vor ihrer Hochzeit schrieb Julianne MacLean den ersten Absatz ihres ersten Liebesromans. Das ist ihrer Ehe so gut bekommen wie ihrer Karriere: Sie lebt mit Mann und Tochter in Nova Scotia und hat rund 20 Romances verfasst, für die sie viele Preise bekam. Ihre leidenschaftlichen und mitreißenden Highlander-Geschichten werden von Millionen Fans auf der ganzen Welt geliebt.

Julianne MacLean
Dem Highlander ergeben

1. Kapitel

Burg Kinloch
Schottische Highlands, Juli 1718

Kurz bevor der Angriff begann, erwachte sie aus einem furchtbaren Traum.

Gwendolen MacEwen schreckte keuchend hoch und blickte verwirrt zum Fenster. Es war nur ein Traum, sagte sie sich und versuchte, ihren Atem zu besänftigen. Später würde sie diesen Traum als böses Omen deuten, doch jetzt sah in ihm nur einen Streich, den ihr der Schlaf in dieser dunklen Nacht gespielt hatte.

Da an Schlaf nicht mehr zu denken war, schlug Gwendolen MacEwen die Decken zurück, schwang ihre Beine über die Bettkante und griff nach ihrem Morgenrock. Um sich vor der morgendlichen Kühle zu schützen, zog sie den warmen Stoff eng um ihre Taille. Sie trat ans Fenster und blickte hinaus in die Dämmerung.

Ein neuer Tag brach an. Endlich. Gwendolen schloss die Augen und betete stumm für die Rückkehr ihres Bruders Murdoch. Die MacEwens brauchten ihren Anführer, und wenn Murdoch nicht bald heimkehrte und seinen Platz in Anspruch nahm, würde es vielleicht ein anderer tun. Im Dorf wuchs der Unmut. Gwendolen wusste es von ihrer Zofe, deren Schwester mit dem Wirt der Bierschenke verheiratet war. Und jetzt, nach diesem Traum ...

Im Burghof ertönten plötzlich die Hörner.

Gwendolen sah verwundert aus dem Fenster. Was in aller Welt riss die Schlossbewohner so früh am Morgen aus dem Schlaf?

Da ertönten die Hörner ein zweites und gleich darauf ein drittes Mal.

Gwendolen erschauderte. Sie wusste, was dieser Ruf zu bedeuten hatte. Er kam von der höchsten Burgzinne und warnte sie alle vor einer Gefahr.

Gwendolen hastete zur Tür hinaus und eilte die Turmstufen hinauf.

„Was ist los?", fragte sie den Wachmann, der in der kalten Morgenluft nervös auf und ab lief. Er schnaufte angestrengt, und sein Atem hing wie eine kleine weiße Wolke in der Luft.

Er deutete über die Zinne. „Seht dort, Miss MacEwen!"

Gwendolen stellte sich auf die Zehenspitzen und beugte sich über den Wehrgang hinaus. Im ersten schwachen Tageslicht erkannte sie unzählige Gestalten auf dem freien Feld vor der Burg. Es war eine Armee, die eilig vom nahen Wald aus auf Burg Kinloch zustrebte. Einige der Männer gingen zu Fuß, andere ritten auf Pferden.

„Wie viele Männer sind es?", fragte Gwendolen.

„Mindestens zweihundert", erwiderte der Wachmann, „vielleicht aber auch mehr."

Gwendolen trat von der Zinne zurück und sah den Mann unverwandt an. „Wie viel Zeit bleibt uns?"

„Höchstens fünf Minuten."

Sie wandte sich um und erblickte ein zweites Mitglied ihres Clans, das gerade mit der Muskete in der Hand durch die Tür ins Freie stürzte. Schreckensstarr blieb der Mann vor ihr stehen.

„Sie sind wie aus dem Nichts aufgetaucht", keuchte er. „Wir sind verloren. Flieht, Miss MacEwen, bevor es zu spät ist."

Zornig trat Gwendolen einen Schritt auf ihn zu. Sie packte den Mann mit beiden Händen am Hemd und schüttelte ihn grob. „Wenn Ihr das noch einmal sagt, Sir, lasse ich Euch enthaupten!" Dann drehte sie sich zum Wachmann um. „Geht und weckt den Steward."

„Aber ...", stotterte der Wachmann.

„Sofort!"

Sie hatten keinen Anführer. Ihr Vater war tot, und der derzeitige Befehlshaber der Wachen verbrachte seine Nächte seit dem Tod des Burgherrn lieber im Dorf. Und Gwendolens Bruder Murdoch war noch immer nicht von seiner Reise auf den Kontinent zurückgekehrt, also blieb ihnen jetzt nur der Steward. Gordon MacEwen war ein Gelehrter und verstand mehr als jeder andere von Büchern und Zahlen, aber er war kein Kämpfer.

„Ist diese Waffe hier geladen?", fragte Gwendolen den völlig verblüfft dreinschauenden Mann, den sie gerade noch zurechtgewiesen hatte. „Habt Ihr genügend Schwarzpulver?"

„Gewiss."

„Dann legt an und verteidigt das Tor!"

Der Mann hastete zur Brüstung, während Gwendolen den Blick über den Burghof schweifen ließ, wo sich endlich auch die übrigen Mitglieder ihres Clans versammelten. Fackeln waren entzündet worden, und in der allgemeinen Verwirrung schrien alle durcheinander.

„MacEwens, hört mir zu!", rief Gwendolen resolut. „Eine Armee stürmt aus Richtung Osten auf uns zu! Wir werden angegriffen! Bewaffnet euch und besetzt die Wehrgänge!"

Erst jetzt, als aller Augen auf sie gerichtet waren, wurde Gwendolen richtig bewusst, dass sie nur ihren Morgenrock trug.

„Du da!" Sie deutete auf einen Jungen. „Hol dir ein Schwert! Dann versammle die Frauen und Kinder um dich und bringe sie in die Kapelle. Verbarrikadiert die Türen und bleibt dort, bis der Kampf vorüber ist."

Der Junge nickte tapfer und rannte in Richtung Waffenkammer.

„Es sind die MacDonalds!", rief einer der Wachmänner vom gegenüberliegenden Turm. Es war Douglas MacEwen, ein guter Freund und fähiger Kämpfer.

Sie raffte den Morgenrock und eilte zu ihm hinüber. „Bist du sicher?"

„Ja, schau es dir an." Er deutete über die Wiese, die jetzt im Morgentau schimmerte. „Sie tragen das Banner von Angus dem Löwen."

Gwendolen hatte schon viel von Angus MacDonald gehört. Er war der berüchtigte Sohn des in Ungnade gefallenen früheren Burgherrn von Kinloch, dem Clananführer der MacDonalds. Angus' Vater hatte sich den Jakobiten angeschlossen und war so zum Verräter an der Krone geworden. Deshalb hatte der König Gwendolens Vater das Recht zugesprochen, Kinloch im Namen der Krone zu erobern.

Gerüchten zufolge war Angus der gefürchtete Schlächter der Highlands, der mit seiner Streitaxt ganze Armeen in Stücke gehauen hatte.

Andere wiederum nannten ihn einen heimtückischen Verbrecher, der von seinem eigenen Vater aufgrund eines schrecklichen Vergehens in den Norden verbannt worden war.

Angus MacDonald galt auf jeden Fall als grimmiger, erbarmungsloser Krieger, der auf dem Schlachtfeld schneller und wilder um sich schlug als jede Bestie. Manche behaupteten sogar, er sei unverwundbar.

Doch unabhängig davon war Angus MacDonald ein erfahrener Kämpfer, der weder bei Soldaten noch bei Frauen und Kindern Gnade walten ließ.

„Was in Gottes Namen ist das?" Gwendolen beugte sich vor und kniff die Augen zusammen, als sie eine schreckliche Vorahnung überfiel.

Auch Douglas bemühte sich, etwas zu erkennen, dann wurde er blass. „Es ist ein Katapult. Und ihre Pferde ziehen einen Rammbock."

Das Dröhnen der herannahenden Armee erfüllte die Luft. Gwendolens Herz schlug rasend schnell und wild.

„Du hast hier den Befehl, bis ich zurück bin", wies sie Douglas an. „Du musst das Tor halten, Douglas. Um jeden Preis."

Der Freund nickte stumm. Gwendolen klopfte ihm aufmunternd auf den Arm, dann hastete sie die Turmtreppe hinunter. Kurz darauf stürmte sie in ihr Gemach, wo ihre Zofe bereits unruhig auf sie wartete.

„Wir werden angegriffen", sagte Gwendolen ohne Umschweife. „Uns bleibt nicht viel Zeit. Hilf dabei, die Frauen und Kinder zu versammeln und in die Kapelle zu führen. Bleib dort, bis es vorüber ist."

„Wie Ihr wünscht, Miss MacEwen!" Das Mädchen eilte hinaus.

Gwendolen schloss die Tür hinter ihr, schlüpfte aus dem Morgenrock und ließ ihn achtlos zu Boden fallen. Eilig suchte sie im Schrank nach einem Kleid.

Genau in diesem Augenblick klopfte es laut und heftig an der Tür. „Gwendolen! Gwendolen! Bist du wach?"

Sie hielt inne. Oh, wenn sie doch nur schlafen und sich das alles hier als böser Traum entpuppen würde, doch die angsterfüllte Stimme ihrer Mutter ließ keinen Zweifel daran, dass die Bedrohung echt war. Schnell öffnete Gwendolen die Tür.

„Komm herein, Mutter. Wir werden angegriffen."

„Bist du sicher?" Onora hatte sich offenbar Zeit genommen, um sich gebührend anzukleiden. Sie hatte ihr langes, lockiges Haar hastig, aber dennoch elegant aufgesteckt und trug ein sauberes Kleid aus blauer und weißer Seide. „Ich habe das Horn zwar gehört, aber ich war überzeugt, dass es sich um einen falschen Alarm handeln müsse."

„Leider irrst du." Gwendolen ging zum Schrank zurück. Sie griff nach einem Rock und zog ihn über ihr Unterkleid. „Während wir uns hier unterhalten, belagern die MacDonalds unsere Tore. Uns bleibt nicht viel Zeit. Sie haben ein Katapult mitgebracht und einen Rammbock."

Onora eilte in die Kammer und schloss die Tür hinter sich. „Wie ausgesprochen altertümlich!"

„Allerdings. Angus der Löwe führt sie an", erwiderte Gwendolen. Sie sah ihre Mutter besorgt an, bevor sie sich auf die Suche nach ihren Schuhen machte.

„Angus der Löwe? Der verbannte Sohn des Clananführers der MacDonalds? Oh, Gott schütze uns. Wenn er die Burg einnimmt, sind wir beide verloren."

„Sag das nicht, Mutter. Noch haben sie die Mauern nicht überwunden. Noch können wir sie aufhalten."

Immerhin befanden sie sich auf der mächtigen Burg Kinloch. Die Mauern hier waren sechs Fuß dick, und nur ein Vogel konnte unbemerkt auf die Türme und Burgzinnen gelangen. Die Burg war von einem breiten Graben umgeben, über den nur eine Zugbrücke führte, und die Tore waren durch Fallgitter geschützt. Wie könnten die MacDonalds so eine Festung erstürmen?

Gwendolen wünschte, ihr Bruder Murdoch wäre hier. Wo blieb er nur? Er hätte heimkehren müssen, sobald er vom Tod ihres Vaters erfahren hatte. Warum blieb er so lange fort und ließ sie alle ohne Anführer zurück?

Ihre Mutter schritt im Gemach auf und ab. „Wie oft habe ich deinem Vater gesagt, er solle jedes einzelne Mitglied dieses Jakobiten-Clans fortschicken, nachdem er die Burg eingenommen hatte, aber hat er vielleicht auf mich gehört? Nein.

Er hat darauf bestanden, Gnade walten zu lassen, und jetzt schau dir an, wohin uns das gebracht hat."

Gwendolen schlang sich ihr Mieder um die Taille und ihre Mutter schnürte es ihr. „Ich muss dir leider widersprechen. Jene MacDonalds, die beschlossen haben, unter Vaters Schutz hierzubleiben, haben sich in den vergangenen zwei Jahren immer friedlich und treu verhalten. Sie haben Vater geliebt. Dies hier kann nicht ihr Werk sein."

„Hast du denn diese hässlichen Gerüchte aus dem Dorf nicht gehört? Die Beschwerden über die Höhe der Pacht? Und dann dieses dumme Debakel um den Bienenstock?"

„Gewiss", antwortete Gwendolen, während sie sich das Haar im Nacken mit einem schlichten Ledergurt zusammenband, „aber es sind nur sehr wenige, die so denken. Wenn wir ein Oberhaupt hätten, das sich um solche Streitigkeiten kümmern würde, gäbe es überhaupt kein Problem. Sobald Murdoch wieder hier ist, wird sich alles wieder einrenken. Außerdem waren jene, die bei uns geblieben sind, nie Anhänger der Jakobiten. Sie wollen keine weitere Rebellion. Kinloch hält dem englischen König die Treue."

Gwendolen ließ sich auf die Knie sinken und zog eine schmale Holzkiste unter dem Bett hervor.

„Nun, ich glaube auch nicht, dass sie für den Angriff verantwortlich sind", gab Onora kleinlaut zu. „Sie sind nur Bauern und Pächter. Dies hier ist das Werk jener Männer, die deinem Vater nicht die Treue geschworen haben, als er sich vor zwei Jahren zum Laird gemacht hat. Jetzt bekommen wir es mit ihnen zu tun. Wir hätten wissen sollen, dass sie zurückkehren und einfordern würden, was ihnen einmal gehörte."

Gwendolen öffnete die Kiste und nahm einen schmalen Säbel heraus. Dann stand sie auf und schlang sich den Säbelgurt um die Hüfte. „Aber Kinloch gehört ihnen nicht mehr", entgegnete sie ihrer Mutter. „Auf Befehl des Königs gehört es den MacEwens. Jeder, der etwas anderes fordert, bricht das Gesetz und verrät England. Der König wird nicht zulassen, dass diese mächtige schottische Bastion in die Hände von aufständischen Jakobiten fällt. Er wird uns Hilfe schicken."

Onora schüttelte traurig den Kopf. „Wie arglos du doch bist, Gwendolen. Niemand wird uns zu Hilfe eilen, und schon gar nicht so rechtzeitig, um zu verhindern, dass uns dieser Barbar Angus MacDonald die Kehlen durchschneidet."

„Sie werden Kinloch nicht bekommen", beharrte Gwendolen. „Wir werden kämpfen, und wenn Gott will, werden wir auch gewinnen."

„Sei nicht dumm", erwiderte ihre Mutter spöttisch, während sie Gwendolen aus dem Gemach folgte. „Wir sind in der Minderheit und wir haben keinen Anführer! Wir müssen uns ergeben und um Gnade bitten. Auch wenn ich mir nicht vorstellen kann, dass uns das etwas helfen wird. Ich bin die Gemahlin und du bist die Tochter jenes Mannes, der diese Burg eingenommen und den früheren Burgherrn getötet hat. Ich sage dir, das Erste, was der Löwe tun wird, ist, Rache an uns zu nehmen!"

Gwendolen hörte ihrer Mutter nicht mehr zu. Sie hastete den Gang entlang, blieb dann jedoch noch einmal stehen, um den Säbelgurt enger zu schnallen. „Ich gehe jetzt in die Waffenkammer, um mir eine Muskete und Schwarzpulver zu holen", sagte sie. „Und dann kämpfe ich um das, was im Namen des Königs uns gehört. Ich werde nicht zulassen, dass Vaters größte Eroberung mit ihm stirbt."

„Bist du von Sinnen?" Onora folgte Gwendolen zur Treppe. „Du bist eine Frau! Du kannst nicht gegen die Angreifer kämpfen. Du musst dich in Sicherheit bringen. Wir werden beten und uns überlegen, wie wir mit diesen schmutzigen MacDonalds fertigwerden können, falls sie die Türen unserer Gemächer einschlagen."

Gwendolen drehte sich zu ihrer Mutter um. „Du kannst ja bleiben und beten, Mutter, aber ich werde nicht einfach hier herumsitzen und darauf warten, dass sie uns die Kehlen durchschneiden. Wenn ich heute sterbe, dann soll es so sein, aber ich werde nicht gehen, ohne zu kämpfen." Sie lief die ersten Stufen der Wendeltreppe hinunter. „Mit etwas Glück lebe ich lange genug, um Angus MacDonald eine Kugel in sein schwarzes Herz zu schießen. Dafür kannst du beten!"

Gerade als Gwendolen den Wehrgang erreichte und auf die Angreifer vor ihr auf der Zugbrücke zielte, zerbarst das dicke Eichentor unter der Wucht des herandonnernden Rammbocks. Die Schlossmauern erbebten unter ihren Füßen, und Gwendolen musste innehalten und sehen, was geschah.

Das grausame Schlachtgeschehen drang auf sie ein. Sie fühlte sich mit einem Mal hilflos und schwach, während sie auf den tosenden Strudel aus Lärm und Verwirrung hinabsah. Sie konnte sich nicht rühren. Die Mitglieder ihres Clans kämpften und brüllten wild durcheinander. Dichter Rauch und der Geruch von Schwarzpulver brannten in ihren Lungen und Augen. Ein Krieger im Kilt hatte seine Waffen fallen gelassen und war schluchzend neben ihr an der Wand zusammengesunken.

Gwendolen starrte den Mann völlig benommen an. Ihr wurde schwindlig, und ihr Magen krampfte sich schmerzhaft zusammen. Sie hörte die krachenden Musketen um sich herum.

„Steh auf!", schrie sie den Weinenden an. Sie packte den Mann am Arm und zog ihn auf die Füße. „Lade deine Waffe und kämpfe!"

Der junge Krieger sah Gwendolen verwirrt an, doch dann griff er nach seiner Pulverbüchse und kämpfte weiter.

Gwendolen beugte sich über die Brüstung und sah hinab. Durch das geborstene Tor strömten die MacDonalds wie ein Schwarm Insekten. Sie legte die Muskete an und feuerte, traf aber nicht.

„In den Burghof!", befahl Gwendolen. Das Kratzen von mehr als einem Dutzend Schwertern, die in diesem Moment aus ihren Scheiden gezogen wurden, flößte ihr Stärke und Entschlossenheit ein. Mit ruhiger Hand lud Gwendolen ihre Muskete neu. Geschrei erscholl aus dem Burghof, Männer rannten umher und schwärmten zu den Treppen.

„Gwendolen!" Douglas eilte zu ihr. „Du solltest nicht hier sein! Geh hinunter in deine Gemächer und schließ dich dort ein! Überlass den Männern das Kämpfen!"

„Nein, Douglas, ich werde kämpfen und für Kinloch sterben, wenn es sein muss."

Er betrachtete Gwendolen ehrfürchtig, aber auch bedauernd. „Dann kämpfe wenigstens vom Dach hier oben aus, mein Mädchen. Dich zu verlieren, würde der Clan nie überleben."

Was seine Worte bedeuten sollten, stand außer Frage, und Gwendolen wusste, dass Douglas recht hatte. Sie war die Tochter des Anführers der MacEwens. Sie musste überleben, um über die Bedingungen einer Unterwerfung zu verhandeln, falls es so weit kommen sollte.

Gwendolen nickte. „Geh nur, Douglas. Lass mich hier meine Muskete laden. Es ist eine gute Stelle. Ich werde von hier aus tun, was ich kann."

Er küsste sie auf die Wange, wünschte ihr Glück und rannte in Richtung der Treppe.

Im Burghof wurde jetzt Mann gegen Mann gekämpft. Ein schreckliches Gebrüll aus vierhundert Kehlen erfüllte den Hof, und das schrille Geräusch aufeinanderklirrender Schwertklingen drang in Gwendolens Ohren, als sie ihre

Muskete wieder und wieder lud. Doch nur allzu bald musste sie innehalten, denn die beiden Clans hatten sich in einen Strudel aus kämpfenden Leibern verwandelt, und sie wagte nicht, noch einmal zu schießen, aus Angst, ihre eigenen Männer zu treffen.

Die Glocke der Kapelle erklang und rief die Dorfbewohner zum Gefecht, aber selbst wenn jeder kampfesfähige Mann in diesem Augenblick in den Burghof gestürmt wäre, hätte es nicht geholfen. Diese MacDonalds waren harte und schlachterprobte Kämpfer. Sie waren mit Speeren, Musketen, Äxten, Bögen und Pfeilen bewaffnet und übernahmen schnell die Kontrolle. Gwendolen konnte nichts dagegen tun. Wenn sie hinunterginge, würde sie sterben, aber sie musste leben, für ihren Clan.

Und dann sah sie ihn, Angus den Löwen, der im Mittelpunkt der Schlacht kämpfte.

Eilig lud sie ihre Muskete und zielte, aber er bewegte sich zu schnell. Sie bekam kein freies Schussfeld.

Starr vor Schreck ließ sie die Waffe sinken. Kein Wunder, dass sie ihn den Löwen nannten. Sein Haar war eine dichte, blonde Mähne, die rechts und links über seine breiten Schultern fiel. Bei jedem tödlichen Hieb mit seinem Zweihänder brüllte er, während er einen Feind nach dem anderen niedermetzelte.

Gwendolen stand wie versteinert da. Sie konnte sich nicht von dem Anblick losreißen, den dieser Mann ihr bot. Seine Beine waren so kräftig wie junge Baumstämme und seine Bewegungen so exakt, dass Gwendolen erschauderte. In ihnen lag eine perfekte, tödliche Balance, wenn er vorsprang, tötete und sich das schweißnasse Haar aus den Augen schüttelte, bevor er wieder zustieß.

Ihr Herz schlug wild vor Faszination und Bewunderung. Angus MacDonald war eine Bestie, ein mächtiger Krieger, und allein der Anblick, den er in all seiner legendären Pracht bot, zwang sie fast in die Knie. Jeden Schlag blockte er mit seinem derben, schwarzen Schild ab, bevor er sein Schwert erneut elegant schwang. Noch nie war sie so einem Mann begegnet, und sie hätte auch niemals geglaubt, dass ein Mensch solche Kraft in sich vereinen konnte.

Mit einem Mal wurde ihr bewusst, dass ihre Mutter recht gehabt hatte. Es war unmöglich, diesen Mann zu besiegen. Sie waren verloren. Die Burg würde fallen und es würde keine Gnade geben. Jede Hoffnung war vergebens.

Sie lief über den Wehrgang zu jenem Eckturm, in dem ihr Gemach untergebracht war, und sah hinab auf die bereits verlorene Schlacht.

Sie waren ein leichtes Opfer für die MacDonalds gewesen. Gwendolen konnte die Niederlage nicht mehr mitansehen. Es war eine Qual. Und obwohl sie sich dafür schämte, schloss sie die Augen und wandte das Gesicht ab. Sie hatte in ihren einundzwanzig Lebensjahren noch keine Schlacht wie diese mitangesehen. Sie hatte natürlich Geschichten gehört und sich die Schrecken des Krieges vorgestellt, doch sie hatte keine Ahnung gehabt, wie grausam er wirklich war.

Nach und nach verklangen die Schlachtrufe, und nur eine Handvoll entschlossener Krieger kämpfte noch bis zum Tod um Kinloch. Andere Männer der MacEwens, denen Schwertklingen an die Hälse gelegt worden waren, ergaben sich in ihr Schicksal. Sie ließen ihre Waffen sinken und fielen auf die Knie. Jene, die sich ergeben hatten, wurden an der Mauer zusammengetrieben.

Gwendolen, deren Blick während der ganzen Schlacht auf dem Löwen geruht hatte, bemerkte erst jetzt, dass Angus verschwunden war. Als hätte er sich im Rauch der Musketen aufgelöst. Panik schnürte ihr die Kehle zu, während ihr Blick hastig über den Burghof flog und in allen Gesichtern nach diesen glühenden, teuflischen Augen suchte. Wo war er? Hatte ihn jemand umgebracht? Oder war er in die Kapelle eingedrungen, um auch über die Frauen und Kinder herzufallen?

Endlich entdeckte sie ihn auf den Zinnen des gegenüberliegenden Eckturms. Er hatte sich seinen Schild auf den Rücken geschnallt, und das Schwert baumelte an seiner Seite. Er hob die Arme und rief seinen Kämpfern zu: „Ich bin Angus Bradach MacDonald! Sohn des gefallenen Laird MacDonald, des wahren Herrn von Burg Kinloch!" Seine Stimme donnerte über den Burghof und vibrierte in ihrer Brust. „Kinloch ist mein Geburtsrecht! Daher erkläre ich mich hiermit zum Laird und Burgherrn!"

„Kinloch gehört den MacEwens!", rief jemand zu ihm hoch. „Auf Geheiß von König George von Großbritannien!"

„Wenn du es zurückhaben willst", grollte Angus und trat an den Rand der Brüstung, „dann hebe dein Schwert und kämpfe gegen mich!"

Es wurde still im Burghof, bis ein heißer Strom der Wut durch Gwendolen fuhr. Sie war nicht in der Lage, ihn zu unterdrücken, noch konnte sie ihn zügeln.

„Angus Bradach MacDonald!", rief sie mit einer Stimme, die aus den dunklen Tiefen ihrer Seele zu dringen schien. „Hört meine Worte! Ich bin Gwendolen MacEwen, Tochter des Anführers der MacEwens, der diese Burg gerechtfertigt und im Namen des Gesetzes eingenommen hat! Ich habe hier den Befehl und ich werde gegen Euch kämpfen!"

Erst jetzt wurde ihr bewusst, dass sie an den Rand der Brüstung getreten war und ihren Säbel gezogen hatte, mit dem sie auf ihn deutete.

„Gwendolen MacEwen!", rief er zurück, „Tochter meines Feindes! Ihr seid besiegt!"

Ohne ein weiteres Wort schmetterte er ihre Herausforderung ab und wandte sich an die Männer im Burghof.

„All jene von euch, die bei dem Überfall auf die Burg vor zwei Jahren dabei waren und sich jetzt im Besitz von Ländereien befinden, die ihnen nicht gehören, werden diese an ihre rechtmäßigen Besitzer zurückgeben!"

Gwendolens Zorn erwachte aufs Neue. „Die MacEwens lehnen ab!", rief sie.

Angus MacDonald riss das Schwert hoch und deutete damit warnend auf sie, dann ließ er es wieder sinken und sprach weiter, als hätte er sie gar nicht gehört.

„Wenn der wahre Eigentümer tot oder heute nicht hier ist", erklärte er, „dürft ihr bleiben, aber ihr werdet mir die Treue schwören und mich als Laird von Kinloch anerkennen!"

Wieder blieb es lange still, bis ein tapferer Mann schließlich die Stimme erhob.

„Warum sollten wir Euch die Treue schwören? Ihr seid ein MacDonald, und wir sind MacEwens!"

Der Löwe schwieg. Er schien den Blick eines jeden Mannes im Burghof zu erwidern. „Ich verkünde euch hiermit, dass sich unsere beiden Clans von nun an vereinen werden!" Wieder deutete er mit dem Schwert auf Gwendolen, und sie spürte die Hitze seines Blicks wie Feuer auf der Haut. „Ich beanspruche diese Frau, eure tapfere und edle Anführerin, als meine Braut. Eines Tages wird unser Sohn euer Laird sein."

Jubelrufe erklangen aus der Menge der MacDonalds, während Gwendolen ungläubig versuchte, den Sinn dieser Worte zu begreifen. Er erhob Anspruch auf sie als Braut?

Das war unmöglich.

„Heute Abend wird es in der Großen Halle ein Fest geben", brüllte der Löwe, „und ich werde jeden Mann anhören, der hierbleiben und in Frieden unter meinem Schutz leben will!"

Hingebungsvolles Gemurmel erfüllte die Luft und drang bis zu Gwendolens brennenden Ohren. Sie biss die Zähne zusammen und grub die Finger in den rauen Stein der Brüstung. *Das kann nicht sein. Es darf nicht sein.*

Sie betete fast, dass dies alles nur ein böser Traum war, aus dem sie bald erwachen würde. Aber die warme Morgensonne auf ihren Wangen zeigte ihr allzu deutlich, dass die Träume der ruhelosen Nacht längst der Wirklichkeit gewichen waren und dass ein unverwundbarer Krieger die Burg ihres Vaters eingenommen hatte. Schlimmer noch, dieser Mann wollte sie zur Frau nehmen und sie zwingen, ihm Kinder zu gebären. Was um Himmels willen sollte sie nur tun?

„Damit bin ich nicht einverstanden!", rief sie mit fester Stimme. Angus der Löwe neigte den Kopf zur Seite und betrachtete Gwendolen, als wäre sie ein fremdes, seltsames Wesen, das er noch nie zuvor gesehen hatte. „Ich fordere Euch auf, mit mir über die Bedingungen der Unterwerfung zu verhandeln!"

Zitternd wartete Gwendolen auf seine Antwort. Vielleicht würde er jetzt einfach einen seiner Männer schicken, um ihr sofort die Kehle durchzuschneiden, als Warnung für jene, die kühn oder dumm genug waren, Widerstand zu leisten. Er schien durchaus dazu bereit zu sein. Sie spürte seinen Zorn wie Hitzewellen, die von ihm ausgingen.

Doch dann geschah etwas sehr Seltsames. Alle Männer der MacEwens wandten sich Gwendolen zu und sanken vor ihr im Burghof auf ein Knie. Schweigend beugten sie die Köpfe, während die MacDonalds diese Geste der Ehrerbietung mit sichtlichem Unbehagen verfolgten.

Lange stand Angus auf dem Nordturm und sagte kein Wort. Er verstand diese Geste durchaus als die Herausforderung, die sie war. Spannung erfüllte die Luft, es herrschte eine grausame Stille. Gwendolen fürchtete schon, Angus würde sie alle abschlachten lassen.

Doch dann sah Angus MacDonald sie herausfordernd an.

Sie reckte stolz das Kinn, doch sein mörderischer Blick schien sich wie ein Ring um ihren Hals zu legen und ihr die Luft abzudrücken.

Angus sprach ruhig, aber machtvoll. „Gwendolen Mac-Ewen, ich werde mir Eure Bedingungen in der Großen Halle anhören."

Aus Angst, ihre Stimme könnte versagen, nickte sie nur und schob den Säbel zurück in die Scheide. Dann schritt sie stolz auf die Turmtreppe zu, während ihre Knie verborgen unter den Röcken zitterten. Gwendolen fürchtete, sie würden gleich unter ihr nachgeben.

Am Kopf der Treppe angekommen, hielt sie kurz inne und atmete durch, um sich zu sammeln.

Gott, oh Gott, stöhnte sie im Stillen.

Gwendolen überfiel eine leichte Übelkeit. Ihre Gedanken kreisten.

Sie legte die flache Hand an den kühlen Stein und schloss die Augen. Wie sollte sie nur mit diesem Mann verhandeln, der ihren Clan gerade in einer blutigen Schlacht besiegt und sie für sich beansprucht hatte? Sie hatte nichts in der Hand, was sie und ihre Männer retten könnte. Aber vielleicht fiel ihr oder ihrer Mutter noch etwas ein, um die Situation bis zur Rückkehr von Murdoch zu beruhigen.

Wenn Murdoch doch nur hier wäre!

Gwendolen schalt sich. Es hatte keinen Sinn, sich nach Murdochs Rückkehr zu sehnen. Er war nicht hier, und sie konnte sich nur auf sich selbst verlassen. Sie musste stark sein, um ihren Clan zu retten.

Sie warf einen letzten Blick zurück. Angus der Löwe war vom Dach des Turmes heruntergestiegen und hatte sich wieder unter seine Männer gemischt. Er gab Befehle und schritt zwischen Toten und Verwundeten umher, wobei er seinen Triumph ganz offensichtlich genoss.

Ein leichter Windstoß wirbelte sein dichtes, goldenes Haar auf, das in der Morgensonne glänzte. Sein Kilt schwang um seine muskulösen Beine, während er den Lederriemen festzog, der seinen Schild hielt.

Genau da sah er auf und wandte sich Gwendolen zu. Ihre Blicke begegneten sich. Er sah sie unverwandt und mit großem Interesse an.

Gwendolen stockte der Atem und ihre Knie wurden weich. Ein Flattern erwachte in ihrem Bauch, und sie wusste nicht, ob es aus Furcht war oder vor Faszination, doch in jedem Fall störte dieses Gefühl die bevorstehende Verhandlung mit ihm.

Verwirrt stieß sich Gwendolen von der Wand ab und lief die Treppe hinunter.

2. Kapitel

Er stand auf blutgetränkter Erde und sah zu, wie die Tochter seines Feindes im Ostturm verschwand. Sobald sie fort war, umschloss er die Schulter mit einer Hand und versuchte, den Schmerz daraus zu vertreiben, doch die Verletzung war schlimmer, als er vermutet hatte. Angus verzog das Gesicht, dann schlug er mit aller Kraft mit dem Handballen zu, um das Gelenk wieder einzurenken.

Es war eine harte Schlacht gewesen. Seine Kleidung war völlig verschwitzt, staubig und blutverkrustet. Er selbst hatte Wunden davongetragen, doch das war es wert gewesen. Denn dies hier war *sein* Zuhause. *Seine* Burg. Die MacEwens hatten kein Recht darauf.

Und sein Vater war tot.

Angus wandte sich um und betrachtete das Blutbad im Burghof. Sein Kampfgeist erwachte aufs Neue, als er an das mutige Mädchen dachte, das die Stimme erhoben und seinen Triumph ins Wanken gebracht hatte. Sie war eine dunkle Schönheit, was seinen Zorn noch befeuert hatte. Er wollte keine schöne Frau, und er hatte bisher keinen Gedanken daran verschwendet, wie die Tochter seines Feindes wohl aussehen mochte. Ob sie anmutig war oder nicht, war ihm bisher vollkommen gleichgültig gewesen, denn er sah in ihr nur ein Werkzeug. Und doch überfiel ihn angesichts ihrer Schönheit und ihres kühnen Widerstands ein kühler Schauer.

Wieder rollte Angus mit der Schulter, um den Schmerz zu vertreiben. Er entschied, Gwendolen MacEwen fürs Erste zu vergessen. Er würde nicht zulassen, dass sie ihm diesen Augenblick des Triumphes verdarb. Er hatte zu viel erreicht, um es jetzt nicht auszukosten.

Mit einem lauten Schrei, der von den Burgmauern widerhallte, zog er sein Schwert und rammte es tief in die Erde. Dann sank er auf ein Knie und beugte den Kopf vor dem schimmernden Griff.

Erleichterung durchflutete ihn, doch darunter mischte sich auch Trauer. Sein Vater war bereits seit zwei Jahren tot, doch er hatte erst vor wenigen Wochen davon erfahren. In der Zwischenzeit war Burg Kinloch in die Hände seiner Feinde gefallen, und sein Clan war von einem anderen eingenommen worden.

Er hatte lange auf seine Rückkehr gewartet. Zu lange.

Sein Cousin Lachlan trat auf ihn zu. „Es kommt mir nicht richtig vor", sagte er und rammte sein Schwert ebenfalls in die Erde.

Angus sah auf. „Was meinst du?"

„Dass ein Mann sein eigenes Heim mit einer Armee einnehmen muss."

Angus richtete sich zu voller Größe auf und sah seinen Cousin und Freund nachdenklich an. Lachlan hatte den Großteil der vergangenen zwei Jahre damit verbracht, Angus zu suchen. Als er ihn schließlich in den Ausläufern der äußeren Hybriden fand, half er ihm dabei, eine Armee aufzustellen. Damit sie um das kämpfen konnten, was ihnen gehörte.

„Vielleicht ist es Schicksal", antwortete Angus, „vielleicht ist es aber auch meine Bestimmung. Ich habe mein Schwert für mein Zuhause gezogen, für meinen Clan und für mein geliebtes Kinloch. Vielleicht ist dies eine Chance, meine früheren Sünden zu sühnen."

Nachdenklich blickte er zu dem geborstenen Burgtor und dann über all die Gefallenen, die im Burghof lagen. Auf beiden Seiten hatte es schreckliche Verluste gegeben.

Lachlan folgte seinem Blick. „Und was ist mit den Toten?"

„Wir werden sie ehren. Die MacEwens haben tapfer gekämpft." Angus nickte Lachlan zu. „Vielleicht ist es ein Tribut an ihre Anführerin."

„Gewiss, sie ist ein echter Heißsporn. Und außerdem ein hübscher Anblick." Lachlan kniff seine dunklen Augen zusammen. „Meinst du, dass du mit ihr fertigwirst?"

„Zweifelst du etwa an mir, Lachlan?"

„Du hast gerade ihr Heim eingenommen und ihren halben Clan umgebracht. Ich bezweifle, dass sie überglücklich in dein Bett steigen wird."

Angus zog sein Schwert aus der Erde und schob es wieder in die Scheide. „Es kümmert mich nicht, was sie fühlt." Er hatte keine Geduld mit sensiblen Frauen, und das hier würde ganz gewiss keine Liebesgeschichte werden. Das wusste sie ebenso gut wie er. „Ihr Vater hat uns Kinloch gestohlen. Sie wird diese Schuld begleichen." Er ging in Richtung der Großen Halle davon.

Lachlan zog eine Flasche aus seinem Sporran und nahm einen Schluck. „Ich muss dir wohl nicht sagen, dass du auf dich aufpassen solltest", ermahnte er seinen Cousin. „Ihr Säbel ist zwar klein, aber er sah ziemlich spitz aus."

Angus verstand die Warnung, aber er antwortete nicht.

Gwendolen betrat ihr Gemach und fand dort ihre Mutter, die ängstlich am Fenster auf sie wartete.

„Oh, meine Liebe", rief Onora erfreut, „dem Himmel sei gedankt, dass du lebst. Ich hatte schon das Schlimmste befürchtet. Was ist geschehen?"

Gwendolen schloss die Tür hinter sich und berichtete ihrer Mutter von den Ereignissen im Burghof. „Die MacDonalds haben das Haupttor aufgebrochen. Es hat einen fürchterlichen Kampf gegeben und sie haben die Burg eingenommen.

Angus der Löwe hat sich zum Anführer erklärt. Er erhebt Anspruch auf mich als seine Gemahlin, um mit mir einen Erben zu zeugen und unsere beiden Clans zu vereinen." Sie war selbst überrascht, wie ruhig und beherrscht sie das Geschehene schildern konnte, obwohl sie innerlich so aufgewühlt war.

Eine Weile starrte ihre Mutter sie nur ungläubig an, dann lachte sie laut auf. „Er erhebt Anspruch auf dich? Meine Güte, weiß er denn nicht, in welchem Jahrhundert wir leben?"

„Offenbar nicht." Gwendolen hielt inne. „Du solltest ihn sehen, Mutter. All die Geschichten über ihn sind wahr. Er ist genauso, wie man sich erzählt: mächtig, brutal und furchterregend. Ich war wie gelähmt vor Angst, als ich sah, wie er gegen unsere fähigsten Männer kämpfte, und als er sprach, konnte ich kaum atmen."

Onora trat neugierig auf sie zu. „Dann ist es also wahr. Er ist grimmig und unbezwingbar?"

„In der Tat."

„Und er will dich zur Frau haben?"

„Ja. Ich weiß nicht, was ich tun soll."

Onora streckte ihre Hände in die Luft. „Sei doch nicht töricht, Gwendolen! Natürlich wirst du seinen Antrag annehmen. Was bleibt uns denn für eine Wahl?" Sie wandte sich dem Spiegel zu und zwickte sich in die Wangen, um Farbe zu bekommen. Dann fuhr sie sich mit den Fingern durch die kastanienbraunen Locken. Für eine Frau ihres Alters war Onora eine außergewöhnliche Schönheit. Ihre Lippen waren voll, ihre Wangenknochen edel und ausgeprägt und ihre Gestalt schlank und gepflegt. „Das sind gute Nachrichten", sagte sie. „Ich muss sagen, ich bin wirklich erleichtert."

„Erleichtert? Wie kannst du erleichtert sein?"

Onora drehte sich zu ihr um. „Sei doch nicht so naiv. Es gibt keine andere Lösung. Der Löwe hat die Burg erobert, und wir sind seiner Gnade ausgeliefert. Er könnte uns beide töten, aber er ist bereit, wenigstens dich zu verschonen. Mehr noch, er will dich sogar zur Frau nehmen. Was willst du denn noch? An deiner Stellung hier wird sich nichts ändern, im Gegenteil, sie wird sich sogar verbessern. Was allerdings mich angeht ..." Onora stockte. Sie atmete tief durch und wandte ihre Aufmerksamkeit wieder dem Spiegel zu. „Nun, was mich angeht, wird es sich erst noch erweisen." Sie schürzte die Lippen. „Aber mach dir keine Sorgen. Über mein Leben und meine Stellung werde ich selbst verhandeln."

Gwendolen lachte resigniert. „Verhandeln. Genau das werde ich in ein paar Minuten auch, nur was habe ich in den Händen, frage ich dich? Wie du bereits gesagt hast, sind wir ihm ausgeliefert. Wir haben keinerlei Macht über das, was geschieht. Er hat sich zum Anführer erklärt und jeden Mann, der sich nicht ergeben wollte, getötet."

Onora sah ihre Tochter mit glühenden Augen an. „Und genau deshalb wirst du ihm in jeder Hinsicht zu Willen sein."

„Zu Willen?"

„Gewiss!" Ihre Mutter umschloss Gwendolens Handgelenk. „Du wirst tun, was immer er von dir verlangt, Gwendolen, und wenn du in deinem hübschen Köpfchen auch nur einen Funken Verstand hast, wirst du auch noch so tun, als bereite es dir große Freude."

Gwendolen sah sie erschrocken an. „Warum bist du ihm dann nicht zu Willen, Mutter? Wenn hier irgendjemand weiß, wie man einem Mann Vergnügen bereiten kann, dann bist du es, nicht ich."

„Ich versichere dir, dass ich es sofort tun würde, wenn Angus der Löwe mich wollte. Aber er will dich, und deshalb soll er dich auch bekommen, oder wir werden beide sterben. Hör mir jetzt genau zu. Du musst fügsam und nachgiebig sein und dich um Himmels willen etwas präsentabler herrichten. Zieh dir ein hübscheres Kleid an." Onora begann, die Schnüre von Gwendolens Mieder zu lösen. „Er macht dir ein Geschenk, wenn er dir die Möglichkeit gibt, unsere Stellung hier zu halten. Du solltest ihm danken, indem du ihn in dein Bett lockst."

„In mein Bett locken?" Gwendolen schob die Hände ihrer Mutter entsetzt von sich. „Er hat sich gerade unser Heim genommen, ich werde nicht einfach zulassen, dass er sich auch noch meinen Körper nimmt. Ich gehe jetzt in die Große Halle hinunter und werde ihm in aller Würde gegenübertreten! So, wie Vater es getan hätte."

„Und was willst du ihm sagen?"

„Ich werde über die Bedingungen unserer Unterwerfung verhandeln."

„Du vergisst wohl, dass wir längst besiegt sind", höhnte Onora. „Er braucht unsere Unterwerfung nicht. Er wird dich auslachen."

Gwendolen sah sie nachdenklich an. „Genau da irrst du, Mutter. Er will etwas von mir, ein Kind, einen Sohn und Erben, und ich werde ihm erklären, dass er mich nicht so leicht erobern kann wie diese Burg. Vielleicht kann ich uns so auch etwas Zeit verschaffen, bis Murdoch zurückkehren und uns befreien wird."

„Gwendolen!"

Ihr Herz pochte bis zum Hals, als sie aus ihrem Gemach trat und die Tür hinter sich schloss. Dann schritt sie eilig die Wendeltreppe hinunter, ohne auf die wütenden Rufe ihrer Mutter zu achten, die durch die steinernen Gänge hallten.

Als sie sich der Halle näherte, zog sich ihr Magen schmerzhaft zusammen. Sie war im Begriff, einen grausamen, schlachterfahrenen Krieger herauszufordern, der sich nichts dabei dachte, noch vor dem Frühstück ein Burgtor einzurammen und ganze Armeen niederzumetzeln.

Körperlich war sie ihm auf keinen Fall gewachsen, so viel stand fest. Er war riesig und stark, und wenn er es darauf anlegte, konnte er sie mit nur einem Handgriff töten. Doch was auch geschah, sie würde ihm ihre Angst nicht zeigen. Sie war die Tochter eines Clanoberhaupts der Highlands, und sie besaß die Treue ihrer Männer. Sie würde sich ihm als ebenbürtige Gegnerin stellen.

Zum Glück war die Halle leer, als sie eintrat. Es gab ihr ein wenig Zeit, um ihre Gedanken zu ordnen. Im Torbogen hinter dem Podium, auf dem der Hohe Stuhl ihres Vaters thronte, blieb sie stehen und ließ den Blick über die beeindruckende Chronik der MacEwens gleiten. Schwere seidene Wandteppiche mit den Insignien der Macht des Clans schmückten die Steinmauern, Fahnen und Banner hingen von den Dachsparren, und ihr Familienwappen war in den Stein gemeißelt worden.

Sie betrachtete den Hohen Stuhl, auf dem ihr Vater bis vor Kurzem noch gesessen hatte. Als er noch über diese Halle herrschte, war dort oft gefeiert worden. Lachen, Musik und Poesie hatten die Abende erfüllt und niemand musste sich vor Krieg und Tyrannei fürchten. Ihr Vater war ein guter Mann gewesen und ein starker und gerechter Anführer. Doch all das würde sich ändern, wenn sie ihrem Eroberer nicht entschlossen gegenübertrat. Heute Abend würde Angus der Löwe die MacEwens zwingen, sich ihm zu unterwerfen und ihm die Treue zu schwören. Wer sich widersetzte, würde bestraft.

Doch wenn es Gwendolen gelingen sollte, einen auch noch so geringen Einfluss zu erlangen, konnte sie ihre Männer vielleicht retten.

Sie stieg auf das Podium und näherte sich dem Hohen Stuhl, auf dem nun niemand mehr saß. „Hilf mir, Vater. Denn ich möchte meine Pflicht an den MacEwens erfüllen", murmelte sie.

Ihr Gebet wurde von dem Geräusch sich nähernder Schritte unterbrochen. Gwendolen blickte auf, und ihr Herz schlug schneller, als sie sah, dass Angus der Löwe die Halle von der gegenüberliegenden Seite her betrat.

Er war sich ihrer Gegenwart noch nicht bewusst und hielt im Torbogen inne. Er sah zur Decke empor und musterte die Banner der MacEwens, die von den schweren Holzbalken hingen.

Gwendolen betrachtete Angus genauer. Er trug einen dunklen Kilt und einen Tartan, der mit einer schweren, polierten Silberbrosche über der Schulter festgesteckt war. Dass er ein außergewöhnlich großer Mann war, wusste sie bereits, doch erst aus der Nähe erkannte sie jetzt, wie groß auch seine Hände waren. Der Anblick verstörte sie ebenso wie die Vielzahl seiner Waffen. Außer dem Schild auf seinem Rücken und dem Zweihänder an seiner Seite trug er auch noch zwei Pistolen im Gürtel und ein Pulverhorn vor der Brust. Aus einem seiner Stiefel blitzte der Griff eines Dolchs.

Während Gwendolen das Gesicht des Eroberers musterte, spürte sie einen Anflug von Angst.

Angus der Löwe faszinierte sie. Sein Gesicht war wild und zerfurcht, aber dennoch wunderschön. Ein sinnlicher Zug lag um seinen Mund, und seine Nase war elegant geformt. Seine Augen funkelten so klar und hellblau wie das Eis eines zugefrorenen Wintersees, und dennoch loderte in ihnen eine geheimnisvolle Glut. Gwendolen fühlte sich merkwürdig beklommen. Ihr Herz pochte bis zum Hals, und ein eiskalter Schauer lief über ihren Rücken hinab bis in ihre Zehen. Mit aller Kraft riss sie sich zusammen.

Angus Bradach MacDonald betrachtete gelassen die riesigen Wandteppiche, die Mauern und auch den steinernen

Kamin. Doch als er Gwendolen erblickte, griff er mit seiner großen Hand blitzschnell nach dem Schwert.

Bis zu diesem Augenblick hatte Gwendolen nicht gewusst, wie es sich anfühlte, im Mittelpunkt des Interesses eines so atemberaubenden Mannes zu stehen. Sie musste sich konzentrieren, um nicht aus dem Gleichgewicht zu geraten.

Angus hingegen schien vollkommen entspannt zu sein, wenngleich etwas Beängstigendes in seinen Augen funkelte. Zweifellos spürte er nach dieser Schlacht noch immer einen Blutdurst.

Gwendolen atmete innerlich durch. Wenn sie dies hier durchstehen wollte, musste sie sich vergegenwärtigen, dass er etwas von ihr wollte. Sie stand nicht machtlos vor ihm.

Angus Bradach MacDonald durchschritt mit düsterem Blick die Große Halle. Seine rechte Hand beließ er am Schwert, Gwendolens Herz pochte wild in ihrer Brust. Als Angus das Podium erreichte, brandete dasselbe unbändige Hochgefühl in ihr auf, das sie schon auf dem Dach verspürt hatte, als sie ihm mit ihrem leichten Säbel entgegengetreten war. Sie hatte bewiesen, dass sie mutig genug war, gegen ihn zu kämpfen.

„Komm da runter", befahl er ihr barsch.

„Damit Ihr auf mich herabsehen könnt?", erwiderte sie spöttisch.

„Gewiss. Deine Familie hat mir mein Zuhause gestohlen. Ihr seid nichts als Diebe, ihr alle."

In ihrem Inneren toste ein Sturm, und plötzlich fürchtete Gwendolen, sie würde ohnmächtig werden.

„Du siehst blass aus, Mädchen. Bist du krank?"

„Nein, es geht mir gut", versicherte sie, ohne nachzudenken. „Ich bitte um Entschuldigung. Natürlich geht es mir nicht gut. Ich fühle mich außerordentlich angewidert."

Angus MacDonald trat noch einen Schritt näher. „Angewidert?", spottete er. „Doch nicht etwa von mir?"

„Hattet Ihr etwas anderes angenommen?"

Er sah sie finster an. „Das ist zwar nicht die Antwort, die ich erwartet habe, aber das ist auch unerheblich. Diese Burg gehört jetzt mir, und ich erhebe Anspruch auf dich als meine Frau. Finde dich damit ab."

Gwendolen atmete langsam und tief durch, um sich zu sammeln. Er sprach vollkommen unverblümt und scherte sich nicht im Mindesten um jede Form der Höflichkeit.

„Und was erwartet Ihr von mir? Soll ich meinen Clan zusammentrommeln und vor Freude durch die Halle tanzen?"

„Ich erwarte keinen öffentlichen Tanz, mein Mädchen! Aber ich werde dich heute Abend in mein Bett holen, und diesen Tanz werden wir zu zweit tanzen, ob es dir gefällt oder nicht."

Gwendolen kämpfte mit Mühe gegen ihren aufwallenden Zorn. „So bald schon?"

„Nicht bald genug, wenn du mich fragst. Ich habe nicht erwartet, eine solche Schönheit zu ehelichen."

Sie lachte spöttisch. „Glaubt Ihr, mit Komplimenten bekommt Ihr eher, was Ihr wollt?"

Er verzog seinen Mund zu einem grimmigen Lächeln. „Ich habe schon bekommen, was ich wollte. Ich muss niemandem mehr schmeicheln."

„Und was genau wäre das?"

„Hast du das noch nicht erraten? Ich wollte Kinloch, und jetzt habe ich es."

Sie schluckte schwer. „Natürlich."

Sie schwiegen, und Gwendolen rang um Fassung, als Angus der Löwe unverhohlen die sich unter ihrem Kleid abzeichnenden Formen ihrer Hüfte und Brüste musterte.

„Habe ich dir nicht befohlen, da runterzukommen?", fragte er und neigte den Kopf zur Seite. „Oder muss ich erst hochkommen und dich wie einen Sack Rüben herunterbefördern? Wenn es das ist, was du willst, bin ich dir sonst gerne zu Diensten. Leider bin ich heute aber müde von der Schlacht und nicht in der Stimmung. Also mach, dass du da runterkommst, Mädchen. Noch einmal werde ich es nicht wiederholen."

Gwendolen entging die Drohung nicht. Sie trat an den Rand des Podestes, straffte die Schultern und trat herunter. Dabei sah sie ihm fest in die Augen. Angus musterte sie von Kopf bis Fuß, dann sprang er hinauf und schritt auf dem Podest auf und ab, als wollte er Maß nehmen.

Gwendolen schwieg, als er sich auf den Stuhl ihres Vaters fallen ließ, seine langen, muskulösen Beine ausstreckte und sich genüsslich rekelte. „Endlich zu Hause", sagte er.

Wieder ließ er den Blick über die Wappen und Banner der MacEwens wandern. Er schwieg, und sie vermutete, dass er entweder über die Zukunft nachdachte oder sich an die Vergangenheit erinnerte.

Sie versuchte, in seinem Gesicht zu lesen. Angus MacDonald räkelte sich wie ein Löwe auf seinem Thron und strahlte vollkommene Ruhe und Sicherheit aus. Er zweifelte keine Sekunde daran, dass er der neue Laird von Kinloch war und dass sie seine gehorsame Gemahlin und Dienerin werden würde.

Wie sehr er sich doch irrte.

„Wo ist dein Bruder Murdoch?", fragte er streng. „Warum ist er nicht hier, um Kinloch und seinen Clan zu verteidigen?"

„Er ist auf den Kontinent gereist, um Rom zu besuchen und dort zu lernen. Er ist der Meinung, dass ein starkes Clanoberhaupt Bildung haben und die Welt kennen müsse. Es ist ein Anliegen, das Ihr zweifellos nicht nachvollziehen könnt. Er brach auf, lange bevor unser Vater starb."

„Aber warum ist er nach dem Tod deines Vaters nicht zurückgekehrt?", erwiderte er spöttisch.

Sie sah ihn unverwandt an. „Ich bin nicht sicher, ob er überhaupt davon weiß. Natürlich haben wir ihm einen Brief geschickt, aber wir wissen nicht, ob er ihn auch erhalten hat. Dennoch habe ich die Hoffnung, dass er bald zurückkehren wird. Vielleicht ja auch sehr unerwartet."

Es war ein beabsichtigter Schlag gegen die Arroganz des Löwen. Er sollte wissen, dass die MacEwens niemals leichte Beute sein würden, auch wenn ihm sein Sieg an diesem Morgen vielleicht mühelos erschienen war.

Angus stützte sich auf die Stuhllehne. „Er wird doch keine Schwierigkeiten machen?"

„Das hoffe ich doch."

Angus sah sie prüfend an. „Ich schätze, die eigentliche Frage ist eher, ob du mir Schwierigkeiten machen wirst."

„Oh, ganz bestimmt."

Seine Miene verfinsterte sich, und Gwendolen bereute ihre freche Antwort. War sie nicht gekommen, um vernünftig mit ihm zu verhandeln? Sie erwartete schon, dass er sich erheben und ihr gegenüber grob werden würde, doch er blieb einfach nachdenklich sitzen und schwieg. Unter seinem strengen Blick fühlte sich Gwendolen vollkommen nackt. Hitze stieg ihr in die Wangen.

„Begreifst du nicht, dass ich meinen Anspruch auf dich bereits erhoben habe?"

„Soviel ich verstanden habe, habt Ihr Euren Wunsch über die Dächer gebrüllt, anstatt mich zu fragen."

Angus MacDonald neigte den Kopf. „Willst du vielleicht, dass ich vor dir niederknie?", fragte er spöttisch.

„Nicht unbedingt."

Er nickte. Offenbar verhalfen ihm ihre Antworten dazu, sich ein Bild von ihr zu machen.

Dann lehnte er sich entschlossen zurück. „Das ist gut. Ich bin nämlich kein Romantiker."

„Was Ihr nicht sagt."

Vom Deckengewölbe erklang ein Flattern. Angus MacDonald sah hinauf. Es war eine Schwalbe, die schon seit einer kleinen Ewigkeit in der Halle nistete. Jetzt flog sie durch den Torbogen in den Burghof hinaus.

„Sie hat sich einfach nicht vertreiben lassen", erklärte Gwendolen. „Aber vielleicht hat dieses arme, schutzlose Wesen ja auch begriffen, dass Unheil in ihr Heim gezogen ist, und sie macht sich nun selbst aus dem Staub."

„Wir werden sehen", entgegnete er. Er stand auf, als wäre er dieser Unterhaltung müde und wolle sich wichtigeren Dingen widmen.

Hastig trat Gwendolen vor. „Wie auch immer", sprudelte sie hervor. „Ich wünsche, über die Bedingungen meiner Unterwerfung zu verhandeln."

Jetzt sah er sie doch wieder an. „Deine Unterwerfung?", fragte er spöttisch.

„Ich habe Euch bereits mitgeteilt, dass ich vorhabe, mich Euch zu widersetzen, und genau das werde ich auch auf jede erdenkliche Weise tun, wenn die Dinge nicht zu meiner Zufriedenheit geregelt werden."

Angus der Löwe starrte sie ungläubig an. Ihre Worte schienen ihn zu verwirren. Sein Blick war drohend, und doch lag auch noch etwas anderes darin. Konnte es sein, dass ihm ihre Unverschämtheiten gefielen?

„Zu deiner Zufriedenheit?", wiederholte er.

„Ja!"

An seinem Kiefer zuckte ein Muskel und jedes Interesse in seinen Augen erlosch. Sie begriff, dass sie den falschen Ton angeschlagen hatte. Die wachsende Wut, die jetzt seinem Gesicht abzulesen war, zeigte eindeutig, dass er keine Widerworte mochte. Und schon gar nicht von einer Frau, die er zu seinem Eigentum erklärt hatte.

Er stieg von dem Podest herunter und trat auf sie zu. Gwendolen wich einen Schritt zurück. Es war eine Sache, mit einem siegreichen Kriegsherrn zu verhandeln, solange er zehn Fuß entfernt auf einem Stuhl saß, etwas ganz anderes war es allerdings, wenn er einem direkt gegenüberstand. Seine Brust ragte vor ihr auf. Angus der Löwe war ihr so nahe, dass sie das Blut in den Fasern seines Hemdes sehen und seinen frischen Schweiß riechen konnte.

Ganz langsam hob sie ihren Blick und sah in seine eisblauen Augen.

Angus der Löwe sah sie mit schwelender Feindseligkeit an. „Lass deine Bedingungen hören."

Gwendolen räusperte sich. „Ich erkenne das Angebot an, das Ihr meinen Männern unterbreitet habt, aber ich habe noch etwas hinzuzufügen."

„Heraus damit."

Sie schürzte ihre trockenen Lippen. „Diejenigen, die ihre Häuser aufgeben müssen, aber trotzdem hierbleiben und Euch die Treue schwören möchten, werden aus dem Schatzhaus der Burg für ihren Verlust entschädigt. Ich verstehe, dass jene, die gehen, keine Entschädigung bekommen, aber ich will Euer Wort, dass sie ohne Angst vor Vergeltung gehen dürfen."

„Einverstanden", entgegnete er.

Gwendolen war überrascht, dass er ihrer ersten Forderung so rasch zustimmte, doch sie blieb auf der Hut. „Außerdem bestehe ich darauf, dass meine Mutter mit allem ihr zustehenden Respekt als Witwe eines früheren Laird von Kinloch behandelt wird. Sie kann in ihren Gemächern bleiben, ihren Schmuck behalten und mit uns am Tisch essen."

„Einverstanden", stimmte er wieder zu. „Noch etwas?"

Sie schluckte schwer. „Alle Angehörigen der MacEwens haben die gleichen Rechte wie die Männer des MacDonald-Clans."

Angus der Löwe sah Gwendolen nachdenklich an. Er überlegte eine Weile. „Wenn sie mir heute Abend die Treue schwören, gebe ich dir mein Wort, dass sie die gleichen Rechte haben werden."

Auf einmal wurde ihr bewusst, dass sie schwitzte, und sie fuhr sich mit der Hand über die feuchte Stirn.

„Zu guter Letzt, in Hinsicht auf unsere eheliche Vereinigung ..." Gwendolen stockte der Atem. Plötzlich kribbelte es in ihrem Bauch, und sie musste sich zusammenreißen, um mit fester Stimme weitersprechen zu können. „Ich verlange, dass Ihr Eure Rechte als Gemahl nicht vor der Hochzeitsnacht einfordert."

Seltsamerweise war es ausgerechnet diese Forderung, die ihn zögern ließ. Lust mischte sich in seinen Blick. „Bist du noch Jungfrau, Mädchen?"

„Natürlich", entgegnete sie entgeistert.

Angus MacDonald sah Gwendolen an. Er musterte scheinbar jeden Zentimeter ihres Körpers. Die Zeit schien stillzustehen. Er hob seine rechte Hand und fuhr mit dem Zeigefinger über die Linie ihres Kinns. Dann strich er langsam ihre Kehle hinab bis zu ihrem Dekolleté und am Saum ihres Halsausschnitts entlang, von einer Schulter zur anderen, als wollte er mit seiner rauen, schwieligen Fingerspitze ein Lächeln auf ihren Leib zeichnen.

Gwendolen zitterte. Nie zuvor hatte ein Mann es gewagt, sie so zu berühren. Und dieser Mann war einschüchternder als die meisten anderen. Er schaute ihr direkt in die Augen, und in seinem Blick erkannte sie ein Verlangen. All ihr Wagemut zerrann. Ihre Haut schien unter seiner Berührung zu brennen.

Gwendolen war nicht mehr in der Lage, über irgendetwas zu verhandeln. Vielleicht hatte ihre Mutter recht. Vielleicht sollte sie ihm einfach danken.

„Da verlangst du eine ganze Menge, mein Mädchen. Man könnte es fast schon frech nennen. Ich beabsichtige, eine Frau zu heiraten, die weiß, wo ihr Platz ist."

„Und wo genau wäre mein Platz?"

„In meinem Bett und damit beschäftigt, mir Freude zu bereiten."

Es fiel ihr unendlich schwer, ruhig ein- und wieder auszuatmen. „Ich verstehe", antwortete sie mit bebender Stimme, „dass ich Euch als Eure Gemahlin einen Erben schulde. Ich verlange nur ein wenig Zeit, um mich auf diese Verpflichtung vorzubereiten."

Er kniff die Augen leicht zusammen. „Warum das Unvermeidliche aufschieben? Du wirst so oder so flach auf dem Rücken landen, und ich werde meinen Spaß mit dir haben. Vielleicht genießt du es ja sogar."

„Es genießen?", höhnte sie. „Wohl eher nicht."

Sein Blick ruhte auf ihren Lippen. Gwendolen hatte das Gefühl, innerlich zu zerfließen, als er die Hand an ihr Gesicht legte und sanft über das feine Haar an ihrer Schläfe strich. „Da wir hier die Bedingungen deiner vollkommenen Unterwerfung besprechen", sagte er, „gewähre ich dir deine unverschämte Bitte, aber unter zwei Vorbehalten."

„Ich höre." Sie kämpfte darum, die Röte aus ihren Wangen zu verbannen.

„Ich lasse dir deine süße Unschuld, wenn du mir versprichst, bis zu unserer Vermählung liebenswürdig zu mir zu sein. Du wirst mich nie wieder vor den Clans herausfordern, so wie du es heute Morgen getan hast, und du wirst meine Herrschaft über Kinloch rückhaltlos anerkennen. Sowohl in der Öffentlichkeit als auch unter uns."

Konnte sie dem zustimmen?

Ja. Sie würde sich zu alldem bereit erklären, solange er sie nur nicht anrührte oder versuchte, sie schon heute Nacht in sein Bett zu ziehen. Wenn sie großes Glück hatte und Gott gnädig war, würde ihr Bruder rechtzeitig eintreffen, um sie vor diesem Schicksal zu bewahren.

„Gut. Wie lautet die zweite Bedingung?" Sie versuchte zu ignorieren, dass er nun sanft mit dem Daumen über ihr Kinn streichelte.

„Wenn dein Bruder zurückkehrt wie ein strahlender Held auf einem weißen Ross", sagte er, als habe er ihre Gedanken gelesen, „was er sicher tun wird, dann wird deine Treue mir, deinem Gemahl gelten, und diesen Schwur wirst du nicht brechen."

„Aber was soll aus meinem Bruder werden? Diese Burg ist sein Geburtsrecht. Ihr könnt nicht von ihm verlangen, dass er ...", Gwendolen biss sich erschrocken auf die Lippe.

In Angus MacDonalds Augen flackerte unbändiger Zorn auf. „Kinloch ist nicht sein Geburtsrecht, sondern meines. Aber dein Bruder wird die Wahl haben. Wenn er mir Treue schwört, werde ich ihm Land und eine angemessene Stellung geben. Und sollte er dies ablehnen, wird er frei sein, zu gehen."

Sie zögerte, denn sie glaubte Angus nicht. „Schwört Ihr bei Eurer Ehre als Schotte, dass Ihr ihn nicht töten werdet?"

Angus trat einen Schritt zurück. „Nein. Denn sollte er sein Schwert gegen mich oder einen anderen Mann der MacDonalds erheben, werde ich ihn ohne Zögern in zwei Teile hacken."

Gwendolen blickte zu Boden. Sie zweifelte nicht an seinen Worten, und zum ersten Mal fühlte sie sich wirklich geschlagen. Angus MacDonald war ein mächtiger Feind, und sie wusste nicht weiter.

„Ich stimme Euren Bedingungen zu", sagte sie. Sie tröstete sich damit, dass sie ein wenig mehr Gerechtigkeit für ihren Clan herausgeholt hatte. Außerdem würde der Löwe sie heute

Nacht noch nicht in sein Bett holen. Hoffentlich traf ihr Bruder bald mit einer Armee von Rotröcken ein und brachte diesen jakobitischen Rebellen für seinen Verrat an den Galgen. Sie würde versuchen, Murdoch eine Nachricht zukommen zu lassen, um ihn über ihre schlimme Lage in Kenntnis zu setzen. Und dann würde sie sich an die Hoffnung klammern, dass die Burg selbst nach dem Verlust ihrer Unschuld noch befreit werden konnte. Es war noch nicht alles verloren.

Das war wohl ihr Opfer. Gwendolen reckte das Kinn und sah direkt in Angus' eisblaue Augen.

„Hast du bekommen, was du wolltest?", fragte er.

„Ja!" Doch in Wahrheit fühlte sie sich vollkommen verwirrt.

„Dann besiegele die Abmachung. Zeig mir, dass dein Wort gilt."

„Und wie?"

Seine Stimme wurde zu einem heiseren Flüstern. „Besiegele es mit einem Kuss."

Bevor sie widersprechen konnte, drückte er seinen Mund auf den ihren, und Gwendolen hatte das Gefühl, den Boden unter ihren Füßen zu verlieren. Noch nie zuvor hatte ein Mann sie geküsst. Sie hatte tugendhaft gelebt, fest entschlossen, nicht so zu werden wie ihre Mutter, die in der körperlichen Liebe ein Werkzeug sah, das ihr Macht über die Männer verlieh.

Aber das hier war vollkommen anders. Gwendolen war ganz und gar machtlos. Sie war überwältigt und konnte nichts anderes tun, als nachzugeben und sich seiner Stärke zu beugen.

Angus MacDonald umfing ihre Taille und zog Gwendolen an sich. Er drückte ihren Kopf nach hinten, während er seine Braut so heftig und fordernd küsste, dass sie taumelte. Auf einmal wurde aus ihrem unbeholfenen Versprechen ein echter Schwur. Er verlangte ihre vollkommene Hingabe, und sie konnte hier in dieser Halle, durch die Vereinigung ihrer Münder und Körper, nichts tun, als ihm blind zu gehorchen.

Er neigte den Kopf und legte eine Hand in ihren Nacken. Dann teilte er ihre Lippen und ließ seine Zunge dazwischen gleiten, um die ihre zu umspielen. Ein Wimmern drang ungewollt aus Gwendolens Kehle.

Gerade als sie sich an das Gefühl ihrer sich berührenden Lippen und Zungen gewöhnen wollte, löste er sich von ihr und strich ihr über die glühende Wange.

„Ich glaube schon, dass du es genießen wirst, Mädchen", sagte er rau, „wenn die Zeit kommt."

Gwendolens Knie drohten nachzugeben. „Ganz bestimmt nicht", hauchte sie.

Er wandte sich ab und schritt in Richtung Burghof.

„Wartet!", rief sie.

Er blieb stehen, wandte sich jedoch nicht um.

„Da ist noch etwas." Angespannt trat sie auf ihn zu.

Er wandte den Kopf zur Seite.

„Ich will, dass die Wappen und Banner meiner Familie weiterhin hier hängen bleiben, neben den Euren."

Angus der Löwe blieb eine Weile mit dem Rücken zu ihr stehen und schwieg. Unsicherheit legte sich wie eine Schlinge um ihren Hals. Ihr Magen pochte nervös.

Endlich drehte er sich um. „Du hast dich gut geschlagen, Mädchen. Warum verdirbst du jetzt alles?"

„Was verderben? Ich verlange nur das, was uns rechtmäßig zusteht. Meinem Vater wurde diese Burg vom König zugesprochen, und Ihr könnt unseren Namen nicht einfach von den Wänden wischen."

Ein weiterer Kämpfer betrat die Halle. Seine Erscheinung war genauso beeindruckend wie die des Löwen, doch sein Haar war rabenschwarz und seine Augen waren so dunkel wie die Sünde. Er blieb an der Tür stehen.

Angus sprach über die Schulter hinweg. „Lachlan, komm her und führe meine zukünftige Braut in mein Gemach. Ich möchte ihr eine Lektion über die Regeln des Krieges und die Bedeutung einer Unterwerfung erteilen. Sperr sie ein und postiere eine Wache vor der Tür."

„Was?" Gwendolens Herz überschlug sich beinahe vor Angst. „Ich dachte, wir hätten eine Abmachung."

„Das hatten wir auch und ich muss gestehen, dass ich die Verhandlungen mit dir sehr genossen habe, aber du hättest die Grenze nicht überschreiten dürfen, Mädchen. Ich habe dir gesagt, dass ich kein Interesse daran habe, eine Frau zu heiraten, die nicht weiß, wo ihr Platz ist. Es ist höchste Zeit, dass du es lernst." Er sah sie drohend an. „Ich bin kein netter Mann."

„Ich habe keine Grenze überschritten. Ich habe nur um eine weitere Sache gebeten."

„Die Verhandlungen waren abgeschlossen. Und jetzt Schluss damit. Geh mit Lachlan und warte in meinem Bett auf mich."

Der andere Kämpfer durchquerte die Halle und nahm ihren Arm. „Wehr dich nicht, Mädchen", mahnte er. „Damit machst du alles nur noch schlimmer."

„Was könnte denn noch schlimmer sein?"

Er lachte leise. „Du kennst Angus nicht."

3. Kapitel

Als die Tür hinter Gwendolen zufiel und der Schlüssel sich im Schloss drehte, presste sie bebend die Augen zu. Sie kämpfte mit aller Macht gegen den Drang, sich die Lunge aus dem Hals zu schreien und mit den Fäusten gegen die Tür zu hämmern. Sie war verzweifelt, aber bei Gott, sie hatte noch nie zu den Frauen gehört, die sich Wutausbrüchen hingaben. Damit kam sie auch nicht weiter.

Darüber hinaus würde sich Angus der Löwe von einem so kindischen Benehmen kaum beeindrucken lassen. Tatsächlich bezweifelte sie, dass es überhaupt etwas gab, das ihn rühren könnte. Sein Herz schien wie aus Stein gemeißelt zu sein. Es war nichts Sanftes an ihm. Gwendolen hatte keine Spur von Mitleid oder Zärtlichkeit an ihm wahrgenommen. Er hatte sie behandelt wie eine Marionette. Er erwartete, dass sie ihn fürchtete und ihm gehorchte, und er hatte deutlich gesagt, dass er sie sich gefügig machen wollte, um ihr den Ungehorsam auszutreiben. Er erwartete von ihr wohl aus politischen Gründen, dass sie ihm einen Sohn gebar, und vielleicht auch, dass sie seine primitive Lust befriedigte.

Gwendolen hob den Kopf und sah sich in den Gemächern ihres Vaters um. Obwohl seit seinem Tod niemand mehr diese Räume bewohnte, hatte Gwendolen die Mägde angewiesen, jede Woche Staub zu wischen und zu kehren und das Bett frisch zu beziehen. Sie wollte die Gemächer für die Heimkehr ihres Bruders vorbereiten. Jetzt schien es ihr, als hätte sie die Räume für ihren Feind vorbereitet und für ihre Entjungferung.

Sie trat an das Bett. Die Sonnenstrahlen, die durch die Fensterscheiben fielen, malten helle Flecken auf die purpurfarbenen Decken. Das Buch, das ihr Vater vor seinem Tod gelesen hatte, lag noch immer aufgeschlagen neben der Öllampe. Niemand hatte es angerührt, und auch seine Schuhe standen noch immer genau dort, wo er sie abgestreift hatte, neben dem Bett.

Gwendolen betrachtete sie. Sie waren abgetragen und hatten die Form seiner Füße angenommen.

Was hatten die Schuhe eines Menschen nur an sich, dass sie den Eindruck erweckten, ihr Besitzer wäre nur kurz fort und könnte jeden Moment wieder heimkommen? Vermutlich waren sie einfach ein greifbarer Beweis für seine Existenz. In Gwendolen riefen sie die Erinnerungen an den Mut und die Stärke ihres Vaters wieder wach.

Sie kniete sich nieder und strich sanft über das Leder. Dann fasste sie einen Entschluss. Ganz gleich, was geschah und was Angus der Löwe ihr auch antat, sie würde nicht aufgeben. Sie würde dieser Macht, die er bei seinem Kuss unten in der Halle über sie gewonnen hatte, nicht noch einmal erliegen. Auf den Kuss war sie nicht vorbereitet gewesen. Das würde sich nun ändern. Ab jetzt würde sie mit seinen Berührungen rechnen und alle Gefühle, die er dadurch in ihr weckte, kontrollieren. Sie würde sich kein weiteres Mal in seinen Bann schlagen lassen. Sollte er doch kommen, sie würde ihren Teil der Abmachung mit Würde und Anstand einhalten.

Gwendolen hörte Schritte vor der Tür. Der Schlüssel drehte sich knarzend im Schloss, bevor Angus der Löwe die Tür zum Gemach aufstieß. Als er eintrat, wünschte sie sich, das Schicksal würde ihre hochtrabenden Vorsätze nicht ganz so prompt auf die Probe stellen.

Sie stand auf.

„Habe ich dir nicht gesagt, du sollst im Bett auf mich warten?" Er gestikulierte in Richtung des Bettes. „Warum stehst du dann vor mir und tust genau das Gegenteil? Bist du begriffsstutzig? Oder kannst du einfach nur keine Befehle befolgen?"

„Ich bin die Tochter eines großen Lairds und keines Eurer Dienstmädchen."

„Aber du wirst bald meine Frau sein."

„Vielleicht", erwiderte sie. „Aber noch sind wir nicht verheiratet, und das werden wir auch niemals sein, wenn Ihr Euch weiterhin wie ein Barbar aufführt."

Seine Augen blitzten drohend auf, während er zusah, wie sie sich noch weiter vom Bett ihres Vaters entfernte. „Hast du da unten in der Halle denn nichts gelernt? Ich lasse mich nicht herumkommandieren, und ich dulde keine ungehorsame Gemahlin."

„Und was wollt Ihr tun, wenn ich mich Euch verweigere? Wollt Ihr mich schlagen? Mich töten? So werdet Ihr das Kind, das Ihr von mir wollt, nie bekommen."

Angus MacDonald betrachtete Gwendolen mit wachsendem Interesse. „Es gibt ein Dutzend Möglichkeiten, dich aufs Kreuz zu legen, Mädchen, egal ob wir verheiratet sind oder nicht, und keine davon ist besonders höflich oder galant. Ich schlage daher vor, dass du deine scharfe Zunge hütest."

Sie drehte sich zum Fenster um und spürte, wie die Verzweiflung abermals in ihr aufstieg. „Hattet Ihr noch nicht genug Gewalt für einen Tag? Wäre es für Euch nicht viel angenehmer, wenn ich fügsam und willig wäre?"

Gott helfe ihr, sie griff nach dem letzten Strohhalm.

Langsam kam er auf sie zu. „Das klingt ja überaus reizvoll. Wie willig wärst du denn? Los, zeig es mir."

Er war viel zu gerissen für sie, denn er musste wissen, dass sie nicht die leiseste Ahnung hatte, wie sie ihr Entgegenkommen vortäuschen sollte, wenn er sich ihr aufzwang. Seine Frage brachte sie völlig aus dem Gleichgewicht.

„Komm schon", drängte er, „bloß nicht so schüchtern. Wie willig wirst du sein, wenn ich dein Mieder aufschnüre?"

Sie leckte sich über die trockenen Lippen. Ihre Knie begannen wieder zu zittern. „Das hängt davon ab, wie freundlich Ihr sein werdet."

Sie war stolz auf diese harsche Entgegnung.

„Und davon, wie begabt Ihr als Schauspielerin seid." Angus MacDonald ging auf sie zu, der schwere Zweihänder schwang gegen seine Hüfte, und Gwendolen wappnete sich gegen die Kraft, die von ihm ausging. Er war so beeindruckend groß und mächtig, und seine makellosen Gesichtszüge schienen seine niederen Absichten Lügen zu strafen. Sie ertappte sich dabei, wie sie seine vollen Lippen und seine eisblauen Augen anstarrte und sich fragte, wie ein Mensch nur so schön sein konnte, ganz unabhängig davon, wie verkommen er war.

„Ich will offen zu dir sein", raunte er und berührte ihre Wange. „Ob nun freundlich oder nicht, ich werde dich in meinem Bett haben. Also gib die Hoffnung besser gleich auf. Du wirst mich nicht hereinlegen oder mich mit deinen weiblichen Reizen oder mit deiner kostbaren Unschuld einwickeln, obwohl ich zugeben muss, dass du eine ganze Menge davon hast. Dir wird kein Flehen oder Bitten nützen, du wirst mich nicht schwächen oder überlisten, und vergiss jeden Gedanken daran, du könntest mich rühren. Ich besitze nicht viel Herz, das du rühren könntest. Also verschwende keine Zeit. Ergib dich deinem Schicksal und akzeptiere, dass die Dinge sind, wie sie sind. Ich werde weder grob noch grausam zu dir sein, solange du dich mir nicht widersetzt, und vielleicht wird dir das eine oder andere sogar gefallen."

„Was soll mir gefallen? Vielleicht Euer Dolch an meiner Kehle?"

Seine Augen blitzten seltsam auf. Es war ein Ausdruck, den sie dort noch nie zuvor gesehen hatte. Fast kam es ihr so vor, als amüsierte er sich über sie!

„Das wäre ein bisschen zu dramatisch", gab er zurück. „Ich glaube, du misst meinen Waffen zu viel Bedeutung bei. Aber keine Sorge, ich werde sie nicht tragen, während wir uns lieben."

„Uns lieben? So werden wir es also nennen?"

„Wäre dir ein anderes Wort dafür lieber? Von mir aus gerne, aber du kommst mir nicht wie die Sorte Frau vor, die etwa vögeln dazu sagen würde, oder etwas noch Unanständigeres."

„Das reicht! Bitte!" Gwendolen wich angewidert zurück und stolperte dabei über ihre Füße. „Vielleicht sollten wir gar kein Wort dafür verwenden! Ich ziehe es vor, überhaupt nicht darüber zu sprechen."

Ihre Worte schienen ihn zu reizen. Angus folgte ihr. „Und warum nicht?"

„Weil es keine Möglichkeit gibt, darüber zu sprechen, ohne anstößig oder vulgär zu sein."

Er drängte sie wie ein gefährliches Raubtier zum Bett. „Das kann man unterschiedlich sehen. Einige Männer können alles andere als vulgär sein, wenn sie ein Mädchen wie dich verführen wollen. Ich zähle nicht dazu, aber wenn du möchtest, könnte ich versuchen, dich mit einem Sonett zu bezirzen."

„Ihr macht Euch über mich lustig."

„In der Tat." Er sah sie eiskalt an. „Ich habe dir doch gesagt, dass ich vollkommen unromantisch bin."

Sie reckte widerspenstig das Kinn. „Als ob Ihr ein Sonett auch nur erkennen würdet."

„Du hast recht. Und nicht nur das, ich bin auch noch ein ungebildeter Rohling, der nichts kann außer erobern und plündern."

Ihr Blick verschwamm, als er direkt auf sie zukam. Sie wich zurück. „Wenn ich könnte, würde ich meinen Vater von den Toten erwecken, damit er Euch mit seinem Dolch durchbohrt. Und das würde er. Dies hier war sein Gemach, wisst Ihr, und er war ein großer Krieger", raunte sie.

Je näher Angus der Löwe ihr kam, desto verzweifelter wurde sie.

„Das war er sicher, und ich bewundere deine Treue zu ihm, aber diese Schlacht wird durch Zucht und Ordnung gewonnen, nicht von Geistern."

„Und wie wollt Ihr mich züchtigen? Werdet Ihr mich aufs Bett werfen wie ein Barbar und mich vergewaltigen?"

„Was für eine aufregende Vorstellung. Versuchst du, mich zu reizen?"

Sie atmete scharf ein. „Oder werdet Ihr mich schlagen und ans Bett fesseln?"

Er lehnte sich gegen den Bettpfosten und musterte Gwendolen gierig. „Nichts davon reizt mich im Augenblick ungemein. Für diesen Tag habe ich genug Gewalt erlebt. Alles, was ich will, ist, deinen weichen, nackten Körper unter mir zu spüren, und ich bin überrascht, weil wir noch immer hier stehen und reden. Du kannst stolz auf dich sein, Mädchen, dass du mich schon so lange hingehalten hast."

Sie ballte ihre Hände zu Fäusten. „Warum sucht Ihr Euch nicht eine andere Frau, um Eure Lust zu befriedigen? Ich will es nicht."

„Du bist eine ganz schöne Kratzbürste, nicht wahr?"

Angus war ihr jetzt so nahe, dass sie seinen männlichen Geruch wahrnahm. Seine Lippen strichen über ihre Wange.

„Wenn es Euch missfällt, dann ja, das bin ich."

Ohne jede Vorwarnung hob Angus sie plötzlich hoch und warf sie auf das Bett. Bevor sie auch nur protestieren konnte, war er schon auf ihr und drückte sie so tief in die Matratze, dass Gwendolen sicher war, dort nie wieder heil herauszukommen.

„Vielleicht sollte ich dich jetzt gleich nehmen, um meine Eroberung gänzlich abzuschließen." Er schob eine Hand unter ihren Rock und streichelte ihren Schenkel. „Warum sollte ich bis zur Hochzeitsnacht warten?"

„Wir hatten eine Abmachung. Ihr habt es versprochen", keuchte Gwendolen stockend.

„Vielleicht habe ich ja nur ein bisschen mit dir gespielt." Er strich mit der Nase über ihre Wange bis zu ihrem Ohr, während er eine Hand unter ihren Po schob und ihre Hüften gegen seine presste.

Gwendolen erinnerte sich, dass sie mutig sein wollte, ganz gleich, was Angus ihr auch antat. Dennoch suchte sie verzweifelt nach Worten, die Angus würdevoll in die Schranken weisen konnten. „Ihr könnt Euch meinen Körper nehmen", fauchte sie, „aber meine Seele werdet Ihr nie bekommen."

Er lachte ganz nah an ihrem Ohr. „Wie theatralisch, mein Mädchen. Hast du eine Ahnung, wie lächerlich du klingst?"

Gwendolen war wütend und zugleich zutiefst beschämt. Ihr ganzer Körper schien von ungebetener Hitze überflutet zu werden, und sie fühlte sich vollkommen ausgeliefert. „Ich hatte nicht vor, Euch zu amüsieren."

„Und trotzdem bin ich von dir ganz hingerissen. Wenn ich dich nicht festhalten müsste, würde ich applaudieren und dir Rosen auf die Bühne werfen."

Sein Mund fand erneut den ihren und die Innigkeit dieser Berührung war zu viel für sie. Sie öffnete seinem Vordringen die brennenden und schmerzenden Lippen und gab dem unwiderstehlichen Streicheln seiner Zunge nach.

Wie sollte sie nur damit fertigwerden, dieses Opfer bringen zu müssen?

Obwohl das Wort „Opfer" immer unpassender wurde für

den berauschende Strudel der Empfindungen, von dem sie mitgerissen wurde.

Angus bedeckte ihre Augenlider, dann ihre Stirn mit weichen, zarten Küssen, während er sich immer mehr emporschob und seinen muskulösen Körper gegen den ihren presste. Er küsste die empfindliche, prickelnde Haut an ihrem Hals und stieß mit seiner Zunge lustvoll in die Mulde unter ihrer Kehle.

Gwendolen konzentrierte sich auf ihren Atem. Sie versuchte, Angus MacDonalds Verführungen zu widerstehen oder sich wenigstens gleichgültig zu geben.

Sie sah hinauf zu dem purpurroten Betthimmel und schalt sich dafür, dass sie sich so leicht ergeben hatte. War sie nicht heute Morgen noch fest entschlossen gewesen, zu kämpfen und an der Seite ihrer tapferen Männer einen ehrenvollen Tod zu sterben? Stattdessen schmolz sie jetzt in den Armen ihres Eroberers dahin.

Sicher lag es nur daran, dass sie noch nie zuvor geküsst worden war. Sie wusste nicht, wie man die körperliche Liebe nutzen konnte, um Macht über einen Mann zu bekommen. Wäre ihre Mutter an Gwendolens Stelle gewesen, hätte sie es sicher versucht und gewiss wäre es ihr auch gelungen.

Doch dann dachte sie wiederum, dass es auch ihrer Mutter bestimmt nicht besser ergangen wäre. Vielleicht wäre ja auch sie dahingeschmolzen.

Plötzlich tauchte Onoras Gesicht vor Gwendolens innerem Auge auf. „Bitte, ich muss Euch etwas fragen", keuchte sie atemlos. „Geht es meiner Mutter gut? Sagt mir, dass Ihr sie nicht verletzt habt."

Angus küsste ihren Hals und presste sein Becken gegen ihres. „Wie dringend willst du es denn wissen?"

„Sehr dringend", antwortete sie. „Wenn Ihr mir sagt, dass sie lebt und dass es ihr gut geht, dann verspreche ich, mich

Euch nicht mehr zu widersetzen. Ich werde tun, was immer Ihr verlangt."

Angus lächelte selbstgefällig, während er mit seinen Lippen die zarte Haut am Saum ihres Ausschnitts entlang fuhr. „Ach, Mädchen, heute hast du mir schon zwei Mal deine sehr weiche und hübsche Angriffsfläche gezeigt. Du präsentierst mir genau das, wonach ein skrupelloser Krieger bei seinem Feinde sucht, eine schwache Stelle in der Mauer, ein Riss in seiner Rüstung."

„Was meint Ihr damit?"

Sein Mund berührte ihre Lippen. „Du machst es mir fast zu leicht. Du verdirbst uns allen Spaß."

„Für Euch ist das hier vielleicht nur Spaß, für mich ist es das aber nicht."

Der Löwe stützte sich mit den Händen ab und betrachtete Gwendolen im Licht, das durch die Fenster flutete.

„Du und deine heilige Unschuld", sagte er spöttisch. „Am besten gibst du es einfach auf."

Gwendolen rang um einen klaren Gedanken. „Was habt Ihr mit dem Riss in meiner Rüstung gemeint?"

Wieder küsste er sie auf den Mund, und niemals hätte sie für möglich gehalten, dass Lippen und Körper eines Mannes solche Gefühle in ihr auslösen könnten. Es war, als trinke man Feuer oder stürzte von einer Wolke.

„Was meint Ihr damit?", wiederholte sie, und er rollte sich zur Seite.

Er stützte das Kinn in die Hand und seine eisblauen Augen wurden kalt. „Ich will damit sagen, dass ich beim nächsten Mal, wenn du dich mir widersetzt, nicht dich einsperren werde, sondern deine geliebte Mutter."

„Wie bitte?"

„Du bist einfach zu leicht zu durchschauen", sagte er boshaft, „und viel zu aufopferungsvoll. Ich nehme an, du wärst auch für deinen Clan gestorben, wenn ich mein Spiel in der

Halle noch etwas weiter getrieben hätte. Und jetzt, schau dich doch an. Du spielst mir hier die willige Gespielin vor, öffnest dich mir wie eine zarte Frühlingsblüte, dabei wissen wir doch beide, dass du mich lieber erschießen würdest, als mir zu gestatten, eine Hand unter deine Röcke zu schieben."

„Nein", widersprach sie ungeschickt, „ganz so ist es nicht."

Angus MacDonald stand auf und stopfte sein Hemd wieder in den Bund des Kilts. Dann zog er seinen Dolch aus seinem Stiefelschaft und deutete mit der scharfen Klinge auf Gwendolen.

„Wir hatten eine Abmachung", sagte er kalt, „und ich stehe zu meinem Wort. Ich werde dir deine Jungfräulichkeit lassen, bis wir verheiratet sind. Deine Mutter wird ihre Juwelen behalten und bei uns am Tisch sitzen, und ich werde allen MacEwens, die mir heute Abend Treue schwören, die gleichen Rechte geben wie den MacDonalds, solange du deinen Teil der Abmachung einhältst."

Gwendolen stützte sich auf die Ellenbogen und setzte sich auf. Sie versuchte, ihren keuchenden Atem zu beruhigen. „Welches Versprechen meint Ihr?"

Bei Gott, sie wusste es nicht mehr. Gwendolens Verstand war vollkommen gelähmt und sie fühlte sich, als hätte jemand all ihre Gedanken ausgelöscht. Sie war wie berauscht, beinahe schon trunken.

„Du hast mir dein Wort gegeben, von heute an liebenswürdig zu mir zu sein und dich nicht mehr zu widersetzen. Außerdem wirst du meine Herrschaft über Kinloch nie wieder anzweifeln, und wenn dein Bruder zurückkehrt, dann wird deine Treue mir, deinem Gemahl, gelten, und nicht ihm."

Wenn sie Wort hielt, würde er sie heute nicht mehr in sein Bett zerren? Er würde sich ihr nicht aufdrängen? Dies schien das Einzige zu sein, an das sie noch denken konnte.

„Sind wir uns einig?", fragte er kühl.

Gwendolen nickte schnell.

„Gut. Endlich zeigst du Einsicht. Und jetzt schwing deinen mageren Hintern aus diesem Bett, Mädchen. Du wirst im Burghof gebraucht. Jemand muss sich um die Verwundeten kümmern." Mit diesen Worten wandte er sich ab und verließ das Gemach.

Gwendolen fiel erschöpft in die Kissen und atmete zischend aus. Angus der Löwe hatte in ihr gelesen wie in einem offenen Buch und all ihre Ängste und Schwächen gezielt gegen sie eingesetzt. Er war eindeutig mehr als nur ein ungebildeter Barbar. Er war schlau und ein erfahrener Stratege, im Kampf wie im Schlafzimmer.

Aber Gwendolen war auch nicht dumm, ihr Vater, ruhe er in Frieden, hatte sie stets ermutigt, ihren Verstand einzusetzen. Und genau das würde sie tun. Den restlichen Tag würde sie damit zubringen, über das nachzudenken, was Angus ihr von sich gezeigt hatte. Auch er würde zu einem offenen Buch für sie werden. Und heute Abend schon würde sie wissen, wie sie ihn zu deuten hatte. Dann konnte sie ihre eigene Strategie entwickeln in diesem Überlebenskampf.

4. Kapitel

Die Große Halle war erfüllt von dem Gelächter der Männer und vom Klang einer Fiedel. Der Geigenspieler wanderte umher und spielte beschwingte Lieder. Die farbenfrohen Gewänder der Frauen des MacEwen-Clans verliehen allem eine beinahe festliche Atmosphäre, und der Duft nach frisch gebackenem Brot, geröstetem Hammelfleisch und süßen Nachspeisen hing in der Luft. Es schien tatsächlich so, als würde auf Burg Kinloch gefeiert.

Gwendolen jedoch war nicht nach Feiern zumute. Sie betrat die Halle in einem schlichten Kleid aus grauer Seide und fühlte sich, als steige sie hinab in die sengend heiße Hölle des Teufels.

Sämtliche Wappen und Banner der MacEwens waren von den Wänden verschwunden. Nichts war geblieben außer dem Symbol, das in die Steine über dem Kamin gemeißelt worden war. Alle im Raum schienen bester Laune zu sein, doch die MacEwens hatten diese Fröhlichkeit nur aufgesetzt. Hinter der lachenden Maske verbargen sie ihren Hass und ihre Angst vor den Eindringlingen.

Es war Angus' grausames Wesen, das sie alle das Fürchten lehrte.

Gwendolen schritt weiter in die Halle und schob sich durch die Menge. Den ganzen Tag über hatte sie die Verwundeten beider Seiten verbunden, nun war sie seelisch und körperlich am Ende ihrer Kräfte. Viele von denen, die den Kampf überlebt hatten, waren nur leicht verletzt. Einige konnten an diesem Abend sogar mit den anderen trinken und feiern, auch wenn ihre Wunden nur notdürftig verbunden waren. Andere hatte es böser erwischt. Gwendolens alter Freund Duncan, ein treues Mitglied des Clans, war unter Qualen gestorben, während der Wundarzt versuchte, ihm eine Kugel aus der Schulter zu entfernen.

Die Musik und der Essensduft konnten Gwendolens Trauer über diesen Verlust nicht mildern. Doch sie wusste, dass sie ihre Schwermut verbergen musste, denn ihr Clan brauchte jetzt Zuversicht und Vertrauen.

Gwendolen erblickte ihre Mutter auf der anderen Seite der Halle. Sie war wunderschön anzusehen in ihrem salbeifarbenen Kleid, das ihre rotbraunen Locken betonte. Es beruhigte Gwendolen zu sehen, dass Onora ihren wertvollsten Schmuck trug. Es zeigte ihr, dass Angus Wort hielt und ihrer Mutter die versprochene Stellung zusprach.

Gwendolen hielt Ausschau nach ihrem zukünftigen Ehemann, sie hatte ihn seit dem Morgen nicht mehr gesehen. Doch sie erblickte nur den gut aussehenden dunklen Kämpfer namens Lachlan. Lachlan schien fasziniert von Onoras Schönheit und bahnte sich entschlossen einen Weg zu ihr.

Als Gwendolen das sah, beeilte sie sich, ihre Mutter noch vor ihm zu erreichen. Doch Lachlan und sie kamen gleichzeitig bei Onora an.

„Und mit wem habe ich die Ehre?", fragte Onora, als Lachlan ihr einen Weinkelch reichte.

„Ich bin der Cousin von Angus", erwiderte er mit schwerem schottischen Akzent, „Lachlan MacDonald, Kriegsherr des großen Kämpfers Angus des Löwen. Mein Vater war der frühere Schlachtführer auf Kinloch, doch er fiel vor zwei Jahren, als Euer Gemahl diese Burg einnahm." Lachlan musterte Onora mit männlicher, doch zugleich verschmitzter Überheblichkeit.

Gwendolens Mutter, die nie um eine Antwort verlegen war, sah ihn mit einem strahlenden Lächeln an. „Es ist mir eine

Ehre, einen so tapferen und edelmütigen Mann kennenzulernen. Ich bin entzückt." Sie hielt ihm ihre Hand hin.

Er beugte sich darüber und küsste sie, wobei er den Blick jedoch nicht von ihren Augen löste. Gwendolen fühlte sich vollkommen fehl am Platz.

„Ihr habt sehr geschmeidige Lippen, Sir."

„Und Eure Augen sind schöner als Eure Juwelen, Madam."

Gwendolen trat vor, um das Geplänkel zu unterbrechen. „Wir kennen uns bereits", sagte sie resolut und reichte Lachlan MacDonald die Hand.

Lachlan richtete sich auf und wandte sich ihr zu. „Gewiss, Miss MacEwen."

„Und wo ist unser großer Eroberer heute Abend?", fragte sie beiläufig. „Ich hoffe doch, dass auch er uns bald mit seiner Anwesenheit beehrt."

Lachlan musste angesichts ihres unverhohlenen Sarkasmus lächeln. „Das hoffe ich auch, denn ich habe nicht vor, ihn heute Abend zu vertreten. Ich habe noch andere Pläne."

Onora strich über die Brosche an seiner Schulter und strich seinen Tartan glatt. „Und was für Pläne könnten das sein, Sir?"

„Ich weiß es auch noch nicht so genau, Madam. Ich mache mich gerade erst wieder mit allem hier vertraut."

„Nun", Onoras Augen funkelten, „wenn Ihr jemanden braucht, der Euch die Burg zeigt, dann wendet Euch an mich. Es wäre mir ein Vergnügen, Euch behilflich sein zu können."

Gwendolen räusperte sich leise. „Würdet Ihr uns bitte für einen Moment entschuldigen, Lachlan. Ich würde gerne allein mit meiner Mutter sprechen."

Er verbeugte sich und trat zu einer Gruppe Männer, die ihre Zinnkrüge so krachend aneinanderstießen, dass das Ale nur so verschüttet wurde. Dann legten die Männer ihre Köpfe in den Nacken und kippten das restliche Ale hinunter.

Gwendolen führte ihre Mutter in eine ruhigere Ecke. „Musst du denn wirklich aus reinem Vergnügen mit jedem unserer Feinde liebäugeln? Kannst du dich nicht wenigstens einen Abend lang benehmen?"

Onora schüttelte den Kopf. „Ich liebäugele niemals nur aus reinem Vergnügen. Das dort war immerhin Angus' Schlachtherr. Und jetzt erzähl mir, was heute Morgen passiert ist, nachdem der grausame Löwe dich in den Gemächern deines Vaters eingeschlossen hat. Ich habe gehört, du hattest es nicht gerade leicht mit ihm. Geht es dir gut?"

„Ja, es geht mir gut, Mutter. Ich habe nur den verbliebenen Tag lang die Verwundeten versorgt."

Onora führte sie noch weiter weg von dem Trubel. „Was du den Tag über getan hast, kümmert mich nicht. Ich will wissen, was in diesem Schlafgemach geschehen ist. Du kannst mir alles erzählen, Liebes. Wirklich. Was ist passiert?"

Gwendolen vergewisserte sich mit einem Blick, dass niemand ihr Gespräch belauschte, dann beugte sie sich zu ihrer Mutter. „Er hat mir gedroht, sich mir aufzuzwingen, wenn ich ihm nicht gehorche."

Onora wich zurück. „Er hat nur damit gedroht?"

„Ja. Nun ja, er hat mich aufs Bett geworfen und dann hat er sich dazugelegt und sich einige Freiheiten herausgenommen." Bei der bloßen Erinnerung daran begann Gwendolen zu zittern.

„Du hast doch nicht etwa versucht, dich ihm zu widersetzen?"

„Natürlich habe ich das. Aber er ist sehr stark."

„Das habe ich auch schon festgestellt."

„Du hast ihn kennengelernt?"

„Gewiss. Er hat mich heute Morgen in deinem Gemach aufgesucht, nachdem er mit dir gesprochen hatte. Er ist wie ein wilder Stier hereingestürmt, um mir zu sagen, dass er jetzt der Laird auf Kinloch sei. Dann hat er mich in meine Gemächer zurückgeschickt und mir gesagt, ich dürfe meinen Schmuck behalten."

„Und was hast du erwidert?"

„Nichts. Er war schon wieder fort, bevor ich auch nur die Gelegenheit hatte, irgendetwas zu erwidern. Er wirkte sehr ungeduldig, so als hätte er es eilig."

Plötzlich verstummte das Gelächter und Gemurmel. Der mächtige Angus betrat würdevoll die Große Halle und ließ sich auf dem Stuhl des Lairds am Kopfende der Tafel nieder. Das Gesinde hatte die Tische mit weißen Leinentüchern bedeckt und mit Zinnkrügen und Schalen voller Früchten und Blumen geschmückt. Ein Diener brachte einen juwelenbesetzten Weinkelch und stellte ihn ehrfürchtig vor seinem neuen Herrn ab. Angus nahm den Kelch und lehnte sich auf dem Stuhl zurück.

Onora beobachtete das Geschehen interessiert. „Ich habe gehört, dass sein Vater ihn vor zwei Jahren auf die Äußeren Hebriden verbannt hat. Dort soll eine Pythia seine Geliebte gewesen sein."

„Eine Pythia?" Obwohl Gwendolen nicht den geringsten Wunsch verspürte, etwas über Angus' frühere Liebschaften zu erfahren, faszinierte sie dieses Detail. „War sie eine echte Hellseherin? Konnte sie Dinge voraussagen?"

„Offenbar ja. Sie hat ihm gesagt, dass seine Zeit kommen und sein Traum wahr werden würde. Er würde diese Schlacht gewinnen und wieder Herr über Kinloch werden. Sie war klug und hat ihm nur Dinge erzählt, mit denen man die Leidenschaft eines Mannes entfacht." Onora spielte nachdenklich mit einer Locke ihres Haars. „Vielleicht sollte ich mich ja auch zu einer Pythia ernennen."

Gwendolen ignorierte diese Albernheit. „Und wo ist diese Hellseherin jetzt? Sag mir bitte nicht, dass sie ihm hierher gefolgt ist."

„Nein. Er hat sie auf den Hebriden zurückgelassen. So wie ich es verstanden habe, war sie eine durchaus begabte kleine Hexe, und das meine ich im wahrsten Sinne des Wortes." Onora nippte an ihrem Wein und betrachtete Angus über den Rand ihres Kelchs hinweg. „Wie war er, als er zu dir gekommen ist?"

„Wie meinst du das?"

„War er ein guter Liebhaber?"

„Woher soll ich das wissen? Es war das erste Mal, dass mir so etwas widerfahren ist, und ich möchte es nicht bewerten. Können wir bitte über etwas anderes sprechen? Dieser Mann ist mein Feind. Es ist mir gleichgültig, ob er ein guter Liebhaber ist oder nicht. Das ist vollkommen unerheblich", seufzte Gwendolen ungeduldig.

Ihre Mutter trank einen weiteren Schluck Wein. „Aber vielleicht kommst du ja doch noch zu dem Schluss, dass es durchaus eine Rolle spielt. Gerade weil er dein Feind ist."

Gwendolen sah zu ihrem zukünftigen Gemahl hinüber, der gerade mit einem Krieger der MacEwens sprach. Der Krieger stand nahe beim Podest und wollte ganz offensichtlich einen guten Eindruck hinterlassen. „Ich verstehe nicht, was du mir damit sagen willst."

„Das ist nicht zu übersehen. Aber eines Tages wirst du mich verstehen und dann kannst du jederzeit zu mir kommen, wenn du einen Rat von mir wünschst. Du wirst schon noch sehen, wer hier Macht über wen hat. Vielleicht stellst du überrascht fest, dass du es bist, die am Ende die Oberhand hat." Onora hob den Weinkelch und musterte Angus gründlich, bevor sie einen großen Schluck trank. „Wenigstens sieht er gut aus. Stell dir nur einmal vor, er hätte ein Gesicht wie ein Wildschwein."

„Mutter."

Onora zwinkerte Gwendolen zu. „Versprich mir, dass du wenigstens versuchen wirst, ihn um den Finger zu wickeln. Du kennst das alte Sprichwort, mit Honig fängt man Fliegen."

„Ich will ihn aber gar nicht fangen, ich möchte ihn so schnell wie möglich wieder loswerden. Wir müssen versuchen, Murdoch zu benachrichtigen, und ihm berichten, was hier geschehen ist. Je eher er zurückkommt, desto besser ist es. Und wenn er eine Armee mitbringen könnte ..." Gwendolen stockte.

„Ich schätze, das wäre auch eine Möglichkeit. Vermutlich sogar die vernünftigere", wisperte ihre Mutter.

Gwendolen stöhnte und sah sich gequält um. „Manchmal frage ich mich wirklich, warum ich dich so liebe."

Onora strahlte sie an. „Natürlich weil ich deine Mutter bin und du mich bewunderst."

Zehn Bedienstete betraten die Halle und trugen Platten mit warmen Brotlaiben zur Tafel. Das Brot kam gerade frisch aus dem Ofen und duftete köstlich. Das Gemurmel und Gelächter klang langsam ab, als sich die Männer und Frauen zu ihren Plätzen begaben.

„Ich schätze, es ist Zeit, dass wir uns zu unseren Feinden begeben", seufzte Gwendolen. Sie wollte sich schon abwenden, als ihre Mutter sie am Arm festhielt.

„Warte." Ihre Stimme klang plötzlich ernst. „Eines solltest du wissen, Gwendolen. Angus hat seinen Männern verboten, unsere Frauen zu bedrängen. Das gilt besonders für jene, die ihre Männer heute in der Schlacht verloren haben. Sie sollen genügend Zeit bekommen, um zu trauern. Erst danach dürfen sich die Männer des MacDonald-Clans eine von ihnen zur Gemahlin nehmen."

„Warum erzählst du mir das?"

Sie zuckte mit den Schultern. „Ich dachte, du solltest es vielleicht wissen. Vielleicht hilft es dir, das zu tun, was getan werden muss. Das erste Mal mit einem Mann ist niemals leicht."

Gwendolen verstand. Sie sah ihre Mutter dankbar an.

„Ich weiß deine Worte zu schätzen", versicherte sie, „aber ich glaube nicht, dass es irgendetwas gibt, was mir die Situation erleichtern wird. Lass uns beten, dass es schnell vorbeigeht."

Angus lehnte sich entspannt zurück, als der Diener kam, um seinen Kelch neu zu füllen. Nur der Anblick seiner künftigen Gemahlin lenkte ihn ein wenig ab, als diese die Halle durchquerte, um sich zu ihm an den Tisch zu setzen.

Überraschenderweise freute er sich über sein Glück, eine Frau zu bekommen, die mitnichten einer schrumpeligen Steckrübe glich. Selbst in dieser scheußlichen grauen Kutte, die sie trug, überstrahlte sie alle anderen Frauen in der Halle. Sie war außergewöhnlich zart und schön und ihre kühnen braunen Augen leuchteten unergründlich. Ihre Haut war elfenbeinfarben und bot einen exotischen Kontrast zu ihrem dichten, zobelschwarzen Haar. Diese Pracht wurde gekrönt von ihren kirschroten, vollen Lippen, und allein ihr Anblick raubte Angus bereits den Atem.

Während er ihr entgegenblickte, verspürte er den unwiderstehlichen Drang in sich aufwallen, Gwendolen sofort zu packen und in sein Schlafgemach zu ziehen. Er fragte sich, ob es wirklich ein Segen sei, oder nicht vielleicht doch eher ein Fluch, mit einer so betörend schönen Frau bedacht zu werden. Angus Bradach MacDonald hatte nicht vor, sich von irgendjemandem beeinflussen zu lassen. Und schon gar nicht von seiner Gemahlin.

Er hatte mitangesehen, was Gefühlsduseleien aus einem Mann machen konnten. Sein engster Freund Duncan MacLean hatte aus einer irrsinnigen Liebe zu einer Frau heraus sein Schwert niedergelegt und sein Leben als Krieger aufgegeben.

Und diese Frau war auch noch eine Engländerin gewesen. Angus war erschüttert gewesen, dass es ihm nicht gelingen wollte, Duncan zur Vernunft zu bringen. Es hatte ihn wahnsinnig gemacht. Angus hatte getobt vor Wut über diesen Irrsinn und über Duncans Verrat. Später aber schämte er sich dafür.

„Du wirkst ein bisschen abwesend", sagte Lachlan. Er setzte sich neben Angus und brach ein Stück vom warmen, knusprigen Brot ab. „Ich kann es dir allerdings nicht vorwerfen, das Mädchen ist eine echte Trophäe."

Gwendolen stand nun bei einer älteren Frau in der Menge und sprach mit ihr.

Angus hob seinen Kelch und runzelte die Stirn. „Ja, sie ist ein hübsches Ding und in ihren Adern fließt zweifellos das Blut eines schottischen Kriegers, aber täusch dich nicht. Die eigentliche Trophäe ist Kinloch."

Lachlan lehnte sich zurück. „Gewiss, aber was wäre Kinloch ohne die Menschen, die hier leben? Doch nichts als ein Haufen Steine und Mörtel."

Angus sah seinen Cousin verärgert an. „Ein Haufen Steine und Mörtel, Lachlan? Hast du bei der Schlacht heute Morgen eins auf den Kopf bekommen? Ohne diese Mauern gäbe es hier nichts. Kein Zuhause, einfach nichts."

Angus wusste es nur zu gut. Zwei Jahre lang hatte er mit Raonaid in einer einfachen strohbedeckten Hütte in der nassen Kälte der Äußeren Hebriden gelebt. Raonaid war ein gerissenes Weib, eine begnadete Teufelin, die man aufgrund ihrer übernatürlichen Talente ebenfalls verstoßen hatte. Während jener Zeit hatte er sich gefühlt, als treibe er ziellos in einem eisigen Meer, ohne Aussicht auf Land und Rettung. Nie hatte er geahnt, wie tot sich ein Lebender fühlen konnte.

Er trank einen weiteren Schluck Wein und beobachtete Gwendolen über den Rand seines Kelches hinweg. Sie und ihre Mutter sprachen noch immer mit der älteren Frau, die sich gerade verstohlen eine Träne von der Wange wischte.

Gwendolen reichte ihr ein gefaltetes Taschentuch, das sie aus dem Ärmel zog.

„Deine zukünftige Schwiegermutter scheint eine echte Verführerin zu sein", sagte Lachlan leise und neigte sich zu ihm. „Du solltest sie gut im Auge behalten. Wie ich gehört habe, hat sie sich am Tag des Begräbnisses ihres Gemahls den Steward ins Bett geholt und ihn seitdem fest in der Hand."

„Stimmt, aber das ist noch nicht alles", bestätigte Angus. „Er besucht sie schon seit einem Jahr in ihrem Gemach, und die ganze Zeit über war sie es, die Kinloch heimlich regiert hat. Ihr Mann war nur eine ihrer Marionetten."

Lachlan trank ebenfalls einen Schluck. „Ich muss zugeben, dass mich das nicht überrascht, nachdem ich sie gerade kennengelernt habe. Weiß ihre Tochter davon?"

Angus musterte Gwendolen. „Ich weiß es nicht. Es ist kaum vorstellbar, dass sie die Machenschaften ihrer Mutter nicht durchschaut. Sie ist klug und willensstark, allerdings erscheint sie mir auch viel zu sittsam für derlei Dinge."

Er erinnerte sich daran, wie zart sich ihre Haut unter seinen forschenden Händen angefühlt hatte. Gwendolen war über seine Berührungen offensichtlich verzückt und hatte dennoch jedes Verlangen unterdrückt. Er fragte sich, ob sie vielleicht nicht doch wie ihre Mutter war. Hatte sie ihm nur vorgegaukelt, er hätte sie erobert, um ihn in Sicherheit zu wiegen und ihm das Gefühl der Macht zu lassen? Oder hatte sein Kuss sie tatsächlich bewegt und sie würde sich als formbar erweisen? Angus schob die Gedanken beiseite.

„Und was hast du über den Sohn erfahren, Lachlan? Meine zukünftige Gemahlin glaubt, er könne jeden Augenblick heimkehren und zurückfordern, was er für sein Eigentum hält."

„Ich fürchte, da könnte sie recht haben. Murdoch wurde eine Nachricht über den Tod seines Vaters geschickt, aber er hat nie geantwortet. Er könnte also tatsächlich morgen schon vor den Toren stehen Ich habe gehört, dass der Abschied sehr eisig war. Sein Vater und er waren damals bereits seit Wochen zerstritten. Manche sagen, es sei um eine Frau gegangen, die Murdoch nicht heiraten durfte. Das erklärt auch seine Abwesenheit am Totenbett seines Vaters."

Angus musste abermals an seinen Freund Duncan denken. Wie leicht eine flüchtige Leidenschaft für eine Frau einen Mann doch von seiner Bestimmung als Krieger und Anführer abbringen konnte.

„Könnte Murdoch eine Armee auf die Beine stellen?"

„Er hat die Unterstützung von König George. Der König hat den MacEwens Kinloch schließlich überhaupt erst zugesprochen."

„Wegen der unerschütterlichen Treue meines Vaters zu den Jakobiten."

Angus nippte an seinem Wein und dachte an die politischen Ränke und Machenschaften seines Vaters zugunsten der Krone der Stuarts. Der Kampf der Jakobiten hatte auf dem Schlachtfeld von Sherrifmuir sein Ende gefunden. Denn obwohl die Schlacht damals unentschieden ausging, verloren die Jakobiten zunehmend an Rückhalt und Sympathien.

Lachlan brach ein weiteres Stück von dem Brot ab. „Dein Vater hat für den Sturz des Königs gekämpft, Angus. König George wird dich deshalb in den kommenden Monaten ganz genau im Auge behalten."

„Ich beabsichtige nicht, die Verschwörungen meines Vaters fortzuführen", entgegnete Angus, „wenigstens nicht im Augenblick. Ich will Frieden auf Kinloch. Ich habe für eine Weile genug Blutvergießen gesehen."

Lachlan sah ihn von der Seite an. „Ich hätte nie gedacht, dass Angus der Löwe einmal nicht nach Schlachten hungert."

„Ich auch nicht", pflichtete ihm Angus bei, „und das soll auch nicht heißen, dass ich nicht irgendwann einmal wieder daran denken werde, aber jetzt habe ich Pflichten. Ich muss die alte Ordnung auf Kinloch wiederherstellen und den Männern meines Clans ihre Gebäude und Ländereien zurückgeben. Sie haben ein Recht auf Stabilität."

„Die sollte durch eine Frau und ein Kind gewährleistet sein."

„Gewiss. Und deshalb müssen wir auch dafür sorgen, dass Murdoch MacEwen niemals versuchen wird, Kinloch zurückzuerobern."

Lachlan neigte sich zu ihm. „Hast du nicht gerade gesagt, du hättest genug Blutvergießen gesehen?"

„Ja, das habe ich", bestätigte Angus, „und ich würde es auch vorziehen, wenn es nicht wieder dazu kommt. Meine zukünftige Gemahlin würde es mir vermutlich sehr übel nehmen, schließlich ist Murdoch MacEwen ihr Bruder."

„Was können wir dann tun?"

„Schick einen Mann los, der Murdoch finden und ihm Land und eine angemessene gesellschaftliche Stellung anbieten soll. Wenn er Frieden will, wird er annehmen", flüsterte er seinem Cousin leise zu.

„Und wenn nicht?"

Angus sah Gwendolen nüchtern entgegen, die jetzt auf seinen Tisch zukam. „Dann tue, was immer nötig ist, um den Frieden zu sichern. Es darf keine weiteren Eroberungen mehr geben."

Lachlan nickte und lehnte sich zurück. „Ich verstehe. Bei Morgengrauen schwärmen die ersten Jäger aus, um ihn zu suchen."

Das Stimmengewirr und Gelächter in der Halle verebbte, als Gwendolen das Podest betrat. Angus erhob sich und streckte ihr seine Hand entgegen. Sie zögerte und musterte ihn misstrauisch, bevor sie ihre zarten Finger in die seinen legte und sich den Menschen in der Halle zuwandte. Niemand sprach ein Wort oder räusperte sich, bis Angus und Gwendolen sich Seite an Seite zum Essen setzten.

5. Kapitel

Gwendolen sah auf die dampfende Suppenschale vor ihr und atmete den köstlichen Duft von Fleisch in einer dicken, stark gewürzten Brühe ein. In der Mitte des Tisches stand ein gebratenes Ferkel golden und knusprig bereit, um in Scheiben geschnitten und verzehrt zu werden. Mutlos betrachtete sie die mit Früchten gefüllten Schalen, die leuchtenden Kandelaber und die Diener, die immer mehr Platten mit den leckersten Speisen zu den Tischen trugen. In ihrem Kopf toste ein Sturm, der sich einfach nicht legen wollte.

„Ich habe gehört", eröffnete Angus das Gespräch, „dass du den Verletzten heute große Dienste erwiesen hast. Die Leute sagten, du hättest hart und unermüdlich gearbeitet und du seist zu jedem freundlich und mitfühlend gewesen. Man könnte beinahe den Eindruck gewinnen, du seist ein wahrer Engel der Barmherzigkeit."

Gwendolen erinnerte sich nur mit Mühe an ihren Schwur. Sie hatte Angus versprochen, liebenswürdig zu sein „Ich habe getan, was ich konnte, doch einige Verluste waren leider unvermeidlich."

„Die Männer deines Clans haben tapfer gekämpft", betonte er. „Du solltest stolz auf sie sein."

„Vielleicht sollte ich das, aber mein Stolz wird den Sohn dieser Frau nicht wieder zum Leben erwecken." Sie nickte mitfühlend in die Richtung von Douglas' Mutter Beth MacEwen, mit der sie gerade gesprochen hatte.

Angus sah sie scharf an. „Und mein Sieg heute bringt meinen Vater genauso wenig zurück. Stattdessen sitze ich jetzt hier auf seinem Platz."

Gwendolen hörte, wie verärgert er war, und schwieg einen Moment. „Der Verlust Eures Vaters tut mir sehr leid. So etwas ist niemals leicht. Wie Ihr ja wisst, habe auch ich meinen Vater verloren und ich trauere immer noch um ihn."

Angus neigte den Kopf und sah Gwendolen finster an. „Soll das hier ein Wettstreit werden? Glaubst du, weil mein Vater bereits vor zwei Jahren gestorben ist, würdest du mehr leiden?"

„Nein, das wollte ich damit nicht ..." Gwendolen stockte.

„Ich habe erst vor einem Monat vom Tod meines Vaters erfahren. Zwei Jahre lang habe ich in der Verbannung gelebt, ohne davon zu wissen. Ich war nicht hier, um an seiner Seite zu kämpfen, und das werde ich mir niemals vergeben."

Sie schwieg und tauchte den Löffel in die Brühe. „Es tut mir leid. Das wusste ich nicht." Nach einer Weile fügte sie hinzu: „Dann haben wir wohl wenigstens eines gemeinsam."

„Und was wäre das?", fragte er ungehalten.

„Unsere Trauer, die erst vier Wochen alt ist."

Angus musterte sie von der Seite und wandte sich dann Lachlan zu, der zu seiner Linken saß.

Gwendolen blickte zu ihrer Mutter, die neben ihr saß und sich mit einem Krieger der MacDonalds über das köstliche Essen und den guten Wein unterhielt.

„Hast du schon irgendetwas erfahren?", fragte Onora leise, während sie nach einem leuchtend roten Apfel griff.

„Nein, aber ich versuche es ja."

„Dann versuche es weiter, Schatz. Du musst herausfinden, wie wir diesen Mann in die Knie zwingen können."

Unter anderen Umständen hätte ein solches Gespräch Gwendolen zutiefst beleidigt. Sie glaubte fest an Treue und

Ehrlichkeit zwischen Mann und Frau. Intrigieren war ihr einfach zuwider. Doch die bevorstehende Hochzeit mit Angus dem Löwen zwang sie jetzt, ihre Überzeugungen beiseitezuschieben. Sie konnte es sich nicht leisten, ehrlich oder romantisch zu sein, und sie konnte ihren Verpflichtungen auch nicht entfliehen.

„Ich weiß nicht, was ich ihn fragen soll."

„Finde heraus, ob er in die Fußstapfen seines Vaters treten und die Stuarts bei einer weiteren Rebellion unterstützen will. Wenn das der Fall sein sollte und der König davon erfährt, würden wir auf der falschen Seite des Gesetzes stehen. König George hat uns diese Burg zugesprochen, weil wir ihm die Treue gehalten haben. Du musst erfahren, was Angus vorhat."

Gwendolen wandte sich ihrem künftigen Gemahl wieder zu, als Onora sie mit einer Berührung am Arm zurückhielt. „Warte noch", wisperte sie, „versuch zuerst, herauszufinden, ob er der Schlächter der Highlands ist. Dieses Wissen wäre unschätzbar wertvoll. Kein anderer Rebell wird so dringend gesucht wie er. Wenn wir ihn der Krone ausliefern können, steht der König in unserer Schuld."

Gwendolen erkannte die schlichte Brillanz dieses Plans und wandte sich wieder Angus zu. Sie versuchte, möglichst unschuldig zu wirken, als sie ihn auf seine Vergangenheit ansprach. „Darf ich Euch eine Frage stellen?"

„Gewiss."

„Warum wart Ihr so lange fort? Und warum habt Ihr Kinloch überhaupt verlassen, wenn Ihr diesen Ort doch so sehr liebt?"

„Hast du denn keine Gerüchte darüber gehört?" Er betrachtete sie kühl.

Entschlossen, sich dadurch nicht abweisen zu lassen, sah Gwendolen ihm fest in die Augen. „Doch, ich habe Gerüchte gehört, aber ich gebe nicht viel darauf. Besonders dann nicht, wenn sich das Gerede um einen Mann wie Euch dreht. Über Euch gibt es viele Geschichten."

„Ich suche diese Form der Aufmerksamkeit nicht."

„Aber sie findet Euch. Ihr habt meine Frage noch nicht beantwortet."

„Und du hast mir noch nicht gesagt, was für Gerüchte du gehört hast."

Sie nippte an ihrem Wein. „Es gibt davon viele. Einige besagen, Ihr wärt der berüchtigte Schlächter der Highlands, dieser jakobitische Rebell, der vor zwei Jahren aus einem englischen Gefängnis geflohen ist. Seitdem hat niemand mehr von ihm gehört. Niemand weiß, wer er ist, aber einige Leute glauben, er ziehe im Geheimen Truppen für einen weiteren Aufstand zusammen. Ist es das?", fragte sie ihn unverhohlen. „Habt Ihr Kinloch erobert, um eine jakobitische Bastion daraus zu machen?"

Angus MacDonald schwieg eine Weile. „Nein. Ich möchte keine Rebellion führen. Was ich will, ist Frieden."

Gwendolen sah ihn prüfend an. Sie versuchte zu erkennen, ob er die Wahrheit sagte oder ob er sie anlog, doch sein Gesicht war wie versteinert.

„Ihr würdet es mir ohnehin nicht sagen, oder?", fragte sie. „Selbst wenn Kinloch eine Festung der Jakobiten werden sollte, würdet Ihr dieses Geheimnis nicht mit mir teilen, weil Ihr meine politische Einstellung kennt."

„Das stimmt."

„Aber würdet Ihr mir sagen, wenn Ihr der Schlächter wärt? Ich möchte wissen, ob ich im Begriff bin, jemanden zu heiraten, der so ..." Gwendolen suchte nach dem richtigen Wort. Sie wollte „mörderisch" sagen, besann sich aber eines Besseren. „Der so berühmt ist."

Angus sah sie an. „Weißt du, was er getan hat, Mädchen?"

„Ja! Doch obwohl ich seine Überzeugungen nicht teile

und seine Brutalität verabscheue, berührt mich seine Leidenschaftlichkeit. Man sagt, er tue das alles, um den Tod seiner Geliebten zu rächen. Man sagt, er habe sie so sehr geliebt, dass er nicht ohne sie leben könne."

Angus nippte nachdenklich an seinem Wein. „Ich hätte erwartet, dass du ihn für seine Taten verurteilst, statt seine Beweggründe zu ehren."

Sie stippte den Löffel in die Suppe. „Ich verehre ihn nicht, doch seine Situation berührt mich. Das ist alles. Wie Ihr wisst, bin ich eine Verfechterin des Friedens, die Taten des Schlächters sind unverzeihlich."

Angus drehte sich zu ihr. „Manchmal jedoch lässt sich der Frieden nur mit Gewalt sichern. Vergiss nicht, dass dein eigener Vater diese Burg im Namen des Friedens angegriffen hat. Viele Männer sind dabei gestorben."

Gwendolen nickte. Angus hatte recht.

„Ich bin übrigens nicht der Schlächter der Highlands", fügte er hinzu. „Darauf gebe ich dir mein Wort."

Gwendolen war hin- und hergerissen. Es beruhigte sie, dass Angus der Löwe kein mörderischer Rebell und Schlächter war. Andererseits aber bedeutete dieses Geständnis, dass König George nichts gegen die Einnahme der Burg unternehmen und Gwendolen nicht aus den Fängen dieses Mannes befreien würde.

„Glaubst du mir?", fragte Angus.

Gwendolen sah zu ihm auf und nickte.

Er griff nach seinem Weinkelch. „Das ist gut. Ich könnte es auch gar nicht sein, denn ich hatte niemals eine große Liebe. Ich bin zu solchen innigen Gefühlen nicht einmal fähig. Liebe trübt nur das Urteilsvermögen eines Mannes und macht ihn schwach."

Gwendolen sah ihn unverwandt an. Sie verstand, dass er sie mit diesen Worten wieder in ihre Grenzen wies. Sie sollte begreifen, dass es ihr niemals gelingen würde, ihn mit ihrer Weiblichkeit zu beeinflussen oder gar Macht über ihn zu erlangen. Sie war in seinen Augen nur ein Lamm und keine Gefahr.

„Ihr schätzt es, wenn die Menschen Euch fürchten", stellte sie fest.

Er lehnte sich zurück und betrachtete sie mit unverhohlener Lust, die wie aus dem Nichts in ihm aufzuflammen schien. „Es freut mich, dass du es langsam begreifst", sagte er abschätzig.

Ihr Herz pochte bis zum Hals. Denn es gab nichts, was Angus' wahre Absichten verklärte. Er wollte sie in sein Bett zerren, um seine unbändige Lust zu stillen, und er ließ keinen Zweifel daran, dass er es auch tun würde.

Es beleidigte Gwendolen, dass Angus in ihr nichts anderes als ein Mittel zum Zweck sah. Er mochte ein unromantischer, kaltherziger Krieger sein, doch sie war es nicht. Vor diesem Überfall hatte sie von einer großen Liebe geträumt. Sie hatte sich einen ritterlichen Schotten erträumt, der sie anbetete und der ihr schwor, sie zu lieben und zu ehren, bis dass der Tod sie scheiden sollte.

Sie war eine hoffnungslose Romantikerin, das wusste sie bereits, doch jetzt schien es an der Zeit, sich der Wirklichkeit zu stellen. Bald schon würde sie einen skrupellosen Krieger heiraten, der weder sanft noch zärtlich war, und das erfüllte sie mit Furcht.

Den Rest des Essens verbrachten sie schweigend nebeneinander, und erst, als das Dessert aufgetragen wurde, fiel Gwendolen wieder ein, dass sie immer noch nicht wusste, warum Angus Kinloch vor zwei Jahren verlassen hatte.

„Werdet Ihr mir eigentlich jemals erzählen, warum Ihr so lange fort wart?", fragte sie unvermittelt. „Oder soll ich mir selbst ausdenken, welche Grausamkeiten Ihr wohl begangen haben könntet?"

Angus verschlang sein Dessert und wischte sich dann den Mund an einem Leinentuch ab. „Mein Vater und ich hatten Streit", erklärte er. „Ich habe etwas Verachtenswertes getan und werde dafür vermutlich in der Hölle schmoren. Mein Vater hat mich verstoßen und von mir verlangt, niemals mehr nach Kinloch zurückzukehren. Ich habe mich daran gehalten, bis Lachlan mich nach zweijähriger Suche endlich fand und mir vom Fall meines Clans und dem Verlust Kinlochs berichtete."

Gwendolen sah ihn neugierig an. „Was habt Ihr denn getan, um eine solche Strafe zu verdienen?"

Sie hielt den Atem an, während sie auf seine Antwort wartete.

„Ich habe einen Freund verraten."

„Warum? Was hat er Euch angetan? Habt Ihr gestritten?"

„Wir haben viele Male gestritten. Sagen wir, ich war mit der Wahl seiner Frau nicht einverstanden, und ich war eisern davon überzeugt, im Recht zu sein."

Sie dachte über seine Worte nach. „Habt Ihr sie selbst geliebt?"

„Gott, nein! Hörst du mir denn überhaupt nicht zu?"

Gwendolen räusperte sich. Sie schien etwas durcheinander zu sein. „Entschuldigung. Ich habe wohl nicht nachgedacht."

Er hob seinen Kelch und hielt ihn auf dem Schoß. „Ich habe sie verabscheut, wenn du es unbedingt wissen willst. Wenn es nach mir gegangen wäre, hätte sie nicht lange genug gelebt, um ihn dazu zu bringen, sie zu heiraten."

„Mein Gott, habt Ihr sie etwa umgebracht?" Grauen durchflutete sie.

An seinem Kiefer zuckte ein Muskel, als er weitersprach. Seine Stimme klang bitter und unheilvoll. „Was glaubst du denn?"

Gwendolen sackte auf ihrem Stuhl zusammen. „Und deshalb habt Ihr Euren Freund verraten? Weil er sie gewählt hat und nicht auf Euch hörte?"

Er sah weg. „Ja."

„Dafür kann ich ihm kaum einen Vorwurf machen", sagte sie. „Liebe sollte immer über das Böse siegen."

Angus beugte sich vollkommen unbeeindruckt zu ihr. „Du hältst mich also für böse?"

„Ihr habt selbst gesagt, dass Ihr für Eure Taten in der Hölle brennen werdet."

„Das habe ich gesagt. Und das werde ich wohl auch."

Der Geigenspieler ging an ihnen vorbei. Er sang ein fröhliches gälisches Lied und lenkte sie für eine Weile ab, bis er wieder den Tisch entlang fortschritt.

„Habt Ihr jemals versucht, Euch mit Eurem Freund zu versöhnen?", fragte Gwendolen und griff nach ihrem Weinkelch.

„Nein."

„Warum nicht?"

„Weil ich noch immer glaube, dass er unrecht hat."

Sie schob ihren Teller von sich. „Ist er noch immer bei der Frau, vor der Ihr ihn gewarnt habt?"

„Ja."

„Und sind sie glücklich miteinander?"

Angus trommelte ungehalten mit dem Finger auf die Lehne seines Stuhls. „Ich weiß es nicht und es kümmert mich auch nicht. Ich habe beide seit zwei Jahren nicht mehr gesehen."

Der Geiger beendete sein Lied, und Angus erhob sich. Sofort verebbten alle Gespräche in der Halle. Ein beängstigendes Schweigen breitete sich aus, denn alle wussten, dass es für die MacEwens an der Zeit war, ihrem neuen Laird die Treue zu schwören.

Gwendolen lehnte sich besorgt zurück. Sie dachte über all das nach, was sie in der vergangenen Stunde über ihren künftigen Gemahl erfahren hatte.

Doch nichts davon ließ ihre Situation in einem besseren Licht erscheinen.

An diesem Abend lag Gwendolen noch lange wach im Bett und dachte noch immer an das, was Angus MacDonald ihr gesagt hatte.

Er hatte ihr versichert, Kinloch nicht zu einer Hochburg der Rebellen zu machen, doch sie war sich nicht sicher, ob sie Angus trauen konnte.

Außerdem glaubte er nicht an die Liebe. Nicht, dass sie sich irgendwelchen Hoffnungen hingegeben hätte, ihre Hochzeit könnte womöglich aus anderen als aus rein politischen Motiven arrangiert worden sein. Aber sie hätte sich dennoch gewünscht, dass Angus in früheren Zeiten einmal etwas für eine Frau empfunden hatte. Doch mit jedem Wort und jeder Geste dieses Abends hatte er ihr nur bestätigt, dass ihr erster Eindruck von ihm der Wahrheit entsprach. Angus Bradach MacDonald war ein Werkzeug des Krieges und er besaß ein Herz aus Stein.

Und doch hatte sie ihn heute auch von einer Seite kennengelernt, die sie hoffen ließ. Irgendwo in der hintersten Ecke seiner Seele schien er einen Funken Mitgefühl zu verstecken. Hätte er sonst darauf bestanden, den Witwen der MacEwens genug Zeit zur Trauer zu geben?

War dieser Befehl von Angus dem Löwen gekommen? Oder steckte sein Cousin Lachlan dahinter?

Wenigstens dieser Mann schien ein wenig von Frauen zu verstehen. Er war beinahe einfühlsam gewesen, als er sie am Morgen aus der Halle geführt hatte, und er hatte eindeutig gewusst, wie er ihre Mutter bezaubern konnte.

Angus hingegen zeigte keinerlei Interesse daran, irgendjemanden zu bezaubern. Er nahm sich, was er wollte.

Gwendolen schreckte zusammen, als sie ein Klopfen an der Tür vernahm. Sie blinzelte in die Dunkelheit.

„Wer ist da?"

Sofort öffnete sich die Tür. Ohne auf ihre Einladung zu warten, betrat Angus MacDonald den Raum. In seiner Hand hielt er den silbernen Kandelaber aus dem Zimmer ihres Vaters.

Jetzt gehörte er Angus. Alles gehörte jetzt Angus. Auch sie.

Er stellte den Kerzenständer auf einer Truhe ab, schloss die Tür hinter sich und schob den Riegel vor. Dann ging er langsam auf Gwendolen zu.

Schweigend blickte sie ihm entgegen. „Was wollt Ihr hier?", fragte sie schließlich bestimmt.

Er lächelte und schlenderte lässig um das Bett herum. Sein Haar schimmerte golden im Kerzenlicht.

6. Kapitel

Gwendolen rang um Fassung. „Ihr habt versprochen, mich bis zu unserer Hochzeitsnacht in Frieden zu lassen. Bitte geht."

„Na, na, ich habe versprochen, dir deine Unschuld zu lassen, sonst nichts. Und jetzt bin ich hier und ich werde bleiben, ob es dir nun gefällt oder nicht."

Sie runzelte die Stirn. „Wenn ich Eure Frau werden soll, könntet Ihr doch wenigstens versuchen, meine Zuneigung zu gewinnen."

„Deine Zuneigung interessiert mich nicht, Mädchen. Um ehrlich zu sein, ist es das Letzte, das ich von dir will."

Er war wirklich vollkommen herzlos. Er wollte nur Macht über andere erlangen. Und auch gegen die eine oder andere Ausschweifung hatte er nichts.

„Nein, Ihr wollt nur, dass ich Eure vulgären Gelüste befriedige. Aber ich bin eine Frau mit eigenen Gedanken und Gefühlen, kein Tier, das Ihr herumkommandieren könnt."

„Du wirst schon bald meine Frau sein, und dann wirst du mir gehorchen, denn ich bin hier der Herr und Laird."

„Ihr seid vielleicht der Laird von Kinloch, aber Ihr werdet niemals Herr über meinen Körper. Und noch bin ich nicht Eure Frau, also sage ich es noch einmal. Bitte verlasst sofort mein Gemach."

Er trat an das riesige Bett und griff nach der Decke. Gwendolen drückte sie sich fest an die Brust, um zu verhindern, dass er sie herunterzog.

„Ich glaube, du bist diejenige, die vergessen hat, welche Versprechungen wir einander heute gemacht haben", sagte er. „Du hast geschworen, dass du bis zu unserer Vermählung liebenswürdig zu mir sein wirst. Stattdessen aber sitzt du da, beleidigst mich und nennst mich gar vulgär." Er zog kräftiger an der Decke.

„Lasst los", zischte Gwendolen zwischen zusammengebissenen Zähnen.

Jetzt zog er mit beiden Händen an der Decke, fast so, als spielten sie ein frivoles Tauziehen. Kurz zerrten sie die Decke hin und her, bis Gwendolen einsehen musste, wie sinnlos ihr Handeln war. Angus' Hände waren groß und kraftvoll, und er hatte seine muskulösen Beine fest in den Boden gestemmt. Noch bevor Gwendolen protestieren konnte, hatte Angus die Decke weggerissen und neben sich auf den Boden fallen lassen.

Gwendolen trug nichts als ein Unterkleid. Sie zog ihre Knie an und drückte sie gegen die Brust.

„Schon besser", sagte Angus der Löwe. Er sah Gwendolen lüstern an. „Ich mag es nicht, wenn du dich vor mir versteckst."

„Nun, Ihr gewöhnt euch besser daran, denn ich habe nicht vor, mich Euch auf dem Silbertablett zu servieren."

Er setzte sich auf die Bettkante.

„Was wollt Ihr hier?", zischte Gwendolen. „Warum könnt Ihr mich nicht in Ruhe lassen?"

„Ich konnte nicht schlafen."

„Ich auch nicht, aber das gibt mir nicht das Recht, herumzuschleichen, in anderer Leute Gemächer einzudringen und sie so zu zwingen, meine Schlaflosigkeit zu teilen."

Angus sah sie an. Er wirkte wie so oft zornig und bedrohlich. Gwendolen hatte ihn nicht einmal lächeln sehen und keinerlei Wärme in ihm gespürt.

„Herumschleichen?", fragte er. „Ist es das, was ich tue?"

„Ja."

Er sah sich in Gwendolens Gemach um. Der Raum wurde nur von den Kerzen erhellt, die er mitgebracht hatte, und von dem sanften Mondlicht, das durch das Fenster fiel. Es malte ein Rechteck auf den Boden. „Dies hier war einst mein Gemach, bevor ich fortgeschickt wurde."

Gwendolen sah Angus verstört an. Sie zog die Zehen langsam unter den Saum ihres Nachthemds. „Das wusste ich nicht. Ich hatte angenommen ..." Sie atmete tief durch.

„Was hattest du angenommen?"

„Ich weiß es auch nicht. Ich habe nie darüber nachgedacht, welches Gemach wohl das Eure war."

Hatte er als kleiner Junge schon hier geschlafen? Sie konnte es sich kaum vorstellen.

Ihr Herz schlug viel zu schnell, und da Angus schwieg, gab sie ihrem Drang nach, einfach weiterzuplappern. „Wir haben das Bettzeug ausgewechselt", sagte sie, „aber sonst haben wir alles so belassen, wie wir es vorgefunden haben. Die Möbel, den Teppich ..." Gwendolen rang nach Worten.

Angus sah auf den Teppich hinunter und auf die Decke, die zu einem Haufen zusammengeknüllt darauf lag, doch er saß weiterhin schweigend auf der Bettkante.

Was in aller Welt wollte er hier?

„Natürlich werde ich in ein anderes Gemach ziehen, wenn Ihr dieses hier zurückhaben wollt", bot sie ihm an. Sie fragte sich, ob er deswegen gekommen war. „Es gibt noch einen Raum direkt unter diesem hier."

„Nein, das war das Gemach meiner Schwester. Ich bewohne jetzt die Räume meines Vaters."

„Ihr habt eine Schwester?", fragte Gwendolen überrascht.

„Ich hatte eine Schwester. Sie ist tot", erwiderte er unwirsch.

Beim barschen Klang seiner Stimme zuckte sie erschrocken zusammen, doch dann sah sie Angus mitfühlend an. „Das tut mir sehr leid. Wann ist es geschehen?", fragte sie vorsichtig.

„Vor ein paar Jahren." Angus sah weg.

Sie kämpfte gegen das nervöse Kribbeln in ihrem Bauch und saß ganz still. Sie hoffte, sie würde ihn bald langweilen. Vielleicht würde er sie dann endlich alleine lassen.

Doch so viel Glück war ihr nicht vergönnt. Angus begann, sich auf dem Bett auszustrecken, und bald lag er neben ihr auf dem Rücken. Er schlug die langen, muskulösen Beine übereinander und schob sich einen Arm unter den Kopf.

Ihr fiel auf, dass er keine Waffe trug. An seinem Gürtel hingen weder ein Schwert noch eine Pistole oder ein Messer. Doch das ließ ihn nur noch mächtiger erscheinen. Gwendolen musterte Angus von seinen großen Füßen, die in Stiefeln steckten, über die kräftigen Oberschenkel unter dem Kilt bis hinauf zu seiner muskulösen Brust. In seinem angewinkelten Arm spannten sich kräftige Muskeln und Sehnen. Sie betonten seine ohnehin schon breiten Schultern.

Gwendolens Körper vibrierte. Sie war wie gefangen vor Angst und Faszination vor diesem Mann, der so bedrohlich und gleichzeitig so anziehend auf sie wirkte. So hatte sie sich bereits am Morgen gefühlt, als er das erste Mal in ihrer Kammer war. Die Tatsache, dass er nun hier neben ihr lag, vollkommen still und scheinbar friedlich, verfehlte nicht ihre Wirkung. Gwendolen spürte jede Bewegung, jeden Atemzug von ihm, während sie versuchte, sich nicht zu rühren. Sie wollte alles vermeiden, was seine Lust wecken könnte.

Vielleicht wollte er nur einen Blick in seine frühere Kammer werfen, um zu spüren, dass er tatsächlich heimgekommen war. Sie hoffte, dass Angus wirklich nur aus diesem Grunde in ihrem Bett lag und dass er gehen würde, sobald seine Neugierde befriedigt war.

Eine Viertelstunde musste bereits vergangen sein. Gwendolen saß immer noch aufrecht im Bett. Durch das Fenster hindurch betrachtete sie die leuchtenden Sterne am Himmel, bis sie überrascht bemerkte, dass Angus eingeschlafen war. Sein Atem ging gleichmäßig und ruhig.

Gwendolen starrte Angus den Löwen entgeistert an. Es schien ihr unwirklich, diesen schlachterprobten Krieger hier friedlich neben ihr schlafen zu sehen.

Sie beugte sich vor, um sein Gesicht genauer zu betrachten. Sie konnte darin nichts Böses entdecken. Seine eisblauen Augen waren geschlossen und seine Züge entspannt. Gwendolen betrachtete seinen Hals, seine breiten Schultern und die massive Silberbrosche an seinem Plaid. Sie sah auch auf seinen Kilt, von dem sie wusste, was er verbarg. Schon bald würde er damit sein Recht als ihr Ehemann einfordern und ihren Körper in Besitz nehmen. Er würde nackt auf ihr liegen und in sie eindringen, und sie würde sich ihm ergeben müssen.

Panik breitete sich in ihrem ganzen Körper aus und lähmte all ihre Gedanken. Doch plötzlich erkannte Gwendolen, dass dies eine unerwartete, einmalige Gelegenheit war. Ihr Eroberer schlief hier neben ihr, ganz ruhig und verletzlich. War es nicht ihre Pflicht, jetzt zu handeln? Seinem Ruf nach war er unverwundbar, doch sie wusste, dass dies nichts als Legenden waren.

Doch konnte es ihr überhaupt gelingen, ihn zu töten? Wäre sie mutig genug, den Dolch in die Hand zu nehmen?

Langsam und vorsichtig rollte sie zur Seite des Bettes und tastete unter der Matratze nach dem Dolch, den sie dort am Morgen versteckt hatte. Sie stieß mit den Fingerspitzen dagegen und legte ihre Hand um den Griff. Dann rollte sie vorsichtig wieder zu Angus herum. Er hatte sich nicht bewegt, und auch sein Atem ging noch immer regelmäßig. Wenn sie mutig wäre, könnte sie ihm jetzt das Messer in die Brust stoßen oder ihm die Kehle aufschlitzen und damit sich selbst und ihren Clan befreien. Doch etwas hinderte sie daran.

Gwendolen sah Angus im Kerzenschein an. Sein Herzschlag pulsierte an seinem Hals. Sein Brustkorb hob und senkte sich. Gwendolen wurde übel. Sie hatte noch nie jemanden getötet, und sie war sich nicht sicher, ob sie es jetzt tun konnte, auch wenn Angus ihr Feind war und viele ihrer tapfersten Kämpfer abgeschlachtet hatte.

Würde sie in der Hölle schmoren, wenn sie einen unbewaffneten, schlafenden Mann kaltblütig erstach? Es wäre kein fairer Kampf, aber sie würde aus reinem Selbstschutz handeln, jedenfalls wenn man eine erzwungene Hochzeit als ausreichende Bedrohung anerkannte.

Plötzlich schlug er die Augen auf. Blitzschnell packte er den Dolch, warf sie auf den Rücken und presste sie ins Bett. Die scharfe Klinge lag eng an Gwendolens Kehle. Sie konnte nicht atmen und ihr Herz raste in panischer Angst.

„Du hättest es tun sollen, solange du noch die Chance dazu hattest", flüsterte er drohend. „Du hättest mein Leben beenden und dir selbst die furchtbare Entjungferung ersparen können."

Voller Schrecken sah sie zu ihm hoch. „Ich habe noch nie jemanden getötet, und ich könnte nicht einmal Euch töten, auch wenn Ihr mein größter Feind seid. Ich bin kein Krieger."

Sie war ein Feigling.

Angus blickte auf ihre Lippen. Dann drückte er die stumpfe Seite der Klinge unter ihr Kinn. Schiere Angst strömte durch Gwendolens Adern, als sie seinen wiederentfachten Zorn und den festen Druck seiner Hand auf ihrer Schulter spürte. Sein Körper lag schwer auf ihrem und drückte sie in die Matratze. Der schreckliche Augenblick schien sich unendlich auszudehnen, doch dann beugte sich Angus plötzlich über sie und legte das Messer auf den Nachttisch.

„Mach dich nicht zur Mörderin", sagte er, „es sei denn, dass es unbedingt notwendig ist. Doch selbst dann solltest du dich fragen, ob du deine Seele wirklich mit so einer grausamen Tat belasten willst und ob sie es wert ist, fortan in der Hölle zu leben."

Gwendolen versuchte, sich aufzurichten, doch er hielt ihr die Arme über dem Kopf fest. „War es Euch das wert? All die Morde, die Ihr begangen habt?"

„Meine Seele ist schon sehr früh versehrt worden, mein Mädchen, also habe ich nicht viel zu verlieren. Und jetzt zeig mir deinen Mund, ich bin nicht hergekommen, um übers Töten zu reden."

Er ließ ihre Handgelenke los und ließ seine Hände unter ihren Po gleiten. Er presste sein Becken gegen ihres. Sie bog den Rücken durch, ihr Körper schien zu brennen. Sie wurde fast wahnsinnig vor Angst, doch ihre Glieder wurden weich, als Angus' Hände über ihre Hüfte strichen und er rhythmisch mit dem Becken gegen sie stieß.

Und dann küsste er sie. Gwendolen öffnete unwillkürlich den Mund für ihn und genoss seinen warmen, erregenden Kuss. Seine Lippen schienen die ihren zu versengen.

Er hatte geschworen, er würde ihr die Jungfräulichkeit nicht rauben, doch das hier war sicher genauso verdorben und unerlaubt. Sie fühlte, wie ihr ihre Unschuld entglitt und sie in einer Welt aus Verlangen versank. Früher an diesem Tag wäre sie durchaus in der Lage gewesen, derlei Gefühlen zu widerstehen, doch jetzt spürte sie nichts als Erleichterung. Obwohl sie ihn abgrundtief hasste und das alles hier nicht wollte, war sie froh, ihn nicht getötet zu haben. Ergab das noch einen Sinn?

Doch die Dunkelheit schien sie zu verzaubern. Langsam lösten sich ihre Wut und ihre Verzweiflung auf, und Gwendolen musste darum kämpfen, Angus weiter als ihren Feind zu sehen. Sie spürte ein unbesonnenes Verlangen nach seinen Berührungen, dass es sie fast berauschte. Er war ein vor Lebenskraft strotzender Mann, gierig und hinterlistig. Doch es gelang ihm, Gwendolens Körper in ein Flammenmeer zu verwandeln.

„Ich verstehe nicht, was Ihr hier wollt", raunte sie atemlos und sperrte sich gegen die Hitzewellen, die von ihrem Bauch hinab zu ihren Schenkeln strömten. „Ihr könnt mich nicht nehmen. Ihr habt es geschworen. Und doch scheint Ihr genau das vorzuhaben."

„Ich kann dich heute Nacht lieben, ohne dir deine Tugend zu nehmen, mein Mädchen, und du kannst mir wiederum Freude bereiten und doch morgen früh als Jungfrau erwachen."

„Wie soll das gehen?"

Er lockerte seinen Griff. „Du bist wirklich das reinste Unschuldslamm, was?"

Sie versuchte, Angus wegzustoßen, doch ihre Arme schienen ihr nicht mehr zu gehorchen. Wieder fanden seine Lippen die ihren, und als seine Zunge in ihren Mund stieß, erzitterte Gwendolen innerlich und der Wunsch nach etwas Unbestimmtem erwachte in ihr, obwohl sie es nicht wollte. Wäre sie doch nur so gefühllos wie er.

Angus umfasste ihr Bein und schob ihr Nachtgewand den bebenden Schenkel hinauf.

„Bitte nicht", flehte sie keuchend. Sie tastete nach dem Saum ihres Nachthemdes und zog ihn wieder hinunter, um diese letzte Barriere zwischen ihnen nicht zu verlieren, doch gleichzeitig lockten sie auch die Gefahr und die Angst vor dem Unbekannten.

Zu ihrer Überraschung nahm er die Hand von ihrem Bein und schob sie ihr stattdessen hinter den Kopf. Er tauchte seine

Zunge noch tiefer in ihren Mund und presste seinen Körper enger an den ihren.

Gwendolen hatte nicht in ihren kühnsten Träumen geahnt, was diese Berührungen in ihr hervorrufen konnten. Sie hatte das Gefühl, als ob Dutzende warme, aber auch kühl-kribbelnde Flüsse durch sie hindurchzögen, und ihre Sinne gerieten in Taumel. Sie reagierte auf jedes Streicheln, auf jeden Kuss mit dem gleichen unglaublich erotischen Gefühl.

„Ah", seufzte Angus, „so ist es gut, mein Mädchen. Weißt du eigentlich, wie verführerisch du bist?"

„Ihr müsst mir keine Komplimente machen", raunte sie harsch. „Ich bin Eure Gefangene. Ihr habt mich in der Hand und ich muss gefügig sein, ob ich es will oder nicht."

Angus hob den Kopf und betrachtete Gwendolen im Schein der Kerzen. „Aber langsam scheint es dir zu gefallen. Ich spüre es an deinem Kuss, ich höre es an deiner Stimme."

„Ihr hört nur, was Ihr hören wollt, denn es gefällt mir ganz und gar nicht, Angus. Das versichere ich Euch."

Gwendolen war selbst überrascht, wie hasserfüllt ihre Worte klangen, obwohl sie unter Angus' Berührungen dahinzuschmelzen schien. Sie war ergriffen von einem bisher ungekannten Verlangen. Doch noch mehr überraschte sie, wie heftig er auf ihre Worte reagierte. Angus sah Gwendolen zornig an und richtete sich auf.

Sie war sich nicht sicher, ob sich seine Wut gegen sie oder gegen ihn selbst richtete.

„Was ist?", fragte sie, und ihre Stimme klang ängstlich.

Angus schwang sich abrupt vom Bett und stand auf. „Ich habe keine Lust mehr auf dich."

Erschrocken und lächerlich beschämt von seinem plötzlichen Aufbruch, setzte sie sich auf. „Ihr geht?"

„Ja. Es gibt Dinge, die ich erledigen muss."

„Mitten in der Nacht?"

Ohne jede weitere Erklärung ging er durch den Raum und schloss die Tür hinter sich. Die Kerzen flackerten im Luftzug, dann war alles still.

Gwendolen ließ sich nach hinten aufs Bett fallen. Sie atmete erleichtert auf. Sie war noch immer im Besitz ihrer Unschuld und hatte sich nicht diesem unglaublichen Fieberwahn ergeben, den die Berührungen des Löwen in ihr geweckt hatten.

Sie rang darum, einen kühlen Kopf zu bewahren, und ermahnte sich, nicht einen Augenblick lang zu vergessen, wem ihre wahre Treue galt. Sie musste gegen den schamlosen Drang ankämpfen, Angus ihren Körper zu überlassen, denn bald schon würde ihr Bruder zurückkehren, und wenn es so weit war, musste sie bereit sein, ihre Freiheit und die Unabhängigkeit ihres Clans zurückzufordern.

Sie durfte der Verlockung nicht nachgeben.

7. Kapitel

Als Gwendolen am nächsten Morgen erwachte, fielen bereits helle Sonnenstrahlen durch das Fenster. Es war nicht verwunderlich, dass sie so lange geschlafen hatte, denn sie war die halbe Nacht lang wach geblieben, um sich von dem aufregenden Besuch des Löwen in ihrem Bett zu erholen. Sie spürte noch immer seine Hände auf ihrer Haut und staunte, wie weich sie in seinen Armen geworden war. Nur gut, dass er ihr Gemach schließlich so zornig verlassen hatte, sonst wäre sie heute Morgen vielleicht als erfahrene Frau aufgewacht.

Gwendolen streckte sich, dann stieg sie aus dem Bett und griff nach ihrem Morgenrock. Sie hatte Wichtiges zu erledigen und eilte in ihr Ankleidezimmer. Sie wollte den Küchenfrauen einen Brief an den Gouverneur von Fort William mitgeben, bevor diese zum Markt ins Dorf aufbrachen.

Fort William war die nächstgelegene englische Garnison, und der Gouverneur dort war verpflichtet, sämtliche Nachrichten über die Jakobiten sofort an die Krone weiterzuleiten. Sicher würde es ihn interessieren, dass der Sohn eines jakobitischen Rebellen gestern eine königstreue Burg eingenommen und sich selbst zu deren Herrn ernannt hatte. Vielleicht würde er darin sogar eine Gefahr für England erkennen und Hilfe schicken.

Gwendolen überlegte, ob sie Gordon MacEwen um Hilfe bitten sollte, denn immerhin war er der Steward der Burg. Doch da sie nicht sicher war, ob sie ihm trauen konnte, verwarf sie den Gedanken wieder. Da Gordon während der letzten Wochen zunehmend unter den Einfluss ihrer Mutter geraten war, fürchtete Gwendolen, dass er sich leicht manipulieren ließ und sie verriet. Gott allein wusste, wie lange die Affäre zwischen Gordon und Onora schon andauerte. Ihre Mutter war keine Heilige.

Gwendolen wusch sich das Gesicht, schlüpfte in einen gestreiften Rock und schnürte ein blaues Mieder. Dann flocht sie ihre Haare zu einem Zopf und eilte die gewundene Steintreppe hinunter zur Küche, wo ihr beim Duft des frisch gebackenen Brotes das Wasser im Mund zusammenlief.

„Guten Morgen, Miss MacEwen."

Erschrocken wirbelte sie herum. Erst jetzt wurde ihr bewusst, wie angespannt ihre Nerven waren. „Mary. Du hast mich erschreckt. Dir auch einen guten Morgen", seufzte Gwendolen erleichtert. „Nach dir habe ich gesucht. Gehst du heute Morgen noch zum Markt?"

„Ja. Durch das Fest gestern sind all unsere Vorräte geplündert. Wir brauchen einfach alles." Sie schnaufte verärgert. „Ich muss zwei Kutschen mitnehmen, und statt Maultieren werde ich einige der MacDonalds einspannen, immerhin waren sie es ja, die uns alles leer gegessen haben. Kräftig genug müssten sie also sein."

„Das ist eine sehr gute Idee."

Gwendolen blickte sich vorsichtig um, um sicherzugehen, dass sie niemand beobachtete. Dann ergriff sie Marys Hand und führte sie in einen stillen Winkel der Küche. „Würdest du etwas für mich tun, Mary?"

„Alles, was Ihr wollt, Miss MacEwen, das wisst Ihr doch."

„Ja. Deshalb bin ich ja auch zu dir gekommen." Gwendolen griff in ihr Mieder und zog einen versiegelten Brief hervor. „Kannst du diesen Brief hier bitte dem Winzer Marcus MacEwen übergeben und ihm sagen, dass er für seinen Bruder John

bestimmt ist? Er wird wissen, was er damit anzufangen hat."
Sie drückte Mary den Brief in die Hand.

„Ich kann nicht lesen, Miss, deshalb könnt Ihr sicher sein, dass ich nicht herumschnüffeln werde. Aber könnt Ihr mir verraten, was in der Nachricht steht?"

„Nein, Mary. Es ist besser, wenn du nichts davon weißt. Sieh nur zu, dass niemand davon erfährt und dass dich niemand dabei beobachtet, wie du den Brief übergibst. Und verstecke ihn gut, am Tor wird man dich sicher durchsuchen."

Mary stopfte den Brief in die Tiefen ihres Ausschnitts und strich sich das Haar glatt. „Ihr könnt mir vertrauen, Miss MacEwen. Ich kenne den Winzer schon lange, und er wird sich sehr über diese Nachricht freuen. Ich führe ihn hinter einen Heuschuppen und werde es diebisch genießen, wenn er meine Unterwäsche danach durchsucht."

Gwendolen strich Mary sanft über den Arm. „Du bist eine wahre Freundin. Das bedeutet mir viel. Aber bitte sei vorsichtig."

Sie kehrten in den geschäftigen Teil der Küche zurück, wo Teig geknetet wurde. „Könnte ich vielleicht ein Frühstück bekommen? Ich verhungere gleich."

Mary führte Gwendolen zu einem Tablett mit Haferkeksen, die gerade frisch aus dem Ofen kamen, und einer Schale mit Sahne.

Als Gwendolen wenig später die Große Halle durchquerte, hörte sie, wie jemand ihren Namen rief.

Angus saß am Tisch auf dem Podest und sah auf sie nieder. Seine tiefe Stimme hallte von den Deckenbalken herab. Gwendolen blieb abrupt stehen und schloss die Augen. Sie holte tief Luft, bevor sie sich zu ihm umdrehte. Angus der Löwe saß allein am Tisch und frühstückte.

„Hier sitze ich endlich auf dem Stuhl meines Vaters", sagte er, breitete die Arme aus und lehnte sich lässig zurück, „und mit Ausnahme des kleinen Vogels dort oben ist niemand da, mit dem ich mich unterhalten kann."

Er blickte zur Schwalbe, die auf einem der Deckenbalken über der Tür hockte.

Gwendolen sah ebenfalls hinauf. „Sie ist ja noch hier. Ich dachte schon, wir würden sie nie wiedersehen. Offensichtlich ist sie sich der Gefahr, in der sie schwebt, nicht bewusst."

Angus neigte den Kopf zur Seite. „Warum sagst du nur immerzu solche Gemeinheiten, mein Mädchen? Hältst du mich wirklich für ein Monster, das einem so kleinen, schutzlosen Wesen Gewalt antun würde?"

„Ihr habt meinem Clan Gewalt angetan und auch mir. Erinnert Ihr Euch noch an die letzte Nacht?"

„Dein Clan ist wohl kaum klein, und du bist alles andere als schutzlos, egal ob nun am Tag oder bei Nacht. Hast du das Messer schon wieder vergessen, das du mir beinahe an die Kehle gedrückt hast?" Angus musterte Gwendolen abschätzend von Kopf bis Fuß, dann wischte er sich den Mund an einer Serviette ab und sprang vom Podest. Er sah sie herausfordernd an und kam direkt auf sie zu. Gwendolen wich unweigerlich zurück. Damit waren die Rollen verteilt. Er war das Raubtier und sie das ängstliche Opfer.

Doch sie versuchte, sich zu behaupten, und richtete sich zu voller Größe auf.

„Sag mal, Mädchen", fragte er, während er sie mit seinen Blicken zu durchbohren schien, „was führst du heute im Schilde? Du wirkst irgendwie durchtrieben."

Gwendolen hob die Augenbrauen. „Durchtrieben? Was soll das heißen? Ich habe keine Ahnung, was Ihr damit sagen wollt."

Er legte seine große Hand um ihr Kinn und hob ihr Gesicht, um es von allen Seiten zu betrachten. „Jetzt wirst du auch noch rot. Deine Wangen sind ganz heiß."

„Vielleicht weil ich es nicht mag, wenn Ihr mich anfasst."

Angus dachte einen Moment lang nach. „Nein, das ist es nicht."

„Doch, ganz bestimmt!"

Er nahm die Hand von ihrem Kinn, beugte sich aber gleichzeitig so nah zu ihr herab, dass sie seinen warmen Atem auf der Wange spürte. „Ich glaube, du magst es sogar sehr gerne, wenn ich dich berühre, und genau deshalb möchtest du jetzt so schnell wie möglich aus dieser Halle fliehen und dafür beten, dass du gerettet wirst, noch bevor unsere aufregende Hochzeitsnacht beginnt."

„Das ist nicht wahr."

Sie fühlte den Anflug eines Lächelns auf seinem Gesicht und wandte schnell den Kopf, um es zu sehen, doch es war zu spät. Angus trat einen Schritt zurück und sah sie finster an. Er wirkte sofort wieder bedrohlich.

„Ich schätze, ich schulde dir Dank", sagte er.

„Wofür das denn?", fragte sie verwirrt.

„Dafür, dass du mich letzte Nacht nicht abgeschlachtet hast. Ein Teil von mir hätte es sich von dir gewünscht, und vielleicht hätte ich es sogar zugelassen, wenn du dich nur ein bisschen mehr angestrengt hättest."

Sie musterte seine eisblauen Augen. „Warum solltet Ihr einen solchen Wunsch hegen? Ihr habt gerade einen großen Sieg errungen und die Burg Eures Vaters zurückerobert. Solltet Ihr nicht eigentlich Grund zum Feiern haben?"

„Das könnte man annehmen, wenn ich ein glücklicher Mann wäre." Er wandte sich ab und ging auf die Tür zu.

„Wartet!"

Angus blieb stehen und drehte sich wieder zu ihr. Er sah sie fragend an. Gwendolen hätte ihn zu gerne gefragt, warum er unglücklich war, doch irgendwie erschien ihr diese Frage plötzlich unangemessen. Sie war zu mitfühlend und Gwendolen wollte nichts für Angus den Löwen empfinden.

„Ach, nichts", erwiderte sie deshalb.

Angus sah sie einen Moment lang eiskalt an. Gwendolen konnte die Spannung kaum ertragen. Dann kam Angus zurück und musterte sie, als habe er direkt in ihre Seele geblickt und kenne nun jeden ihrer Gedanken und jede Empfindung. Gleich würde er hinter ihr Geheimnis kommen, warum sie heute so durchtrieben wirkte, wie er es nannte.

„Heute Abend werden wir abermals gemeinsam in der Halle speisen", sagte er dann. „Es ist wichtig, dass die Clans zusammenwachsen und sich zusammengehörig fühlen. Könntest du dich darum kümmern?"

„Natürlich." Bei Gott, ihr Herz hämmerte wie wild in ihrer Brust.

„Und trage bitte nicht wieder dieses schreckliche Kleid von gestern. Wie wäre es mit etwas Buntem? Wir alle können ein bisschen Fröhlichkeit vertragen."

„Dann solltet Ihr vielleicht ab und an mal lächeln."

Angus kniff seine Augen zu engen Schlitzen zusammen, und er trat noch einen Schritt näher an Gwendolen heran. „Würde dir das gefallen? Könntest du dich dann vielleicht für mich erwärmen?"

Sie dachte sorgfältig über ihre Antwort nach, dann beschloss sie, dass diesmal sie es sein würde, die als Erste ging. Sie wandte sich ab und schritt auf die Tür zu. „Nein. Es bedarf schon etwas mehr als eines Lächelns, um mein Herz zu gewinnen."

Ihr war bewusst, dass er ihr nachsah, während sie die Halle durchschritt, und ein schwaches Lächeln huschte über ihr Gesicht.

Angus fand Lachlan im Burghof, wo er die Arbeiten am neuen Burgtor überwachte. Das alte Tor hatten sie am Morgen zuvor mit dem Rammbock in viele Einzelteile zerschmettert, nun musste ein neues her. Das Geräusch von auf Holzbohlen klopfenden Hämmern hallte von den Burgmauern wider. Mehrere Mitglieder ihres Clans waren damit beschäftigt, dicke Baumstämme zu zersägen und schwere Bohlen nach draußen auf die Brücke zu tragen.

Lachlan begrüßte seinen Cousin mit einem fröhlichen „Guten Morgen" und überließ die drei Männer, bei denen er gestanden hatte, wieder ihrer Arbeit. „Hast du gut geschlafen in deinem eigenen Bett?"

„Ich habe kein Auge zugetan", erwiderte Angus ehrlich. „Ich lag im Bett meines Vaters, nicht in meinem eigenen, und ich schwöre, dass sein Geist umhergegangen ist und mich beschimpft hat."

Lachlan lachte auf. „Und was hat sein übellauniger Geist so gesagt?"

„Er hat mir vorgeworfen, ihn zu missachten, indem ich wieder heimgekehrt bin. Und dann hat er mir ein Buch über den Schädel gezogen."

Lachlan schnaubte. „Das ist jetzt aber wirklich albern, Angus. Dein Vater hasste Bücher."

„Sicher! Aber der Anführer der MacEwens hat eines auf dem Nachttisch liegen lassen."

„Dann war es vielleicht eher sein Geist, der dich geschlagen hat, das würde doch auch mehr Sinn ergeben, oder?"

Angus sah zum strahlend blauen Himmel empor und blickte dann die Zinnen entlang von einem Wehrturm zum anderen. „Schick bitte jemanden in die Küche, der dort alles möglichst unauffällig im Auge behält."

„Gibt es jemand Bestimmten, der dich beunruhigt?"

Angus sah seinen Cousin kühl und abschätzig an. „Mich beunruhigt zuallererst der Gedanke, dass man mein Essen vergiften könnte. Ersetz den Koch durch einen MacDonald, der Rest kann bleiben. Und sieh zu, dass auch ein MacDonald die Küchenfrauen zum Markt begleitet. Schick einen deiner aufmerksamsten Männer."

„Verstanden."

Angus wandte sich zum Gehen.

„Was hast du jetzt vor?", rief Lachlan ihm nach.

„Ich gehe ins Schatzhaus hinüber und überprüfe die Bücher. Und dann muss ich einen Ersatz für diesen Marionetten-Steward Gordon MacEwen finden. Ich brauche einen MacDonald in dieser Stellung." Schnellen Schrittes steuerte er auf den Eingang der Halle zu, doch dann rief er noch eine letzte wichtige Anweisung über die Schulter. „Arbeitet weiter am Burgtor, Lachlan, und macht es stärker als zuvor."

„Warum? Erwarten wir etwa unangenehmen Besuch?"

Doch Angus winkte nur ab.

Gwendolen wusste, dass sie ihre Waffen im Kampf gegen ihren künftigen Mann mit Bedacht wählen musste. Deshalb entschloss sie sich, seinem unbedeutenden Wunsch zu folgen und ein farbenfrohes Abendkleid zu wählen. Angus hatte sie gebeten, etwas Buntes zu tragen, also wählte sie ein dunkelrotes Samtkleid mit Goldstickerei auf dem Brokatmieder und kleinen weißen Blüten am Rocksaum.

Sie betrat die Große Halle und unterhielt sich eine Weile mit Angehörigen beider Clans, während sie überdachte, was sie an diesem Tag erreicht hatte. Sie fragte sich, wann ihre Nachricht wohl Fort William erreichen und ob der Gouverneur dort tatsächlich eine englische Armee nach Kinloch entsenden würde. Im Augenblick war dies ihre einzige Hoffnung, denn Gwendolen wusste nicht, ob Murdoch vom Tod ihres Vaters und von dem Angriff der MacDonalds erfahren hatte. Sie hatte schon seit drei Monaten nichts mehr von ihm gehört. Vielleicht war er schon lange nicht mehr am Leben.

Ihre Mutter trat zu ihr und zupfte an einer widerspenstigen Haarlocke, die sich aus Gwendolens Frisur gelöst hatte und ihr jetzt in die Stirn fiel. „Du siehst wunderschön aus, mein Schatz, aber du musst auf eine tadellose Erscheinung achten. Als Gemahlin des Lairds kannst du dir keine Schludrigkeit erlauben."

„Ich bin noch nicht seine Gemahlin", erwiderte Gwendolen.

„Gewiss, aber du wirst es bald sein. Deshalb kannst du genauso gut auch schon jetzt anfangen, deine Rolle zu übernehmen. Oder worauf wartest du?"

Gwendolen runzelte die Stirn. „Das hier ist doch kein Theaterstück, Mutter. Sollte ich wirklich Angus' Gemahlin werden, werde ich meine Aufgabe sehr ernst nehmen. Ich werde alles tun, um meinem Clan zu dienen."

Onora sah zur Seite. „Und? Hast du schon herausgefunden, was er mit Kinloch vorhat? Will er hier eine Rebellenhochburg errichten?"

Gwendolen senkte die Stimme. „Nein. Er sagt, er habe kein Interesse an einer Rebellion. Er wolle hier in Frieden leben."

„Und das glaubst du ihm?"

„Ich weiß nicht so recht."

Onora schüttelte den Kopf. „Benutz deinen Verstand, Gwendolen. Angus ist tief in seinem Herzen Krieger. Sobald der Geruch der Schlacht aus seinen Kleidern verflogen ist, wird er nicht mehr wissen, was er mit sich anfangen soll. Er ist ein heißblütiger Highlander, er sucht sich einen neuen Kampf."

„Aber vielleicht ja auch nicht. Vielleicht hat er schon so viel Gewalt erlebt, dass er davon genug hat."

Onora sah sie abschätzig an. „Gwendolen! Er ist ein Mann. Je mehr Gewalt Männer erleben, desto prächtiger gedeihen sie. Selbst wenn sie für eine Weile Ruhe geben, werden sie doch schließlich wieder ein Gebrüll anstimmen." Onora lächelte einem MacDonald auffordernd zu, der an ihnen vorbeiging. „Abgesehen davon könnte es auch sein, dass er dich belügt. Falls er tatsächlich etwas im Schilde führt, wird er es kaum ausgerechnet dir verraten. Jedenfalls noch nicht. Und genau deshalb musst du tun, was du kannst, um sein Vertrauen und seine Liebe zu wecken."

„Zu so etwas ist er gar nicht fähig."

Ihre Mutter rollte entnervt mit den Augen. „Na, dann eben seine Lust. Wie auch immer du es nennen möchtest, meine Liebe. Besonders schnell lernst du ja leider nicht, Gwendolen. Du hast immer noch keine Ahnung davon, welche Macht du über ihn haben kannst. Über ihn, aber auch über jeden anderen Mann."

Gwendolen seufzte ungehalten. „Ich möchte aber gar keine Macht über meinen Ehemann haben. Alles, was ich mir je gewünscht habe, sind Liebe und Respekt. Ich will dem Mann an meiner Seite ebenbürtig sein, ich will ihn unterstützen und ihm vielleicht auch ab und zu einen guten Rat geben können."

Onora fasste Gwendolens Kinn zwischen Daumen und Zeigefinger. „Schatz, hör auf zu träumen. Wir sind Frauen! Die Liebe bringt uns nirgendwohin. Wir sind den Männern niemals ebenbürtig und deshalb müssen wir mit List und Tücke erreichen, was wir wollen."

„Manchmal fürchte ich fast, dass du recht haben könntest, Mutter, aber manchmal will ich auch einfach mehr. Natürlich möchte ich Einfluss auf die Entscheidungen meines Mannes haben, aber ich will mir diesen Einfluss nicht hinterhältig erschleichen müssen. Ich will mir den Respekt meines Ehemannes verdienen, damit er sich auf mich verlassen kann. Ich bin klug, ich habe etwas zu bieten", sagte sie tieftraurig.

Eine Weile schwiegen beide Frauen, dann wurde das Gesicht ihrer Mutter ganz weich und Gwendolen spürte überrascht, wie Onora ihr über den Rücken strich. „Vielleicht lernst du ja doch schneller, als ich gedacht habe. Vielleicht bist du sogar die Bessere von uns beide. Aber ich weiß einfach nicht, ob das, was du dir wünschst, auch wahr werden kann."

Genau in diesem Augenblick betrat Angus der Löwe die Halle, und Gwendolen fragte sich, ob sie tatsächlich nur eine Träumerin war. Von allen Männern der Welt würde gerade dieser sich niemals beugen und zulassen, dass ihn irgendjemand beeinflussen konnte. Er hatte ihr bereits unmissverständlich klargemacht, dass die Liebe einen Mann nur schwächte und dass er deshalb nichts damit zu tun haben wollte.

Ihre weiblichen Reize schienen ihn nicht zu verwirren. Sie war es gewesen, die im Bett jede Kontrolle verloren hatte, und das verhieß in Bezug auf ihre zukünftige Rolle als Mistress von Kinloch nichts Gutes.

Es ist ein guter Abend für ein Fest, dachte Angus, als er lässig die Große Halle betrat. Doch dann blieb er wie angewurzelt stehen. Sein Blick fiel auf seine künftige Braut. Sie trug ein blutrotes Samtkleid, das sich eng um ihre schmalen Hüften schmiegte und ihren vollen, sinnlichen Busen betonte. Durch die kostbare Goldstickerei an ihrem Brokatmieder wirkte sie wie eine begehrenswerte Trophäe. Ihre Reinheit und Unberührtheit bot einen köstlichen Kontrast zu dem aufreizenden Rot auf ihrer elfenbeinfarbenen Haut und dem schwarz glänzenden Haar. Gwendolen verkörperte die Wollust und die süße Unschuld in einem, und diese Verlockung weckte eine raue und zügellose Begierde tief in ihm.

Jemand rempelte ihn an, entschuldigte sich und verwickelte ihn dann in ein unverfängliches Gespräch. Ja, es war ein guter Abend für ein Fest. Angus brauchte die Ablenkung, denn er hatte sich den ganzen Tag mit wichtigen Aufgaben herumgeschlagen. Er war jetzt der Laird über Kinloch. Er musste die Burg verwalten.

Nach vielen quälenden Stunden, in denen er im Schatzhaus die Bücher überprüft hatte, war er zu dem Schluss gekommen, dass alles in bester Ordnung war. Vielleicht war es sogar in besserer Ordnung als damals unter der Herrschaft seines Vaters. Die Einnahmen gediehen prächtig, und eine ganze Reihe unnötiger Ausgaben war gekürzt oder ganz gestrichen worden. Angus hatte beschlossen, dass Gordon MacEwen seinen Posten als Steward behalten durfte, doch er würde ihm einen seiner eigenen Männer als Hilfskraft zur Seite stellen, um alles im Auge zu behalten.

Gelächter erscholl von einer Gruppe Menschen in der Mitte des Raumes und erregte seine Aufmerksamkeit. Angus entdeckte Lachlan unter ihnen, trat hinzu und zog ihn beiseite, um die Angelegenheit mit ihm zu besprechen, doch dann lenkte ihn erneut der Anblick seiner Verlobten ab, die sich mit natürlicher Anmut durch den Raum bewegte. Ihr Lächeln war blendender als die Sonne.

Angus begriff mit einem Mal, dass ihn diese politische Heirat vor ungeahnte Probleme stellte. Er wusste nicht, wie er mit dieser Herausforderung umgehen sollte. Auf dem Schlachtfeld war er ein erfahrener Krieger, der tödliche Hiebe abwehren und grausam zurückschlagen konnte. Wenn er kämpfte, war er furchtlos, doch das hier war keine Schlacht. Er war im Begriff, eine Frau zu heiraten, um die Zukunft seines Clans zu sichern und eine Familie zu gründen. Das war für ihn ein vollkommen fremdes Terrain. Angus wusste nicht, wie er diese Frau „erobern" sollte. Sie war keine Frau mit zweifelhafter Moral, die nur allzu willig ihren Rock für den berühmten schottischen Löwen hob. Er konnte sie kaum zu einem Schwertkampf herausfordern. Er konnte sie nicht einmal gegen ihren Willen in sein Bett zerren. Das, was er erlebt hatte, machte es ihm unmöglich.

Wenn er sie sich also nicht mit Gewalt nehmen konnte, musste er sie verführen. Doch das gestaltete sich weitaus schwieriger als erwartet. Angus wollte Gwendolen haben, aber er wollte sie nicht zu nahe an sich heranlassen. Niemals. Der Glaube an Liebe und Nähe schwächte einen Mann. Er gaukelte ihm vor, es gäbe so etwas wie Glück, auf das man sich verlassen kann und das einem hilft, all das Böse in der Welt einfach zu vergessen. Das war ein Trugschluss.

Angus konnte sein Glück nicht in die Hände eines anderen legen. Und er konnte auch das Böse nicht vergessen. Er musste wachsam bleiben und stark.

„Was mich wundert, ist", sagte Gwendolen ihrer Mutter am späten Abend nach dem Fest, „dass sich Angus mir nicht einfach aufgezwungen hat. Er hatte gleich zwei Mal die Gelegenheit dazu und hat sie nicht genutzt. Er hätte es nicht einmal nötig, meine Bedingungen zu akzeptieren. Er hätte mich gestern in der großen Halle einfach über den Tisch werfen und mich zu seinem Eigentum machen können. Aber er hat es nicht getan!"

Die Frauen gingen den von Fackeln erhellten Gang entlang zu ihren Gemächern. Gwendolen schloss ihre Tür auf, trat in den Raum und setzte sich aufs Bett. Onora folgte ihr.

„Ich habe heute etwas Interessantes über ihn herausgefunden", verkündete Onora stolz, während sie sich die Schuhe auszog. „Sein Cousin Lachlan ist ein echter Charmeur. Ich musste ihn nur ein wenig ermutigen, und schon hat er mir ein paar indiskrete Fragen beantwortet."

Gwendolen drehte sich neugierig zu ihrer Mutter um. „Und was hast du erfahren?"

Onora setzte sich auf einen Stuhl vor dem Bett und sah ihre

Tochter an. „Lachlan hat mir erzählt, dass Angus eine jüngere Schwester gehabt hat, die von Engländern vergewaltigt und ermordet worden ist. Er war wahnsinnig vor Hass gegen die Engländer und hat schließlich seinen Freund verraten, der eine Engländerin liebte und geheiratet hat. Es muss eine sehr hässliche Geschichte gewesen sein, denn Angus' Vater hat ihn daraufhin verbannt. Jedenfalls überrascht es Lachlan nicht, dass Angus dich bis zur Hochzeitsnacht in Ruhe lassen will. Er sagt, Angus könne es nicht ertragen, eine Frau weinen oder flehen zu sehen. Es würde ihn zu sehr an die letzten Augenblicke im Leben seiner Schwester erinnern. Deshalb hat er seinen Männern auch befohlen, sich von den Frauen der MacEwens fernzuhalten. Angus lässt keine Vergewaltigungen und Plünderungen zu."

Gwendolen sog die Neuigkeiten förmlich auf. Sie empfand beinahe so etwas wie Mitleid für ihren zukünftigen Mann. „Mir hat er gesagt, dass er diese Engländerin damals am liebsten getötet hätte."

„Aber er hat es nicht getan, oder? Lachlan behauptet, es habe genügend Möglichkeiten dazu gegeben." Onora stand auf. „Soweit ich weiß, ist der Freund, den Angus verraten hat, inzwischen mit dieser Frau verheiratet, und sie sind sehr glücklich miteinander. Sie haben einen Sohn und bekommen bald das nächste Kind."

Gwendolen löste ihr Haar. „Von diesem Freund hat Angus mir auch erzählt und auch davon, dass er ihn verraten hat. Nur den Grund dafür hat er mir verschwiegen. Vom schrecklichen Tod seiner Schwester wusste ich nichts."

Onora zuckte mit den Schultern. „Jetzt weißt du, warum er dich vermutlich die Tage bis zur Hochzeit noch verschont. Dir bleibt also noch etwas Zeit, dich auf deine ersten Erfahrungen vorzubereiten. Es wird nicht so schlimm werden, Schatz. Du wirst schon sehen."

Während Gwendolen ihre Kleider auszog, fragte sie sich, ob sie jemals wirklich bereit sein würde. Trotz allem, was ihre Mutter ihr gerade erzählt hatte, war sie noch immer überrascht, dass sich der Löwe ihr und ihrem Clan gegenüber so gnädig zeigte, obwohl er ganz offensichtlich bittere Rachegelüste hegte. Er musste einen unbändigen Zorn auf die Welt verspüren, und das erschreckte sie.

Nein, sie war nicht bereit, sich Angus vertrauensvoll zu öffnen. Er war gefährlich, und obwohl er offensichtlich so etwas wie Mitgefühl empfinden konnte, hielt er nichts von Liebe oder Zärtlichkeit. Gwendolen hatte noch immer viel zu große Angst vor ihm.

8. Kapitel

Angus wälzte sich schlaflos im Bett herum. Er wäre zu gerne in Gwendolens Bett geschlüpft, doch das durfte er nicht. Er hatte ihr sein Wort gegeben, dass er vor ihrer Hochzeitsnacht nicht zu ihr kommen würde, und das musste er halten. Außerdem hatte er am Abend zu viel Wein getrunken. In seiner derzeitigen Verfassung könnte ein Augenblick allein mit ihr genügen, um einen Lügner aus ihm zu machen.

Eine innere Unruhe zwang Angus, aufzustehen und sich anzukleiden. Er zündete eine Kerze an, zog sich Kilt und Tartan über und verließ leise das Gemach seines Vaters. Er durchquerte die kühlen Burgräume und blieb zögernd am Ostturm stehen. Da die Fackel am Fuße der Treppe erloschen war, entzündete er sie wieder mit seiner Kerze und stieg die Stufen hinauf. Unentschlossen blieb er vor Gwendolens Tür stehen.

Er fühlte sich wie ein Hund, der Witterung aufgenommen hatte und jetzt nicht mehr anders konnte, als zu jagen. Er holte seinen Schlüssel hervor, öffnete leise die Tür und schlich in den Raum. Er wollte wirklich nur einmal nach Gwendolen sehen.

Er ging auf das Bett zu und hob die Kerze höher, um die schlafende Gestalt vor ihm besser betrachten zu können. Das goldene Licht fiel auf die sanften Rundungen ihres Körpers. Gwendolen hatte die Decken im Schlaf fortgeschoben und lag, ein Bein angewinkelt, auf dem Bauch. Ihr Nachtkleid umschmeichelte den lockenden Bogen ihrer Hüfte und ihren wohlgeformten Po. Das schwarze, seidige Haar umfloss

Gwendolens Körper in dichten Wellen und die zarte Haut ihrer Schenkel schimmerte im Kerzenlicht.

Angus spürte eine wachsende Begierde. Das Blut rauschte in seinen Ohren und er bemerkte, wie seine Entschlusskraft schwand. Zwei Jahre lang hatte er fernab der Menschen mit einer Hellseherin zusammengelebt. Raonaid war eine schöne, aber gefühlskalte Frau, die in gewisser Weise sein weibliches Gegenstück verkörperte. Sie war durchtrieben und verdorben, und sie betrachtete die Welt mit Abscheu und Argwohn.

Eine Weile lang hatte Angus geglaubt, dass sie perfekt zusammenpassen würden. Raonaid erwartete nur sehr wenig von ihm. Bei ihr konnte er unnahbar und verschlossen sein, da sie sich selbst ebenso abweisend verhielt. Er wusste nur wenig über sie, abgesehen davon, dass sie schon immer Visionen gehabt hatte.

Gwendolen war in jeder Hinsicht das genaue Gegenteil von Raonaid. Sie war unschuldig und rein, edelmütig und aufopferungsvoll. Ein längst vergessener Teil in ihm wollte diese Reinheit berühren. Doch ein sehr viel vertrauterer Teil wollte sie stehlen und verschlingen, obwohl er wusste, dass er es nicht einmal verdiente, im selben Raum mit ihr zu sein. Angus verdiente es, mit einer Frau wie Raonaid in der Hölle zu schmoren, weil sie selbst nicht anders war als er.

Gwendolen atmete tief ein und rekelte sich auf die Seite. Sie schob die Arme unter das Kissen und zog die Knie an die Brust. Kühle Luft zog durch das Fenster und ließ die Kerzen flackern. Angus stellte den Kerzenhalter auf dem Tisch ab. Dann zog er vorsichtig die Decken über Gwendolen.

Doch gerade in diesem Moment rollte sich Gwendolen auf den Rücken und schlug die Decken wieder zur Seite. Ihr Duft traf ihn und seine Sinne schienen zu erwachen. Da öffnete sie die Augen und blinzelte ihn unschuldig an.

Ein gefährlicher Sog der Leidenschaft überwältigte ihn. Noch nie hatte er ein solches Verlangen gespürt, es ging über die rein körperliche Lust hinaus. Angus war wie benommen. In diesem Augenblick war er sich nicht mehr sicher, ob er sein Versprechen würde halten können, denn er war noch nie besonnen oder geduldig gewesen. Er war durch und durch ein Krieger, und wenn er etwas wollte, nahm er es sich notfalls mit brutaler, blinder Wut.

Und in diesem Augenblick wollte er nur sie.

Gwendolen hatte wieder einmal von ihrem zukünftigen Ehemann geträumt, und als sie nun die Augen aufschlug und in seine Augen sah, wusste sie zunächst nicht, ob sie noch träumte. Angus stand an ihrem Bett und sah sie so lüstern und unbeherrscht an wie ein wildes Tier.

Kerzenlicht flackerte im Raum und sein riesiger Schatten erhob sich hinter ihm an der Wand. Angus roch nach Moschus und Leder. Sein goldenes, zerzaustes Haar fiel locker auf seine breiten Schultern, wie die Mähne des Löwen. Gwendolen spürte ein Prickeln auf ihrer Haut, als sie seinem gierigen Blick begegnete.

Träumte sie etwa immer noch? Sie fühlte sich so warm und träge und so ungewöhnlich ruhig, während sie sich langsam auf der Matratze rekelte.

Angus ließ sich langsam aufs Bett sinken und schob sich auf Händen und Knien über sie. Sein Haar strich leicht wie eine Feder über ihre Wange, und sie atmete scharf ein, als sie begriff, dass es kein Traum war. Dieser Angus hier in ihrem Bett bestand aus Fleisch und Blut und war vielleicht gekommen, um seinen Schwur doch zu brechen. Oder lotete er nur die Grenzen ihres Widerstandes aus?

Wortlos fand er ihren Mund und in der Stille zwischen ihnen teilten sich ihre Lippen. Seine warme Zunge umspielte die ihre, während er leise stöhnte und in Gwendolen eine Flut unglaublicher Empfindung hervorrief.

Angus legte eine Hand auf ihre rechte Brust und Gwendolen keuchte leise auf, als er die zarte Knospe sanft mit dem Daumen zu streicheln begann. Ihre Reaktion überraschte sie selbst, sie wehrte sich nicht gegen ihn, sie konnte und wollte es nicht einmal. Der Löwe hatte sie genau im falschen Augenblick erwischt, als sie von einem Traum erregt und alles andere als tugendsam war.

Angus' schwerer Körper senkte sich auf sie. Das Nachtkleid bauschte sich um ihre Hüften, und sie fühlte die raue Wolle seines Tartan an ihren bloßen Oberschenkeln. Angus legte eine Hand auf ihre Hüfte, während er sie weiter lustvoll küsste.

Gwendolen hatte noch kein Wort gesagt und trotzdem nahm sie an, dass sich Angus schon beim kleinsten Protest sofort zurückziehen würde. Doch dieses eine Mal wollte sie nicht protestieren. Jedenfalls noch nicht.

Seine Hand erkundete ihren Körper mit sanften, anmutigen Bewegungen und Gwendolen wurde kühn genug, ihre Hand unter sein Hemd zu schieben und seinen muskulösen Rücken sanft zu streicheln. Wie benommen von einer ungeahnten Lust ballte Gwendolen die andere Hand zur Faust um seinen Tartan und zog daran.

Angus leckte über Gwendolens Lippen und küsste dann sanft ihren Hals. Er stöhnte leise, so als würde er etwas Köstliches genießen, und auch sie raunte lustvoll, als seine Hand unter ihr Nachtkleid glitt und die pulsierende Stelle zwischen ihren Oberschenkeln fand. Sie war warm und feucht. Eine heiße Welle durchzuckte Gwendolen. Ungeduldig schob Angus den Kragen ihres Nachtgewandes beiseite und küsste ihre Brust, während er seine Hände zwischen ihre Beine schob. Gwendolen erschauderte, als seine Finger ihren Schoß berührten. Sie zuckte, weil sie seine Berührungen genoss, obwohl sie sie eigentlich hassen musste.

Plötzlich spürte sie seine harte Männlichkeit an ihrem Schenkel. Alles um sie herum begann sich zu drehen. Er würde sie nehmen, das wusste sie jetzt, doch obwohl sie sich dessen bewusst war, schien jeder Widerstand im Rausch ihrer Gefühle zu versinken. Sie war gefangen von einem unbändigen Verlangen, dem sie sich ergab. Es spielte keine Rolle, ob er sie jetzt nahm oder später. Es würde geschehen und sie konnte nichts dagegen tun. Schlimmer noch, sie wollte auch nichts dagegen tun.

Mit seinem Handballen massierte er ihre zarte Perle, bis Gwendolen glaubte, es nicht mehr ertragen zu können. Dann drang er mit einem langen, feuchten Finger in sie ein. Gwendolen versteifte sich vor Schreck und zuckte leicht zurück.

Angus hielt inne und hob den Kopf, um sie anzusehen. „Tue ich dir weh?"

Sie schüttelte etwas zu heftig den Kopf.

„Ein Finger kann dir nichts anhaben", flüsterte er lustvoll. „Du wirst morgen trotzdem noch Jungfrau sein."

Er küsste ihren Hals, ihre Brüste, und sie lag keuchend unter ihm und genoss jede seiner Berührungen.

„Du hältst mich wohl für ein Kind", raunte sie.

„Nein, das tue ich wirklich nicht." Wieder ließ er seinen Finger in sie gleiten, wieder und wieder, und sie erzitterte vor Lust. „Du bist eine Frau, und ich staune, dass du mir gehörst."

„Noch gehöre ich dir nicht", keuchte sie atemlos. Sie war überwältigt von den Empfindungen, die er in ihr weckte. Sie fühlte sich wild und ungezähmt und so heiß. „Ich könnte meine Meinung immer noch ändern."

Er sah sie aufmerksam an, rollte sich dann zur Seite und legte die Wange auf eine Hand, während er sie mit der anderen weiterstreichelte. „Warum sagst du das? Ich tue doch gerade alles, um dir Freude zu bereiten."

„Weil du mein Zuhause eingenommen hast", wisperte sie benommen.

„Wie ich gehört habe", flüsterte er ganz nahe an ihren Ohr, „hast du mir während des Angriffs beinahe eine Kugel in den Kopf geschossen. Was hat dich aufgehalten?"

„Ich hatte kein freies Schussfeld." Sie biss auf ihre Unterlippe und bog lustvoll den Rücken durch, während er weiter ihr Gesicht betrachtete.

„Möchtest du, dass ich aufhöre zu reden?", fragte er.

Sie nickte dankbar, denn nun konnte sie sich voll und ganz auf die aufsteigende Woge des Genusses in ihrem Inneren konzentrieren.

Er legte sich neben sie und ließ seinen Finger weiter rhythmisch in Gwendolen gleiten. Sie schien innerlich zu brennen und spürte zugleich, wie feucht sie war. Ihr Bauch spannte vor Lust und Begierde.

Gwendolen konnte die sich steigernden Gefühle kaum noch ertragen. Sie musste sich an etwas festhalten und ergriff Angus' Unterarm. Ihre Hand umschloss seinen Arm und sie spürte das Spiel seiner Muskeln. Gwendolen hob das Becken, um jeden seiner gleitenden Stöße zu erwidern. Endlich entlud sich all ihre Spannung mit einer Wucht, die sie zurück ins Kissen drückte. Ihr Herz pochte bis zum Hals und der Genuss umfing sie vollkommen. Dann beruhigte sich ihr Puls, und sie erbebte, während Welle um Welle der Erschöpfung und Erleichterung sie durchströmten.

Angus beugte sich vor und küsste ihren Hals, dann schob er zuerst ihr Nachtkleid hoch und dann seinen Kilt und legte sich auf Gwendolens zarten Körper. Bereitwillig teilte sie die Schenkel für ihn. Er senkte sein Becken, bis die samtige Spitze seines Glieds an der Stelle lag, die zuvor seine Hand liebkost hatte. Die Berührung sandte eine brennende Welle durch ihren Körper. Sie schloss die Beine um seine Hüfte und fragte sich, ob es jetzt so weit war.

„Warum hast du dich heute Nacht nicht gegen mich gewehrt?", flüsterte er. Er stemmte sich hoch, um Gwendolen ansehen zu können.

„Ich weiß es nicht."

Es war die reine Wahrheit. Vielleicht hatte es etwas mit ihrem Traum zu tun.

„Ich werde dich nur nehmen, wenn du es willst."

„Dann wirst du es jetzt nicht tun?"

Er atmete tief durch. „Nein."

„Warum nicht?"

„Weil ich dir mein Wort gegeben habe. Ich kann nicht erwarten, dass du dich an unsere Abmachung hältst, wenn ich meinen Schwur breche."

„Ich verstehe." Er wollte ihre Loyalität. Besonders dann, wenn ihr Bruder zurückkehrte. Falls er jemals zurückkehren sollte.

Angus löste sich von ihr und zog sich an das Fußende des Bettes zurück. Er sah sie an.

Gwendolen lehnte sich auf ihre Ellenbogen. „Du solltest wissen, dass ich verstehe, warum dir meine Zustimmung so wichtig ist. Ich weiß von deiner Schwester."

Angus schwieg. Er saß einfach nur da und starrte auf den Boden. Dann fuhr er sich mit beiden Händen durch die Haare, stieg aus dem Bett und richtete seinen Tartan.

Gwendolen robbte an den Rand der Matratze und schlang die Arme um den Bettpfosten. „Es tut mir sehr leid, dass sie so etwas Schreckliches durchmachen musste."

Angus reckte sich, um den Tartan auch am Rücken wieder in die richtige Position zu bringen. „Ich spreche nicht darüber."

„Nie?"

Er schüttelte den Kopf. „Nein. Und jetzt muss ich gehen."

Das Licht tanzte über die Wände, als er den Kerzenständer nahm und zur Tür trug. „Gute Nacht, Gwendolen."

„Gute Nacht", antwortete sie. Sein plötzlicher und zugleich merkwürdig höflicher Aufbruch verwirrte sie.

Etwas an ihm war heute Nacht anders gewesen. Er hatte sie beinahe zuvorkommend behandelt und die Berührungen seiner Hände waren überraschend sanft gewesen. Sie fühlte sich noch immer benommen von dem Genuss, den er ihr bereitet hatte. Nie hätte sie gedacht, dass Angus solche Gefühle in ihr wecken und sie ihn so genießen könnte. Er fühlte sich unglaublich gut an.

Sie sah zu, wie er die Tür hinter sich schloss, dann ließ sie sich in die Laken fallen und versuchte zu verstehen, was gerade geschehen war.

9. Kapitel

Am nächsten Morgen führten die Männer ihre Arbeiten am neuen Burgtor fort. Durch den Burghof hallten die Schläge der schweren Hämmer und gelegentlich ächzten die Männer laut auf, wenn sie die schweren Planken in der sengenden Hitze stemmen mussten. Gwendolen war vollauf damit beschäftigt, die Vorbereitungen in der Küche zu beaufsichtigen, denn die Männer waren hungrig.

Am späten Nachmittag begleitete sie die Bediensteten, die einen Wagen mit einem Bierfass durch die Große Halle in den Burghof zogen. Sie schritt leichtfüßig zum Tor, wo ihr der süße Duft von frisch geschlagenem Holz entgegenwehte. Der Boden war übersät mit Spänen.

Und dann erblickte sie Angus. Gwendolen hatte nicht gewusst, dass er den Männern bei der Arbeit am Burgtor half, doch als sie ihn nun sah, begann ihr Herz aufgeregt zu klopfen. Bilder von der letzten Nacht tauchten in ihrer Erinnerung auf, während sie ihm dabei zusah, wie er eine lange Holzplanke über den Burghof zog. Die schwere Bohle ruhte auf seiner breiten Schulter und während er sich nach vorne stemmte und um jeden Schritt kämpfte, zeichneten sich die Muskeln seiner Oberschenkel unter dem Kilt deutlich ab. Sein Hemd klebte vom Schweiß durchnässt an seinem Rücken. Angus hatte die Ärmel bis zu den Ellenbogen hochgerollt, und Gwendolen bestaunte seine kräftigen Unterarme, deren Muskeln sich bei jedem Schritt spannten.

Sie stand einfach nur da und sah ihm bei der Arbeit zu, bis die Männer begriffen, was sich auf dem Wagen befand, und rasch darauf zusteuerten. Gwendolen half, das Bier an die durstigen Arbeiter auszuschenken. In der Zwischenzeit hatte Angus die Brücke hinter dem Tor erreicht und neigte den Oberkörper zur Seite, um die Planke abzusetzen. Sie schlug krachend auf, federte noch einmal hoch und blieb zitternd in einer Staubwolke liegen.

Angus richtete sich auf und legte den Kopf in den Nacken. Die Augen geschlossen, schien er die Wärme der Sonne auf seinem gebräunten Gesicht aufzusaugen. Ein Schweißtropfen lief seine Schläfe entlang zur Wange. Angus wischte ihn mit dem Unterarm weg.

Gwendolen rührte sich nicht. Sie hielt einen Krug Bier für ihn in der Hand und wartete darauf, dass er sie bemerkte. Als sich ihre Blicke endlich trafen, hielt sie ihm den Krug entgegen und nickte ihm zu.

Angus kam auf sie zu, nahm den Krug und trank in langen, gierigen Zügen. Seine schweißglänzende Kehle bewegte sich bei jedem Schluck, und als etwas Bier über den Rand des Kruges schwappte und auf Angus' verschwitzte Brust tropfte, konnte Gwendolen den Blick nicht von dem Rinnsal lösen, das langsam unter seinem Hemdkragen verschwand. Angus wischte sich den Mund ab und reichte Gwendolen den Krug.

Die Intensität seines Blickes brachte sie aus der Fassung. Sie zitterte, als sie die Hand nach dem Krug ausstreckte, und berührte beiläufig seine Hand. Diese kurze Berührung reichte, um sie in das reinste Gefühlschaos zu stürzen.

„Danke", sagte er.

„Gern geschehen. Wie kommt ihr mit der Arbeit am Tor voran?"

„Es geht." Angus sah sie nur kurz mit seinen eisblauen

Augen an, dann drehte er sich um und machte sich wieder an die Arbeit.

Gwendolen sammelte die leeren Krüge ein. Sie spürte ein Kribbeln in ihrem Bauch. Es fiel ihr schwer, sich einzugestehen, dass sie sich heimlich nach ihrer Hochzeitsnacht sehnte. Sie dachte sehr viel häufiger daran, als es sich ziemte.

Aber was sagte das über ihre Treue zu ihrem Clan aus? Schnell vertrieb sie diese Frage aus ihren Gedanken.

Drei Tage und drei endlos lange Nächte hielt sich Angus vom Gemach seiner Verlobten fern. Es fiel ihm schwer, doch er zweifelte daran, dass es ihm noch einmal gelingen könnte, sich bei einem ähnlich intensiven Vorspiel zurückzuhalten. Er sehnte sich danach, Gwendolen wild und ungehemmt zu lieben. Doch er musste sich gedulden.

Um sich zu verausgaben und um Gwendolen aus seinen Gedanken zu vertreiben, stürzte er sich in die Arbeit an dem Burgtor. Gerade stand er auf der Leiter, um einen Holzpflock einzurammen.

Zudem trieb er die Vorbereitungen für die Hochzeit weiter an, damit sie so schnell wie möglich vollzogen werden konnte. Ginge es nach ihm, würde er Gwendolen sofort in die Kapelle schleifen, sie heiraten und sie sich nehmen, um endlich diesen Hunger zu stillen, für den es nur eine Linderung gab. Doch beide Clans brauchten einen symbolischen Akt, um zusammenwachsen zu können. Und sie brauchten etwas zu feiern. Schließlich heiratete Angus Gwendolen nicht, um seine Lust zu befriedigen. Er tat es für die Zukunft von Kinloch. Deshalb musste die Hochzeit ein unvergessliches Fest werden.

Und dann, bei Gott, würde er Gwendolen endlich nehmen. Oft, sehr oft.

Angus schlug immer schneller und fester auf den Pflock ein, bis er schließlich seinen Daumen traf.

Am folgenden Tag betrat Angus mitten am Nachmittag sein Gemach. Er verschloss die Tür hinter sich und sank erschöpft in einen gepolsterten Stuhl am Fenster. Sie hatten das Tor erneuert und geprüft und nun war er schweißgebadet von der harten Arbeit. Ein paar Kleinigkeiten mussten noch geändert werden, doch das konnten sie ohne ihn tun. Sein Daumen war noch immer geschwollen und pochte schmerzhaft, deshalb hatte Angus beschlossen, sich eine kurze Erholungspause zu gönnen.

Er lehnte sich zurück, schloss die Augen und streckte die Beine aus. Er rieb seine brennenden Lider. Seit Tagen hatte er nicht mehr gut geschlafen.

Also stemmte er sich hoch, kroch beinahe zu seinem Bett und ließ sich bäuchlings darauf fallen. Sofort drängten sich ihm die Gedanken an seine nahende Hochzeitsnacht auf und er verspürte eine plötzliche, ungezügelte Lust.

Angus war es nicht gewohnt, seine Bedürfnisse selbst befriedigen zu müssen, immerhin war Raonaid in den vergangenen zwei Jahren stets bereit für ihn gewesen. Doch von ihr war er vor mittlerweile zwei Monaten aufgebrochen, und Gwendolen war leider noch immer unerreichbar. Wahrscheinlich wäre es das Beste, wenn er seinen Drang selbst etwas linderte. Er rollte sich auf den Rücken und sah beschämt zum Betthimmel empor. Es ärgerte ihn, dass es so weit mit ihm gekommen war.

Da klopfte es an seiner Tür. Ärgerlich fuhr Angus hoch. „Hau ab!", rief er grimmig.

„Hau selber ab!", rief Lachlan zurück. „Aber vorher öffne mir bitte die Tür."

„Ich bin beschäftigt."

„Zu beschäftigt, um Colonel Worthington, den Befehlshaber von Fort William, zu empfangen? Ich dachte, es könnte dich interessieren, dass er draußen steht und an unser Tor klopft. Scheint mir ziemlich aufgebracht zu sein, der Mann."

„Verdammt, Lachlan", knurrte Angus, während er aufstand. „Ich zeig dir gleich, wer hier aufgebracht ist."

Er hatte schon immer gewusst, dass die Leidenschaft für eine Frau einen Mann schwächte. Er war gerade der beste Beweis dafür. Man hatte ihn unvorbereitet erwischt, abgelenkt von der andauernden Heiterkeit unter seinem Kilt.

Ungehalten riss er die Tür auf. „Wenn du mir jetzt noch sagst, dass er mit einer ganzen Armee angerückt ist, werfe ich dich von der Burgmauer."

Lachlan stand breitbeinig vor ihm und lud eine Muskete. „Nein. Es sind nur der Colonel selbst und zehn seiner Rotröcke. Aber sie werden langsam ungeduldig. Du solltest sie einlassen." Er schüttete Zündkraut auf die Pfanne, lud die Waffe und rammte die Patrone mit dem Ladestock in den Lauf.

Angus schob sich an ihm vorbei und lief zur Treppe. „Befehlt den Wachen, das Tor zu öffnen", rief er. „Und dann bringt den Colonel in das Solar, ich erwarte ihn dort. Und bietet seinen Männern etwas zu trinken an."

Während er die gewundene Treppe hinuntereilte, wurde ihm bewusst, wie schnell ein drohender Kampf gewisse Triebe eines Mannes ersticken und dafür ganz andere entzünden konnte, die nicht minder heiß brannten.

Kinloch bedeutete ihm alles.

Angus vertrieb Gwendolen aus seinen Gedanken.

Gwendolen lehnte sich über die Zinnen und sah hinab auf die kleine Gruppe berittener Soldaten unten auf der Brücke, die von dem großen Colonel Worthington persönlich angeführt wurden.

Was sie sah, entsprach mitnichten der herbeigesehnten Befreiungsarmee mit Bogenschützen und Kanonen, die plötzlich für einen Überraschungsangriff aus dem Nichts auftauchte. Die Soldaten in ihren hellroten Uniformen wirkten eher müde und gelangweilt, während sie dort auf der Brücke standen und warteten. Die Pferde schnaubten und schüttelten die Köpfe. Einer der Soldaten nieste drei Mal hintereinander und beschwerte sich über den Staub. Einer seiner Kameraden schlug vor, er solle jeden Morgen starken Essig schniefen, um das Problem zu beseitigen.

Heute würde es sicher keine glorreiche Schlacht geben.

Colonel Worthington zog ein gefaltetes Leinentaschentuch hervor und tupfte sich den Schweiß von der Stirn. Von der Wiese drang das Brummen von Insekten.

Endlich schwang das riesige neue Burgtor auf, und die Soldaten ritten in den Hof. Gwendolen lief an den Zinnen entlang, um sie nicht aus den Augen zu verlieren.

Lachlan MacDonald und ein paar seiner Kameraden begrüßten die Rotröcke freundlich. Sie nahmen ihnen die Pferde ab und führten sie zu den Stallungen. Die Soldaten brachte man in die Große Halle, während Lachlan den Colonel zum Nordturm führte.

Gwendolens Herz schlug plötzlich schneller. Was würde nun geschehen? Würde sich der Colonel auf ihre Seite schlagen und Angus befehlen, die Burg auf Geheiß des Königs wieder den MacEwens zu übergeben? Oder würde er Angus' Herrschaft auf Kinloch anerkennen und ihm berichten, dass ihn jemand aus der Burg über die Invasion informiert hatte? Oder schlimmer noch, würde Angus erkennen, von wem die Nachricht stammte?

10. Kapitel

Gwendolen wartete unruhig in ihrem Gemach. Sie fühlte sich wie vor ihrer eigenen Hinrichtung.

Bei jedem Geräusch, das von draußen erklang, zuckte sie nervös zusammen, als kündigte es das Nahen des Henkers an. Als sie schließlich tatsächlich Schritte auf den Stufen hörte und bald darauf ein Klopfen an ihrer Tür, war sie bereits so verängstigt, dass sie in ihrer Eile, zu öffnen, einen Hocker umwarf.

Vor ihrer Tür stand, wie erwartet, der Eroberer der Burg. Er sah sie grimmig an.

Seit jener Nacht, in der er sie aus ihren Träumen geweckt und sich zu ihr ins Bett gelegt hatte, war er nicht mehr bei ihr gewesen. Plötzlich flammten in Gwendolen viele ungebetene Erinnerungen auf. Sie erinnerte sich daran, wie sein muskulöser Körper auf ihrem gelegen hatte, wie Angus ihren Hals küsste, wie sie ihre Beine lüstern um seine Hüfte schlang. Gwendolen erzitterte vor Angst und Erregung.

Wie merkwürdig, dass sie gerade jetzt daran denken musste. Sie hatte bei Gott wirklich dringendere Sorgen. Denn Angus hielt den Brief in seiner Hand, den Gwendolen dem Colonel nach Fort William geschickt hatte.

Angus sah seine Braut kalt und misstrauisch an. Von tiefen Schuldgefühlen geplagt bat sie ihn herein, noch bevor er überhaupt ein Wort sagen konnte. Ihr Magen verkrampfte sich vor Furcht.

Angus sah sich prüfend um, dann musterte er sie. Gott

schütze mich, betete Gwendolen im Stillen. Er wusste, dass der Brief von ihr stammte. Sie hatte ihr Wort gebrochen.

„Du willst mir etwas sagen", ergriff sie das Wort.

Sie sahen beide auf die kleine Pergamentrolle hinab, die er in seiner schwieligen Hand hielt. Ein schwarzes Band, das von ihrem Frisiertisch stammte, war darum geschlungen. Angus strich mit seinem geschwollenen Daumen über das Pergament.

„Hast du das geschrieben?"

Gwendolen wusste, dass sie ihm antworten musste, doch ihre Stimme versagte.

Er hob den Blick und Gwendolen sah, wie ein Muskel an seinem Kiefer gefährlich zuckte. „Hast du?", wiederholte er, und sie zuckte zusammen.

Gwendolen versuchte, ruhig durchzuatmen, dann sah sie ihm zaghaft in die Augen und nickte. Sie konnte Mary unmöglich die Schuld zuschieben. Das arme Mädchen konnte ja nicht einmal lesen. Dies hier war ihre Tat und sie würde die volle Verantwortung dafür übernehmen.

Sie wappnete sich für den zu erwartenden Zorn des Löwen und fragte sich, ob er sie wohl schlagen oder in den Kerker werfen würde.

Wieder sah er auf das Pergament hinab, und sie konnte nur dastehen und warten, bis er ihr Urteil sprach.

Angus trat langsam ans Fenster, wo er mit dem Rücken zu ihr stehen blieb. Er schwieg. Gwendolen hätte sich zu gerne gerechtfertigt, sich bei ihm entschuldigt, weil sie ihr Wort gebrochen hatte, während er seinen Teil der Vereinbarung einhielt. Doch sie bekam keinen einzigen Ton heraus. Angus hatte sie weder verletzt noch missbraucht, er hatte ihr auch nicht die Unschuld genommen. Auch zu ihrer Mutter war er höflich und zuvorkommend. Er hatte Onora sogar die Juwelen gelassen, die einmal seiner Mutter gehörten.

Sosehr es Gwendolen auch schmerzte, sie musste zugeben, dass sich der grausame Krieger und Todfeind der MacEwens, Angus der Löwe, gnädig erwies.

„Du hast mich belogen", sagte er endlich. Seine Stimme klang so leise und drohend, dass Gwendolen sich fragte, ob die Tage der Gnade gezählt waren.

„Ja, das habe ich. Aber wenn du mich nur erklären lässt ..." Sie atmete zittrig ein.

„Glaubst du denn, dass du das verdienst?"

„Bitte, Angus!"

Er drehte sich zu ihr um und sah sie lange schweigend an. „Na gut", sagte er dann, „ich höre."

Es gelang Gwendolen, mit fester Stimme zu sprechen. „Ich habe den Brief am Morgen nach deinem Angriff geschickt. Du hattest soeben Kinloch erobert und Anspruch auf mich als deine Gemahlin erhoben."

Angus sah sie zornig an.

„Du musst verstehen, dass ich Angst vor dir hatte und mich meinem Clan verpflichtet fühlte. Kinloch gehörte den MacEwens. Mein Vater ist erst vor einem Monat gestorben und es schien mir, als hätte ich alles verloren. Ich wusste nicht, was ich von dir zu erwarten hatte. Nach allem, was ich wusste, warst du ein grausamer Krieger, der mich nur aus politischen Gründen zur Frau nehmen wollte. Ich bin auch jetzt noch nicht glücklich mit deinen tyrannischen Methoden und dem Leben, das du mir aufzwingst, ohne mich ein einziges Mal zu fragen."

Er betrachtete sie wie gewohnt abschätzig und kühl, doch Gwendolen kämpfte nur noch leidenschaftlicher, und sie trat einen Schritt auf ihn zu.

„Angus, du bist ein Krieger. Du kannst mir kaum vorwerfen, dass ich für meine Freiheit und für das, was meiner Familie zugesprochen wurde, gekämpft habe. Kinloch war die größte Errungenschaft meines Vaters, und jetzt, wo er tot ist, nein, gerade weil er tot ist, bedeutet es mir alles. Ich habe nur versucht, meinen Clan vor deiner Rache zu schützen."

Gwendolen hielt erschrocken inne. Sie hatte Angus gerade beleidigt, doch sie musste ihm ihre Beweggründe nennen. Es war die Wahrheit.

„Glaubst du, ich habe die Burg aus Rache eingenommen?"

„Es erweckt den Eindruck", erwiderte sie. „Du bist gewaltsam in unser Heim eingedrungen. Du hast uns schnell und brutal zerschmettert. Du hast mir keine andere Wahl gelassen, als zu kämpfen."

Angus' Augen flackerten zornig. „Soll das etwa heißen, dass ich deinen Verrat einfach so hinnehmen soll?"

Über diese Frage dachte Gwendolen sorgsam nach, dann hob sie das Kinn und sah Angus fest in die Augen. „Ja, genau das. Ich gebe zu, dass ich unsere Abmachung aus Furcht vor dir gebrochen habe, aber das kannst du mir wohl kaum vorwerfen. Du bist ein furchteinflößender Mann. Zu jener Zeit schien es der einzige Ausweg zu sein."

Angus kniff die Augen bedrohlich zusammen, während er auf Gwendolen zuging. „Zu jener Zeit", wiederholte er ihre Worte.

„Ja!"

„Du hattest Angst."

„Ja!"

„Und fürchtest du dich auch jetzt?" Sein Blick verschleierte sich, während er mit heiserer Stimme zu ihr sprach und ihr mit seinen rauen Knöcheln über die Wange strich.

Gwendolen wich zaghaft zurück, bis sie gegen das Bett stieß. „Sehr sogar."

„Dann würdest du mich also wieder verraten, wenn du eine Chance dazu bekommen würdest? Du würdest nach einer anderen Armee schicken, um mich zu vertreiben oder um mich sogar töten zu lassen?"

Gwendolen atmete zitternd ein. „Das kommt darauf an."
„Worauf?"
„Auf die Armee. Nach den Franzosen würde ich nicht schicken, denn die würden sich wohl eher auf deine Seite schlagen als auf meine."

Angus hielt ihr die kleine Pergamentrolle vors Gesicht. „Für diesen Verrat sollte ich dich bewusstlos prügeln und dir eine Lektion erteilen, die du so schnell nicht vergisst."

Er blieb vor ihr stehen und wartete auf ihre Antwort.

„Es tut mir leid", sagte sie schließlich verzagt.

Angus atmete bedrohlich tief ein. Seine Brust hob und senkte sich schwer.

„Wirst du mir wenigstens verraten, was Colonel Worthington gesagt hat?", fragte sie schüchtern.

„Was willst du hören? Dass er gedroht hat, mir Kinloch wegzunehmen? Dass König George mit einer Armee Rotröcke zurückkehren und mir einen Amboss auf den Kopf werfen wird, wenn ich mich widersetze?"

„Jetzt verspottest du mich."

Angus trat einen Schritt zurück. „Es war sinnlos, diese Nachricht zu schicken. Die Engländer haben Wichtigeres zu tun, als sich in die Streitigkeiten zweier Clans einzumischen. Dieser Ansicht ist jedenfalls Colonel Worthington. Er wünscht, nicht in diese Angelegenheit verwickelt zu werden. Was hast du denn erwartet? Dass sie kommen und den Anspruch deines Vaters verteidigen würden?"

Sie entfernte sich vom Bett. „Ich weiß auch nicht. Ich dachte, dass ihm unsere Loyalität etwas bedeuten würde. Wir sind königstreu und wir haben vor zwei Jahren eine jakobitische Armee besiegt. Ich dachte, der König würde unseren rechtmäßigen Besitz verteidigen, den wir im Namen seiner Krone gewonnen haben."

Angus legte die Hand auf den Griff seines Schwerts. „Du

verstehst nichts von Politik und Krieg, Mädchen. Die Engländer wollten meinen Vater damals tot sehen, und dein Vater hat sich darum gekümmert, weil er dabei etwas gewinnen konnte. Ihm wurde Kinloch als Lohn geboten, deshalb hat er unseren Clan angegriffen. Das hatte nichts mit Ehre oder Loyalität zu tun, hier ging es nur um Land und um Macht, und um sonst gar nichts. Darum geht es immer, wenn ein Mann versucht, das Heim eines anderen zu stehlen." Er zerknüllte die Nachricht und trat ans Fenster. Eine lange Zeit sah er einfach nur hinaus auf das Land. „Ich habe nur zurückgeholt, was mir gehört, und Colonel Worthington hat kein Interesse daran, meine Herrschaft hier anzuzweifeln. Er hat deutlich gemacht, dass dies eine Sache der Clans ist."

„Ist er denn nicht in Sorge, dass du eine weitere Rebellion anzetteln könntest?"

„Ich habe ihm mein Wort gegeben, dass ich hier in Frieden leben möchte."

„Und er hat dir geglaubt?"

Angus drehte sich abrupt zu ihr herum. „Du scheinst einem Versprechen nicht viel Wert beizumessen. Bedeutet dir das Wort eines Mannes denn so wenig? Und gibst du nichts auf dein eigenes?"

Gwendolen fühlte sich plötzlich beschämt. Sie ging langsam zu einem Stuhl hinüber und ließ sich daraufsinken. „Meine Ehre bedeutet mir alles."

„Und doch hast du dein Wort gebrochen. Du hast mir Loyalität geschworen."

Sie senkte den Kopf. „Ist unsere Vereinbarung damit aufgelöst?"

Gewiss würde Angus sie unter diesen Bedingungen nun nicht mehr heiraten wollen. Er dachte bestimmt, er könne ihr nie wieder vertrauen. Vielleicht warf er sie nun ins Gefängnis oder verbannte sie. Und was dann? Dann wäre sie gezwungen, ihr Heim aufzugeben und ihren Clan der Herrschaft eines MacDonalds zu überlassen.

Vielleicht hatte ihre Mutter ja recht. Vielleicht sollte sie diese fruchtlosen Versuche, sich ihrem künftigen Mann zu widersetzen, endlich aufgeben und einen Weg finden, wie sie einen gewissen Einfluss auf ihn gewinnen konnte.

Es würde schon nicht so schlimm werden. Bei Gott, mittlerweile hatte sie ihrer Hochzeitsnacht ja sogar mit einer gewissen Neugierde und Erwartung entgegengeblickt. Und so, wie sie Angus inzwischen kannte, würde sie an seiner Seite auch kein allzu schreckliches Leben erwarten. Das führte ihr gerade sein jetziges Verhalten vor Augen. Er hatte allen Grund, sie für ihren Verrat zu bestrafen, doch er hatte es bisher nicht getan. Seit seinem Überfall auf Kinloch vor einer Woche hatte sich Angus der Löwe als gerechter Herrscher erwiesen. Und als schöner Mann. Trotz aller Angst und Vorbehalte fühlte sich Gwendolen zu ihm hingezogen.

Obwohl sie den Blick gesenkt hielt, spürte sie, dass er zu ihr trat. Gwendolen wartete still auf sein Urteil. Als sein Kilt sanft ihre Knie berührte, pochte ihr Herz wild. Angus' Nähe überwältigte sie auf eine Weise, die sie nicht verstand, und überrascht stellte sie fest, dass sie sich wünschte, er möge ihre Hochzeit nicht absagen.

Er umfasste ihr Kinn mit seiner schwieligen Hand und hob ihr Gesicht an. Er sah auf sie hinab, als versuche er zu ergründen, ob er ihr jemals wieder vertrauen könne.

Gwendolen erwiderte seinen Blick, und als sie sprach, lag vollkommene Aufrichtigkeit in ihren Worten. „Es war falsch, dich zu hintergehen, aber wenn du mir noch eine Chance gibst, gebe ich dir mein Wort, dich nie wieder zu verraten. Ich habe meine Lektion gelernt, und wenn du es wünschst, werde ich dir Treue schwören."

Angus strich langsam mit seinem geschwollenen Daumen

über ihre Unterlippe. Gwendolen zitterte vor Angst. Oder war es vielleicht doch ein Verlangen? Sie verstand ihre eigenen Gefühle nicht mehr.

Ohne etwas zu erwidern, trat Angus zurück. Er blickte verschlossen und grimmig auf sie herab. War es möglich, dass er sie nicht mehr wollte? Vielleicht gab es gar keine Hoffnung mehr auf eine zweite Chance.

Doch Gwendolen war noch nicht bereit, aufzugeben. Sie raffte ihre Röcke und kniete nieder. „Ich, Gwendolen MacEwen, schwöre dir, Angus Bradach MacDonald, dem Laird von Kinloch, die Treue. Ich schwöre, dir aufrichtig und ergeben zu dienen und dir Erben zu schenken."

Ein Rabe flog krächzend am Fenster vorüber. Gwendolen erwartete ängstlich die Antwort.

„Was ist mit deinem Bruder?", fragte er mit rauer Stimme. „Wirst du deinen Schwur auch halten, wenn er zurückkehrt?"

Sie sah in seine klaren eisblauen Augen. „Ich gebe dir mein Wort, dass ich dich auch dann nicht verraten, sondern alles in meiner Macht Stehende tun werde, um Frieden zwischen euch zu stiften. Du hast gesagt, du würdest ihm Land anbieten."

„Ja."

„Dann werde ich meinen Schwur halten. Ich werde tun, was ich kann, um ihn davon zu überzeugen, dein Angebot anzunehmen."

Noch immer lag etwas Finsteres in seinem Gesicht, doch seine Worte sagten etwas anderes. „Dann nehme ich deinen Treueeid an."

Unendlich erleichtert erhob sie sich. „Willst du mich immer noch heiraten?"

„Ja. Wir werden unser Ehegelübde in vier Tagen ablegen."

Sie blinzelte. „So bald schon?"

„Es gibt keinen Grund, es weiter aufzuschieben."

Angus stand regungslos da und sah Gwendolen an. Dann blickte er hinab auf die Pergamentrolle in seiner Hand. Einen Augenblick lang schien er sich in seinen Gedanken zu verlieren, doch dann trat er an den Tisch, entzündete eine Kerze und hielt die Nachricht in die Flamme.

„Niemand weiß, dass du die Verräterin bist, die das hier geschickt hat", sagte er, während der Brief schwarz wurde und dann zu Asche zerfiel. „Abgesehen von der Frau in der Küche. Kannst du dafür sorgen, dass sie den Mund hält?"

„Natürlich."

„Es wäre besser, wenn beide Clans dich für meine treu ergebene Braut hielten. Alles andere würde eine Rebellion begünstigen, und ich möchte Frieden auf Kinloch."

„Das möchte ich auch", versicherte sie.

Rasch warf er ihr einen Blick zu.

Gwendolen vermutete, dass er ihr noch immer misstraute. In den kommenden Wochen würde er sie gewiss genau im Auge behalten.

Angus blies die Asche vom Tisch. „Wir werden kein Wort mehr darüber verlieren", sagte er und ging zur Tür.

„Angus?" Gwendolen folgte ihm hinaus auf den Gang. Er blieb auf der obersten Treppenstufe stehen, eine Hand an die Mauer gelehnt. „Wirst du dich an unsere Abmachung halten, obwohl ich es nicht getan habe?"

Er sah sie eiskalt an und trat auf sie zu. Gwendolen wich abermals erschrocken zurück, bis sie die Wand im Rücken spürte. Er stemmte die Hände zu beiden Seiten ihres Kopfes gegen die Mauer, sodass Gwendolen ihm nicht entkommen konnte.

„Wenn du wissen willst, ob ich bis zu unserer Hochzeitsnacht warten werde, bis ich dir die Unschuld raube ..." Er atmete zischend ein und schien nachzudenken. „Es ist sehr verlockend, diese Vereinbarung zu vergessen, nachdem sie bereits gebrochen wurde", raunte er und blies seinen Atem sanft in ihr Gesicht. Gwendolen erschauderte. „Mache ich dich nervös, Mädchen? Fürchtest du dich vor mir?"

„Nein, ich fürchte mich nicht", erwiderte sie trotzig, obwohl es gelogen war. Gwendolen fürchtete sich sogar schrecklich.

Sein Blick ruhte auf ihren Lippen, dann beugte sich Angus vor und küsste sie. Es war ein tiefer und fordernder Kuss, mit dem er ihre Unterwerfung zu prüfen schien. Er schlang einen Arm um ihre Taille und zog Gwendolen fest an sich. Das Gefühl seiner Zunge in ihrem Mund erweckte alle ihre Sinne zum Leben, sie schloss die Augen, und eine Welle der Lust floss von ihren Lippen hinab in ihren Bauch. Seine Bartstoppeln kratzten über ihr Kinn und es verwunderte sie, wie willkommen ihr dieses Gefühl war.

Langsam löste er sich von ihr und trat zurück. Ihre Lider flatterten und schließlich öffnete sie die Augen.

„Nur keine Angst, ich stehe zu meinem Wort. Du kannst deine kostbare Unschuld noch ein paar Tage behalten."

„Danke."

„Heb dir deine Dankbarkeit für unsere Hochzeitsnacht auf", erwiderte er und wandte sich zum Gehen, „ich glaube, dann wirst du mir wirklich danken wollen. Mehrmals."

Dann verschwand er auf der gewundenen Treppe nach unten, und Gwendolen atmete erleichtert aus.

11. Kapitel

Nachdem sie vier Tage später in der Kapelle ihr Gelübde abgelegt und sich mit Körper, Geist und Seele dem Herrn der Burg versprochen hatte, der ihren Clan besiegt, ihr Zuhause geraubt und sie als seine Frau beansprucht hatte, folgte Gwendolen Angus dem Löwen zu seinem Schlafgemach.

Dutzende Kerzen erhellten den Raum, im Kamin loderte ein Feuer und es duftete nach Rosen und Wein. Doch all das konnte Gwendolen nicht beruhigen. Sie war so aufgeregt und nervös, weil sie schon bald nackt neben dem schottischen Löwen liegen würde.

Mehrere betrunkene Männer waren ihnen grölend die Treppe hinauf gefolgt. Sie rissen anstößige Witze. Angus warf ihnen nun einen so finsteren Blick zu, dass die Männer erschrocken übereinander stolperten und schwiegen.

Angus führte Gwendolen ins Gemach und verschloss die Tür mit dem Schlüssel. Er drehte sich zu Gwendolen, die völlig verunsichert am Fenster stand und nicht wusste, was sie als Nächstes tun sollte. Sie rief sich ihr Gelübde in Erinnerung. Sie hatte geschworen, eine fügsame und pflichtbewusste Gemahlin zu sein, also hob sie leicht zitternd die Hand und löste ihr Haar. Dann schüttelte sie den Kopf, sodass ihr die Locken weich über den Rücken fielen. Gwendolen war fest entschlossen, Angus heute Nacht zu gefallen. Wenn er zufrieden mit ihr war, konnte sie vielleicht sein Vertrauen gewinnen und sich einen einflussreicheren Platz an seiner Seite sichern.

Und vielleicht müsste sie ihn dann eines Tages nicht mehr so sehr fürchten.

Er trat auf sie zu, ohne den Blick von ihr zu wenden, während er sich den Tartan von der Schulter streifte. Dann löste er seinen Ledergürtel, nahm den Sporran ab und warf alles auf einen Stuhl. Schließlich streifte er sich auch das Hemd ab und stand nackt vor ihr.

Gwendolen stockte der Atem. Sie öffnete ängstlich die Lippen und versuchte, ruhig weiterzuatmen, während sie seinen gestählten, kampferprobten Körper im schimmernden Kerzenlicht bestaunte. Gwendolen betrachtete lustvoll seine muskulöse Brust sowie die Sehnen, die sich unter der Haut abzeichneten. Zwischen seinen Schenkeln reckte sich seine Männlichkeit und der Anblick seines steifen Gliedes ließ sie erzittern. Woher sollte sie wissen, was sie jetzt tun sollte? Sie spürte eine fremdartige Hitze in sich aufsteigen und in ihrem Kopf schien sich alles zu drehen.

Lange sahen sie sich einfach nur schweigend an. Was gab es in so einem Moment auch schon zu sagen? Gwendolen wusste, was Angus von ihr erwartete, und sie hatte alles getan, um sich darauf vorzubereiten.

Onora hatte ihr geraten, die Hochzeitsnacht willkommen zu heißen und die Erfahrung zu genießen. Gwendolen war entschlossen, diesem Rat zu folgen. Mit beiden Händen hob sie ihr Haar und türmte es auf ihrem Kopf auf. Dann wandte sie Angus den Rücken zu, damit er ihr Kleid öffnen konnte.

Er ließ sich Zeit, sie zu entkleiden. Ein Kleidungsstück nach dem anderen fiel zu Boden, zuerst das steife Mieder, dann die Röcke und schließlich die über Walfischknochen gespannten Unterröcke. Gwendolen streckte die Arme nach oben, damit Angus ihr das Leinenunterkleid über den Kopf streifen konnte. Dann trat er zurück und betrachtete ihre nackte Gestalt im Kerzenlicht.

Gwendolen sah scheu zu ihm auf.

„Hab keine Angst vor mir, Mädchen. Ich verspreche dir, dass ich so sanft sein werde, wie ich nur kann."

„Ich habe aber Angst vor dir und ich kann nichts dagegen tun", entgegnete sie. „Erst vor ein paar Tagen habe ich mitangesehen, wie du im Burghof Dutzende meiner Clansmänner niedergemetzelt hast. Ich habe gesehen, wie du dir nimmst, was du willst."

Ein Luftzug ließ sie erzittern. Angus streckte ihr eine Hand entgegen und sah sie aufmunternd an. „Du frierst. Komm, leg dich ins Bett. Bald wird dir warm werden, und dann wirst du hoffentlich auch deine Angst vergessen."

Er führte sie zu dem mit einem Baldachin überspannten Bett und schlug die dicken Decken zurück. Sie ließ sich auf die weiche Federmatratze sinken und streckte die Beine unter die Decken.

Angus blies alle Kerzen im Raum aus und legte sich neben sie. Seine Gesichtszüge wurden nur noch vom Schein des Feuers erhellt. Gwendolen bewunderte seine Schönheit. Er hatte so unergründliche, eisblaue Augen und so markante Wangenknochen. Sie konnte kaum begreifen, dass der große schottische Löwe Angus MacDonald nun ihr Gemahl war und dass sie ihm vor ihrem Clan und im Angesicht Gottes die Treue geschworen hatte. Heute Nacht würde er diesen heiligen Pakt besiegeln. Sie würden sich lieben und vielleicht ein Kind zeugen.

Angus rückte langsam näher und legte seine große, schwere Hand auf ihren Bauch. Gwendolen schloss die Augen und dachte an den Löwen in ihren Träumen. Das mächtige, exotische, aber auch sinnliche Tier war auf einer Wiese zu ihr gekommen. Die schwüle Sommerwärme hatte sie dabei eingehüllt und sie hatte keine Angst verspürt. Im Traum hatte sie sich danach gesehnt, die dichte Mähne des Löwen zu streicheln, deshalb lockte sie ihn zu sich. Er leckte ihr über das Handgelenk und bald fand seine Zunge die zarte Haut ihres Halses.

Gwendolen riss die Augen erschrocken auf, als Angus sich auf sie legte. Sie spürte seine warme Haut und schlang die Arme um seine Taille.

„Fürchtest du dich immer noch?", raunte er lustvoll und küsste ihr Ohr. Sein Atem kitzelte die zarte Haut ihres Nackens. Gwendolen erschauderte. Wieder dachte sie an ihren Traum. Sie erinnerte sich daran, wie mutig sie dem Löwen entgegengesehen und wie sehr sie sich danach gesehnt hatte, ihn zu berühren. Doch Träume waren nicht die Wirklichkeit. Ihr Magen schien sich zu verknoten und ihr Herz pochte wild.

„Ja, und ich kann nichts dagegen tun."

Er sah sie an. „Ich werde dich erst nehmen, wenn du bereit dazu bist, also gib mir eine Chance. Kannst du versuchen, dich für mich zu entspannen?"

Sie nickte.

„Wir machen es ganz langsam", flüsterte er. Angus presste seinen Mund sanft auf den ihren und schob seine Zunge lüstern zwischen ihre Lippen. Die Wärme seines Körpers war überraschend tröstlich, und Gwendolen seufzte zufrieden auf.

Angus neigte den Kopf zur Seite und küsste Gwendolens Wange. Seine Berührungen schienen Gwendolen tatsächlich zu beruhigen. Er streichelte ihre Rippen hinauf bis zu ihrer Brust und rieb mit seinem Daumen über die zarte Spitze, bis sie hart wurde. Dann beugte er sich über Gwendolen und küsste ihr Schlüsselbein und ihren Nacken und leckte genießerisch über ihre Haut. Wohlige Schauer zogen wellenförmig über Gwendolens Rücken. Sie öffnete seufzend die Schenkel und er schob sich zwischen sie.

Das Verlangen, das plötzlich in ihr aufwallte, ließ Gwendolen erbeben. Sie begann, ihr Becken kreisen zu lassen, während er ihre Brüste mit seinem Mund reizte und liebkoste. Er biss sanft in die harte Knospe hinein, saugte daran und versetzte Gwendolen so in eine lustvolle Trance, die sie wie ein rauschender Fluss forttrug in eine fremde, berauschende Welt.

Alles in ihr war heiß und lustvoll. Sie umfasste seinen Kopf und stöhnte leise auf.

Angus hielt inne und sah zu ihr herauf. Ein Fieberwahn schien sie zu schütteln, und Gwendolen fragte sich bereits, ob sie beim Fest vielleicht doch zu viel Wein getrunken hatte. Aber nein, so war es nicht, dieser Rausch hier war anderes. Er war sinnlich und leidenschaftlich, und langsam begann auch Gwendolen zu glauben, dass sie diese Stunden mit ihrem Mann tatsächlich mehr genießen würde, als sie sich jemals hatte vorstellen können.

Angus musterte ihr Gesicht, während er eine Hand zwischen ihre Oberschenkel schob und sie dort zu streicheln begann. Die Erinnerung an das, was er vor fünf Nächten mit ihr getan hatte, flammte wieder auf, und Gwendolen wurde mutig. Sie verspürte den verwegenen Wunsch, ihrem Mann unbedingt zu gefallen.

Also schob auch sie eine Hand zwischen seine Schenkel und umschloss seine Männlichkeit. Sie war überrascht, wie groß und hart er war. „Zeig mir, wie ich dich berühren soll", raunte sie.

„Du machst das gut, Mädchen. Du brauchst keine Anweisungen."

Zunehmend erregt, streichelte sie ihn sanft, aber auch fordernd. Sie achtete darauf, wie er auf ihre Berührungen reagierte. Obwohl die Lust sie selbst immer mehr mitriss, spürte sie das Stocken seines Atems, sie spürte die Bewegungen seiner Hüfte und die wachsende Leidenschaftlichkeit in seinem Kuss.

Schließlich drückte sie noch etwas fester zu, doch da umschloss er sachte ihr Handgelenk. „Nicht so stürmisch. Damit musst du ein wenig sanfter umgehen."

„Habe ich dir wehgetan?", fragte sie erschrocken und beschämt.

„Ich habe schon Schlimmeres überlebt."

Wieder küsste er ihren Mund und sie erkundeten einander weiter. Angus rieb und streichelte sie, bis sie feucht genug war für ihn, dann stemmte er sich hoch und legte die Spitze seines Glieds vorsichtig an ihren zarten Hügel.

„Denkst du, du bist bereit für mich?"

Sie nickte und wappnete sich. Jetzt würde er sie nehmen und sie würde ihm gehören. Kein anderer Mann würde jemals bekommen, was sie ihm heute Nacht geben würde. Angus schob sich vorsichtig in sie hinein, hielt jedoch inne, bevor er ihr die Unschuld endgültig nahm. „Tue ich dir weh?"

„Ein bisschen", raunte sie, „aber hör bitte nicht auf."

Er drängte weiter, Gwendolen spürte einen leichten Stoß und zuckender Schmerz durchfuhr sie. Angus war so unglaublich groß.

Dann drang er ein letztes Mal vor, bis er ganz in ihr war. Er durchbrach den Schutz ihrer Jungfräulichkeit und nahm sie ihr damit für immer.

Gwendolen zuckte vor Schmerz zusammen, doch gleichzeitig erfüllte sie eine unbändige Gier, ihn ganz in sich zu spüren.

Angus ließ ihr Zeit, sich an das Gefühl ihrer vereinigten Körper zu gewöhnen, und hielt ganz still. „Ist alles in Ordnung?"

Gwendolen war überwältigt. Wie stark der Schmerz auch sein mochte, er wurde fortgewischt von dem durchdringenden

Verlangen, ihr Becken gegen das seine zu pressen und ihn noch tiefer in sich aufzunehmen. Ihr ganzer Körper prickelte, als er sich in ihr zu bewegen begann, und der Rhythmus seiner Bewegungen steigerte ihre Lust zu einem Rausch, der ihr den Atem raubte. Sie schlang die Beine um seine Hüfte, erwiderte jeden seiner tiefen, geschmeidigen, pulsierenden Stöße und genoss sogar den Schmerz.

Seine Haut wurde feucht von Schweiß. Sie schrie auf und warf den Kopf zurück. Sie spürte, wie sehr es sie erregte, dass er den Rhythmus weiter steigerte.

Sie war die Seine. Es war vollbracht, und sie wusste, ihre Vereinigung würde besiegelt sein, wenn er seinen Samen in sie ergoss.

Ihre Mutter hatte recht gehabt. Das hier bereitete ihr große Freude.

Sie krallte ihre Fingernägel in seine Pobacken und zog ihn an sich, so tief in sich hinein, wie es nur ging.

Angus hielt einen Augenblick inne. Er war beinahe erschrocken darüber, dass sich Gwendolen ihm endlich hingegeben hatte. Sie hatte sich dieser innigsten aller Eroberungen nicht widersetzt, sondern ihren Körper, ihr Leben und ihre Zukunft in seine Hände gelegt. Er war verblüfft, denn keine Frau, und ganz sicher keine Jungfrau, hatte sich ihm jemals so vollständig geschenkt.

Doch seine dunkle, zynische Seite schreckte vor Gwendolens Arglosigkeit zurück. Sie hatte sich ihm ganz hingegeben, dabei wollte er eine solche Leidenschaft und Innigkeit nicht, schon gar nicht von seiner Frau. Sie sollte seine Bedürfnisse befriedigen, ihm untertan sein, aber sich ihm nicht leidenschaftlich hingeben. Das hatte er nicht gewollt, als er auf den Zinnen der Burg verkündet hatte, dass er die Tochter des Anführers der MacEwens zu seiner Frau machen werde.

Doch jetzt war nicht die Zeit für solche Gedanken. Alles, was jetzt zählte, war seine Lust, sie zu spüren. Langsam begann er sich in ihr zu bewegen, doch dann packte ihn ein so ungezügeltes, rücksichtsloses Verlangen, dass er sich nicht mehr zurückhalten konnte. Er steigerte den Rhythmus seiner Stöße, drang schneller und wilder in sie ein, und dann ließ er sich treiben von einer rohen Ekstase.

Es war Jahre her, dass er eine solche Lust empfunden hatte, und er versuchte mit aller Macht, sich zu beherrschen, doch es hatte keinen Sinn. Es war, als habe er noch nie zuvor eine Frau geliebt. Vielleicht empfand er so, weil er nie zuvor einer Frau die Unschuld genommen hatte.

Er konnte nicht mehr klar denken, nicht einmal mehr daran, dass auch Gwendolen ihre Zusammenkunft genießen sollte. Dann riss ihn die Wucht des Höhepunktes fort. Angus hatte das Gefühl, in Gwendolen zu explodieren. Er stöhnte laut auf, zuckte und drängte sich noch tiefer in sie, während sie die Fingernägel in seinen Rücken grub. Es war rau, wild und heftig. Als er endlich wieder atmen konnte, sank er über ihr zusammen und seufzte tief und befriedigt auf.

„Das hatte ich nicht erwartet", flüsterte sie und hielt ihn noch immer eng umschlungen.

„Ich auch nicht."

Tatsächlich fühlte er plötzlich den Drang, aufzustehen und den Raum schleunigst zu verlassen. Doch er beherrschte sich, wälzte sich auf den Rücken und starrte hinauf zum Baldachin.

„Habe ich dir Freude bereitet?", fragte sie, und ihre Stimme klang so süß und unschuldig, dass ihm plötzlich wieder bewusst wurde, wie verschieden sie waren.

„Du hast es gut gemacht", antwortete er, ohne sie anzusehen.

Sie schwieg. „Nächstes Mal mache ich es besser. Versprochen. Ich war nur nervös, das ist alles."

Jetzt wandte er ihr den Kopf zu und sah sie an. „Du hast nichts falsch gemacht."

Es war eine Lüge. Sie war ihm zu nahe gekommen, sie hatte ihn zu schnell erregt, und jetzt fühlte er sich plötzlich nicht mehr wohl in seiner Haut.

Er stand auf und ging zum Kamin hinüber. Eine Weile lang stand er nackt vor dem Feuer und starrte in die heiß lodernden Flammen. Er griff nach dem Schürhaken und schob die brennenden Scheite umher. Funken stoben knisternd auf in der Luft.

Dann legte er den Schürhaken weg und griff nach seinem Hemd auf dem Stuhl. Unter Gwendolens fragendem Blick streifte er es über. Sie setzte sich aufrecht ins Bett und drückte sich die Decken an die Brust.

„Gehst du?"

Er schlang sich den Tartan um die Taille. „Ja, hinunter in die Halle, um ein Bier zu trinken."

„Aber warum? Möchtest du nicht lieber im Bett bleiben? Du könntest mich noch einmal nehmen, wenn du möchtest, und du könntest mir beibringen, was ich tun kann, um dir Freude zu bereiten."

Ihr Angebot traf ihn völlig unerwartet. Ungläubig starrte Angus sie an. Er nestelte unsicher an seinem Tartan und konnte plötzlich zwischen all den Falten die Spange nicht mehr finden. Allmählich zweifelte er an seinem Vorhaben, denn ihm wurde überdeutlich bewusst, dass Gwendolen dort nackt vor ihm auf dem Bett saß und sich ihm anbot. Was wäre so falsch daran, bei ihr zu bleiben und ihr wirklich ein paar Dinge zu zeigen?

„Wie lange bleibst du fort?", fragte sie.

Endlich fand er die Spange und wandte ihr den Rücken zu. „Ich weiß es nicht, aber warte nicht auf mich. Wenn du möchtest, kannst du auch in deine eigenen Gemächer zurückkehren."

Er musste sie nicht ansehen, um zu wissen, wie sehr seine Worte sie verletzten. Immerhin war dies hier ihre Hochzeitsnacht.

„Ich würde gerne bleiben", erwiderte sie schon etwas weniger unschuldig. Angus erkannte in ihrer Stimme einen Hauch jenes Kampfgeistes, den sie am Tag des Angriffs gezeigt hatte.

„Es könnte aber dauern." Er setzte sich auf einen Stuhl und zog sich einen der Stiefel an. „Und wahrscheinlich bin ich betrunken, wenn ich zurückkehre."

Gwendolen schlang die Decken um sich und kniete sich an den Rand des Bettes. „Gehst du, damit sich meine Lust etwas abkühlt?"

Angus sah sie entgeistert an. Dann musste er ganz gegen seinen Willen lachen. „Herrgott, Mädchen! Ich weiß wirklich nicht, was ich von dir halten soll!"

„Warum nicht?"

Er schlüpfte in den zweiten Stiefel und stand auf. „Manchmal frage ich mich, ob sich unter all dieser süßen Unschuld nicht doch eine bissige Raubkatze versteckt. Wen zum Teufel habe ich eigentlich geheiratet?"

Sie sah ihn stirnrunzelnd an. „Vielleicht würdest du mich besser kennenlernen, wenn du nicht jedes Mal, nachdem wir uns geliebt haben, verschwindest."

Er ging auf sie zu und zog eine Augenbraue hoch. „Jedes Mal? Wir haben es doch erst einmal getan."

„Du weißt schon, was ich meine. Das erste Mal, als du in mein Bett gekommen bist, bist du auch nicht besonders lange geblieben."

Auf einmal schienen die Wände näher zu rücken und ihn einzusperren. Er musste hier raus. Schnell steuerte er die Tür an. „Ich schulde dir keine Erklärungen. Ich bin hier der Laird. Ich tue, was ich will, und ich verlasse einen Raum, wann immer es mir gefällt."

Er riss die Tür auf.

„Auch wenn du deine Gemahlin unbefriedigt zurücklässt?"

Angus blieb sofort stehen. Er schäumte vor Wut. Die Erregung, die er verspürte, seitdem sie sich ihm ein zweites Mal angeboten hatte, brodelte über.

Angus der Löwe drehte sich abrupt um und stürzte zurück in sein Gemach. Gwendolen starrte ihn erschrocken an, wohl wissend, dass sie offenbar eine Grenze überschritten hatte.

Und dann trat er zu ihr. Es gab etwas Wichtiges klarzustellen! Angus der Löwe ließ niemals eine Frau unbefriedigt zurück. Vor allem nicht seine Gemahlin.

Gwendolen saß stocksteif auf dem Bett, während ihr Gemahl auf sie zukam. Die Heftigkeit ihrer Gefühle hatte sie selbst überrascht. In einem Moment war sie noch voller Sehnsucht und verzaubert von diesem Mann, und im nächsten rief sie ihm Beleidigungen hinterher und wappnete sich für seine sinnliche Vergeltung.

Sie hatte ihn nicht verärgern wollen, doch er konnte sie doch jetzt nicht einfach so allein lassen. Es war immerhin ihre Hochzeitsnacht und er hatte ihr gerade die Unschuld genommen.

Angus trat an den Rand des Bettes und deutete auf die Matratze vor ihm. „Hierher."

Schnell rückte sie an den Platz, auf den er gedeutet hatte.

„Und jetzt leg dich hin."

Sie tat, wie befohlen, und er umschlang ihre Oberschenkel. Mit einem Ruck zog er sie an den Bettrand und legte die Hände auf ihre Knie. Dann sah er auf sie herab, und sie spreizte die Beine und öffnete sich ihm.

Noch immer stehend beugte er sich über sie und begann, ihre Brüste heiß und gierig zu küssen. Mit seinen rauen Händen strich er über ihre Rippen, hinab über ihre Hüften bis zu den Waden. Dann ließ er den Mund zu ihrem flachen, bebenden Bauch wandern und tauchte seine Zunge in ihren Nabel.

Ihr Körper wurde weich vor Verlangen und Neugierde, und als er sie auf die Hüfte küsste, wand sich Gwendolen lustvoll unter ihm.

„Wie gefällt dir das?", raunte er verführerisch. „Ist es das, was du willst?"

Sie konnte nur nicken, als er sich vor sie kniete und begann, die Innenseite ihrer Oberschenkel zu küssen. Und als sein Mund endlich den Mittelpunkt ihrer Lust erreichte, stöhnte sie leise auf.

Gwendolen hatte bis vor Kurzem gedacht, bereits beim ersten Mal alle sinnlichen Freuden erfahren zu haben. Doch was Angus jetzt mit ihr tat, übertraf alles. Nie hätte sie sich vorstellen können, wie innig und lustvoll die Vereinigung von Mann und Frau sein kann. Seine Berührungen trieben sie fast in den Wahnsinn.

Sie zuckte und wand sich und wurde davongerissen von diesem schäumenden, rauschenden Strom der Gefühle. Als der Höhepunkt endlich kam, war er beinahe schmerzhaft intensiv. Sie packte die Bettdecken, ballte die Fäuste und schrie auf, während seine Zunge immer weiter in sie vorstieß. Dann fielen ihre Arme herab und sie fühlte sich schwach und erschöpft.

Angus erhob sich und beugte sich über sie, er stützte sich auf seine Fäuste und sah sie an.

Gwendolen schlug die Augen auf. Ihre Lider flatterten. Sie fühlte sich ausgelaugt, trunken, aber auch sehr glücklich.

„Bist du jetzt zufrieden?"

Sie konnte nicht mehr klar denken, doch es gelang ihr schließlich, selig zu nicken.

„Gut. Dann kann ich ja vielleicht endlich etwas Ruhe und Frieden haben."

Er stapfte zurück zur Tür, hielt dann jedoch inne. „Verdammt!", knurrte er.

Gwendolen richtete sich auf die Ellbogen auf und fragte sich benommen, was ihn so verärgerte. Er fuhr zu ihr herum.

„So kann ich da nicht hinuntergehen", sagte er und deutete auf seinen Kilt. Seine Erregung zeichnete sich sehr deutlich unter dem dicken Stoff ab. „Wärst du bereit für eine zweite Runde?"

„Natürlich", hauchte sie atemlos. „Und weil ich ja schon befriedigt bin, musst du mich auch nicht mehr so lange darauf vorbereiten."

Ihr grimmiger Krieger kehrte mit glimmenden Augen zu ihr zurück. „Bist du dir ganz sicher? Ich fühle mich nämlich kein bisschen erschöpft. Es könnte eine ganze Weile dauern."

Sie wollte nichts lieber als ihn wieder in sich spüren.

Er stellte sie vor sich an den Rand des Bettes und glitt langsam und leicht in sie. Er liebte sie im Stehen, und diesmal dauerte es lange, bis beide ihre Höhepunkte empfanden. Er bewegte sich in ihr so geschmeidig und gewandt, dass Gwendolen eine noch größere Lust als zuvor empfand. Voller Erstaunen über ihre Gefühle passte sie sich seinem Rhythmus an. Als er sich in ihr ergoss, fühlte es sich an wie ihr eigener Höhepunkt. Dann sank Angus mit einem tiefen, befriedigten Stöhnen auf sie.

Kurz darauf krabbelte er neben ihr auf das Bett. Er murmelte, dass er es nicht mehr bis zur Tür schaffen würde, und fiel auf den Rücken. Er zog Gwendolen abermals an sich.

Angus verließ das Bett bis zum Morgen nicht mehr, und als die Sonne schließlich aufging, war Gwendolen schon ganz und gar süchtig nach den sinnlichen Begabungen ihres frisch angetrauten Gemahls.

Und außerdem fühlte sie sich ausgesprochen gründlich in die Kunst der Liebe eingeweiht.

12. Kapitel

Angus durchstreifte unruhig die Große Halle und ließ sein Schwert in weiten Bögen durch die Luft peitschen, während er ungeduldig auf Lachlan wartete.

Es war noch zu früh für ein Frühstück, dennoch musste er sich körperlich verausgaben, um die Spannungen der letzten Nacht aus seinem Kopf zu vertreiben. Seine Hochzeitsnacht war ganz anders verlaufen als gedacht. Gwendolen hatte ihn vollkommen erschöpft, und nun musste er sich beweisen, dass noch etwas von seiner Kraft und Stärke übrig war.

Endlich erschien Lachlan unter dem hohen Torbogen. Ein dunkler Bartschatten lag auf seinem Gesicht und seine Augen waren rot gerändert. Er sah Angus eine Weile lang zu und kam dann gähnend auf ihn zu.

„Gibt es einen Grund, warum du mich ausgerechnet heute aus dem Bett wirfst, wo du dich doch eigentlich gerade mit deiner hübschen jungen Frau vergnügen solltest? Verdammt, Angus, ich bin erst vor einer Stunde schlafen gegangen."

„Und was hast du die ganze Nacht getrieben?", wollte Angus gereizt wissen.

„Ach, du weißt schon, das Übliche. Trinken. Singen. Vögeln."

„Habe ich dir nicht gesagt, dass du dich von den MacEwen-Frauen fernhalten sollst?"

„Keine Sorge. Meine kleine Freundin der letzten Nacht war eine MacDonald aus dem Dorf. Eine sehr hübsche übrigens."

Lachlan zog sein Schwert. Sie umrundeten einander und ließen sich nicht aus den Augen.

Angus griff seinen Cousin ohne Vorwarnung an, und das Klirren des aufeinanderprallenden Stahls bewirkte Wunder. Seine Laune besserte sich beträchtlich. Er musste sich vergewissern, dass er noch immer derselbe machtvolle Mann war, der vor wenigen Tagen Kinloch eingenommen hatte. Er musste sich selbst davon überzeugen, dass ihn sein Verlangen nach Gwendolen nicht verzehrte.

Eine Erinnerung flammte vor seinem inneren Auge auf, als er sich unter Lachlans Angriff wegduckte. Kurz vor dem Morgengrauen hatte er Gwendolen eine Träne von der Wange gewischt. Sie hatte zu ihm aufgesehen und ihm zaghaft erklärt, dass sie glücklich sei. Und dann hatte er das Undenkbare getan und sie in die Arme genommen.

Lachlans Hieb kam unvermittelt.

Angus stieß ein furchterregendes Kampfgebrüll aus und blockte den mächtigen Schwinger seines Cousins ab.

„Gibt es einen Grund, warum du heute Morgen so versessen auf einen Kampf bist?", fragte Lachlan und parierte den nächsten Hieb. „Sie hat dich doch nicht etwa hingehalten?"

„Nein."

Sie kämpften ein paar weitere Minuten hart und schnell.

„Das war's?", hakte Lachlan nach. „Mehr hast du über deine Hochzeitsnacht nicht zu sagen?"

„Mehr werde ich dir nicht erzählen."

Wieder ging Lachlan auf ihn los und wieder krachten die Klingen klirrend aufeinander.

„Kein Bedauern also? Du bist zufrieden mit deiner Gemahlin?"

„Hör auf zu faseln, Lachlan, und kämpf!"

Später saßen sie beide schweißüberströmt und schwer atmend auf dem Podest. Angus warf Lachlan ein Tuch zu.

„Weißt du", keuchte Angus und wischte sich den Schweiß vom Gesicht, „ich hätte nie gedacht, dass ich mal eine Frau wie Gwendolen MacEwen heiraten würde. Ich habe immer geglaubt, dass sich nur dumme Männer schöne Frauen nehmen, weil sie mit ihren Eiern denken statt mit dem Kopf."

„Und dass Liebe einen Mann schwach macht", fügte Lachlan hinzu. „Das waren jedenfalls immer deine Worte."

Angus sah hinauf zu dem Schwalbennest im Dachgebälk, doch der Vogel war nicht da. „Hast du schon etwas von ihrem Bruder gehört?"

„Noch nicht, aber ich habe fünf Männer auf ihn angesetzt. Da sollte wenigstens einer von ihnen etwas herausfinden können. Es dauert nur noch eine Weile, das ist alles. In der Zwischenzeit hole ich jede Menge interessante Neuigkeiten aus Onora heraus. Sie lässt sich nur allzu gerne auf jedes Geplänkel ein, und sie ist eine wahre Goldgrube für Informationen über Kinloch und die Dorfbevölkerung."

Noch einmal wischte sich Angus mit dem Tuch über das Gesicht. „Hast du keine Angst, dass du eines Tages dafür in der Hölle schmoren wirst, weil du sie so benutzt?"

Lachlan lachte. „Nein. Sie benutzt mich doch ebenso. Sie ist eine grandiose Verführerin. Und es ist ja nicht so, dass ich zu ihr ins Bett steigen würde."

„Lass dir nur nicht den Kopf verdrehen." Angus rieb mit dem Tuch über seine Arme. „Und vergiss nicht unsere oberste Priorität. Wir müssen eine starke Verteidigungslinie aufrechterhalten. Stell deine fähigsten Männer als Wachen auf und schicke weiterhin regelmäßig Kundschafter aus."

„Ich habe alles im Griff."

„War heute Morgen schon jemand draußen?"

„Noch nicht."

„Dann übernehme ich das."

Lachlan musterte ihn scharf. „Bist du sicher? Wartet oben im Bett nicht deine hübsche kleine Frau auf dich?"

„Doch. Aber sie hat mich letzte Nacht vollkommen ausgelaugt. Ich brauche etwas Zeit, um wieder zu Kräften zu kommen."

Lachlan warf den Kopf zurück und lachte schallend.

Kurz darauf schritt Angus die Wehrgänge entlang und kontrollierte die Wachen. Forschend überblickte er den Horizont, bevor er sich abwandte und in die Küche ging, um sich einen Apfel zu holen. Dann ging er zu den Stallungen, sattelte sein Pferd und ritt über den Burghof durch das Haupttor hinaus.

Im gestreckten Galopp jagte er über die Brücke und genoss das hohle Klackern der Hufe auf dem Holz, dann trabte er über die taubedeckte Wiese zum Waldrand. Im Schatten der Bäume war es angenehm kühl. Angus zügelte sein Pferd, um den frischen Duft der Pinien aufzusaugen. Er lauschte dem Plätschern des nahen Baches. Über ihm schimpfte ein Eichhörnchen.

Es war gut, wieder zu Hause zu sein. Es fühlte sich viel besser an als erwartet.

Aber er musste auf der Hut sein, wenn er Kinloch nicht wieder verlieren wollte. Er durfte sich nicht von einer schönen Frau ablenken lassen. Solange die Späher Gwendolens Bruder nicht gefunden hatten, war die Gefahr einer Invasion noch nicht gebannt. Angus musste sich immer wieder daran erinnern, warum er Gwendolen zur Frau genommen hatte. Die Hochzeit diente einzig und allein dem Frieden auf Kinloch. Durch sie waren beide Clans eng miteinander verbunden.

Außerdem brauchte er einen Erben. Deshalb, und nur deshalb, würde er das Bett mit Gwendolen immer wieder teilen. Es war seine Pflicht, und er würde sie erfüllen. Vielleicht kühlte seine flammende Lust etwas ab, wenn Gwendolen ihr erstes Kind unter dem Herzen trug.

Doch noch war es nicht so weit.

Er wendete sein Pferd und machte sich auf den Rückweg zur Burg. Er fragte sich, ob Gwendolen wohl noch schlief und was sie tun würde, wenn er sich jetzt wieder zu ihr legte. Ausgehungert nach ihrem Körper trieb er sein Pferd an und galoppierte durch den Wald. Den Krieger vom Clan der MacEwens, der sich hinter den Büschen verbarg und ihn aufmerksam musterte, bemerkte er nicht.

Nach überraschend vielen warmen Sonnentagen hintereinander, die für die Highlands wirklich ungewöhnlich waren, schüttete es nun schon seit einem Monat wie aus Eimern. Trotz des nassen Wetters und des Schlammes durchstreiften die Kundschafter jeden Tag die Wälder rund um Kinloch, und die Männer auf den Wehrgängen der Burg blieben wachsam.

Angus vertraute die Sicherung der Burg seinem treu ergebenen Cousin und fähigen Laird des Krieges, Lachlan, an und widmete einen Großteil seiner Kraft der wichtigen Aufgabe, Kinloch einen Erben zu schenken.

Gwendolen und er verbrachten die Nachmittage in der Burg und wechselten jede Nacht zwischen ihrem und seinem Gemach hin und her.

„Hat Lachlan schon immer auf Kinloch gelebt?", fragte Gwendolen an einem späten Morgen, während sie nackt im Bett lagen. Im Kamin prasselte ein Feuer und es war so warm, dass sie keine Decken brauchten. Angus hob den Kopf vom Kissen und sah sie an. Gwendolen und er lagen an entgegengesetzten Bettenden. Ihr Kopf ruhte am Fußende, sie lag auf dem Bauch, und er massierte ihre Zehen.

„Ja. Wir sind zusammen aufgewachsen", erwiderte er. „Wir haben ständig versucht, uns gegenseitig zu übertrumpfen. Ich konnte schneller rennen, aber er war der bessere Schütze."

„Und wer von euch ist der bessere Schwertkämpfer?"

„Wir sind gleich gut. Unsere Kämpfe enden fast immer unentschieden."

Sie strich mit einem Zeh über seine Schulter und seinen Arm hinab. „Wie viele dieser Narben hier hast du von den Kämpfen mit Lachlan? Du kannst sie doch unmöglich alle bei Schlachten erworben haben."

„Ich schätze, mehr als die Hälfte verdanke ich unseren Freundschaftskämpfen. Es kam vor, dass einer von uns nicht richtig aufgepasst hat oder dass wir eigentlich viel zu betrunken waren, um ein Schwert zu schwingen."

Gwendolen sah Angus neugierig an. Ihre Augen blitzten. „Könntest du mir nicht auch beibringen, mit einem Zweihandschwert zu kämpfen? Das könnte doch nützlich sein. Wer weiß, vielleicht muss ich dich ja einmal beschützen."

„*Mich* beschützen?" Er klatschte ihr auf den Po.

„Autsch!" Sie trat nach ihm.

Er duckte sich unter die Decken und kroch zu ihr ans andere Ende des Bettes. „Trägst du schon mein Kind?"

„Woher soll ich das wissen", entgegnete sie. „Wir sind gerade einmal vier Wochen verheiratet."

„Aber wir haben so oft gevögelt, dass es mir schon fast wie ein Jahr vorkommt."

Gwendolen versuchte, noch einmal nach ihm zu treten, doch dann versank sie in ihren Gedanken.

„Ist das normal?", fragte sie. „Verbringen alle verheirateten Paare so viel Zeit im Bett?"

„Ich glaube nicht. Wir sind wohl eher etwas absonderlich."

Sie schnaubte. „Du ganz bestimmt. Wusstest du, dass du nachts mit den Zähnen knirschst?"

Angus kniff die Augen zusammen. „Beobachtest du mich etwa heimlich?"

„Manchmal."

„Warum?"

Sie strich mit dem Finger sanft über seine Lippen. „Weil ich deinen wunderschönen Mund so mag, und all die herrlichen Dinge, die du damit tust", raunte sie verführerisch.

„Und ich mag den Duft deiner Haut." Geschmeidig rollte er sich auf sie. „Besonders an dieser Schulter." Er strich mit der Nase über die Innenseite ihres Arms. „Und an deinen Handgelenken ... deinen Händen ... und deinen hübschen Brüsten."

Er nahm eine der Knospen in den Mund und begann seine langsamen, saugenden Liebkosungen, die sie jedes Mal wieder vor Lust erzittern ließen.

Gwendolen entspannte sich und schloss die Augen. Sie wehrte sich nicht dagegen, dass sie sich immer tiefer im Bann ihres tapferen, leidenschaftlichen Löwen verlor, obwohl sie wusste, dass er ihre Gefühle nicht erwiderte. Denn trotz all seiner Lust und Begierde legte er seine abweisende Art nie vollkommen ab. Selbst dann nicht, wenn sie sich wie jetzt leidenschaftlich liebten.

Angus wollte unbedingt ein Kind. Das wusste sie. Und ihm lag viel daran, dass auch sie Spaß dabei empfand, wenn sie beisammen waren. Gwendolen vermutete jedoch, dass es für ihn nur eine willkommene Abwechslung von seinem Kriegerleben war. Sobald sie sein Kind unter ihrem Herzen trug, würde er sich gewiss zurückziehen, und sie würde ihn erst wiedersehen, wenn sie ein weiteres Kind empfangen konnte.

Für Gwendolen war es anders. Sie hatte sich von klein auf nach einer liebevollen, harmonischen Ehe gesehnt und sie war aufrichtig überrascht, dass dieser erste Monat so leidenschaftlich gewesen war. Immerhin waren sie und Angus anfangs Feinde gewesen. Noch immer konnte sie die Wut nicht vergessen, die sie empfunden hatte, als sie sah, wie er das Tor erstürmte und die Männer ihres Clans niedermetzelte. Sie fragte sich, was ihr Vater wohl von ihr denken würde, wenn er sie hier jetzt so sehen würde.

Vor zwei Tagen hatte sie von der Hochzeit ihres Erstgeborenen geträumt. Angus war so stolz und liebevoll gewesen, wie ein Vater nur sein konnte, und schenkte ihm sein kampferprobtes Schwert. Beim Erwachen war sie so glücklich und selig gewesen. Sie fragte sich, ob wohl auch dieser Traum in Erfüllung gehen würde. Immerhin waren schon einige ihrer Träume wahr geworden, wie der von dem Löwen.

Dann glitt Angus wieder mit süßer Leichtigkeit auf sie hinab. Er stützte sich auf die Ellbogen und sah zu ihr hinab. Sie betrachtete ihn in dem silbernen Morgenlicht und betete, dass es eines Tages mehr als körperliche Liebe zwischen ihnen geben würde. Sie wusste, dass sie sich eine tiefere Verbindung mit ihrem Ehemann wünschte. Sie wollte nicht nur leben, um ihre Pflicht zu erfüllen. Nicht mit ihm.

Und dieses Wissen machte ihr Angst.

13. Kapitel

Auf dem Weg zu ihrem Solar stieß Onora an diesem Nachmittag unverhofft mit Lachlan MacDonald zusammen.

„Oh, wie schön", säuselte sie erfreut. Onora griff Lachlans Tartan und zog den Cousin ihres Schwiegersohnes in die Schatten eines Alkovens. Er folgte Onora willig, bis sie mit dem Rücken zur Wand stand. Er stützte eine Hand über ihrem Kopf ab und sah sie fragend an.

„Seid Ihr mir etwa gefolgt?" Der Schalk blitzte in seinen Augen, und sie erbebte vor aufgestautem Verlangen.

Sie hatte sich noch immer nicht vom gestrigen Abend erholt. Zitternd erinnerte sie sich, wie Lachlan in der großen Halle an ihr vorübergegangen war und ihr Schmeicheleien ins Ohr geflüstert hatte. Lachlan war ein überaus anziehender Mann, der genau wusste, wie man eine Frau herumbekommen konnte. Onora wäre nur zu gern bereit, das Bett mit ihm zu teilen, auch wenn sie zehn Jahre älter und außerordentlich erfahren war.

„Ganz sicher nicht, Sir", entgegnete sie und fuhr mit einem Finger über seine Brust. Sie wünschte, sie könnte noch ganz andere Dinge mit ihm tun. „Vielleicht seid Ihr es ja, der mir gefolgt ist."

Lachlan sah sie neugierig an. Seine Augen blitzten. „Und wenn es so wäre? Würdet Ihr dann die Wachen rufen und mich maßregeln lassen?"

Sie schüttelte ungläubig den Kopf. Bisher war es noch

keinem Mann gelungen, sie zu verwirren. Für gewöhnlich wurden eher ihre Liebhaber süchtig nach ihr, und vielleicht war sie genau deswegen etwas zu selbstbewusst geworden.

Lachlan MacDonald war kein solcher Mann. Er war mit außergewöhnlich dunklem und vollem Haar und einem herrlich muskulösen Körper gesegnet, und sein umwerfendes Lächeln deutete darauf hin, dass er ein unglaublich guter Liebhaber war. Sein aufreizend selbstsicheres Auftreten schürte ihr loderndes Verlangen.

Männer wie Lachlan müssten verboten werden, dachte sie verdrießlich, während sie weiter an seinem Tartan zupfte, denn sie machen nichts als Ärger. *Sie verwandeln starke Frauen in alberne, schmachtende Närrinnen.*

„Werdet Ihr heute Nacht in mein Gemach kommen?", fragte sie lüstern und ärgerte sich sofort über ihre Worte. Es wäre Lachlans Aufgabe, sie danach zu fragen.

Mit einem Blick den Gang hinunter überzeugte sich Lachlan davon, dass ihnen niemand zuhörte. Dann lächelte er Onora verführerisch an. „Meine liebe Onora", raunte er, „Ihr seid zweifellos eine atemberaubende und begehrenswerte Frau, aber wir sind sozusagen verwandt."

„Aber nicht blutsverwandt", widersprach Onora mit einem neckischen Lächeln.

Er strich mit einem Finger über ihr Ohr, die Linie ihres Kinns entlang, zu ihren Lippen. „Trotzdem, Ihr solltet einen Mann wie mich nicht so in Versuchung führen. Das ist grausam. Ihr werdet ihm noch das Herz brechen."

In ihrem Körper brannte die Sehnsucht. Wie gelang es ihm nur, eine Ablehnung in eine so prickelnde Liebkosung zu verwandeln? Dieser Mann war einfach zu charmant.

„Aber Lachlan, ich verspreche Euch doch nur eine Nacht voller verruchter Freuden. Ich werde Euch all Eure Wünsche erfüllen, das ist das Mindeste, was ich tun kann, um Euch für Eure Anstrengungen als unser neuer Laird des Krieges zu entlohnen."

Lachlan lächelte erneut. „Euer Angebot ist überaus verlockend, Madam. Ihr wisst nur zu gut, wie Ihr einen Mann leiden lassen könnt." Dann trat er mit einem letzten, verführerischen Blick zurück und ließ sie atemlos und schwindlig stehen. „Ich sehe Euch später in der Großen Halle", rief er ihr beiläufig über die Schulter zu, während er ging.

„Vielleicht", rief sie ihm nach, „denn ich weiß noch nicht, ob ich da sein werde. Ich werde jetzt ein schönes heißes Bad nehmen. Und wenn mich anschließend mit duftenden Ölen einreibe, werde ich natürlich an Euch denken."

Lachlan verschwand wortlos um die Ecke.

Onora ging in die andere Richtung, doch dann blieb sie plötzlich stehen und sank auf eine Bank an der Wand. Wütend über sich selbst zog sie an ihren Haaren und ballte die Hände zu Fäusten. Sie knurrte ärgerlich.

Lachlan MacDonald zu verführen war Teil ihres strategischen Machtkampfes. Sie musste einen kühlen Kopf bewahren, statt mädchenhaft zu schwelgen, zu schmachten und zu jammern. Wenn sie etwas erreichen wollte, musste sie sich zusammenreißen. Sie konnte sich nicht erlauben, sich um den Finger wickeln zu lassen.

Onora stand auf, strich ihre Röcke glatt und eilte zur Treppe.

Als an diesem Abend die Musik begann und sich die Männer und Frauen zum Tanz erhoben, lehnte Angus nachdenklich an einer Steinsäule in der Großen Halle. Er schnitt einen Apfel in schmale Scheiben und legte sich jedes saftige Stück mit der Messerspitze auf die Zunge.

Angus beobachtete, wie Gwendolen in der völlig überfüllten Halle ausgelassen mit Männern beider Clans tanzte.

Die Musik klang fröhlich, und der Raum war erfüllt von Lachen und heiterem Gemurmel, die Luft flirrte vor Hitze. Und doch konnte Angus nur dastehen und Gwendolen zusehen. Er verschlang sie förmlich mit den Augen, während er seinen Apfel aß.

Ein junger MacEwen mit leuchtend rotem Haar und knochigen Knien forderte Gwendolen bereits zum zweiten Mal zum Tanzen auf. Es machte Angus ärgerlich. Ihm missfiel der Gedanke, dass ein anderer seine Frau berührte oder sie zum Lächeln brachte. Sie war sein!

Er aß das letzte Stück Apfel, steckte das Messer zurück in seinen Stiefel und drängelte sich durch die Menge zu Gwendolen. Als sie ihn sah, verwandelte sich ihr Lächeln, und in ihren Augen schimmerte die sinnliche Freude, die sie teilten. Als der Tanz endete, legte sie ihre Hand in seine und ließ sich aus der Halle, die Treppe hinauf und in ihr Gemach im Ostturm führen.

Nie hatte er für möglich gehalten, dass er ein solches Verlangen spüren könnte und zum ersten Mal scherte er sich nicht darum, wohin es ihn führte. Er hatte nur diesen einen Wunsch, seine Frau zu küssen und in ihre warmen, weichen Tiefen einzudringen.

Alles andere konnte bis morgen warten.

Onora beobachtete, wie Angus sich zu Gwendolen durchdrängte.

Niemandem war entgangen, dass der große Anführer der MacDonalds vollkommen verzaubert war von seiner Frau und dass seine Leidenschaft für sie mit jedem Tag wuchs.

Und Gwendolen erwiderte seine Gefühle. Angus und sie waren zwei junge Liebende, die von ihrer eigenen Leidenschaft vollkommen überwältigt waren. Onora staunte noch immer über diese Wendung, denn noch vor wenigen Wochen hatte Gwendolen ihren Mann abgrundtief gehasst.

Onoras Blick wanderte durch die Halle zu Lachlan, der gerade eine junge Frau auf die Tanzfläche führte.

Obwohl man sie kaum eine Frau nennen konnte. Wie alt mochte sie wohl sein? Vielleicht siebzehn oder achtzehn? Sie war schlank und blond und sah aus, als sei sie überaus dumm, aber dennoch spürte Onora einen Stich in ihrem Herzen. Fühlte sich Lachlan etwa von einer solch jugendlichen Unschuld angezogen? Würde er lieber ein so junges Mädchen verführen, statt in ihr Gemach zu kommen, wo ihn eine genussvollere Verführung erwartete?

„Was schaust du so finster, Onora?"

Erschrocken sah Onora sich um. Vor ihr stand Gordon MacEwen, der Steward. Er hatte einen runden Bauch und einen kahlen Schädel, und auf seiner Nase glitzerte ein dünner Schweißfilm.

Als dieser Mann noch faktischer Herrscher über die Burg gewesen war, hatte sie ihn mehrmals zu sich ins Bett geholt. Doch seit sie Lachlan MacDonald begegnet war, fühlte sie sich von Gordon nur noch abgestoßen.

„Nichts von Bedeutung", erwiderte sie knapp.

Sie nippte an ihrem Wein und sah ihn freundlich über den Rand ihres Kelches hinweg an. Onora war nicht so dumm, sich von ihren Leidenschaften leiten zu lassen. Sie musste sich alle Möglichkeiten offenhalten. Vielleicht brauchte sie eines Tages die Hilfe dieses Mannes.

„Wie ich sehe, gefällt deiner Tochter die Ehe recht gut", sagte er.

„Ohne Zweifel."

„Das ist ihr sicherlich nicht leichtgefallen", fuhr er fort, „immerhin ist ihr Vater gerade erst gestorben und sie hatte kaum Zeit, zu trauern. Und ihr Bruder, nun ja, wenn er erfährt, dass sie sich Angus dem Löwen opfern musste, wird er seine Abwesenheit hier sicher bedauern."

Onora überdachte, wie glücklich ihre Tochter in den vergangenen Wochen wirkte. Ihr Opfer war wohl doch nicht so groß wie anfangs befürchtet. Die Gefühle, die Gwendolen für ihren Gemahl empfand, waren aufrichtig. Daran konnten politische Meinungsverschiedenheiten nichts ändern. Sie hatte sich ganz allmählich in den großen Löwen aus den Highlands verliebt, und obwohl Onora wusste, wem ihre eigene Loyalität galt, freute sie sich für ihre Tochter.

„Ich nehme nicht an, dass sie heute Abend noch einmal in die Halle zurückkehren werden", merkte Gordon an.

„Vermutlich nicht." In diesem Moment spürte Onora eine Hand auf ihrer Schulter, und als sie sich umdrehte, blickte sie in die schönen, dunklen Augen von Lachlan MacDonald.

„Störe ich?", fragte er.

„Überhaupt nicht." Sie drückte Gordon ihren Kelch in die Hand und ließ sich von Lachlan auf die Tanzfläche führen.

Eine Gänsehaut kribbelte ihren Rücken entlang.

„Er ist zu alt für Euch", erklärte Lachlan lächelnd, als der Tanz begann.

„Er ist genauso alt wie ich", entgegnete Onora. „Wenn überhaupt, dann bin ich es, die zu weltgewandt für Euch ist."

„Auch ich bin weltgewandt", versicherte er und beugte sich zu ihr. „Ich bin ein erfahrener Krieger, der Dinge gesehen hat, die sich ein so unschuldiges junges Mädchen, wie Ihr es seid, nicht in den kühnsten Träumen vorstellen kann."

„Ein unschuldiges junges Mädchen?" Onora lachte auf. „Seid Ihr betrunken?"

„Spielt das eine Rolle?"

Sie lächelte ihn anerkennend an und fühlte, wie eine Empfindung in ihr aufstieg, die ihr ganz und gar nicht willkommen war.

Es musste Zuneigung sein.

Oder vielleicht auch Verzweiflung.

Doch wie auch immer, es beunruhigte sie.

„Zuerst einmal musst du lernen, wie man sich das richtige Schwert aussucht", erklärte Angus, während er seinen Zweihänder aus der Scheide zog und hochhielt.

Nach langem Reden war es ihr endlich gelungen, ihn davon zu überzeugen, sie im Schwertkampf zu unterrichten. Sie hatte sich einfach geweigert, sich auszuziehen, bevor er ihr nicht einige Fragen beantwortete.

„Das Korbschwert ist die beste Waffe für den Kampf", erklärte er weiter. „Doch selbst die mächtigste Klinge ist in den Händen eines Mannes oder einer Frau wertlos, wenn er oder sie auf dem Schlachtfeld die falschen Entscheidungen trifft."

„Darf ich es mal halten?", fragte sie.

„Gewiss." Angus stellte sich hinter sie, und Gwendolen genoss es, seinen Körper zu spüren. „Nimm es in die rechte Hand, so. Genau. Und jetzt mach einen Ausfallschritt mit dem linken Bein."

Er leitete sie an, bis sie die richtige Haltung angenommen hatte.

„Wenn ich meinen Schild hierhätte, würde ich dir auch zeigen, wie man ihn hält, aber so müssen wir eben einfach unsere Vorstellungskraft bemühen." Er schloss die Hand um Gwendolens linke Faust und hob ihren Arm an. „Genau hier würdest du es halten, leicht schräg vor dem Gesicht, oder auch etwas tiefer, um deinen Schwertarm zu schützen. Es kommt immer ganz darauf an, was dein Gegner gerade tut. Wenn du eine Bajonettlinie durchbrechen willst, würdest du es ganz tief halten, vor deinen Bauch."

„Meine Güte." Sie wandte den Kopf, um Angus in die Augen zu sehen. „Wie kann man denn nur versuchen, eine Bajonettlinie zu durchbrechen, und diesen Versuch auch noch überleben?"

Er trat wieder vor sie und ließ ihren Schwertarm los. Gleich darauf schwang die schwere Klinge herab und die Spitze landete auf dem Boden.

Angus setzte sich an das Fußende des Bettes. „Dahinter steckt eine ausgefeilte Strategie. Nur die stärksten und fähigsten Männer schaffen es."

Seine Selbstsicherheit erregte Gwendolen und amüsierte sie zugleich. „Und du glaubst, dass du einer dieser Männer bist?"

„Natürlich! Ich bin der Beste von allen."

„Tatsächlich?" Sie lehnte das Schwert gegen die Wand und lächelte ihn spitzbübisch an. „Warum erzählst du mir dann nicht mehr über dein unglaubliches Können? Ich würde so gerne mehr davon hören."

Er neigte den Kopf zur Seite und sah Gwendolen an, doch dann stand er auf, um es ihr zu demonstrieren. „Es geht ungefähr so. Man rennt auf die Bajonettlinie zu, fällt fast auf die Knie und stößt das Bajonett mit dem Schild nach oben. Dabei macht man mit dem anderen Bein einen Ausfallschritt und setzt den Soldaten zur Rechten mit dem Schwert außer Gefecht, während man dem Soldaten vor einem den Dolch in die Brust stößt."

Ihre Knie wurden ganz weich, als er ihr dieses komplizierte Manöver vorspielte.

„Und das ist alles?", fragte sie ein wenig trotzig. Dann verschränkte sie die Arme vor der Brust. „Das klingt nicht besonders schwierig."

Er machte einen Satz auf sie zu, schwang sie auf seine Arme und trug sie zum Bett. Sie kicherte, und als er sich über sie beugte und sie auf den Mund küsste, seufzte sie zufrieden auf.

„Wenn dich das nicht beeindruckt", flüsterte er, „muss ich mir etwas anderes einfallen lassen."

„Ich wüsste auch schon, was."

Er schob ihre Röcke hoch und machte sich an eine ganz andere Aufgabe, die aber ebenso viel Geschick erforderte.

Angus und Gwendolen liebten sich stundenlang, ohne Hemmungen voreinander zu haben. Jedes Streicheln, jeder Kuss und jedes zärtliche Flüstern hoben ihre Leidenschaft in neue, ungeahnte Höhen.

Schließlich schlief Gwendolen erschöpft und zufrieden in seinen Armen ein. Doch nicht einmal ihre genussvollen Träume konnten den Schrecken mildern, der sie durchfuhr, als neben ihrem Kopf etwas zu explodieren schien und eine Federwolke aufstob. Eine stählerne Klinge hatte das Kopfkissen des Löwen zerfetzt.

14. Kapitel

Angus war in einem Augenblick hellwach. Er rollte sich herum und entging so dem nächsten Hieb. Er sprang auf die Füße und strengte seine Augen an, um die Dunkelheit durchdringen und den Angreifer erkennen zu können, der sein Kissen aufgeschlitzt und dabei um ein Haar Gwendolens Kopf abgetrennt hätte.

Die drohende Gefahr ihres Todes traf ihn wie ein Schlag in die Magengrube. Wilder Zorn brodelte in ihm auf und ein Entsetzen, das ihm vollkommen unbekannt war. Nie zuvor hatte er eine solche Angst empfunden, denn heute Nacht ging es nicht nur um ihn selbst. Es gab jemanden, den er beschützen musste.

Nackt und unbewaffnet wich Angus geschickt zurück und lockte den Angreifer so vom Bett fort. Der Eindringling wirbelte bereits herum und schwang seine Klinge.

„Angus! Fang auf!"

Gwendolen warf ihm jenen Dolch zu, den sie noch in der ersten Nacht gegen ihn gezückt hatte.

Er fing ihn auf und warf ihn sofort wieder hoch, um ihn von oben am Griff fassen zu können. Dann duckte er sich unter einem weiteren Schlag hinweg und stieß dem Angreifer den Dolch bis zum Heft in die Seite.

Der Mann brach röchelnd zusammen und war tot.

Angus nahm dem Sterbenden das Schwert aus der Hand. Gwendolen sprang vom Bett und warf sich in Angus' Arme.

„Geht es dir gut?", fragte er besorgt. „Bist du verletzt?"

„Ja, mir geht es gut. Ist er tot?"

„Gewiss." Er ging in die Hocke, um den Mann umzudrehen. „Geh eine Kerze holen. Ich muss das Gesicht dieses Mannes sehen."

Gwendolen ging zum Tisch. Mit zitternden Händen mühte sie sich mit dem Zündstein ab und brachte schließlich die brennende Kerze mit zurück. Sie hielt das Licht über das Gesicht des Mannes.

„Das ist ein Tartan der MacEwens", sagte sie.

„Kennst du den Mann?"

„Nein, ich habe ihn noch nie gesehen. Was macht er hier? Wie ist er hereingekommen? Die Tür war abgeschlossen."

Angus durchsuchte den Sporran des Mannes, seine Gürteltasche und seine Schwertscheide, dann stand er auf und zog sich sein Hemd und seinen Kilt an. „Er hat keinen Schlüssel bei sich. Also muss ihn jemand hereingelassen haben." Er band sich seinen Schwertgurt um die Taille und ging dann zur Tür, um sich auf dem Gang umzusehen. „Wie viele Schlüssel gibt es für dieses Gemach? Und wer hat Zugang dazu?"

„Außer dem, den du bei dir trägst, gibt es nur noch einen anderen Schlüssel, und den hütet meine Mutter."

Angus sah sie fragend an. „Würde sie mich gerne tot sehen?"

„Natürlich nicht! Sie hat unsere Verbindung von Anfang an unterstützt."

Er trat zurück in den Raum, und Gwendolen beobachtete ihn in dem merkwürdig unheilvollen Licht der Kerze. Sie hatte das Gefühl, als stürze sie kopfüber in einen Abgrund. Angus hatte wieder diesen eiskalten, wütenden Schimmer in seinen Augen, den sie schon am Tag der Eroberung von Kinloch gesehen und gefürchtet hatte. Er ließ sie erschauern.

Nichts an ihm erinnerte mehr an den zärtlichen Liebhaber, den Gwendolen in ihrer Hochzeitsnacht kennengelernt hatte und den sie seitdem so schätzte. Jetzt stand ein gefährlicher Krieger vor ihr, der ihr Furcht einflößte.

„Du kannst heute Nacht nicht hierbleiben", sagte er knapp. „Geh in mein Gemach. Ich beordere eine Wache vor deine Tür."

„Wo gehst du hin?"

„Zuerst werde ich herausfinden, wie dieser Kerl da in die Burg gekommen ist." Angus sah Gwendolen eiskalt an und streckte ihr die Hand entgegen. „Komm."

Sie legte ihre Hand in seine. Um auf den Gang zu kommen, musste sie über die Leiche des Mannes hinwegsteigen.

Vor Übelkeit krampfte sich ihr Magen zusammen.

Angus klopfte lange und anhaltend an die Lachlans Tür, bis sie endlich geöffnet wurde. Mit einer grauen Decke über den Schultern blinzelte Lachlan in das Fackellicht und trat hinaus in den Gang.

„Zieh dich an", sagte Angus knapp.

„Warum? Was ist passiert?"

„Der Schwerthieb eines Attentäters hat mich geweckt."

Lachlan kniff vor Schreck die Augen zusammen. „Verdammt, Angus. Bist du in Ordnung? Wo ist Gwendolen?"

„Es geht ihr gut, aber ich muss dringend mit Onora sprechen."

Wenige Minuten später stürmte er, gefolgt von Lachlan, in das Schlafgemach seiner Schwiegermutter. Onora fuhr erschrocken hoch und zog sich die Decken vor die Brüste.

„Seid Ihr die ganze Nacht lang hier gewesen?", fragte Angus.

„Natürlich", antwortete sie. „Warum? Was ist denn geschehen?"

Angus schritt im Raum auf und ab wie ein eingesperrter Löwe. „Ein Krieger der MacEwens ist gerade in das Gemach

Eurer Tochter eingedrungen und hat versucht, mich im Schlaf zu töten."

„Guter Gott!" Sie schlug die Decken zurück und sprang aus dem Bett. Sie stand vollkommen nackt vor ihm. „Wie geht es Gwendolen?"

Angus musterte Onora misstrauisch. „Sie ist in Sicherheit. Der Angreifer hatte einen Schlüssel zu ihrem Gemach. Gwendolen sagt, außer mir seid Ihr die einzige Person, die einen Schlüssel zu ihren Räumen besitzt."

„Das stimmt." Sie eilte durch das Zimmer zu einem Schrank mit schweren Türen, aus dem sie eine kleine Truhe holte und zu einem Tisch trug. Dort brannte eine Kerze. Onora öffnete die Truhe und wühlte darin herum. Sie enthielt hauptsächlich Juwelen und Haarschmuck.

„Er ist nicht da", sagte sie atemlos. „Jemand muss ihn gestohlen haben."

Angus trat auf sie zu und fasste sie unwirsch am Handgelenk. „Wenn Ihr mich anlügt ...", drohte er zornig.

„Das tue ich nicht!", rief sie erbost.

Angus war bereit, seine Schwiegermutter hinunter in die Kerker zu schleifen und sie mithilfe kleiner Werkzeuge dazu zu zwingen, die Wahrheit zu sagen. Er wusste, dass sie etwas verbarg.

Onora starrte ihn im matten Schein der Kerze an und atmete zitternd ein.

Lachlan legte Angus eine Hand auf die Schulter. „Denken wir doch mal in Ruhe darüber nach", sagte er betont gelassen. „Jeder hätte den Schlüssel stehlen können."

Angus ließ Onoras Handgelenk wieder los, wich zurück und wandte sich ab. Er stemmte die Hände in die Hüften und senkte den Kopf.

Er musste sich beherrschen, das wusste er. Lachlan hatte recht. Weder der Schrank in noch die Tür zu Onoras Gemach waren abgeschlossen. Jeder hätte hereinkommen und den

Schlüssel an sich nehmen können. Angus hatte viele Feinde hier auf der Burg, die auf Rache sannen. Während der Eroberung waren viele Männer der MacEwens durch ihn und seine Leute getötet worden. Wenn er ehrlich war, wunderte es ihn, dass es bisher noch keinen solchen Anschlag auf sein Leben gegeben hatte.

Er drehte sich wieder zu ihnen um. Lachlan stand vor Onora und reichte ihr einen Morgenrock.

Mit einem Mal wurde dem Löwen bewusst, dass ihm zum ersten Mal in seinem Leben die Leidenschaft für eine Frau wichtiger war als sein Bedürfnis, zu kämpfen und zu verteidigen. Wenn er mit Gwendolen zusammen war, schien die Welt in stillen Wellen zu versinken und nichts war mehr wichtig außer der Freude, die sie aneinander empfanden.

Am meisten wunderte ihn jedoch, dass er gar kein Verlangen verspürte, dies zu ändern. Er wollte mit aller Macht herausfinden, wer für diesen feigen Angriff verantwortlich war, denn nichts war ihm wichtiger als Gwendolens Sicherheit. Besonders jetzt, da sie vielleicht schon sein Kind in sich trug. Der unbändige Drang, sie zu beschützen, war vielleicht die größte Gefahr für ihn.

Später am Morgen klopfte Onora an Gwendolens Tür. Gwendolen ließ sie ein und schickte ihre Zofe in die Küche, um ihnen ein leichtes Frühstück zu holen.

„Was gibt es Neues?", fragte Gwendolen.

Onora setzte sich. „Angus und Lachlan vermuten, dass Gordon MacEwen hinter dem Mordversuch steckt. Ich fürchte, sie könnten recht haben."

Gwendolen setzte sich ebenfalls und sah nachdenklich aus. „Hast du ihnen gesagt, dass du Gordons Bett geteilt hast?"

„Natürlich." Onora biss auf ihren Daumennagel. „Aber sie wussten es schon."

„Wie das?"

Sie wedelte wegwerfend mit der Hand. „Ach, ich habe es Lachlan gegenüber vermutlich ein, zwei Mal erwähnt. Ich weiß nicht mehr so genau. Wir haben uns in den letzten Wochen häufiger unterhalten und irgendwie scheine ich zuvor jedes Mal zu viel Wein getrunken zu haben." Sie schüttelte den Kopf. „Aber darum geht es jetzt nicht. Dein Gemahl hat mich heute Morgen schonungslos befragt. Er ist ein unbarmherziger Mann. Ich muss furchtbar aussehen." Sie stand auf, trat zum Spiegel und kniff sich in die Wangen.

„Du siehst gut aus, Mutter. Und ja, Angus ist erbarmungslos. Das sollte dich aber nicht überraschen. Es ist der Grund, warum ihn alle fürchten und warum sie genau das tun, was er verlangt."

„Sogar du?" Onora wirbelte zu ihr herum und sah sie vorwurfsvoll an.

Merkwürdigerweise musste Gwendolen lachen. „Nein! Ich möchte tun, was er verlangt", erwiderte sie, „und zwar nicht aus Angst, sondern aus Loyalität. Du wolltest, dass ich einen Weg finde, um Macht über ihn zu bekommen, aber das genaue Gegenteil ist eingetreten. Er hat Macht über mich, doch nicht weil ich ihn fürchte. Ich möchte mehr. Allmählich glaube ich, dass ich einfach alles tun würde, um ihm zu gefallen und seine Zuneigung zu gewinnen."

Ihre Mutter sah zum Fenster und begann wieder, an ihrem Daumennagel zu nagen. „Du musst mir nichts erklären, Gwendolen. Ich verstehe." Sie räusperte sich. „Hast du etwas zu trinken hier? Einen Whisky vielleicht?"

Gwendolen bemerkte, dass die Hände ihrer Mutter zitterten. Sie goss ihr ein Glas Whisky aus einer Karaffe ein. „Hat er dir wehgetan?"

„Nein, das ist es nicht." Onora trank einen großen Schluck. „Es kommt mir nur auf einmal so vor, als sei meine ganze

Welt auf den Kopf gestellt. Nichts ist mehr wie vor dem Angriff der MacDonalds. Ich habe meine Macht verloren und ich bin ständig verwirrt und geistesabwesend." Sie sah weg. „Ich fürchte, ich werde ein bisschen verrückt."

„Das liegt nur an Lachlan", erklärte Gwendolen selbstbewusst. „Du bist in ihn verliebt."

Onora sah ihre Tochter zweifelnd an. Dann wandte sie sich wieder ab. „Unsinn, das bin ich nicht. Er ist viel zu jung für mich, und ich bin keine Närrin. Aber all das hier ist für mich so schwer einzuschätzen." Sie goss sich einen weiteren Whisky ein und kippte ihn in einem Schluck hinunter. „Dein Gemahl ist ein furchteinflößender Mann, Gwendolen. Seine Augen sind kalt. Heute Morgen hatte ich schon Angst, er würde mir ohne die leiseste Warnung die Kehle durchschneiden."

Gwendolen sah ihre Mutter tröstend an. „Das würde er niemals tun."

Doch war sie sich dessen wirklich sicher? Sie hatte diese mörderische Wut und Kälte in seinen Augen selbst gesehen.

Als Onora ihre Fassung wiedererlangt hatte, setzte sie sich ebenfalls und lehnte sich zurück. „Gordon ist verdächtig, weil er außer meiner Zofe der einzige Mensch ist, der wusste, wo ich den Schlüssel aufbewahre. Er hat natürlich jede Verwicklung abgestritten, aber Angus hat ihn trotzdem einsperren lassen. Und meine Zofe haben sie auch in den Kerker gesperrt. Die arme, liebe Madge. Sie hat schreckliche Angst, und das kann ich ihr nicht verdenken. Wir müssen etwas für sie tun, Gwendolen."

„Ich werde mit Angus darüber sprechen", sagte Gwendolen, „und ihn bitten, sie freizulassen." Gwendolen hielt inne. „Außer du glaubst natürlich, dass sie etwas mit der Sache zu tun hat."

„Meine Güte, nein, Madge? Sie würde niemals etwas Derartiges tun. Sie ist so treu wie keine andere."

„Nicht einmal, wenn Gordon sie zwingt oder besticht?"

Onora überlegte, dann kaute sie wieder an ihrem Daumennagel. „Man kann wohl nie wissen, wem man trauen kann und wem nicht. Es sind verzweifelte Zeiten."

Eine Weile saßen die Frauen schweigend da.

„Hat denn irgendjemand den Angreifer erkannt?", fragte Gwendolen schließlich.

„Nein. Nicht ein einziger MacEwen oder MacDonald weiß, wer er ist. Er scheint uns irgendwie zugeflogen zu sein." Wieder trank sie einen Schluck Whisky. „Wo wir gerade von Vögeln sprechen, ich glaube, die kleine Schwalbe aus der Großen Halle kommt nicht wieder. Sie ist an deinem Hochzeitstag zur Tür hinausgeflogen, und seitdem hat sie niemand mehr gesehen."

„Wirklich?", fragte Gwendolen ungläubig. Sie tat, als wüsste sie nicht bereits davon. Sie hatte in ihrer Hochzeitsnacht davon geträumt, wie die Schwalbe im Schnabel eines Raben starb. Gwendolen hatte nicht einmal Angus von diesem Traum berichtet, weil sie fürchtete, er würde ihn als böses Omen auffassen. Doch nun glaubte sie selbst, dass er genau das war.

Sie beschloss, ihren Träumen in Zukunft mehr Beachtung zu schenken. Vielleicht würde sie sogar Angus von ihnen berichten.

Doch jetzt musste sie sich etwas einfallen lassen, um Madge aus dem Kerker zu befreien.

15. Kapitel

Gwendolen lag im Dunkeln im Bett und wartete auf Angus. Seit zwei Wochen schon sah sie ihn nur noch selten. Er versuchte nicht nur weiterhin, herauszufinden, wer hinter dem feigen Angriff steckte, er verließ die Burg auch oft stundenlang, um die umliegenden Wälder und Täler zu durchstreifen. Und er trainierte mit seinen Männern im Burghof den Schwertkampf, um auf einen Angriff vorbereitet zu sein.

Wenn er nachts in ihr Bett kam, war er zu erschöpft, um ihre verspielten, ausgedehnten Liebkosungen genießen zu können, an die sie sich während der ersten Wochen ihrer Ehe so gewöhnt hatte. An die Stelle des Mannes, den sie während jener Regentage kennengelernt hatte, war der düstere, schweigsame Eroberer getreten, der ihr Heim eingenommen und so viele ihrer Männer getötet hatte. Er hatte sich in die Schatten der Gewalt und des Zynismus zurückgezogen und all ihre Hoffnungen mit sich genommen, zwischen ihnen könne sich eine ehrliche und liebevolle Beziehung entwickeln. Gwendolen wusste jetzt, dass er an erster Stelle ein Krieger war und es immer sein würde.

Sie beschwerte sich nicht, und sie würde es auch niemals tun. Seine Herrschaft über Kinloch und die Sicherheit ihrer Clans standen an erster Stelle. Doch in ihrem Inneren war Gwendolen einsam. Jedes Mal, wenn sie sich an ihre gemeinsamen Nächte erinnerte und an das Gefühl, in Angus' Armen zu liegen, spürte sie den schrecklichen Verlust.

Ein Schlüssel wurde im Schloss gedreht, und die Tür ihres Gemachs schwang auf. Vom Gang fiel Fackelschein herein. Gwendolen stützte sich auf die Ellbogen und blinzelte zu ihrem Gemahl auf, der gerade die Tür hinter sich schloss. „Schlaf wieder ein", raunte er, zog die Pistole aus seinem Gürtel und legte sie neben sich auf den Nachttisch. Er nahm auch das Pulverhorn über seiner Schulter ab, dann den schweren Gürtel, das Schwert und seinen Schild.

„Wo warst du heute?", fragte sie. „Hast du schon etwas gegessen?"

„Ja, gerade mit den Männern." Er ging zum Stuhl vor dem Feuer hinüber, ließ sich daraufsinken und streckte die Beine aus.

Gwendolen schlug die Decken zurück und stand auf. Langsam durchquerte sie den Raum und kniete sich vor Angus nieder. „Kann ich irgendetwas für dich tun?"

Vielleicht würde er sie ja bitten, ihn zu liebkosen, während er sich einfach auf dem Stuhl zurücklehnte. Das Verlangen prickelte bereits in ihrem Bauch. Mit beiden Händen fuhr sie über seine Unterarme, fühlte seine Muskeln und streichelte seine vernarbten Hände.

Er ließ sich zurücksinken und schloss die Augen, doch dann schüttelte er den Kopf.

Vielleicht brauchte er ja nur ein wenig Zärtlichkeit, um seine Leidenschaft zu wecken. Ihre Hände fuhren unter seinen Kilt und massierten seine Oberschenkel. Plötzlich fuhr er hoch und packte ihre Handgelenke. Seine Augen waren kalt und grau wie Wintereis, seine Stimme klang drohend.

„Ich habe Nein gesagt." Er nickte mit dem Kopf Richtung Bett. „Und ich habe dir gesagt, du sollst schlafen. Fordere es heute lieber nicht heraus. Lass mich in Frieden."

Sie zog die Hände zurück und sah ihn fragend an. „Ist heute etwas geschehen?"

„Es war ein Tag wie jeder andere", antwortete er mürrisch, „aber ich bin müde. Und mir ist nicht nach Reden oder nach etwas anderem zumute. Ich habe es dir schon einmal gesagt. Und jetzt geh."

Sie hörte die Ungeduld in seiner Stimme und stand auf. Es fiel ihr schwer, sich nicht anmerken zu lassen, wie verletzt sie war. Angus hatte sie zurückgewiesen. Sie hatte gehofft, sie könnte ihm Trost spenden, wenn seine Pflichten als Laird ihn bedrückten. Sie wollte ihm Freude bereiten, wenn er sich von den Schlachten erholte. Sie wollte diejenige sein, die ihn abends willkommen hieß, seine Wunden versorgte und ihm Kraft spendete, damit er am nächsten Morgen weiterkämpfen konnte.

Doch das wollte er nicht von ihr, jedenfalls nicht heute Nacht. Heute sah er in ihr nur eine Last, die ihn verärgerte.

Auf einmal pochten ihre Schläfen vor Zorn, denn sie war keine Last. Sie hatte ihm nur die Bürden, die er mit sich herumtrug, etwas erleichtern wollen.

„Dann lasse ich dich jetzt lieber allein." Entschieden durchquerte sie den Raum. „Ich gehe zurück in mein eigenes Gemach."

„Nein!", brüllte er und beugte sich vor. „Du tust, was ich dir sage. Zurück mit dir ins Bett, hier, in diesem Raum. Ich will nicht, dass du nachts durch die Burg schleichst."

„Gut!" Sie kletterte wieder auf das Bett und steckte die Füße unter die Decke. „Ich werde hierbleiben und dich nicht wieder stören!"

Mit einem heftigen Ruck zog sie die Decken über sich und wünschte, sie könne sich fügsamer geben, doch es ging einfach nicht. Sie ersehnte sich gewisse Dinge in dieser Ehe. Sein vollkommener Rückzug gehörte eindeutig nicht dazu.

Angus spürte, dass Gwendolen wütend auf ihn war. Es war nicht zu übersehen.

Doch er konnte nicht anders. Als er Anspruch auf Gwendolen erhob, war er der Meinung gewesen, er könne das Leben mit ihr ganz einfach bewältigen. Er war davon ausgegangen, dass er Gwendolen einfach nur heiraten und ein paar Mal zu ihr ins Bett steigen würde, bis sie schwanger war. Doch die körperliche Liebe mit ihr ging viel tiefer, als er es sich jemals vorgestellt hatte. Seine Gemahlin war die einnehmendste und faszinierendste Frau, die er je kennengelernt hatte. Und genau das war sein Problem. Er konnte sich nicht auf seine Pflichten konzentrieren, während sie duftend und zart wie eine Rose durch die Burg wirbelte. Er fühlte sich, als würde er permanent gegen den Strom durch einen reißenden Fluss waten.

Er ließ den Kopf in die Hand sinken und fuhr sich durchs Haar. Seine Empfindungen ergaben keinen Sinn. Er wollte und begehrte Gwendolen, doch gleichzeitig würde er sie am liebsten weit fortschicken.

Er drehte sich auf dem Stuhl und musterte sie missmutig. Sie hatte die Decke trotzig bis zu den Ohren hochgezogen.

Er hatte sie beleidigt. Daran bestand kein Zweifel. Weinte sie etwa?

Zum Teufel. Und wenn schon?

Er lehnte sich zurück und rieb sich mit der Hand übers Gesicht, dann erhob er sich und schlüpfte zu ihr ins Bett. Er kuschelte sich eng an sie, sodass seine Knie in ihren Kniekehlen lagen. Auf einen Ellbogen gestützt, strich er ihr das Haar aus dem Gesicht. „Du würdest mir jetzt am liebsten in die Eier treten, stimmt's?"

„Ja!", erwiderte sie trocken. „Du warst sehr grob."

Er schwieg. „Es tut mir leid", sagte er dann. „Es war ein langer Tag. Ich bin müde und mürrisch. Wie kann ich es wiedergutmachen?"

Gott! Hatte er das wirklich gesagt? Hatte sie irgendeine Ahnung, wie welterschütternd das war? Nicht ein einziges Mal in seinem rauen, teuflischen Leben war er vor jemandem zu Kreuze gekrochen. Höchstens vielleicht als kleiner Junge vor seinem Vater, weil er sich vor dessen Prügeln fürchtete.

Aber niemals vor einer Frau.

„Gar nicht", fauchte Gwendolen zurück, „du bist ja zu müde, und bei Gott, ich benehme mich schon ungezogen genug, weil ich nicht sofort wieder eingeschlafen bin."

Ein leises Lächeln huschte plötzlich über Angus' Gesicht. Ungläubig schüttelte er den Kopf. Seine hübsche kleine Frau hatte ihn offenbar um den Finger gewickelt.

„Manchmal", raunte er, „treibst du mich schier in den Wahnsinn, weißt du das eigentlich?"

„Gerade eben hast du es noch überhaupt nicht lustig gefunden."

„Nein! Und genau das erschreckt mich ja so. Du bist die einzige Person in ganz Schottland, die es fertigbringt, meine Wut im Handumdrehen in ein Häufchen Asche zu verwandeln."

Sie rollte sich auf den Rücken und sah mit ihren großen, schönen braunen Augen zu ihm hinauf. Sie war wie ein Schmetterling, den er fangen und zwischen seinen Händen bergen wollte.

Dann schlug sie ihm unvermittelt gegen die Schulter.

„Autsch!", rief er entsetzt, „wofür war das denn?"

„Du hast es verdient."

Sofort rollte er sich auf sie. „Stimmt. Sind wir damit quitt?"

„Nein, ganz bestimmt nicht."

Langsam und rhythmisch rieb er sein Becken an ihr. „Dann frage ich dich noch einmal, Gwendolen. Wie kann ich es wiedergutmachen?"

Sie wand sich unter ihm, und er wurde hart.

„Liebe mich, Angus, und tu alles, um mich und dich glücklich zu machen."

„Ich amüsiere mich jetzt schon prächtig", hauchte er lüstern in ihr Ohr.

„Tja, ich nicht. Ich bin immer noch sauer auf dich. Du warst ein echter Rohling."

Angus küsste sanft ihre Augenlider. „Ja, aber du wirst mir sicher vergeben, wenn ich dich vor Verzückung erbeben lasse."

Er griff hinab und strich seinen Kilt und ihr Nachtkleid hoch, dann ließ er seine Hand zu jener köstlichen, feuchten Stelle zwischen ihren Schenkeln gleiten, um zu sehen, ob sie bereit für ihn war. Und sie war es. Dann glitt er lustvoll in sie hinein.

Gwendolen bog ihren Rücken durch und schloss ihre Augen. „Oh ja, das ist wunderbar", wisperte sie verzückt.

Angus bewegte sich ganz langsam in ihr, er drang dabei immer tiefer vor und wurde unwiderstehlich. „Vergibst du mir?"

Sie nickte, und er nahm sich viel Zeit, um ganz sicher zu gehen, dass sie ihre Meinung nicht wieder änderte.

Als sie schließlich ruhig und selig in seinen Armen schlief, fragte er sich, ob er jemals wieder so würde schlafen können. So tief und ohne Angst vor lauernden Gefahren. Ohne auf den Tod in der Nacht zu warten und sich davor zu fürchten, er könne Gwendolen verlieren. Und so stieg er eine Stunde später aus dem Bett und verließ das Gemach. Er machte sich auf den Weg zu jenem Ort, den er jede Nacht aufsuchte, um Trost zu finden. Bisher war es stets vergeblich gewesen, und manchmal fragte er sich, warum er es überhaupt noch versuchte.

Doch heute Nacht fühlte sich etwas in ihm anders an.

Vielleicht keimte Hoffnung in ihm.

16. Kapitel

Gwendolen setzte sich im Dunkeln auf, als sie hörte, wie die Tür leise ins Schloss gezogen wurde.

Es überraschte sie nicht, dass Angus gegangen war. In seinem Leben und in seinem Herzen gab es einen Zwiespalt, das fühlte sie. Und sie wusste, dass er nicht mit ihr darüber sprechen wollte. Um Gwendolen nicht zu nah an sich heranzulassen, lenkte er stets von allzu persönlichen Fragen ab. Er wich aus, ging einfach fort, oder er wurde zornig und laut. Manchmal liebte er sie dann auch, und das lenkte sie noch mehr ab.

Doch heute Nacht hatte er zum ersten Mal Reue gezeigt. Er hatte sich sogar entschuldigt. Vielleicht war es ein erster Schritt dahin, ihr auch sein Herz zu öffnen. Gwendolen hoffte es jedenfalls.

Sie sank zurück in die Kissen und starrte hinauf zum Betthimmel. Solange sie nicht wusste, warum und wohin er gegangen war, würde sie nicht mehr schlafen können.

Sie schlüpfte in ihr Nachtkleid und legte sich ein Schultertuch um. Dann tapste sie barfuß durch den Raum und lugte hinaus in den Gang. Seine Schritte verklangen auf der Treppe, und sie huschte hinaus, um ihm zu folgen.

Auf Zehenspitzen lief sie über die kalten Steine. Fackeln flackerten an den Wänden. Gwendolen schlang ihr Nachtkleid und das Tuch eng um sich und trat schließlich durch den Torbogen der Kapelle, wo sie endlich Angus fand, der mit gebeugtem Kopf vor dem Altar kniete.

Hier hätte sie ihn niemals erwartet.

Still stand sie da und sah zu ihm, doch bevor sie sich entscheiden konnte, was sie sagen oder ob sie sich ihm nähern sollte, fuhr er zu ihr herum und zog seine Pistole.

„Ich bin es nur!", rief sie und hob die Hände, während ihr panischer Ruf von der Gewölbedecke widerhallte.

Angus starrte sie entgeistert an, dann schob er sich die Waffe wieder in den Gürtel und erhob sich. Er stürmte durch den Mittelgang auf sie zu. „Bist du wahnsinnig geworden? Ich hätte dich beinahe umgebracht!"

„Es tut mir leid! Das habe ich nicht bedacht. Aber als ich aufgewacht bin, warst du verschwunden. Ich habe mir Sorgen gemacht."

Angus blieb abrupt stehen. „Du hast dir Sorgen gemacht? Um mich?" Er schüttelte ungläubig den Kopf.

Lange sah er sie einfach nur an, dann hob er seufzend die Schultern und ließ sie wieder fallen. Er streckte Gwendolen die Hand entgegen. „Du bringst mich noch ins Grab, meine Liebe, aber komm schon rein. Es ist kühl da draußen." Er blickte hinunter zu ihren Füßen. „Wo sind deine Schuhe?"

„Ach, das macht mir nichts aus", entgegnete Gwendolen. „Ich werde die kalten Füße überleben." Sie gab sich tapfer, obwohl ihre Fußsohlen bereits schmerzhaft pochten.

Angus führte seine Frau zur vorderen Kirchenbank, sodass sie nahe an den entzündeten Kerzen neben dem Chorstuhl saß. Bevor sie sich setzte, bekreuzigte sie sich. Er ließ sich neben ihr nieder, nahm ihre Füße auf den Schoß und massierte sie mit seinen großen, warmen Händen.

„Vielleicht interessiert es dich", sagte sie, „dass mein Vater Waffen in der Kapelle verboten hat."

Angus hob den Blick. „Was willst du mir damit sagen?"

„Nichts Bestimmtes. Es ist mir nur gerade eingefallen und ich dachte, du würdest es vielleicht gerne wissen."

„Weil ich gerade um ein Haar eine schreckliche Sünde begangen hätte? Du sollst dein Weib nicht in einer Kapelle töten?"

„So ein Gebot gibt es nicht", warf sie ein.

Sein Mundwinkel hob sich zu einem schiefen Lächeln. „Vielleicht nicht. Das sollte es aber."

Sie lachte leise. „Ja, wahrscheinlich schon. Aber dann müsste es auch uns Frauen verboten werden, unsere Männer in einer Kapelle zu töten."

Er knetete weiter ihre Füße. „Stimmt. Das wäre wohl nur fair."

Schließlich stellte sie ihre Füße wieder auf den Boden. Angus und Gwendolen saßen nebeneinander. Ihre Gesichter waren dem Altar zugewandt und sie blickten hinauf zum Buntglasfenster, das die Jungfrau Maria zeigte.

„Darf ich dich etwas fragen?" Gwendolen hielt ihren Blick weiter auf das Fenster gerichtet, doch aus dem Augenwinkel beobachtete sie Angus' Profil. Sein Schweigen fasste sie als Zustimmung auf. „Warum bist du mitten in der Nacht gegangen, um hierherzukommen? Ich weiß, es nicht das erste Mal."

Auch er sah hoch zur Jungfrau Maria. „Um zu beten."

„Wofür?"

Gwendolen wartete geduldig auf eine Antwort, doch Angus dachte lange nach. Schließlich neigte er den Kopf und kniff sich mit zwei Fingern in die Nasenwurzel.

„Heute habe ich mit den üblichen Gebeten für die Seele meiner Mutter begonnen, auch wenn sie das wohl kaum nötig hat. Sie war eine Heilige, oder jedenfalls habe ich sie so in Erinnerung. Dann habe ich um Vergebung für meine eigenen Sünden gebetet, für die Menschen in Kinloch, die mir ihre Sicherheit und ihr Wohlergehen anvertraut haben. Und als du hereingekommen bist, war ich gerade bei meinem Verrat vor zwei Jahren. Ich habe um Gottes Vergebung gebetet, aber auch um die meines Vaters."

Gwendolen wandte sich ihm zu. „Weil du damals deinen Freund verraten hast?" Sie erinnerte sich an das, was er ihr auf seiner Siegesfeier erzählt hatte. Seit damals hatte sie oft daran gedacht. „Du warst nicht damit einverstanden, dass er eine Engländerin heiraten wollte."

„Stimmt."

„Glaubst du inzwischen, dass du dich geirrt hast? Dass sie vielleicht doch kein so schlechter Mensch war?"

„Ich habe nie gedacht, sie sei ein schlechter Mensch", erwiderte er. „Aber ich konnte mich nicht damit abfinden, für was sie stand. Mein Freund war ein treuer Schotte, sie war Engländerin und außerdem mit einem unserer Feinde verlobt. Ihr Verlobter war ein jämmerlicher Rotrock, der für seine Verbrechen in der Hölle schmort, und das zu Recht. Ich wünschte nur, ich hätte ihn selbst dorthin gebracht."

Er sah sie an und schien erst jetzt zu begreifen, dass er sich angesichts des Ortes, an dem sie sich befanden, etwas im Ton vergriffen hatte.

Gwendolen kümmerte es nicht. Immerhin war dies hier ein Ort der Vergebung. „Warum?", fragte sie. „Was für ein schreckliches Verbrechen hat dieser Engländer denn begangen?"

Angus sah wieder nach vorne. „Er hat einen blutigen Rachefeldzug quer durch das Great Glen angeführt und unschuldige Schotten verbrannt, nur weil sie von der Rebellion gehört hatten."

„Sprichst du von Lieutenant Colonel Richard Bennett?", fragte sie und zog die Brauen zusammen.

„Du hast von ihm gehört?"

„Natürlich", antwortete sie. „Jeder hat von ihm gehört. Er war ein grausamer Verbrecher! Der Schlächter der Highlands hat ihn vor zwei Jahren umgebracht."

Angus musterte sie schweigend, und Gwendolen fragte

sich erneut, welches dunkle Geheimnis er vor ihr verbarg. Am Abend der Eroberung von Burg Kinloch hatte sie ihn gefragt, ob er der berüchtigte schottische Schlächter war, doch er hatte es abgestritten.

„Es war dein Freund, nicht wahr?", schloss sie nachdenklich. Sie zitterte. „Der Mann, den du verraten hast, war der Schlächter der Highlands."

Angus schüttelte den Kopf. „Der Schlächter ist nichts als eine Legende. Doch selbst wenn ich wirklich wüsste, wer er ist, würde ich es niemandem verraten. Nicht einmal dir!"

Gwendolen sah in seine eisblauen Augen und erkannte, dass sie mit ihrer Vermutung richtiglag. Angus war einst mit diesem sagenumwobenen schottischen Rebellen geritten und hatte ihn verraten. Sie kannte die Geschichte. Jemand hatte der englischen Armee gesteckt, wo sich der Schlächter aufhielt, und er war gefangen genommen worden.

Deshalb war Angus vor zwei Jahren verbannt worden. Deshalb trug er eine solche Schuld mit sich herum. Er war derjenige, der das Versteck des Schlächters preisgegeben hatte.

Angus betrachtete wieder das Fenster. „Allmählich begreife ich, dass ich das, was zwischen dieser Engländerin und meinem Freund geschehen ist, einfach nicht verstanden habe. Es stand mir nicht zu, ihn zu verurteilen."

Gwendolen drängte ihn nicht dazu, noch mehr preiszugeben. Sie wusste, dass er seinen Freund damit ein weiteres Mal verraten würde, und das wollte sie nicht.

„Wie kommst du darauf?", fragte sie, obwohl sie die Antwort zu kennen glaubte.

„Weil ich seit jenem Tag, an dem ich dich zum ersten Mal gesehen habe, alles tun würde, um dich zu beschützen. Seitdem ich dir begegnet bin, weiß ich, wie es meinem Freund damals ergangen sein muss. Anfangs war ich dein Feind und du warst für mich nicht mehr als eine politische Schachfigur, doch das hat sich sehr schnell geändert." Sein Blick wanderte zum Altar. "Genauso muss es auch für meinen Freund gewesen sein."

"Aber du wolltest, dass ich weiterhin nur eine Schachfigur für dich bin. Du möchtest nichts für mich empfinden, Angus. Gib es zu."

"Ich bin der Sohn eines Clananführers", polterte er zurück. "Ich wurde zum Krieger erzogen. Da sie mir Vertrauen schenken, ist es meine Aufgabe, die MacDonalds zu führen und ihnen zu dienen."

"Aber deine Liebe zu mir würde daran doch nichts ändern."

Zu spät begriff Gwendolen, was sie da gesagt hatte. Sie senkte scheu den Blick. Sie hätte nicht von "Liebe" sprechen sollen. Er wollte sie nicht lieben. Sie wusste das.

"Du bist eine gute Frau", sagte er. "Ich bereue nichts."

Gwendolen spürte, wie ihre Wangen heiß wurden. "Weil ich dir im Bett Freude bereite?"

Er beugte sich zu ihr und legte seine Hand um ihr Kinn. "Ja, aber es ist mehr als das, und das weißt du auch. Genau deshalb bin ich in letzter Zeit so gereizt. Manchmal will ich dich so sehr, dass ich mein Schwert am liebsten inmitten einer Kampfübung fallen lassen und meine Männer sich selbst überlassen würde, nur um mich zu dir zu legen. Aber wenn ich mir dann vorstelle, dass dir etwas zustoßen könnte, will ich mein Schwert sofort wieder hochreißen. Du verwirrst mich."

Sie erschauderte. "Vielleicht ging es deinem Freund mit dir und dieser Engländerin ja genauso. Er muss sich hin- und hergerissen gefühlt haben und es ist ihm wahrscheinlich nicht leichtgefallen, sich für sie zu entscheiden."

Eine der Kerzen flackerte in einem plötzlichen Luftzug, und sie beide drehten sich zum Eingang um, doch da war niemand. Angus und Gwendolen wandten sich wieder zum Altar. Es dauerte jedoch eine Weile, bis sich Gwendolens Herz wieder beruhigte.

„Bedauerst du, dass du deinen besten Freund verloren hast?", fragte sie. „Meinst du, es könnte dir helfen, wenn du wieder mit ihm in Verbindung trittst? Du könntest ihm einen Brief schreiben und dich für das entschuldigen, was du ihm angetan hast. Du könntest ihm erklären, dass du jetzt verstehst, warum er sich damals so entschieden hat."

Angus schüttelte den Kopf. „Was ich getan habe, ist nicht zu entschuldigen."

„Wenn du dein Handeln wirklich bereust, wird dir vergeben werden. Vielleicht nicht von deinem Freund, aber Gott wird dir gnädig sein."

Angus sah seine Frau zweifelnd an. „Du meinst, ich soll einen Brief schreiben, um der Hölle zu entfliehen?"

Sie nahm seine Hand und drückte sie sanft. „Natürlich nicht. Du sollst es tun, um deinem Freund eine Ehre zu erweisen und um eure Freundschaft zu retten. Du hast ihm unrecht getan. Vielleicht leidet er genauso unter dem Verlust wie du. Außerdem würde ich ihn gerne kennenlernen."

Natürlich wollte Gwendolen ihn kennenlernen. Der Schlächter der Highlands war ein schottischer Nationalheld.

Angus streichelte sanft den zarten Flaum über ihrem Ohr. Gwendolen spürte eine angenehme Gänsehaut auf ihrem Rücken.

„Du bist eine kluge Frau, Gwendolen. Ich werde darüber nachdenken."

„Kommst du dann mit mir zurück ins Bett?"

„Ja, nachdem ich mein letztes Gebet gesprochen habe."

„Möchtest du dabei lieber alleine sein?"

„Nur kurz", antwortete er. „Ich muss noch für meinen Vater beten, damit er mich nicht bewusstlos prügelt, wenn wir uns im Jenseits wiederbegegnen."

Gwendolen schlang sich das Tuch wieder enger um die Schultern. „Ich bin sicher, dass er dich sieht und sehr stolz auf dich ist. Immerhin hast du seine Burg zurückerobert."

Angus schüttelte den Kopf. „Wie kannst du das sagen? Dein Vater würde sich im Grab umdrehen, wenn er wüsste, dass du mich geheiratet hast. Ich bin der Sohn seines Feindes."

Sie betrachtete das Kreuz über dem Altar. „Ich glaube, er würde verstehen, warum ich es getan habe. Er wüsste, dass es das Beste für unseren Clan war."

„Du hast ihnen ein großes Opfer dargebracht, Gwendolen."

„Es mag vielleicht wie ein großes Opfer aussehen, aber offenbar ist es das nicht." Sie wandte sich zum Gehen.

„Warte auf mich", rief er ihr nach. „Ich brauche nicht lang und ich will nicht, dass du nachts alleine durch die Burg wanderst. Jemand könnte dich entführen und verlangen, dass ich dich freikaufe. Und so langsam glaube ich, dass ich jeden Preis zahlen würde, nur um dich zurückzubekommen."

„Jeden Preis?", fragte sie hoffnungsvoll.

„Natürlich, ich bin dein Mann. Ich würde für dich sterben."

Bei seinen Worten wurde Gwendolen ganz warm. Ihr Herz pochte bis zum Hals, und vom Nacken verlief ein Schauer über ihre Arme und über ihren Rücken. Ihr Bauch zog sich wohlig zusammen.

Hatte er dies nur aus reinem Pflichtgefühl gesagt? Oder empfand er wirklich so viel für sie?

Gwendolen band weit mehr als bloßes Pflichtgefühl an ihren Mann.

„Hoffen wir, dass es nie so weit kommen wird", sagte sie. Sie blickte unbehaglich auf die Kirchenbänke jenseits des Mittelgangs, bevor sie sich auf eine von ihnen setzte. „Vielleicht bete ich sicherheitshalber auch noch ein wenig."

„Und wofür wirst du beten?"

Sie dachte kurz nach, dann faltete sie ihre Hände und legte sie auf die Banklehne vor ihr. "Ich bete dafür, dass du eines Tages wieder mit deinem Freund vereint sein wirst und dass er dir verzeiht." Sie sah Angus auffordernd von der Seite an. "Ich nehme an, der Schlächter der Highlands hat genügend eigene Sünden begangen, um dir deine vergeben zu können."

Angus zog die Augenbrauen hoch und sah Gwendolen warnend an.

"Keine Sorge", beruhigte sie ihn mit spitzbübischem Lächeln. "Ich werde dein Geheimnis mit ins Grab nehmen."

Am nächsten Tag setzte sich Angus an seinen Schreibtisch, nahm den Federkiel zur Hand und tauchte ihn in das Tintenfässchen.

13. September 1718
Mein verehrter Earl of Moncrieffe,
ich weiß nicht, ob Du auch nur das Siegel dieses Briefes brechen wirst, nachdem Du das Wappen von Kinloch darauf erkannt hast. Vielleicht verschwende ich gerade nur eine Menge Tinte, aber ich muss es versuchen. Das zumindest schulde ich Dir. Das und so viel mehr.
Seit wir uns das letzte Mal gesehen haben, sind zwei Jahre vergangen, und zweifellos hast Du von meiner Verbannung und vom Tod meines Vaters kurz darauf erfahren. In meiner Abwesenheit ist Kinloch gefallen und wurde seither von den MacEwens regiert. Vor Kurzem aber bin ich heimgekehrt und habe die Burg meines Vaters zurückerobert. Um die beiden Clans zu vereinen, habe ich die Tochter des Anführers der MacEwens zur Frau genommen.
Aber sicher weißt Du längst von meiner Rückkehr und von den Ereignissen auf Kinloch. Sie sind auch nicht der

Grund, weshalb ich Dir schreibe. Es ist mein aufrichtiger Wunsch, Dir zu sagen, wie sehr ich bedaure, was bei unserer letzten Begegnung geschehen ist.
Duncan, ich hatte unrecht. Furchtbar unrecht. Seit zwei Jahren schon bereue ich meinen unsäglichen Verrat, und ich werde weder vergessen noch mir jemals vergeben können, was ich Dir angetan habe.
Dieses Wissen hat sich nur umso tiefer in meine Seele gegraben, da ich mich nun selbst in einer Lage befinde, die der Deinen bei der Begegnung mit Deiner Gemahlin gar nicht so unähnlich ist. Damals habe ich nicht verstanden, in welchem Zwiespalt Du Dich befunden hast. Heute sehe ich die Dinge klarer. Ich kann nicht in Worte fassen, wie sehr ich mein damaliges Verhalten bereue.
Ich verbleibe zutiefst bestürzt über mein skrupelloses und grausames Tun. Ich bete für Dich und Deine Countess und wünsche Euch alles nur erdenklich Gute. Du sollst wissen, dass Du, solange ich der Laird von Kinloch bin, hier Verbündete finden wirst.
Hochachtungsvoll,
Angus Bradach MacDonald

Angus atmete durch und spürte den stechenden Schmerz in seiner Brust, der sich dort vor zwei Jahren eingenistet hatte. Er bedauerte seinen Verrat zutiefst, doch er konnte ihn nicht ungeschehen machen.

Vor nicht allzu langer Zeit war es ihm vollkommen gleichgültig gewesen, welche Verletzungen oder Schmerzen andere davontrugen. Doch er war zu weit gegangen. Sein engster Freund war der Schlächter der Highlands, und Angus hatte sein Versteck an die englische Armee verraten, nur weil der Freund eine Engländerin zur Frau genommen hatte.

Angus hatte zwei Jahre Zeit gehabt, darüber nachzudenken und sich zu schämen. Doch damals war er ein anderer gewesen. Jetzt war er zu Hause. Alles hatte sich verändert.

Als die Tinte getrocknet war, versiegelte Angus den Brief. Er war gerade dabei, aufzustehen, als es an der Tür klopfte.

„Lachlan. Was machst du denn hier?"

Das Gesicht seines Freundes war kreidebleich. „Du hast Besuch."

„Besuch? Wer ist es?" Er steckte den Brief in seinen Sporran.

„Diese Frau, die mit dir auf den Hebriden gelebt hat. Diejenige, die vorausgesagt hat, deine Zeit würde kommen und die MacEwens würden dich brüllen hören und diesen ganzen Hexenmist."

Angus zuckte erschrocken zusammen. „Raonaid ist hier?"

Ihm wurde übel und sein Magen rumorte. Dann sah er auf. Es konnte nur einen Grund für ihr Kommen geben.

„Ja", antwortete Lachlan. „Beeil dich besser, sonst gibt es in der Küche bald kein heiles Geschirr mehr. Die Küchenmädchen rennen ängstlich durcheinander, und der Koch hat sich vor Schreck im Weinkeller eingeschlossen. Sie ist kein schöner Anblick."

Angus lief auf die Treppe zu. „Was zum Teufel macht sie denn in der Küche? Wer hat sie denn dorthin geführt? Du hättest sie geradewegs zu mir bringen sollen."

„Sie war hungrig", erklärte Lachlan. „Und irgendjemand hat den Fehler begangen, ihr zu sagen, dass du geheiratet hast. Da hat sie angefangen, alles um sich zu werfen."

„Das klingt ganz nach Raonaid. Du kommst besser mit, Lachlan, und bitte bleib in meiner Nähe." Am Fuße der Treppe sah er seinen Freund fragend an. „Ist sie bewaffnet?"

„Woher soll ich das wissen? Bisher ist niemand nahe genug an sie herangekommen, um das herauszufinden."

17. Kapitel

Die Küche glich einem Schlachtfeld. Überall auf dem Boden lagen Scherben in kleinen Lachen von Milch und anderen Speiseresten. Dazwischen saß Raonaid selenruhig an einem Tisch und tauchte den Löffel in eine Schale dampfenden Eintopf.

Bevor Angus etwas sagen konnte, sah Raonaid ihn scharf an. Ihre Augen waren blau und kalt wie das Wintermeer, und er hatte das Gefühl, sie würden ihn durchbohren.

Angus ging langsam auf seine frühere Gefährtin zu. Er war noch nicht bereit, sie nach dem Grund ihres Kommens zu fragen, deshalb musterte er sie schweigend.

Raonaids rostrotes Haar war sauber und gepflegt und es fiel in dichten Locken über ihre Schultern. Wäre ihr umbrafarbener Wollumhang nicht so zerschlissen und ausgebleicht gewesen, hätte man sie für eine Frau von edler Herkunft gehalten. Raonaid strahlte eine unerschütterliche Arroganz aus, doch das war nichts als eine Täuschung. Sie war keineswegs wie eine Prinzessin aufgewachsen.

Aufgrund ihrer seherischen Gabe hatte sie ihr ganzes Leben als Aussätzige in einer schmutzigen, strohgedeckten Hütte am Ende der Welt verbracht. Ihr Ruf als Hexe war sogar bis zum schottischen Festland vorgedrungen. Die Menschen fürchteten und verachteten sie. Einige sagten, sie trage das Zeichen des Teufels auf der Haut, andere bemitleideten sie und beteten für ihre arme, irregeleitete Seele.

Niemand wusste, woher sie kam und wer ihre Eltern waren.

Eine exzentrische alte Frau hatte sie auf den Äußeren Hebriden großgezogen. Sie starb, als Raonaid elf Jahre alt war. Nach ihrem Tod blieb Raonaid auf der Insel und suchte Trost in ihrer merkwürdigen Sammlung von Knochen und Zaubertränken. Sie wuchs zu einer klugen jungen Frau heran, die schön und aufreizend war, doch kein Mann traute sich an sie heran. Und Raonaid suchte auch keine Nähe.

Ihre einzige Freude waren die Visionen, die sie in den Steinkreisen überkamen. Manchmal sah sie dort in die Zukunft, manchmal aber auch sich selbst, wie sie in einer anderen Welt ein anderes Leben führte.

Bis Angus in ihr Leben trat.

Anders als alle anderen hatte er keine Angst vor ihr.

Raonaid tupfte sich den Mund mit einem Tuch ab und legte den Löffel beiseite, dann rutschte sie von ihrem Hocker und ging auf Angus zu.

Er hatte nicht vergessen, wie schön sie war. Ein Mann konnte sich nur allzu leicht in diesen klaren blauen Augen und diesem üppigen Dekolleté verlieren.

„Du hast lange auf dich warten lassen", sagte sie. „Weißt du, was deine Wachen mit mir angestellt haben? Sie wollten mich nicht einmal durch das Tor lassen."

Lachlan fiel ihr ins Wort. „Diesen Fehler werden sie kein zweites Mal begehen, Raonaid. Sie wissen jetzt, wer du bist, und sie werden es gewiss nicht so schnell wieder vergessen." Er stieß Angus in die Seite. „Einem der Männer hat sie erzählt, sie hätte seine Zukunft gesehen. Ihm würden noch vor Weihnachten sämtliche Haare ausfallen."

Angus schüttelte den Kopf. „Wenn du dich ein bisschen geduldet hättest, wäre ich selbst gekommen, um dich angemessen zu begrüßen, Raonaid."

„Na, hör sich das einer an", entgegnete sie höhnisch.

Dann ging sie zum Tisch zurück, setzte sich und aß weiter.

Angus und Lachlan standen schweigend da und sahen ihr zu.

„Das ist alles?", flüsterte Lachlan und beugte sich zu Angus. „Nachdem sie die halbe Küche in Schutt und Asche gelegt hat, ist das alles, was sie zu sagen hat?"

Angus musterte seine frühere Gefährtin gespannt, dann trat er zu ihr. „Was führt dich hierher, Raonaid? Du hast gesagt, du würdest deine Insel niemals verlassen. Als ich ging, sagtest du, du seist überglücklich, mich von hinten zu sehen."

„Das war ich auch", bestätigte sie, „und ich will dich auch nicht zurück, wenn es das ist, was du glaubst. Ich bin hier, weil ich etwas in den Steinen gesehen habe."

Eine kalte Schlinge legte sich um Angus' Hals. Seine Kehle schmerzte. Im Steinkreis von Calanais hatte Raonaid immer ihre stärksten Visionen. Oft riefen ihre Träume sie dorthin. Hier hatte sie vom Tod seines Vaters erfahren, Lachlans Ankunft gesehen und den Triumph des Löwen über die MacEwens in Kinloch vorausgesagt.

Er erinnerte sich nur allzu gut an jenes Versprechen, das er ihr abgerungen hatte. Sie hatte versprochen, zu ihm zu kommen, sobald sie seinen Tod in den Steinen sah.

„Bist du hier, um deinen Schwur zu erfüllen?", fragte er.

„Ja."

Er schluckte schwer, doch seine Stimme klang gelassen. „Wann? Wie viel Zeit bleibt mir noch?"

„Wochen. Ein Monat vielleicht."

Angus hatte sich oft gefragt, wie er wohl reagieren würde, wenn er erfuhr, dass er sterben werde. Er war immer davon ausgegangen, diese Nachricht ruhig und gelassen hinzunehmen. Immerhin war er ein mutiger Krieger und hatte viel Gewalt erlebt. Aus diesem Grund hatte er auch angenommen, er würde einen schnellen Tod sterben, der ihm keine Zeit zum Grübeln ließ.

Doch jetzt konnte er nur an eines denken. An Gwendolen. Er war noch nicht bereit, sie zu verlassen. Er hatte sie doch gerade erst gefunden. Vielleicht trug sie schon sein Kind unter ihrem Herzen. Er konnte diese Welt doch nicht verlassen, wenn er Vater wurde. Er konnte Gwendolen nicht im Stich lassen.

Angus wurde von einer schrecklichen Angst übermannt. Er kämpfte gegen den überwältigenden Drang an, sich über den Tisch zu werfen und Raonaid zu schütteln, bis sie gestand, dass sie sich einen grausamen Scherz erlaubte, der ihren verdrehten Geist amüsierte. Doch Angus wusste, dass sie die Hebriden niemals aus einer Laune heraus verlassen würde. Raonaid war kein besonders humorvoller Mensch.

„Wie wird es geschehen?", fragte er.

Sie stand auf und schlenderte um den Tisch herum. „Du wirst am Galgen sterben", sagte sie.

Angus' Herz pochte bis zum Hals. Er legte eine Hand auf den Schwertgriff und zwang sich, ruhig zu bleiben. „Werden sie mich nach Fort William bringen? Oder nach Edinburgh? Werde ich als jakobitischer Hochverräter verurteilt?"

„Ich weiß nicht, warum sie dich hängen werden, aber ich weiß, dass es hier geschehen wird. Bevor ich das Tor passiert habe, hätte ich dir nicht einmal das sagen können, doch jetzt habe ich alles wiedererkannt. Ich habe die vier Türme gesehen, das Dach und die Zinnen. Ich habe die Steine wiedererkannt."

Hier? Nein! Das konnte nicht sein. Raonaid musste sich irren.

„Und wer wird dafür verantwortlich sein?", fragte Angus. „Gibt es hier einen Verräter? Ist es Gordon MacEwen?"

Raonaid legte ihm ihre warme, schlanke Hand an die Wange und sah ihn mitleidig an.

Das konnte er nicht dulden.

„Verdammt, Raonaid. Raus damit!"

„Deine Gemahlin wird dich verraten", sagte sie. „Auch das habe ich in den Steinen gesehen."

Langsam wich Angus vor ihr zurück. Sein Gesicht war kreidebleich. „Nein", widersprach er. „Es muss eine andere Frau sein. Nicht sie."

„Sie ist es", beharrte Raonaid. „Außer du teilst das Bett noch mit einer anderen. Tust du das?"

„Natürlich nicht."

„Dann ist sie es. Die Steine lügen nicht. Ich habe gesehen, wie du sie geliebt hast, und dann haben sie dich davongeschleift."

„Wer?", fragte er drohend. „Wer schleift mich davon? Das musst du doch wissen."

„Ich wünschte, ich könnte es dir sagen, Angus. Wirklich. Aber deine Feinde halten sich gut verborgen, ich konnte ihre Gesichter nicht erkennen."

Er packte sie an den Armen und schüttelte sie. „Was für Kleider haben sie getragen? Waren es Rotröcke? Oder die Tartans der MacEwens?"

„Ich habe dir doch schon gesagt, dass ich solche Einzelheiten nicht kenne! Ich weiß nur, dass sie dich entwaffnet. Sie bricht dich, schwächt dich und lädt deine Feinde ein. Du musst fort von hier, Angus."

Lachlan packte ihn am Arm. „Hör nicht auf sie. Sie ist verrückt."

Angus schüttelte ihn ab. „Ich kann ihre Prophezeiungen nicht ignorieren, Lachlan. Zu viele davon sind wahr geworden. Ich wäre niemals zurückgekehrt, um Kinloch einzufordern, wenn Raonaid nicht den Tod meines Vaters verkündet, deine Ankunft vorhergesagt und mir den Sieg versprochen hätte."

„Aber wir brauchen dich hier", beharrte Lachlan. „Du kannst dich nicht von dieser Hexe vertreiben lassen, weil du deinen Tod fürchtest."

Angus wandte sich zum Gehen. „Ich fürchte nichts, und ich habe auch nicht die Absicht, meinen Clan im Stich zu lassen. Aber ich werde auch nicht zulassen, dass ich in einem Monat sterbe. Ich werde tun, was ich kann, um das zu verhindern."

Raonaid folgte ihm und gab ihm einen leisen Rat. „Übe dich im Schwertkampf", wisperte sie. „Bleib stark. Sei der Krieger, als der du geboren bist. Lass dich nicht ablenken."

Nachdem Angus gegangen war, blieb Raonaid im Türrahmen stehen und sah ihm nach, dann wandte sie sich um und blickte zu Lachlan. Mit schweren Schritten kam er auf sie zu und zog sie grob an sich.

„Hör mir zu", knurrte er wütend, „und hör genau hin, Hexe. Wenn du hierhergekommen bist, um Betrug und Verrat heraufzubeschwören, werde ich das nicht dulden. Ich werde dich jagen und fangen, wo auch immer du dich versteckst, und ich werde dir die Kehle dafür aufschlitzen."

Raonaid lachte ihm ins Gesicht. „Versuch es doch", fauchte sie. „Aber ich werde nicht durch dein Schwert sterben, Lachlan MacDonald."

„Nein?" Sein Blick ruhte auf ihren feuchten, vollen Lippen und wanderte dann hinab zu ihren üppigen Brüsten. Dann sah Lachlan ihr wieder in die Augen. „Wessen Schwert wird deinem erbärmlichen Leben dann ein Ende setzen? Ich möchte dem Mann gerne die Hand schütteln."

Sie stieß ihn von sich, holte aus und schlug ihn ins Gesicht. Lachlan fluchte.

„Diese Ehre wird keinem Mann vergönnt sein", sagte sie. „Ich werde ein langes und glückliches Leben führen, und wenn meine Zeit kommt, werde ich als sehr alte und sehr reiche Frau im Schlaf sterben."

Lachlan wischte sich das Blut von der Lippe und bewegte den Unterkiefer, um sich zu vergewissern, dass er nicht gebrochen war. „Du bist verrückt", knurrte er. „Das warst du schon immer."

Grimmig sah sie ihn an. „Du bist doch nur wütend, weil ich in jener Nacht in der Taverne nicht meine Röcke für dich gehoben habe. Ich bin die einzige Frau auf der Welt, die nicht deinem hübschen Gesicht und deinem Charme erlegen ist."

Er sah hinab auf das Blut an seiner Hand und wandte sich zur Tür. „Man muss Gott auch für kleine Gefälligkeiten dankbar sein."

Gwendolen zuckte zusammen, als die Tür zur Weberei aufgestoßen wurde und wieder krachend ins Schloss fiel. Angus kam herein und wandte sich an die drei Frauen dort, von denen zwei an den Spinnrädern saßen, während die dritte am Webstuhl arbeitete.

„Geht!", befahl er. Ein Blick in seine lodernden Augen genügte, und sie erhoben sich und hasteten aus dem Raum, während die Räder sich weiterdrehten.

„Was ist passiert?", fragte Gwendolen.

Er ging zu ihr und musterte sie prüfend von Kopf bis Fuß. „Wirst du mich verraten?"

„Wie bitte?", fragte sie entrüstet. Sie wurde zornig. „Natürlich nicht."

„Schwöre es bei deinem Leben."

„Natürlich schwöre ich es!"

Endlich liefen die Räder aus und es wurde still. Angus sah Gwendolen drohend an.

„Ich verstehe das nicht", sagte sie, als er begann, im Raum auf und ab zu gehen.

„Warum fragst du mich das? Ich habe dir vor unserer Hochzeit ein Versprechen gegeben. Ich habe dir die Treue geschworen. Warum zweifelst du daran?"

Er hob ein Knäuel Wolle hoch und warf es in die Luft. „Ich habe Grund zu der Annahme, dass du mir den Tod wünschst, Mädchen, und dass du mich an den Galgen bringen wirst, genau hier, auf Kinloch. Hast du dich mit Gordon MacEwen gegen mich verschworen? Warst du diejenige, die ihm verraten hat, wo der Schlüssel liegt?"

Gwendolen zitterte. Sie konnte nicht glauben, was sie da hörte, doch ihr Schreck wurde rasch von aufkommender Wut verdrängt. „Du bist verrückt. Wer hat dir so etwas eingeflüstert?"

„Das geht dich nichts an. Beantworte meine Frage."

Sie kam um das Spinnrad herum auf ihn zu. „Ich habe mich nicht mit Gordon MacEwen verschworen. Wie könnte ich das auch tun? Immerhin sitzt er im Kerker. Meine Treue gilt *dir*. Ich will nicht, dass du stirbst. Ich will, dass du lebst. Besonders jetzt, da …"

Sie verstummte. Sie konnte es nicht sagen. Nicht jetzt. So hatte sie sich das nicht vorgestellt.

„Besonders jetzt, da was?", bohrte er nach.

Sie schüttelte den Kopf und wischte die Frage so beiseite. „Ich verstehe dich nicht. Liegt es an dem Überfall vor zwei Wochen, als dieser Mann versucht hat, dich umzubringen? Gibt es etwas Neues?"

„Nein."

„Was ist es dann? Du weißt doch, dass ich dir treu ergeben bin, Angus. Oder etwa nicht? Fühlst du es denn nicht?"

Als sie näher an ihn herantrat, erschauderte sie. Sein Blick war eiskalt und voller Misstrauen. „Bist du wie deine Mutter?", fragte er drohend. „Setzt auch du deine Reize ganz geschickt ein, um aus Männern geschwätzige Narren zu machen?"

Angst flammte in ihrem Herzen auf. „Nein! Und ich begreife auch nicht, wie du zu diesen unglaublichen Vorstellungen kommst. Warum verdächtigst du mich? Wenn mich jemand dieser Dinge beschuldigt, dann will er nur unsere Ehe und die Vereinigung unserer Clans hintertreiben. Siehst du das denn nicht?" Sie nahm sein Gesicht in beide Hände. „Du bedeutest mir etwas, Angus, und wir haben viele Freuden geteilt. Ich wünsche mir nur, mit dir ein langes, glückliches Leben hier auf Kinloch zu verbringen. Du musst mir glauben. Ich würde dich niemals betrügen."

Angus sah Gwendolen abweisend an.

„Du glaubst mir nicht." Sie wich zurück. „Jemand hat dich gegen mich aufgebracht. Wer hat diese Anschuldigungen erhoben? Du schuldest mir wenigstens die Wahrheit, wenn du mich als Verräterin brandmarken willst."

Seine Kiefermuskeln spannten sich, dann trat er ans Fenster. „Raonaid ist hier."

Ihr Magen krampfte sich zusammen. „Die Seherin? Die Frau, die auf den Hebriden dein Bett geteilt hat?"

Was hatte sie bloß zu ihm gesagt? Und warum war sie hergekommen? Was wollte sie damit erreichen?

„Ja", bestätigte er, „aber sie hat mehr mit mir geteilt als nur ihr Bett. Sie hat auch ihre Visionen mit mir geteilt, und ich habe gesehen, dass sie echt sind. Sie hat den Tod meines Vaters prophezeit, Lachlans Ankunft und meinen Sieg hier in Kinloch. Als ich sie verließ, habe ich ihr das Versprechen abgerungen, dass sie kommen und mich warnen würde, falls sie jemals meinen Tod in den Steinen sehen sollte." Er sah sie unverwandt an. „Sie hat ihn gesehen und sie hat Wort gehalten. Deswegen ist sie hier."

Gwendolen war noch nicht bereit, dies zu glauben. Sie trat zu Angus und sah ihn an. „Was genau hat sie gesehen?"

„Meinen Kopf in einer Schlinge. Außerdem hat sie mir gesagt, eine Frau würde mich verraten." Er musterte sie scharf. „Und diese Frau bist du."

Gwendolen erzitterte erneut. Raonaid hatte von einem Galgen gesprochen und von einer Frau, die ihn verraten würde.

„Wann hat sie das gesehen?"

„Vor Wochen, in Calanais."

Gwendolen dachte angestrengt nach. Sie war überzeugt, dass sie Angus niemals verraten würde. Raonaid musste sich irren.

„Vielleicht hat sie die Nachricht gesehen, die ich an Colonel Worthington geschickt habe", erwiderte sie hoffnungsvoll. „Immerhin habe ich ihn darin gebeten, dass er kommen, dich gefangen nehmen und an den Galgen bringen solle. Damals war das mein sehnlichster Wunsch. Ich habe keine Entschuldigung dafür, aber das alles weißt du bereits. Du hast den Brief gelesen. Und du hast ihn verbrannt, weißt du noch?"

Angus betrachtete sie argwöhnisch.

„Ich gebe zu, dass ich dich damals hängen sehen wollte, doch danach habe ich mich deinem Zorn gestellt und bereut, was ich getan habe. Mein Treueschwur war ehrlich gemeint." Sie legte ihm die Hände auf die Brust. Er musste ihr einfach glauben. „Seit damals sind wir vor Gott zu Mann und Frau geworden und ich habe dir meinen Körper geschenkt." Sie hielt inne. „Das, was Raonaid gesehen hat, muss ein Ereignis aus der Vergangenheit sein. Das ist alles. Ich mache ihr keinen Vorwurf, dass sie hergekommen ist, ich hätte dasselbe getan. Aber Colonel Worthington war bereits hier und hat mit dir gesprochen. Er hat nicht getan, worum ich ihn gebeten hatte, und ich danke Gott dafür. Ich will nicht, dass du stirbst. Ich will, dass du lebst. Ich brauche dich."

Er fasste Gwendolens Hände und schob sie grob von sich. „Woher weiß ich, dass ich dir trauen kann? Du hast mich schon einmal verraten, nachdem du mir geschworen hattest, loyal zu sein."

„Damals war alles anders." Er schien ihr immer noch nicht zu glauben. Gwendolen unternahm einen letzten, verzweifelten Versuch, ihn davon zu überzeugen, dass er ihr vertrauen konnte. „Und jetzt hat sich wieder alles geändert."

„Wie meinst du das?"

Sie legte eine Hand auf ihren Bauch und ihr war gleichzeitig glücklich und ängstlich zumute. „Weil mir an den vergangenen drei Tagen morgens übel war und meine Monatsblutungen ausgeblieben sind."

Seit Tagen hatte sie sich auf diesen Augenblick gefreut. Sie hatte sich vorgestellt, wie sie Angus die Neuigkeit in der Großen Halle vor den Clans sagen würde. Wie er sich freuen, sie in die Arme schließen, vielleicht sogar herumwirbeln würde.

Doch jetzt tat er nichts dergleichen. Sein Blick wurde kälter als jemals zuvor.

„Woher soll ich wissen, dass dies nicht nur eine weitere List ist, um mich von deinem Verrat abzulenken?"

„Ist es das, was du glaubst?" Plötzlich brannten Zornestränen in ihren Augen. „Glaubst du wirklich, ich würde so etwas tun?"

„Ich weiß nicht, was ich glauben soll. Raonaid hat noch nie unrecht gehabt."

„Dann glaubst du ihr also mehr als mir?"

Sie wollte ihn schlagen, ihn anschreien und verlangen, dass er sich auf ihre Seite stellte. Sie war seine Gemahlin und diese Frau eine berüchtigte, verrückte Hexe!

Er fasste sie grob am Arm und zog sie hinaus auf den Gang. „Komm mit."

„Wohin gehen wir?"

„In dein Gemach, dort werde ich nach einer Hebamme schicken, die dich untersuchen soll. Ich will wissen, ob du mir die Wahrheit sagst."

„Wie kannst du es wagen!" Überwältigt von Fassungslosigkeit und Zorn versuchte sie, sich loszureißen, doch er hielt ihren Arm eisern fest.

„Ich muss es wissen. Zwischen uns darf es keine Lügen geben."

„Da gibt es auch keine!", schrie sie. „Das hier werde ich dir niemals vergeben!"

Er zog sie hinter sich her die Treppe hinunter und durch die Korridore der Burg. „Ich werde dir glauben, wenn die Hebamme deine Worte bestätigt."

„Ich nehme an, es wird eine Hebamme der MacDonalds sein", fauchte sie, „und keine MacEwen?"

„Ja! Und ich werde sie selbst aussuchen. So kann ich wenigstens sichergehen, dass ich nicht noch einmal betrogen werde."

Er schob sie in ihr Gemach und sah sie drohend an, bevor er die Tür zuschlug und verriegelte.

18. Kapitel

Es dauerte keine Stunde, bis die Hebamme kam und bestätigte, dass Gwendolens Gebärmutter vergrößert war. Dies in Verbindung mit den anderen Anzeichen bedeutete, dass sie mit großer Sicherheit ein Kind erwartete.

Gwendolen dankte der Frau und führte sie zur Tür. „Werdet Ihr meinem Mann die frohe Botschaft überbringen?"

Ihre Stimme klang zynisch, doch das entging der Frau, die freudig lächelte. „Natürlich, Madam, aber er wartet gleich hier im Gang, vielleicht wollt Ihr es ihm ja lieber selbst sagen?"

„Nein, ich möchte, dass Ihr es tut. Mir würde er wohl kaum glauben."

„Er glaubt gewiss, es wäre zu schön, um wahr zu sein, nicht wahr? Nun, dann werde ich es ihm berichten, wenn Ihr es wünscht."

„Das tue ich." Gwendolen öffnete die Tür und sah Angus im Gang stehen und warten. Die Hebamme trat zu ihm. „Herzlichen Glückwunsch, Sir. Eure Frau erwartet ein Kind."

Angus sah Gwendolen kühl an, die mit verschränkten Armen im Türrahmen lehnte. Sie neigte leicht den Kopf und hob eine Braue.

„Ich verstehe", sagte Angus zur Hebamme. „Du darfst jetzt gehen."

Das Lächeln der Frau verschwand, und sie hastete mit gesenktem Blick zur Treppe.

„Dann ist es also wahr", sagte Angus.

Gwendolen trat in ihr Gemach zurück. Sie ergriff die Türklinke. Sie war so wütend, dass sie ihn am liebsten angeschrien hätte. „Natürlich ist es das. Es überrascht mich, dass deine so hochgeschätzte Seherin dir das noch nicht erzählt hat. Vielleicht sieht sie ja doch nicht immer alles. Warum steigst du nicht in ihr Bett und fragst sie, warum sie zu erwähnen vergaß, dass ich dein erstgeborenes Kind in mir trage?"

Angus trat zögernd auf sie zu. „Gwendolen!"

„Nein, ich will nichts hören. Ich bin zu wütend." Dann schlug sie ihm die Tür vor der Nase zu.

Sie lehnte sich von innen gegen das Holz und horchte. Eigentlich hatte sie erwartet, dass er mit der Faust gegen die Tür hämmern oder hereinstürzen würde, um ihr gehöriges Benehmen beizubringen. Doch sie hörte nur seinen tiefen, gleichmäßigen Atem und seine Schritte, als er schließlich fortging.

Gwendolen wartete, bis seine Schritte auf der Treppe verklungen waren, erst dann öffnete sie ganz leise die Tür und spähte hinaus.

Der Gang war leer. Angus war fort.

„Schick sie weg", sagte Lachlan, während er Angus durch die Halle in den Burghof folgte. „Schick sie zurück in die dunkle Höhle, aus der sie gekommen ist. Sie bringt nichts als Gift."

„Sie lebt nicht in einer Höhle", zischte Angus zurück. „Sie hat eine Hütte und sie hat mich fast ein Jahr lang bei sich aufgenommen, als ich nicht wusste, wo ich hinsollte. Ich werde sie nicht wegschicken."

Sie traten in den Burghof hinaus. Der Himmel war bewölkt und dichter Nebel lag über den vier Ecktürmen. Angus sah hinauf zum Himmel. Er war kaum in der Lage zu begreifen, was die Hebamme ihm gesagt hatte. Gwendolen erwartete ein Kind. Er wurde Vater.

Eigentlich hätte dies eine gute Nachricht sein sollen. Er sollte ausgelassen feiern, doch stattdessen empfand Angus nichts als blinde Angst. Niemals zuvor hatte er eine solche Furcht empfunden. Doch plötzlich war seine Welt aus den Fugen geraten.

Die Hochzeit mit Gwendolen hatte irgendetwas in ihm ausgelöst.

„Raonaid wird alles zerstören, was du hier aufgebaut hast", fuhr Lachlan fort. Er hielt mit Angus Schritt, obwohl dieser immer schneller über den Burghof ging. „Sie wird alles verderben mit ihren grauenvollen Prophezeiungen."

Sie mussten stehen bleiben, um einen Eselkarren passieren zu lassen. Die klapprigen Räder hinterließen tiefe Spuren im Matsch. Angus sah zu, wie sie sich mit Wasser füllten.

„Und erzähl mir jetzt nicht, dass du an ihre Flüche und Zaubersprüche glaubst. Sie ist verrückt. Das ist doch alles Unsinn."

„Sie zaubert nicht", berichtigte ihn Angus. „Sie hat Visionen und sagt die Zukunft voraus. Sie wusste, dass du kommen würdest, um mich zu holen, und dass wir zusammen eine Armee aufstellen und Kinloch zurückerobern würden."

„Das hätte jeder vorhersagen können. Hast du schon vergessen, dass sie nicht angekündigt hat, dass du Vater wirst?"

Die Erwähnung seines ungeborenen Kindes ließ ihn erschauern. „Vielleicht werde ich das ja auch gar nicht, weil ich vorher sterbe."

Sie blieben vorm Pulverhaus stehen, und Angus griff in seinen Sporran, um den Schlüssel herauszuholen. Dabei ergriff er zuerst den Brief, den er an Duncan geschrieben hatte.

Angus überlegte, ob er ihn nicht einfach zerreißen sollte. Es gab auch so schon genügend Dinge, um die er sich noch kümmern musste. Warum sollte er sich noch bemühen, diese alte Freundschaft zu retten, wenn er nicht mehr lang genug leben würde, um Duncan wiederzusehen?

Doch er wusste auch, dass es seinem Clan nutzen konnte, Verbündete auf Schloss Moncrieffe zu haben. Duncan war inzwischen einer der mächtigsten und einflussreichsten Adligen in Schottland und sein Schloss war gerade einmal zwei Tagesritte von hier entfernt. Sollte Gwendolen einen Sohn gebären, würde der Junge wahrscheinlich einmal Herrscher über Kinloch werden. Er würde Freunde und Verbündete brauchen. Vielleicht konnte Duncan, der große Earl of Moncrieffe, seine schützende Hand über ihn halten.

Er zog den Brief heraus und reichte ihn Lachlan. „Sieh zu, dass dieser Brief hier sofort zu Moncrieffe gebracht wird. Sag dem Boten, er solle bleiben und die Antwort abwarten, falls es denn eine Antwort geben wird."

Lachlan nahm die Nachricht entgegen. „Ich dachte, du und der Earl sprecht nicht miteinander."

„Das tun wir auch nicht, und es ist Zeit, dass ich das behebe." Angus schloss die Tür des Pulverhauses auf und trat ein. Er hob den Deckel von einem der Holzfässer an. „Sind die da alle voll?"

„Bis zum Rand. Wir haben genügend Pulver, um die gesamte englische Armee hinaus in die irische See zu pusten."

Angus sah sich um. „Wie steht es mit der Waffenkammer? Sind alle Musketen einsatzbereit? Haben wir genügend Munition?"

„Ja!"

„Gut." Er wandte sich zum Gehen. „Ruf die Männer zusammen, Lachlan. Ich möchte sie alle im Burghof sehen."

Wie ist es nur möglich, dass sich ein Mensch von einem Moment zum anderen so vollkommen anders fühlen kann? fragte sich Gwendolen traurig, während sie die Korridore der Burg auf dem Weg zum Südturm durchschritt. Früher an diesem Morgen hatte sie noch beinahe geschwebt vor Glück, während sie die Arbeiten in der Weberei beaufsichtigt hatte. Sie hatte sich vorgestellt, wie sie ihrem Mann freudestrahlend von dem Kind in ihr erzählen würde.

Aber dann war er hereingestürmt und hatte verkündet, seine Seherin habe vorausgesagt, dass er bald hängen werde und Gwendolen die Schuld daran trage.

Und nun stand sie plötzlich vor der Tür des Gemachs, in dem diese Frau nun wohnte. Gwendolen hatte sie zwar noch nie zuvor gesehen, doch sie verabscheute sie bereits abgrundtief, weil sie Zweifel und Misstrauen säte.

Dennoch wusste Gwendolen, dass sie überlegt handeln musste. Diese Frau hatte den Tod des Löwen gesehen, und vielleicht konnte dieses Wissen den Lauf der Dinge ändern. Trotz ihrer Wut auf ihn wollte sie Angus nicht verlieren. Sie würde sich also beherrschen und Raonaid weitere Einzelheiten entlocken müssen, um herauszubekommen, ob sie tatsächlich recht hatte oder ob sie nur gekommen war, um Unheil zu stiften.

Um Haltung ringend, klopfte sie an die Tür. Als niemand kam, klopfte sie ein zweites Mal.

Endlich wurde die Tür geöffnet, und Gwendolen schluckte schwer, als sie die Frau vor sich erblickte.

Raonaid, die berüchtigte Seherin.

Sie wirkte wahnsinnig wie der Teufel, listig wie ein Fuchs, und sie war die schönste Frau, die Gwendolen jemals gesehen hatte.

Sie war groß und sehr weiblich. Ihr Haar hatte die Farbe eines Flammenmeeres und ihre Haut war weiß wie poliertes Elfenbein.

Doch es waren ihre Augen, die Gwendolen am meisten beunruhigten, denn sie strahlten in einem atemberaubenden Blau und musterten sie erbarmungslos und berechnend.

19. Kapitel

„Ich wusste, dass du kommen würdest", sagte Raonaid selbstgefällig. Dann drehte sie Gwendolen den Rücken zu, schritt in den Raum zurück und ließ die Tür einfach offen. Beim Gehen wiegte sie sich verführerisch in den Hüften.

Gwendolen trat ein und sah sich in dem stillen Gemach um. Im Kamin prasselte ein Feuer. Die Whiskykaraffe war beinahe leer, und die Decken und Kissen waren vom Bett gezerrt und in einem Haufen auf den Boden geworfen worden.

Sie musterte Raonaid. Die Frau trug einen abgetragenen Rock, ein selbst genähtes Mieder und eine seltsame Knochenkette um den Hals. Ihre Hüften waren schmal, aber ihre Brüste prall und üppig.

Gwendolen hasste es, zugeben zu müssen, dass die frühere Geliebte ihres Gemahls eine natürliche, geradezu königliche Erhabenheit ausstrahlte. Sie gab sich stolz und würdevoll.

Raonaid war nicht nur schön, sie war auch verführerisch. Sie hatte alles, was einen Mann in den Bann zog. Gwendolen spürte plötzlich einen Stich in ihrem Herzen und ihr Selbstvertrauen schwand.

„Genießt du es, mit dem großen Löwen zusammen zu sein?", fragte Raonaid höhnisch und trank einen großen Schluck Whisky. „Ich vermute mal, du verbringst gerade viel Zeit auf dem Rücken. Hat er dir eine Menge Dinge beigebracht, die du dir niemals hättest vorstellen können?"

Gwendolen reckte eigensinnig das Kinn. „Wie nett, dass du danach fragst. Ich genieße die Zeit mit ihm wirklich außerordentlich. Er ist ein großartiger Liebhaber, und meistens fühle ich mich geradezu betrunken vor Lust, aber das weißt du ja. Du erinnerst dich doch bestimmt noch daran, wie es war."

Raonaids Blick verfinsterte sich und ihre Stimme wurde boshaft. „Ich weiß eine ganze Menge über ihn, Kleines. Dinge, von denen du nicht die geringste Ahnung hast."

„Das bezweifle ich."

Gwendolen war an der Tür stehen geblieben, während die Seherin vor dem Kamin auf und ab schlenderte. Sie sah aus, als würde sie Gwendolen jeden Augenblick an die Gurgel gehen.

„Ich bin nicht den ganzen weiten Weg gekommen, um dich zu sehen", höhnte Raonaid kalt. „Ich bin allein wegen Angus hier."

„Falls du es noch nicht gehört hast, ich bin die Herrin von Kinloch, und deshalb bist du ebenso mein Gast wie seiner."

Raonaid griff nach dem eisernen Schürhaken und stocherte damit im Feuer. „Und was wollt Ihr von mir, große Herrin über Kinloch?"

„Ich dachte, du wüsstest, dass ich kommen würde. Aber du weißt nicht, warum? Siehst du denn nicht alles?"

Raonaid überging diese Frage. Sie lehnte nur den Schürhaken wieder gegen die Wand.

„Also gut", fuhr Gwendolen fort. „Dann sage ich dir, warum. Du hast den Tod meines Mannes vorhergesehen und ich will wissen, wie und wann es geschehen wird."

Als Raonaid herumfuhr und Gwendolen ansah, funkelten ihre Augen vor rasendem Zorn. „Ausgerechnet du müsstest das doch am besten wissen, du falsche Schlampe. Du bist doch diejenige, die ihn an den Galgen bringt."

„Das ist lächerlich."

„Ach, wirklich?"

Gwendolen drehte sich vor Angst der Magen um. „Das kann nicht wahr sein, Raonaid, denn ich würde Angus niemals verraten! Ich will nicht, dass er stirbt. Ich liebe ihn. Ich will, dass er lebt. Gerade deshalb misstraue ich dir und deiner angeblich seherischen Gabe."

Oh Gott, was hatte sie nur getan. Sie hatte diese Worte noch nie laut ausgesprochen. Sie hatte nicht einmal Angus ihre Liebe eingestanden. Sie fragte sich, wie er wohl reagieren würde, wenn er wüsste, dass sie hier im Gemach seiner früheren Geliebten stand und dieser Frau ihr Herz ausschüttete.

Würde Raonaid ihm erzählen, was sie soeben gehört hatte? Falls sie es tat, würde er es gewiss nur als weiteren Beweis dafür sehen, dass seine Frau eine Lügnerin war. Vor nicht allzu langer Zeit waren Angus und sie Feinde gewesen. Damals hatte Gwendolen ihn töten wollen.

Sie atmete tief durch und zwang sich zur Ruhe. „Angus hat mir berichtet, dass du seinen Kopf in einer Schlinge gesehen hast. Was weißt du sonst noch?"

„Spielt das eine Rolle?", entgegnete Raonaid kühl. „Er wird gehängt, genau hier, auf Kinloch. Was könnte da sonst noch wichtig sein?"

„Aber warum wird er gehängt? Das ergibt doch keinen Sinn. Die Engländer haben ihm bereits die Herrschaft über Kinloch zugebilligt. Er hat eine mächtige Armee hier, die ihn beschützt, und die Mitglieder meines Clans haben ihn akzeptiert. Er ist ein gerechter und großzügiger Anführer."

„Du vergisst da allerdings jemanden", erwiderte Raonaid biestig. „Dein lange verloren geglaubter Bruder kann jeden Tag mit einer eigenen Armee zurückkehren, und er wird den Verlust seines Geburtsrechtes nicht so einfach hinnehmen wie du."

Gwendolen strich sich das Haar hinters Ohr und bemerkte, dass ihre Hand zitterte. „Das stimmt vielleicht, aber meine

Treue gilt jetzt meinem Mann. Ich habe geschworen, ihn nicht zu verraten. Wenn Murdoch zurückkehrt, wird er in mir keine Verbündete finden. Nicht, wenn er vorhat, Angus anzugreifen."

Plötzlich wurde ihr bewusst, wie selten sie zuletzt an Murdochs Rückkehr gedacht hatte. Angus hatte ihr so den Kopf verdreht, dass sie an nichts anderes mehr denken konnte als an ihn.

Raonaid kniff ihre klaren, blauen Augen argwöhnisch zusammen. Sie setzte sich in einen gepolsterten Stuhl und machte es sich bequem. „Du klingst, als wärst du dir deiner Sache sehr sicher, Kleines, aber deine Augen sagen etwas anderes."

„Du siehst nur, was du sehen willst."

„Vielleicht, aber was genau ist es denn wohl, das ich sehen will? Kläre mich auf."

Gwendolen wählte ihre Worte sorgfältig. „Ich denke, du willst, dass ich Angus verrate, damit er zu dir zurückkommt."

Raonaid warf den Kopf in den Nacken und lachte. „Es ist mir vollkommen egal, ob ich diesen Mann auch nur jemals wiedersehe."

„Warum bist du dann überhaupt hergekommen, wenn er dir doch nichts bedeutet?", erwiderte Gwendolen erzürnt.

„Weil ich ihm mein Wort gegeben habe. Glaube über mich, was du willst. Das meiste davon stimmt wahrscheinlich sogar, aber eine Lügnerin bin ich nicht. Ich sage, was ich denke, und ich halte meine Versprechen. Deshalb habe ich ihm die Wahrheit gesagt. Und es ist genau die Wahrheit, die ich jetzt in deinen Augen sehe."

„Und was für eine Wahrheit wäre das?", fragte Gwendolen ungläubig.

Raonaid beugte sich vor. „Wenn dein Bruder heimkehrt, wirst du ihm beistehen und nicht Angus, weil er nun mal der Sohn deiner Mutter ist."

„Das ist eine Lüge."

„Bist du dir da ganz sicher?" Raonaid zog wissend eine Augenbraue hoch. „Er ist dein Bruder. Würdest du wirklich zulassen, dass dein Gemahl ihm die Kehle durchschneidet?"

Gwendolens Herz raste bei dem Gedanken daran. „Natürlich nicht. Ich würde versuchen, mich zwischen sie zu stellen."

„Aber du kannst dich nicht zwischen sie stellen, ohne dich für eine Seite zu entscheiden. Und du wirst tun, was du musst, um das Leben deines Bruders zu retten."

Gwendolen begann, auf und ab zu gehen. „Das sind doch alles nur Mutmaßungen", sagte sie.

Raonaid antwortete nicht.

Gwendolen betrachtete sie. Diese Frau war eine wilde Kreatur, alles an ihr war raubtierhaft.

„Wie kommt es, dass du diese Visionen hast?", fragte sie und setzte sich Raonaid gegenüber auf einen Stuhl. „Hast du jetzt gerade auch eine? Fragst du mich darum all diese Dinge?"

„Nein, ich habe keine Vision. Ich lese nur in deinem Gesicht."

Gwendolen lehnte sich zurück. „Dann sind es also wirklich nur Mutmaßungen."

Die Seherin zuckte mit den Schultern. „Ich bin ziemlich gut darin und ich schließe das alles aus dem, was ich in den Steinen gesehen habe."

„Aber was genau hast du gesehen? Wie ist es?" Gwendolen dachte an ihre Träume, die ihr ebenfalls häufig die Zukunft andeuteten. Diese Träume jedoch waren eindeutig. Und es waren nur Träume.

„Ich sehe die Dinge im Spiel von Licht und Schatten", erklärte Raonaid, „und ich weiß immer, was sie zu bedeuten haben. Ich spüre es."

„Hörst du Stimmen? Oder liest du in den Steinen wie in einem Buch?"

Raonaid schüttelte den Kopf. „Nein, ich sehe nur Schatten und Bewegung."

Gwendolen wollte beweisen, dass Raonaid sich mit ihrer düsteren Vorhersage irrte, denn sie konnte weder ertragen, dass Angus sterben sollte, noch, dass sie die Verantwortung dafür trug.

„Ich glaube, du hast gesehen, wie ich Colonel Worthington einen Brief geschrieben habe", schlug sie behutsam vor. „Das war einen Tag nachdem Angus Kinloch eingenommen hatte. Ich habe Colonel Worthington angefleht, eine Armee von Rotröcken von Fort William herzuführen, um Angus gewaltsam zu vertreiben. Ich wollte, dass er als jakobitischer Hochverräter gehängt wird. Daran habe ich keinen Zweifel gelassen, und ich habe dies alles getan, nachdem ich Angus geschworen hatte, ihn nicht zu verraten."

Es war nicht leicht, all das ausgerechnet dieser Frau zu gestehen, doch sie wollte, dass Raonaid die Wahrheit kannte.

Die Seherin neigte den Kopf. „Weiß er davon?"

„Natürlich. Colonel Worthington ist gekommen und hat ihm den Brief gezeigt. Angus hat mich sofort zur Rede gestellt, und ich habe meine Schuld gestanden. Er hat mir vergeben." Sie verschränkte die Hände in ihrem Schoß. „Du siehst also, dass ich nicht perfekt bin. Ich war falsch und tückisch, das gebe ich zu, aber das ist vergangen. Deshalb glaube ich, dass die Dinge, die du in den Steinen gesehen hast, sich auf jene Ereignisse beziehen. Ich glaube nicht, dass Angus eine Gefahr droht, jedenfalls nicht von mir."

Raonaid stieg die Röte in die Wangen. Sie stand auf, um ans Fenster zu treten. „Du verwirrst mich."

Auch Gwendolen erhob sich jetzt. „Das ist gut! Wenn du dir nicht sicher bist, dann ..."

Raonaid wirbelte herum und zischte sie teuflisch an. „Ich durchschaue dich, Gwendolen MacEwen", fauchte sie. „Du bist seine Feindin. Du willst ihn vernichten, weil er deinen Clan besiegt hat. Du bist der Grund, weshalb er aus den Steinen verschwindet. Es gibt keinen Ausweg. Ich habe gesehen, was ich gesehen habe. Er ist jetzt schon so gut wie tot." Tränen der Wut traten in ihre Augen und erstickten ihre Stimme.

Gwendolen überdachte, was Raonaid gerade gesagt hatte. Dann ging sie vorsichtig auf sie zu. „Vielleicht verschwindet er ja nur aus deinem Leben, Raonaid. Vielleicht bedeutet es nur das", sagte sie behutsam.

Die Seherin sprang vor und schubste Gwendolen durch die Tür auf den Gang hinaus. „Raus hier!", schrie sie. „Raus!"

Gwendolen stolperte gegen die Wand, als Raonaid die Tür zuknallte.

Sie brauchte einen Augenblick, um sich wieder zu sammeln. Sie strich ihre Röcke glatt und fuhr sich mit zittriger Hand über das Haar, dann schloss sie die Augen und atmete tief durch. Nie zuvor hatte sie jemand kennengelernt, der so unberechenbar war. Offensichtlich hatte Raonaid die Trennung von Angus nicht verwunden.

„Was machst du hier, Gwendolen?"

Beim Klang dieser Stimme zuckte sie zusammen. Angus stand am anderen Ende des Ganges und sah sie an. Gwendolen zog die Schultern zusammen. Er war wie immer atemberaubend schön. Sein dichtes Haar war hinter den Schultern zusammengebunden und wurde von einem runden Schild, der über dem Rücken hing, verdeckt. Zusätzlich zu seinen üblichen Waffen trug er eine Streitaxt in der Hand.

Selbst jetzt, wo sie so wütend und enttäuscht von ihm war, verkörperte er für sie noch immer den schönsten und beeindruckendsten Mann in ganz Schottland. Die Wirkung, die er auf sie hatte, schien niemals nachzulassen.

Genau deshalb durfte sie nicht zulassen, dass er weiterhin an ihrer Treue zweifelte. Aber sie konnte auch nicht hinnehmen, dass er ihr ihre Würde nahm. Sie trug jetzt sein Kind, und sie hatte ihm versichert, dass sie ihn niemals betrügen würde. Wenn Raonaid wirklich recht haben und Murdoch tatsächlich bald mit einer Armee auf Kinloch zumarschieren sollte, mussten sie und Angus zusammenhalten und sich gegenseitig vertrauen. Es durfte keine Zwietracht zwischen ihnen geben, denn genau das würde die Schwachstelle in der Rüstung Kinlochs sein.

Sie wandte sich ihm zu und sah ihn abschätzend an. Ihr war nicht entgangen, dass sie beide vor Raonaids Schlafgemach standen.

„Viel wichtiger ist doch, was du hier machst?", entgegnete sie scharf. „Suchst du nach mir? Das hoffe ich zumindest, denn wir haben einiges zu besprechen. Wenn du aber hier bist, um Raonaid zu sehen, die mich übrigens gerade eine falsche Schlampe genannt hat, dann habe ich dir möglicherweise ganz andere Dinge zu sagen. Also, wie steht es, Angus? Bist du wegen mir hier? Oder wegen ihr?"

20. Kapitel

In diesem Augenblick begriff Angus, dass ihn die vergangenen Wochen mit Gwendolen tatsächlich verändert hatten. Die Leidenschaft in ihm schien zu explodieren. Er war nicht mehr der Mann, der er einst gewesen war, und das gefiel ihm ganz und gar nicht. Er hatte Gwendolen nicht zur Frau genommen, damit sie aus ihm einen reuigen, liebeskranken Narren machte. Er hatte nicht nach Liebe und Zuneigung gesucht, sondern Gwendolen nur geheiratet, damit sie ihm einen Erben schenkte, der eines Tages der Herr über Kinloch sein und die beiden Clans anführen würde. Es war eine politische Entscheidung gewesen, nicht mehr.

Und dennoch stand er nun hier, sah seine wunderschöne Gemahlin an, die sein Kind trug. Er konnte an nichts anderes denken, als dass er vielleicht nicht lange genug leben würde, um diese Geburt zu erleben. Seine Zeit mit ihr war begrenzt. Und Gwendolen war zu Recht wütend auf ihn.

Zu gerne würde er sich für sein unverzeihliches Verhalten an diesem Morgen entschuldigen. Obwohl er ihr misstraute, begehrte er sie und es war unerträglich, ihre Wut zu spüren.

Glaubte er denn wirklich, dass sie ihn verraten würde?

Sein Instinkt sagte, dass es unmöglich sei, doch er konnte kein Risiko eingehen. Er wusste, dass die Liebe auch den vernünftigsten Mann blind und dumm machen konnte.

„Ich will zu Raonaid", sagte er nachdrücklich. Er wusste, dass Gwendolen etwas anderes hören wollte. Doch er sagte es trotzdem. Es war ein verzweifelter Versuch, sie und sich selbst davon zu überzeugen, dass ihn ihre Gefühle nicht kümmerten.

Dabei gingen sie ihm sehr nahe. Dieses Stechen in seinem Bauch war der beste Beweis dafür. Er war erledigt. Er konnte genauso gut gleich nach einem Stuhl und einem Strick schicken.

„Also gut", sagte sie und schob sich entschlossen an ihm vorbei. „Dann lasse ich euch beide am besten allein. Ich hoffe, ihr genießt es."

Mit erhobenem Haupt schritt sie zur Treppe und verschwand aus seinem Blickfeld. Doch noch während er auf das Geräusch ihrer verklingenden Schritte lauschte, brandeten seine Gefühle für sie aufs Neue in ihm auf und rissen ihn einfach mit. Angus lief Gwendolen nach. „Warte, verdammt noch mal!"

Sie blieb stehen und sah zu ihm hinauf. Angus schob die Axt in seinen Gürtel und stieg zu Gwendolen hinunter. Er ergriff ihre Hand und ging weiter.

„Wohin willst du?", fauchte sie. „Lass mich los!"

Angus führte Gwendolen den Korridor entlang. Er suchte nach irgendeiner offenen Tür und fand sie schließlich. Sie führte zum Gemach des Stewards Gordon MacEwen. Angus schloss die Tür hinter sich und drängte Gwendolen gegen den Schreibtisch.

Er stand schweigend vor ihr und sah sie einfach nur an. Ihre braunen Augen blitzten zornig. Angus nahm ihr Gesicht zwischen beide Hände. Gwendolen blinzelte ihn an und erkannte das brennende Verlangen in seinem Blick.

Ja, er wollte sie, und er wollte sie sofort. Er konnte nicht hinnehmen, dass sie ihm ein Verhältnis mit Raonaid zutraute. Sie musste verstehen, dass es keine andere Frau für ihn gab außer ihr.

Er musste beweisen, dass sie ihm gehörte, und dass er die

Situation beherrschte. Sie hatte ihn nicht geschwächt. Er war stark. Sie war seine Frau und wenn er sie wollte, dann nahm er sie sich, und genau das würde er ihr jetzt beweisen.

Ohne den Blick von ihr zu wenden, hob er sie auf den Sekretär. Er schob ihre Röcke lüstern hoch und drängte sich zwischen ihre Schenkel. Er sah in ihre Augen und erkannte die flackernde Lust. Ihre Brüste hoben und senkten sich unter ihren raschen Atemzügen, ihre feuchten Lippen teilten sich und sie stöhnte leise auf, was ihn beinahe rasend machte.

Er schob einen Arm unter ihr Knie und zog seinen Kilt beiseite.

„Ich will keine Frau außer dir", beschwor er sie.

Sie ergriff lüstern seinen Tartan. „Dann beweise es", raunte sie.

Angus beugte sich über sie und drang schnell und fiebrig in sie ein. Es war, als galoppiere er mit erhobenem Schwert einen Abhang hinab, um sich seinen Feinden auf dem Schlachtfeld entgegenzuwerfen. Die feuchte Wärme ihres Schoßes reizte sein Verlangen noch weiter und er drang härter vor, um sie zu der Seinen zu machen.

Dann wurden seine Bewegungen weicher, und ihre Körper fanden einen gemeinsamen Rhythmus. Sie krallte sich in seine Schultern und schrie auf, während er das Pulsieren ihres Höhepunkts tief in ihr spürte.

Eine Welle der Lust stieg in ihm auf, bis er es nicht mehr aushalten konnte. Mit einem ungezügelten Stoß genoss er seinen Höhepunkt. Dabei riss er eine Vase um, die vom Tisch fiel und in tausend Stücke zerbrach.

Für einen Moment schien die Welt stillzustehen: Angus hielt Gwendolen in seinen Armen und genoss den Duft seiner Frau. Es dauerte eine ganze Weile, bis sich ihr Atem wieder beruhigte. Dann löste er sich langsam von ihr, ließ seinen Kilt wieder herunterfallen und legte seine Stirn an ihre.

Angus seufzte. Anders als erhofft, war er nicht Herr der Lage und schon gar nicht seiner Gefühle.

Gwendolen umfasste sein Gesicht und küsste ihn hart. „Wenn du jetzt zu dieser Frau gehst, dann durchbohre ich dich mit deinem eigenen Schwert, das schwöre ich beim Leben meiner Mutter. Von dir wird nur noch ein blutiges Bündel auf dem Boden übrig bleiben, und dann wirst du weder Raonaid noch irgendjemand anderem jemals wieder von Nutzen sein."

Angus erzitterte. Niemals zuvor hatte ihn eine Frau derartig erregt.

„Ich will sie nicht", beteuerte er. „Ich gebe dir mein Wort als Schotte, dass ich nie eine andere Frau begehren werde als dich. Aber wenn du mich betrügst …" Angus stockte.

Er wusste nicht, was er in diesem Falle tun würde.

„Ich werde dich nicht betrügen", versicherte sie. „Was kann ich nur tun, damit du mir endlich glaubst?"

„Ich weiß es nicht."

Sie zog ihn an sich und küsste ihn noch einmal, es wurde ein inniger, brennender Kuss. Dann schubste sie ihn fort. „Deine heilige Seherin hat gesagt, ich würde mich auf die Seite meines Bruders stellen, sobald er zurückkommt, und ihn wählen statt dich. Aber ich trage jetzt dein Kind, Angus. Das macht mich zu der Deinen. Du musst mir vertrauen und du musst ihr das sagen. Und dann schick sie bitte fort. Wenn du es nicht tust, wird sie hier nur Unheil anrichten."

„Aber sie kennt die Zukunft", entgegnete Angus. „Ich muss wissen, was sie sieht."

Gwendolen rutschte vom Tisch und trat in die Mitte des Raumes. „Du kannst dem, was sie sieht, nicht glauben. Sie hat mich im falschen Licht gesehen, also könnte sie sich auch bei anderen Dingen irren und dich auf einen gefährlichen Weg führen."

„Bei welchen anderen Dingen?"

„Was deinen Tod betrifft, zum Beispiel." Sie trat nahe an ihn heran. „Ich habe meine eigenen Träume, Angus. Ich habe in unsere Zukunft geblickt, und ich sehe ein ganz anderes Bild von ihr als das, welches Raonaid zeichnet."

Angus sah sie überrascht an. Er war neugierig. Versuchte denn gerade jede Frau um ihn herum, ihn mit dieser Art von Mystik gefügig zu machen? „Was meinst du damit? Was sind das für Träume?"

„Einfach nur Träume", wiederholte sie und zuckte mit den Schultern. „Manchmal träume ich gewisse Ereignisse, die sich später als wahr erweisen."

„Was für Ereignisse?"

Gwendolen schüttelte unwillig den Kopf. Sie sprach nicht gern darüber, aber dennoch fuhr sie fort. „In der Nacht vor deinem Angriff habe ich davon geträumt, dass du die Tore einreißen würdest. Ich habe unsere geteilte Leidenschaft gesehen. Und in der Nacht vor unserer Hochzeit habe ich von der kleinen Schwalbe geträumt, die in der Großen Halle genistet hatte. Ich habe sie fortfliegen sehen."

Angus sah sie verwundert an. „Warum hast du mir das nie erzählt?"

„Weil es vielleicht nichts weiter als abergläubischer Unsinn ist, und außerdem weiß ich nie, welche Träume wahr werden und welche nicht. Ich erkenne eine Prophezeiung immer erst dann, wenn sie sich erfüllt. Ich bin keine Hellseherin."

„Aber deine Träume werden wahr."

„Manchmal."

Er ging zum Fenster, sah hinaus auf die umliegenden Wiesen und Wälder und fragte sich, was er mit dieser Neuigkeit anfangen sollte. Er hatte eine Frau geheiratet, die nicht nur schön und klug, nicht nur begierig nach körperlicher Liebe und außerordentlich fruchtbar war, sondern auch noch prophetische Träume hatte.

„Und hast du auch von meinem Tod geträumt?", fragte er.

„Nein", sagte sie mit Nachdruck, „aber ich habe uns viele Jahre in der Zukunft gesehen."

Er sah sie fragend an. „Was genau hast du gesehen? Erzähl es mir."

„Du hast dein Schwert an seinem Hochzeitstag an unseren Sohn weitergegeben und alles war gut."

Alles war gut?

Es fiel Angus schwer, daran zu glauben. Sein ganzes Leben war von Gewalt und Tod gezeichnet. Sogar jetzt, in diesem Augenblick, verfolgte ihn die Furcht davor wie ein Dämon. Sie ließ ihm nur eine Wahl.

„Ich bin hier der Laird", sagte er entschlossen, während er wieder aus dem Fenster sah, „und es ist allein meine Entscheidung, wer bleibt und wer geht."

„Und Raonaid bleibt, nehme ich an?"

„Fürs Erste."

Angus dachte an das Jahr, in dem er mit Raonaid zusammengelebt, und an die Prophezeiungen, denen er gelauscht hatte. Er verdankte es Raonaid, dass er noch am Leben war. Sie hatte ihm wieder auf die Füße geholfen, als er am Boden lag, und ihm Kraft gegeben, als er schwach war. Er konnte sie nicht einfach fortschicken. Er musste erfahren, was die Zukunft bereithielt. Für ihn und für Gwendolen.

Gwendolen sah Angus traurig an, und plötzlich wurde ihm bewusst, dass seine Armee unten im Burghof auf ihn wartete, während er hier oben mit seiner Frau über Träume und Prophezeiungen plauderte. Er sollte jetzt dort unten sein und sich und seine Männer auf den Kampf vorbereiten.

„Liebst du sie noch immer?", fragte Gwendolen entmutigt.

Er schnaubte bitter. „Hast du den Verstand verloren? Ich habe sie nie geliebt. Weder sie noch irgendjemand anderen."

Gwendolens Wangen färbten sich rot vor Scham. „Entschuldige bitte, das hatte ich ganz vergessen. Dann habe ich ja nichts zu befürchten." Sie eilte hinaus und knallte die Tür hinter sich zu.

Angus stand gedankenverloren im leeren Raum. Er wusste, warum Gwendolen so zornig war. Er hatte ihr gerade unmissverständlich gesagt, dass er sie nicht liebte.

Aber wie hätte er etwas anderes sagen können?

Er wusste ja nicht einmal, was Liebe war.

In dieser Nacht wartete Gwendolen vergeblich auf Angus.

Einen kurzen Moment fragte sie sich, ob er wohl stattdessen zu Raonaid gegangen war, doch das wollte sie sich gar nicht erst ausmalen. Sie musste einfach glauben, dass er sie nicht betrügen würde, nicht nach dem, was am Nachmittag im Gemach des Stewards geschehen war. Er hatte geschworen, ihr treu zu bleiben, und er schien ihre Drohung, ihm andernfalls sein Schwert in den Leib zu rammen, durchaus ernst zu nehmen.

Er liebte sie nicht, das hatte er ihr deutlich zu verstehen gegeben, doch er begehrte sie ungemein. Es tröstete sie ein wenig.

Als sie schließlich in einen tiefen, aber unruhigen Schlaf sank, warf sie sich im Bett hin und her und stöhnte leise in ihr Kopfkissen. Verstörende Bilder eines fernen Landes drängten sich ihr auf.

Plötzlich schreckte sie mit klopfendem Herzen hoch. Es dämmerte bereits, und das Feuer im Kamin war erloschen.

Gwendolen rang nach Luft. Ihre Kehle war wie zugeschnürt und tief unten im Rachen brannte ein unterdrückter Schrei.

Sie hatte von ihrem Bruder geträumt. Murdoch war auf einem gewundenen Fluss dahingetrieben, der ihn auf die stürmische See vor der englischen Küste zutrieb. Sein Körper hatte zuvor auf einem Scheiterhaufen gelegen, um seinen Hals blitzte eine Schlinge. Und dann war er eingesunken und immer tiefer und tiefer gesunken und hatte dabei nach ihr gerufen.

Doch sie konnte nichts für ihn tun. Obwohl sie ihre Arme nach ihm ausstreckte, konnte sie ihn nicht retten. Da wusste sie, dass sie ihren Bruder für immer verloren hatte.

21. Kapitel

Angus stand oben auf den Wehrgängen der Burg und beobachtete die aufgehende Sonne.

Bald schon würde die Welt um ihn herum erwachen. Ein neuer Tag begann und zwang ihn abermals dazu, einen Weg durch das verworrene Labyrinth seines Lebens und seiner Gefühle zu finden. Er war nun Gwendolens Ehemann. Wenn er sie verlieren würde, könnte er auch seine Seele hergeben.

Angus hatte sich nie um sein Seelenheil geschert, noch hatte er den Tod gefürchtet. Nicht einmal der viel zu frühe Tod seiner Mutter hatte ihn Angst gelehrt. Sein Leben lang war er furchtlos in jede Schlacht geritten. Wenn er sterben sollte, dann war es eben so. Aber er wollte immer ehrenvoll von dieser Welt gehen, denn außer seiner Ehre hatte er bisher nicht viel zu verlieren gehabt.

Jetzt jedoch war alles anders. Raonaids Weissagung zwang ihn dazu, sein Leben zu betrachten. Er dachte an all das, was er noch erleben und erreichen wollte. Gwendolen und er bekamen ein Kind. Deshalb musste er leben. Er musste seine Familie beschützen und für sie sorgen, er musste beweisen, dass er mehr war als nur der gewissenlose Krieger, für den ihn jeder hielt.

Vielleicht wusste er ja doch, was Liebe war. Oder vielleicht begann er auch nur, es langsam zu begreifen.

Erschrocken wandte er sich um, als er Schritte auf der Treppe vernahm. Gwendolen trat auf ihn zu, und er starrte sie sprachlos an. Sie trug nur ein dünnes weißes Nachtgewand und einen spitzenbesetzten Morgenrock. Im fahlen Morgenlicht wirkte sie auf ihn wie ein Engel.

Sein Blick fiel auf die nackten Füße. „Du solltest wirklich Schuhe anziehen. Die Steine sind kalt."

„Warum machst du dir immer so viele Gedanken um meine Füße?", fragte sie. „Solltest du dich nicht vielmehr fragen, was ich hier mache? Ist es nicht einen Gedanken wert, warum ich dich hier oben im Morgengrauen suche, obwohl ich nach unserer letzten Begegnung wütend die Tür hinter mir zugeschlagen habe?"

Angus ging auf sie zu. „Ja, du hast recht. Es freut mich, dich zu sehen", er schluckte schwer, „und es tut mir leid, dass ich letzte Nacht nicht zu dir gekommen bin."

Angus atmete tief durch. Wenn er sich Mühe gab, konnte er sanftmütig sein und sich sogar bei seiner Frau entschuldigen.

Sie kuschelte sich tiefer in ihren Morgenrock, um sich vor der morgendlichen Kühle zu schützen. „Ich war nicht überrascht, dass du nicht gekommen bist. Wir waren gestern sehr zornig aufeinander."

„Nein, du warst wütend auf mich, und das aus gutem Grund. Es war falsch von mir, dir nicht zu glauben, dass du schwanger bist."

„Und wie steht es mit der anderen Sache?", fragte sie zitternd. „Glaubst du immer noch, dass ich eine Verräterin bin und dich an den Galgen liefere?"

Angus sah sie nachdenklich an. „Ich weiß es nicht."

Ihre Schultern zuckten, als sie resigniert durchatmete.

„Ich kann dich kaum zwingen, mir zu glauben. Ich kann dich nur bitten, deinem Herzen zu folgen. Vielleicht wirst du mit der Zeit begreifen, dass du mir trauen kannst."

Er neigte den Kopf und sah sie an. „Es hat einmal eine Zeit gegeben, da dachtest du, ich hätte nicht einmal ein Herz."

„Es hat auch einmal eine Zeit gegeben, in der ich noch Jungfrau war und keine Ahnung hatte, wie viel Freude man sich als Mann und Frau bereiten kann. Ich bin nicht mehr dieselbe, Angus. Alles hat sich verändert. Ich hoffe sehr, dass es dir ebenso geht."

Er legte ihr eine Hand an die Taille und führte sie zu den Turmzinnen, von wo aus sie über die fernen Felder und Wälder blicken konnten, die Kinloch umgaben.

„Warum bist du hier?", fragte er, während er ihr schönes Profil bewunderte. Der Wind spielte mit ihrem glänzend schwarzen Haar. „Warum bist du nicht in deinem warmen Bett und schläfst?"

Sie wandte sich ihm zu. „Weil ich einen Traum hatte, von dem ich dir erzählen möchte. Es könnte eine Prophezeiung sein, auch wenn ich hoffe, dass es nicht so ist."

„Wenn du mir jetzt sagst, du hättest meinen Kopf in einer Schlinge gesehen ..." Angus räusperte sich.

Gwendolen schüttelte schnell den Kopf. „Nein, wenngleich auch in meinem Traum jemand gestorben ist. Ich bin aufgewacht, weil ich vor Schreck nicht mehr atmen konnte."

Angus legte ihr eine Hand auf die Schulter. „Was hast du gesehen?"

„Meinen Bruder", antwortete sie. „Ich habe gesehen, wie Murdoch auf einem Scheiterhaufen ins Meer hinausgetrieben wurde. Ich fürchte, er wird nie mehr zu uns zurückkehren. Meine Mutter wird um ihren einzigen Sohn weinen müssen."

Ein Scheiterhaufen?

Angus rief sich jene Anweisungen in Erinnerung, die er Lachlan am Tage nach der Eroberung erteilt hatte. Er hatte Lachlan beauftragt, Krieger der MacDonalds auszusenden, die Murdoch finden und alles Notwendige unternehmen sollten, um einen weiteren Angriff auf Kinloch zu verhindern. Was auch immer nötig war.

Tränen standen in Gwendolens Augen, und sie ließ sich von Angus in die Arme nehmen.

„Vielleicht war es nur ein Traum", sagte er, „und Murdoch kehrt eines Tages gesund zurück."

Aber vielleicht auch nicht.

Er zog Gwendolen an sich und rang mit seinem schlechten Gewissen. Wer war der Verräter in dieser Ehe?

Die Antwort war klar. Angus hatte seine Prioritäten als Krieger und Anführer über die Gefühle seiner Gemahlin gestellt. Er hatte sich nicht einmal gefragt, was sie wohl empfinden mochte, als er beschlossen hatte, seinen Feind zu vernichten. Aber er wusste, er würde jedes Mal wieder genauso handeln.

Vielleicht hatte sich also doch nicht so viel verändert. Vielleicht würde er stets der erbarmungslose Krieger sein, der er immer gewesen war.

Angus suchte Lachlan und fand ihn in den Stallungen, wo dieser gerade sein Pferd striegelte. „Gibt es etwas Neues über Murdoch MacEwen?", fragte er knapp. „Verdammt, Lachlan, ist denn noch keiner unserer Krieger mit Nachrichten zurückgekehrt?"

Lachlan warf den Striegel in einen Holzeimer und wischte sich die Hände an seinen Kleidern ab. Dann kam er auf Angus zu. „Bisher noch nicht. Meinst du nicht, ich würde es dir sagen, wenn es anders wäre?"

Angus presste sich die Handballen gegen die Stirn. Hier im Stall roch es nach Heu, Leder und Pferd. Die Luft war dick und stickig. Am liebsten hätte er grundlos auf etwas eingeschlagen. „Herrgott, es macht mich noch wahnsinnig. Ich muss wissen, was aus ihm geworden ist, und zwar sehr bald."

Lachlan sah ihn besorgt an und trat mit ihm ins Freie. „Gibt es einen bestimmten Grund dafür? Machst du dir Sorgen wegen Raonaids Warnung? Glaubst du wirklich, Murdoch wird versuchen, Kinloch zu überfallen?"

„Solange wir ihn nicht gefunden haben, wird er immer eine Bedrohung bleiben."

Lachlan legte eine Hand auf Angus' Schulter. „Wir tun alles, um unsere Abwehr zu stärken, Angus. Aber wenn du willst, schicke ich noch mehr Männer aus, um nach ihm zu suchen."

Angus dachte darüber nach. Dann schüttelte er den Kopf und wandte sich zum Gehen. „Nein, wir brauchen unsere besten Männer hier. Sicher hören wir bald etwas von ihm."

Beunruhigt machte er sich auf die Suche nach Raonaid.

Sein Drang, alles über seine eigene Zukunft zu erfahren, war wie eine Sucht. Angus konnte einfach nicht vergessen, dass nicht nur eine, sondern gleich zwei Frauen in dieser Burg behaupteten, sie hätten die Gabe, in die Zukunft zu schauen. Und mit beiden hatte er das Bett geteilt.

Doch welche Vision traf zu?

Angus fand Raonaid in der Küche, wo sie den Koch schikanierte. Er winkte sie zu sich herüber und zog sie in den steinernen Korridor, der zur Großen Halle führte.

„Was weißt du über Gwendolens Bruder?", fragte er.

Er hatte beschlossen, Raonaid nichts über Gwendolens Traum zu erzählen. Immerhin konnte es sein, dass es wirklich nur ein Traum war. Er wollte Raonaids Sicht nicht beeinflussen. Er wollte sie auf die Probe stellen.

„Ich glaube, sie wird sich für ihn entscheiden, nicht für dich, ihren Mann", antwortete Raonaid.

Er nahm sie am Arm. „Aber warum wird sie ihren Treueeid mir gegenüber brechen?"

Es konnte sein, dass seine Männer Murdoch bereits gefunden und ermordet hatten. Wenn es so war und Gwendolen davon erfuhr, würde sie ihm diese Tat niemals vergeben. Sie würde ihm das schrecklichste Unglück an den Hals wünschen.

War es sein Schicksal, immer jene zu enttäuschen, die ihm am meisten bedeuteten? Er hatte die Wertschätzung seines Vaters verloren und er konnte dies nie wiedergutmachen, denn sein Vater war tot. Er hatte auch Duncan verloren, den er einmal für einen verräterischen Überläufer gehalten hatte, doch letztendlich war Duncan derjenige gewesen, der größere Weisheit und Menschlichkeit bewiesen hatte.

„Du bist besessen von deiner Schuld", sagte Raonaid verächtlich, als habe sie seine Gedanken gelesen. „Du glaubst, dass du aufgrund all deiner Sünden die Verantwortung für das alles trägst."

„Aber wofür werde ich dann die Verantwortung tragen?", fragte er. Wenn Raonaid eine echte Seherin war, müsste sie ihm etwas mehr sagen können.

„Du musst die Vergangenheit ruhen lassen", beschwor sie ihn, „oder du wirst nicht mehr in der Lage sein, dich auf das zu konzentrieren, was wirklich zählt."

„Und was wäre das?"

Sie breitete die Arme aus. „Diese Mauern hier."

Angus blickte an einer der imposanten Wände empor, an der Gewölbedecke entlang und an der anderen Wand wieder hinab. Die Worte, die Lachlan am Tage der Eroberung zu ihm gesagt hatte, fielen ihm wieder ein. *Aber was wäre Kinloch ohne die Menschen, die hier leben?*

Angus sah Raonaid auffordernd an. „Was für ein Anführer bin ich, wenn mich die Menschen hier hassen? Was nützt mir all diese Macht, wenn meine Untertanen mich tot sehen wollen?"

„Wenigstens wirst du etwas erreicht haben", entgegnete sie. „Du hast diese große schottische Festung eingenommen, die einst deinem Vater gehört hat und die deinem Clan gestohlen wurde. Deine kriegerischen Fähigkeiten sind unübertroffen.

Du bist im Kampf bisher ungeschlagen. Dein Vater wäre stolz auf dich, Angus. Ist es nicht das, was du immer wolltest? Bist du nicht allein deshalb nach Kinloch zurückgekehrt, um seine Anerkennung wieder zu verdienen?"

„Aber mein Vater ist tot, Raonaid, und er hat mich nicht verbannt, weil ich in der Schlacht versagt habe. An meinem Umgang mit dem Schwert gab es nie etwas auszusetzen." Angus sah hinaus auf den Burghof. „Meine Kampfkünste haben ihm am Ende nichts bedeutet. Alles, was er gesehen hat, war meine Kaltherzigkeit, deshalb hat er mich fortgeschickt. Er hat sich für mich geschämt. Ich war sein Sohn, doch er konnte meinen Anblick nicht mehr ertragen."

Auf einmal wurde ihm bewusst, wie sehr sich seine Sicht auf das Leben und die Menschen um ihn seit jenen kalten, einsamen Monaten auf den Hebriden verändert hatte. Damals hatte ihm nur seine Bitterkeit etwas bedeutet.

Raonaid und ihn hatte die grundlegende Verachtung für alles Weltliche zusammengebracht.

Doch seit seiner Rückkehr nach Kinloch und der unerwartet schönen, innigen Wochen mit Gwendolen strebte er nur noch nach Frieden und Wohlstand für jene, die sich unter seinen Schutz gestellt hatten.

Er wollte nie wieder jene enttäuschen, die ihm vertrauten.

In dieser Nacht konnte ihn nichts von Gwendolens Bett fernhalten. Den ganzen Tag hatte er darüber nachgedacht, wie sein weiteres Leben verlaufen würde. Würde er bald sterben? Oder würde er die Zuneigung seiner Frau verlieren, weil er den Tod ihres Bruders befohlen hatte?

Er war sehr geübt darin, seine Gefühle zu unterdrücken. Er tat, was nötig war, um zu überleben.

Doch heute Nacht war er verunsichert. Er hatte einen Korb Rosen in Gwendolens Gemach geschickt, während sie sich für das Abendessen umzog, und jetzt, nach dem Mahl, geleitete er sie zurück zu ihren Räumen, ohne recht zu wissen, wie sie zu ihm stand. Hatte sie seinen Verrat in ihren Träumen gesehen? Wusste sie, dass er ihrer Güte nicht würdig war?

Als sie ihr Gemach erreichten, schickte er ihre Zofe fort, denn er wollte Gwendolen selbst behilflich sein. Er entkleidete sie Stück für Stück, während seine Hände vor Erregung und Unruhe bebten.

Kurz darauf schlüpften sie unter die schweren Decken, wo er ihren zarten, bebenden Bauch gierig mit Küssen bedeckte. Wie konnte er in einem solchen Augenblick äußerster Erregung und Leidenschaft nur so große Sorge empfinden? Er war gekommen, um seine Frau zu verführen und sich in ihrem warmen, feuchten Schoß zu verlieren. Doch vielleicht brauchte er ihre Nähe auch nur, um alles andere zu vergessen. Denn ihre gemeinsame Zukunft war ungewiss.

Würde sie ihn verraten? Er küsste ihre weichen Schultern und genoss ihr atemloses, süßes Stöhnen.

Oder würde er sie enttäuschen und ihre Zuneigung für immer verlieren, wegen des unbedachten Befehls, den er Lachlan vor wenigen Wochen erteilt hatte?

Nachdem sie sich lange liebkost hatten, drang er voller Zärtlichkeit in Gwendolen ein und betrachtete ihr Gesicht im gedämpften, flackernden Kerzenschein. Sie ließ die Hüfte kreisen und erwiderte jede seiner tiefen Bewegungen. Ihre Körper vereinigten sich innig. Angus hatte eine solche Harmonie niemals für möglich gehalten. Es war magisch. Er wollte und er brauchte es. Er würde dafür sterben.

Seine Lust wurde immer größer. Energisch steigerte er den Rhythmus und drang immer schneller und tiefer in sie ein. Dabei spürte er jedoch die unheilvolle Gewissheit, dass die Freude, die er verspürte, nichts war als ein wackliges Kartenhaus. Alles konnte jederzeit in sich zusammenbrechen.

Er hielt sich zurück, solange er es vermochte, doch dann riss ihn seine Lust mit sich fort. Auch ihr Höhepunkt war wild und intensiv. Er spürte die Kraft ihrer Leidenschaft, als sie die Fingernägel in seinen Rücken grub.

„Ich liebe dich", raunte sie, und er zog überrascht die Luft ein.

„Ich liebe dich auch."

Er erschrak.

Noch nie hatte er diese Worte ausgesprochen, doch sie waren heraus, bevor er darüber nachdenken konnte.

Hätte er diese Worte besser verschweigen sollen? Wusste er denn überhaupt, was Liebe war? Er glaubte es, doch konnte er sich da sicher sein?

Später schliefen sie eng umschlungen ein. Das Feuer im Kamin wärmte sie und der Duft der Rosen erfüllte den Raum.

Er hatte nicht erwartet, eine solche Ruhe empfinden zu können. Er wusste nicht, woran es lag, doch er nahm diese Ruhe dankbar an. In dieser Nacht stand er nicht auf, um in die Kapelle zu gehen. Er schlief tief und fest und träumte von der purpurnen Heide im Tal.

Er erwachte abrupt, als jemand unsanft an seiner Tür klopfte. Er setzte sich auf, und es gelang ihm, aus dem Bett zu steigen, ohne Gwendolen zu wecken.

Angus warf sich den Tartan über und durchquerte den Raum, um die Tür zu öffnen.

„Es tut mir leid, dich so früh zu wecken", flüsterte Lachlan, „aber es gibt Neuigkeiten über Murdoch MacEwen. Ich dachte, du würdest es sofort hören wollen."

Angus trat hinaus in den fackelbeschienenen Korridor und schloss die Tür hinter sich. „Was gibt es?"

„Einer unserer Spione ist aus Paris zurückgekehrt. Am besten kommst du mit und hörst dir selbst an, was er zu berichten hat."

Angus sah zu Boden und fragte sich, ob es ein furchtbarer Fehler gewesen war, der Kapelle heute Nacht fernzubleiben. Denn es schien eine passende Zeit zu sein, um Gott um Vergebung seiner begangenen Sünden zu bitten.

Angus fürchtete, dass er nun alles verlieren würde, so wie immer.

22. Kapitel

Später am Morgen wartete Angus ungeduldig in seinen Privatgemächern auf Gwendolen und ihre Mutter. Als sie schließlich eintraten, erhob er sich von seinem Stuhl.

„Du hast nach uns geschickt?", fragte Gwendolen besorgt. Sie sah erst zu Angus, dann zu Lachlan, bevor ihr Blick auf den dritten, ihr unbekannten Mann fiel. Sie kannte ihn nicht, weil er die Burg schon am Tag nach der Eroberung verlassen hatte.

Angus deutete auf zwei Stühle. „Bitte setzt euch."

Lachlan stand nahe der Front aus Bleiglasfenstern, und der Mann der MacDonalds, der den Namen Gerard trug, wartete neben Angus.

Angus wandte sich an Onora. „Ich habe Nachricht von Eurem Sohn, Madam."

Er bemerkte, wie Gwendolen die Hände im Schoß verschränkte, so als wolle sie sich für das Schlimmste wappnen. Onora jedoch sah ihn hoffnungsvoll an. Sie wusste nichts von Gwendolens Traum. Gwendolen hatte nur Angus davon erzählt.

„Es gibt Nachrichten?" Onora lächelte vorsichtig. „Bitte, Angus, ich beschwöre Euch, mir alles unverzüglich zu berichten, was Ihr wisst. Murdoch ist schon zu lange fort. Wird er nach Hause zurückkommen?"

Angus sah Gwendolen an. Ihre Augen füllten sich mit Tränen und die Knöchel ihrer verschränkten Finger wurden weiß.

„Es tut mir sehr leid, Madam", sagte er zu Onora. „Euer

Sohn wird nicht mehr zurückkehren. Er ist bereits vor Wochen in Frankreich gestorben."

Gwendolen senkte den Kopf.

Angus sah zu Lachlan hinüber, der nun vor Onora kniete und ihre Hände ergriff.

Ihre Stimme bebte. „Das kann nicht wahr sein! Woher wollt Ihr das wissen?"

Lachlan sah Onora an. „Nachdem wir Kinloch eingenommen und festgestellt hatten, dass Euer Sohn nicht auf der Burg weilte, haben wir Späher ausgeschickt, um ihn zu suchen. Wir mussten einfach wissen, wo er sich befindet, um sicherzugehen, dass er nicht heimlich zurückkehren und sich an uns rächen wird. Dieser Mann hier", Lachlan deutete auf Gerard, „hat Murdoch in Paris gefunden und konnte mit ihm sprechen."

Onora erhob sich und trat zu Gerard. „Ihr habt meinen Sohn gesehen? Ihr habt mit ihm gesprochen?"

„Ja, Madam, aber es ging ihm nicht gut. Ich durfte an sein Krankenbett treten, und er trug mir auf, Euch zu sagen, dass er es bedaure, Euch verlassen zu haben. Er sagte, wenn er die Zeit zurückdrehen könnte, würde er sein geliebtes Schottland nie verlassen. Er würde bleiben, um Euch vor Euren Angreifern zu verteidigen, und er wünschte, er könnte hier sterben, statt in der Fremde begraben zu werden."

Onoras Augen füllten sich mit Tränen. „Wusste er, wer Ihr seid? Hat er erfahren, was hier geschehen ist?"

„Ja. Ich habe ihm alles berichtet."

Verzweifelt deutete sie auf Gwendolen. „Habt Ihr meinem Sohn berichtet, dass seine Schwester gezwungen wurde, unseren Eroberer zu heiraten?"

Gerards Hände spielten verlegen mit seinem Tartan. „Ja, auch das habe ich ihm erzählt. Und ich will Euch nicht belügen, Madam, er war sehr besorgt um seine Schwester."

Hastig stand auch Gwendolen auf. „Natürlich war er besorgt. Er war mein Bruder und er wusste, wie wichtig mir meine Tugend war. Er würde diese Welt nicht in dem Wissen verlassen wollen, dass ich in den Ehestand gezwungen wurde. Ich stand ihm sehr nahe." Sie wandte sich direkt an Gerard. „Habt Ihr ihm gesagt, dass ich dieser Ehe zugestimmt habe? Ich könnte es nicht ertragen, wenn er in dem Glauben gestorben ist, ich sei unglücklich. Wenn ich ihm doch nur hätte sagen können, dass alles gut ist und dass die MacEwens in guten Händen sind."

Da war es wieder, dachte Angus. Dieser Ausspruch, den sie so großzügig verwendet. Alles ist gut.

Aber war es das wirklich? Jetzt, da ihr Bruder tot war und er keine Schuld daran trug, konnte da wirklich alles gut werden? Bedeutete das, sie würde ihn doch nicht verraten, wie Raonaid es prophezeit hatte? Würde sich Angus endlich nicht mehr ständig nach verborgenen Gefahren umsehen müssen?

Auf einmal verabscheute er sich wegen dieser selbstsüchtigen Gedanken. Das Einzige, was jetzt zählte, war die Trauer seiner Frau. Sie hatte soeben erfahren, dass ihr Bruder verstorben war.

Angus ging zu ihr. Er wollte sie in die Arme nehmen, es schien ihm das einzig Richtige zu sein, doch sie hob eine Hand und bedeutete ihm so, dass sie weder weinen noch zusammenbrechen würde, nicht hier.

Onora dagegen fiel auf die Knie und schluchzte herzzerreißend. Dann schlug sie die Hände vors Gesicht.

Lachlan kniete neben ihr nieder und zog sie an sich, während Gwendolen Angus traurig in die Augen sah.

„Bring mich fort von hier", bat sie zittrig. „Bring mich hinaus aus Kinloch."

Angus verstand, was sie damit sagen wollte, und so nahm er ihre Hand und führte sie ins Freie.

Sie hatten gerade auf seinem Pferd die Zugbrücke passiert und galoppierten auf den Wald zu, als es sanft zu regnen begann. Dennoch wollte Gwendolen nicht umkehren. „Bleib nicht stehen", rief sie ihm zu und zog sich die Kapuze ihres Umhangs über den Kopf. „Reite weiter."

Sie schlang die Arme fester um seine Taille, und er trieb sein Pferd noch weiter an. Als sie den Schutz des Waldes erreichten, zügelte er den Hengst jedoch und sie trabten zwischen den Bäumen hindurch.

Als sie kurz darauf aus dem Unterholz heraustraten und am Flussufer standen, fühlte er die schweren, kühlen Tropfen auf den Wangen und fragte sich, ob es so nicht vielleicht am besten war.

Er lenkte das Pferd flussaufwärts bis zum Wasserfall. Angus betrachtete ihn nachdenklich. Als kleiner Junge war er gerade in den Jahren nach dem Tod seiner Mutter oft hier gewesen. Er hatte gehofft, seine Gedanken im Getöse des Wasserfalls ertränken zu können. Das Rauschen des Wassers, das über die Felsen sprudelte und sich im Teich darunter sammelte, betäubte seine Ohren und der kalte Nebel, der von dem tosenden Wasser aufstieg, hatte dieselbe Wirkung auf seinen Körper.

Gwendolen schwang sich vom Pferd und trat auf ein steinernes Sims, das über den schäumenden Teich ragte. Angus band sein Pferd an einen Ast und trat zu ihr. Die Wucht der herabstürzenden Fluten entfachte eine Brise, die in ihren feuchten, tiefschwarzen Locken spielte. Sie schob sich die Kapuze vom Kopf und sog den frischen Duft des Nebels und der sie umgebenden Pinien ein.

„Hier bin ich schon einmal gewesen", rief sie über das Getöse des Wassers hinweg. „Murdoch hat mir diesen Ort gezeigt, lange nachdem Vater diese Ländereien beansprucht hat. Wusstest du das? Hast du mich deshalb hierher gebracht?"

„Nein, ich habe diesen Ort gewählt, weil ich als kleiner Junge oft hierhergekommen bin, nachdem meine Mutter gestorben war. Ich bin so viele Jahre nicht mehr hier gewesen, aber ich wusste immer, dass ich eines Tages zurückkehren werde."

Gwendolen hob den Blick zum aschfarbenen Himmel, in dem sich der aufsteigende Nebel auflöste. Ihr Gesicht war nass vom Regen und Feuchtigkeit glitzerte auf ihren vollen Lippen. „Und nun sind wir hier, um wieder einen geliebten Menschen zu betrauern. Vielleicht hast auch du die Gabe hellzusehen, Angus. Vielleicht bist du dir dessen nur einfach nicht bewusst. Vielleicht geht es uns ja allen so."

„Ich habe keine solche Gabe." Sanft streichelte er ihre Wange. „Sonst hätte ich dich in mein Leben treten sehen. Und dann hätte ich hoffen können."

Gwendolen sah ihn wehmütig an. „Aber ich habe gesehen, dass du in mein Leben treten würdest. In der Nacht vor deinem Überfall habe ich von einem Löwen geträumt, der die Tür zu meinem Schlafgemach zerstörte und mich anknurrte. Er hat alles verwüstet."

Angus runzelte die Stirn. „Das hast du mir nie erzählt. Ist das der Grund, warum du mich so leidenschaftlich verabscheut und meine Berührung so gefürchtet hast?"

„Nein, ich habe dich gehasst, weil du mein Feind warst und meine Männer getötet hast. In meinen Träumen habe ich sanft zu dem Löwen gesprochen und mich schon sehr bald in ihn verliebt. Vielleicht habe ich mich deshalb so verzweifelt gegen dich gewehrt. Ich wollte dich nicht lieben."

Angus betrachtete die Silbersprengsel in ihren braunen Augen. „Im Traum hast du den Löwen gezähmt."

„Ja, und danach war er sanftmütig, aber ich habe ihn noch immer gefürchtet. Das tue ich bis heute. Immerhin ist er ein Löwe."

Angus wollte Gwendolen vor allem Leid und Unglück dieser Welt beschützen, deshalb musste er sie davor warnen, ihn zu lieben. Er wusste nicht, ob er jemals der Mann werden konnte, den sie sich wünschte. Er bemühte sich sehr, doch er war davon überzeugt, dass die Gewalt stets eine große Rolle in seinem Leben spielen würde.

„Und du solltest dieses Untier auch weiterhin fürchten", sagte er. „Ein Löwe hat scharfe Zähne."

„Und er brüllt eindrucksvoll." Unvermittelt trat sie dichter zu ihm und schmiegte sich in seine Arme, was ihn überrumpelte. „Angus, mein Bruder ist tot, und ich schäme mich."

Angus zog überrascht die Augenbrauen hoch. „Du schämst dich? Wofür?"

Es ergab keinen Sinn. Sie hatten seinen Tod nicht befohlen, und wenn Murdoch bei Gerards Ankunft in Paris nicht bereits auf dem Totenbett gelegen hätte, hätte er genauso gut an einem Dolch im Bauch sterben können.

„Ich habe meinen Bruder verflucht, weil er nicht früher zu uns zurückgekehrt ist", sagte sie traurig. „Was bin ich nur für eine Schwester? Ist dies die Strafe für meine bösen Gedanken?"

Angus konnte sich das nicht vorstellen. Gott würde Gwendolen niemals bestrafen wollen. Wenn jemand Strafe verdiente, dann war er es und nicht sie.

„Ich war so wütend auf ihn", fuhr sie fort, „weil er nach Vaters Tod nicht nach Hause gekommen ist. Ich habe ihm die Schuld dafür gegeben, dass die MacEwens die Burg verloren haben. Ich habe dafür gebetet, dass er eines Tages davon erfährt, was an jenem Tag geschehen ist. Er sollte sein Leben lang bedauern, dass er nicht rechtzeitig hier war, um uns zu helfen. Er war fort, um sich mit Kultur zu umgeben und Bildung zu erlangen, während wir hier sein Geburtsrecht zu verteidigen versuchten."

Angus küsste sie auf die Stirn und drückte sie an sich. „Mach dir keine Vorwürfe. Dein Zorn war nicht unbegründet. Du hast dich verlassen gefühlt."

„Aber es war nicht seine Schuld", widersprach sie. „Er war krank und konnte gar nicht heimkehren, selbst wenn er es gewollt hätte."

„Das wusstest du aber nicht. Du bist nicht schuld an seinem Tod. Du hast nichts falsch gemacht."

„Warum fühle ich mich dann aber so elend?"

„Weil du deinen Bruder verloren hast. Der Trauer kann man nicht entkommen."

Sie trat zurück und musterte ihn. „Du hast gesagt, du bist nach dem Tod deiner Mutter hierhergekommen. Außer dieses eine Mal, als du mir sagtest, sie sei eine Heilige gewesen, hast du nie von ihr gesprochen."

„Ja, sie war eine Heilige, jedenfalls in meiner Erinnerung."

„Wie alt warst du, als sie gestorben ist?"

„Vier."

Gwendolen betrachtete ihn aufmerksam. Sie wartete darauf, dass er fortfuhr, doch er sprach nicht gern über seine Mutter.

„Was ist ihr zugestoßen?"

Angus blickte schweigend auf den Wasserfall. Sein ganzer Kopf schien vom Rauschen erfüllt, und er fühlte sich so fern von hier. Doch er war nicht fern. Blut floss durch seine Adern und in seinem Herzen regten sich Gefühle. Alldem konnte er nicht entkommen, doch das wollte er jetzt auch nicht mehr. Sein ganzes Leben lang hatte er sich nichts sehnlicher gewünscht, doch das war vorbei.

„Ich weiß, was Schuld ist", sagte er und sah Gwendolen wieder an. „Meine Mutter ist in Glencoe gestorben."

Glencoe. Das war der Ort, an dem so viele MacDonalds ermordet worden waren, weil ihr Anführer sich geweigert hatte, der englischen Krone die Treue zu schwören. Angus' Mutter hatte in Glencoe gelebt, bevor sie seinen Vater geheiratet hatte.

„Sie hat mich in eine Truhe gesteckt, um mich zu verstecken", erklärte er, „dann hat man sie in den Schnee hinausgeschleift und sie erschossen."

„Du hast das Massaker von Glencoe überlebt?", fragte sie fassungslos. „Ich hatte ja keine Ahnung."

Er zuckte mit den Schultern. „Es ist lange her." Doch trotzdem erinnerte er sich mit erstaunlicher Klarheit daran, wie er aus der Truhe geklettert war und die Leiche seiner Mutter entdeckt hatte. Ihr Blut war über den Schnee gespritzt. Er würde diesen Anblick niemals vergessen können.

„Es tut mir leid", sagte Gwendolen leise.

Eine Weile sprachen sie kein Wort. Sie standen einfach nur auf den Felsen und sahen zu, wie das Wasser unter ihnen wirbelte und sprudelte.

„Warst du deshalb stets bereit, dich in der Schlacht zu opfern? Warst du furchtlos, weil man deine Mutter so kaltblütig getötet hat?"

„Vermutlich. Ich habe lange nur für das Töten gelebt, und die meisten, die mich kennen, würden wohl behaupten, dass ich es aus Rache an den Engländern getan habe."

Gwendolen nickte verständnisvoll. Sie neigte den Kopf. „Hast du Raonaid von deiner Mutter erzählt?"

„Warum fragst du?"

„Weil sie zu mir gesagt hat, ich würde dich eigentlich gar nicht kennen. Sie meinte, sie wüsste mehr über dich." Sie senkte den Blick. „Es hat mir etwas ausgemacht."

Angus setzte sich auf den kalten Stein. „Ich habe es ihr nicht erzählt, aber sie hat es in einer ihrer Visionen gesehen. Das war es, was mich davon überzeugt hat, dass sie eine echte Hellseherin und keine verrückte Hexe ist. Aber das hat nichts zu bedeuten. Ich wollte ihr diese Dinge nicht anvertrauen."

„Und doch hast du ihr von dir erzählt", widersprach Gwendolen. „Ich wünschte, du würdest auch mit mir sprechen."

„Das habe ich doch gerade getan."

Gwendolen setzte sich traurig neben ihn. „Vielleicht brauchen wir einfach nur Zeit, um einander besser kennenzulernen. Es gibt so vieles, was ich noch nicht von dir weiß, Angus."

Aber werden wir diese Zeit auch bekommen? fragte er sich. Das Leben war so unvorhersehbar. Außerdem konnte Angus Raonaids Prophezeiung einfach nicht vergessen.

Gwendolen legte ihre Hand auf seinen Arm. „Ich will nicht, dass wir Geheimnisse voreinander haben."

Er legte seine Hand auf ihre und dachte über jene unerwarteten Gefühle nach, die er für sie empfand, und über diesen Ort. Als Junge war er stets allein hierhergekommen. Er suchte Trost und Frieden und hatte sie nie gefunden.

Neben Gwendolen jedoch fühlte er sich mit einem Mal getröstet, während sie über ihre Trauer sprach und über ihre so närrische, unbegründete Eifersucht.

Dass sein Kind in ihr heranwuchs, änderte seine Sicht auf die Welt und seine Rolle darin.

Sein ganzes Leben lang hatte er geglaubt, unbedeutend und entbehrlich zu sein. Alles, was er je gewollt hatte, war ein ehrenvoller Tod. Aber jetzt war alles anders.

„Ich muss dir etwas gestehen", sagte er und schlang die Finger um Gwendolens schlanke Hand.

„Ich höre."

Er hielt kurz inne. „Du solltest dich wegen deines Bruders nicht schuldig fühlen. Lade all deine Schuld auf meine Schultern, ich werde sie für dich tragen."

„Warum?"

Sein Blick ruhte auf ihr, während er sich für ihre Reaktion auf sein Geständnis wappnete. „Weil ich Männer mit dem Auftrag ausgeschickt habe, deinen Bruder zu töten, sollte er mich nicht als Laird von Kinloch anerkennen." Angus senkte den Kopf. „Ich bin nicht stolz darauf, denn ich wollte dir keinen Schmerz zufügen, aber Kinloch ist meine Heimat. Ich konnte nicht riskieren, die Burg noch einmal zu verlieren." Er schluckte schwer. „Du siehst also, ich bin nicht besser als jene englischen Offiziere, die das Massaker von Glencoe befohlen haben. Ich bin ein brutaler, herzloser Mann, und du solltest mir nicht trauen. Niemals."

Sie zog ihre Hand zurück. „Wann hast du diesen Befehl erteilt?"

„Am Abend nach der Eroberung", antwortete er, „bei der Siegesfeier."

Sie schluckte unbehaglich. „Warum hast du mir das nie erzählt? Du hast mich im Glauben gelassen, dass mein Bruder heimkehren würde."

„Das habe ich auch gehofft! Ich habe gehofft, dass er mir die Treue schwören und mir als unser Gast stets willkommen sein würde. Doch wenn nicht ..." Angus stockte.

„Hättest du ihn hinrichten lassen."

„Ja."

Sie stand auf und trat an den Rand der Felsen, wo sie lange mit dem Rücken zu ihm stehen blieb.

Er verdiente ihren Zorn, das wusste er, und er fragte sich, was ihn nur dazu getrieben hatte, ihr seine Tat zu gestehen. Er war nicht verantwortlich für den Tod ihres Bruders. Es war Gottes Wille. Und dennoch stellte er sich seiner Schuld und ihren Vorwürfen.

Gwendolen drehte sich zu ihm um. „Ich glaube nicht, dass Murdoch dir die Treue geschworen hätte. Ich kenne meinen Bruder. Er war zu stolz, um dein Angebot, ihm Land und Titel zu geben, anzunehmen. Er wäre mit seiner Armee zurückgekehrt und hätte dich getötet, wenn du ihm nicht zuvorgekommen wärst."

Angus sagte kein Wort. Er wartete einfach, bis sie all das ausgesprochen hatte, was sie dachte und fühlte.

Sie kam zu ihm zurück und setzte sich wieder neben ihn. „Raonaid sagte, wenn Murdoch zurückkäme, würde ich mich auf seine Seite stellen, statt auf deine. Sie sagte, mein Verrat würde deinen Tod bedeuten." Sie blickte verschämt auf ihre im Schoß verschränkten Hände. „Ich habe erwidert, dass ich dich niemals hintergehen würde, aber auch ich habe dir etwas zu gestehen."

Dann sah sie ihn unverwandt an. „Ich war mir nie vollkommen sicher. Ich hatte furchtbare Zweifel. Ich hatte große Angst, mich entscheiden zu müssen. Ich hätte alles getan, um sein Leben zu retten, denn er ist mein Fleisch und Blut. Ich muss dir also vergeben, was du deinen Männern an jenem Tag befohlen hast. Du hast nur getan, was ein Anführer tun muss, um seinen Clan und seine Burg zu schützen. Gleichzeitig musst auch du mir vergeben für jenen verräterischen Funken, der bis heute in meinem Herzen geschlummert haben mag. Und das, obwohl ich dir an unserem Hochzeitstag ewige Treue geschworen habe." Sie ergriff seine Hand. „Ich kann dich weder verurteilen noch hassen, Angus, und ich glaube, Gott hat eingegriffen, um zu verhindern, dass wir uns entzweien. Mein Bruder ist tot, und das nicht durch deine Schuld. Wir waren nicht gezwungen, zu wählen und damit unsere Treueschwüre zu brechen. Es war Gottes Wille. Genauso, wie es Gottes Wille war, Kinloch einen Erben zu schenken, in dem sowohl das Blut der MacDonalds als auch das der MacEwens fließt."

In Angus' Herz erwachte etwas Mächtiges, das er längst verdrängt hatte. Er zog Gwendolen an sich. Er wollte sie nur noch halten und beschützen und für sie sorgen. Er wollte ihre Versöhnung feiern. Nun gab es keine Geheimnisse mehr zwischen ihnen. Sie wusste von all seinen Sünden und sie war bereit, ihm zu vergeben.

Genauso wie er.

Er nahm ihr Gesicht zwischen beide Hände und strich ihr das Haar aus der Stirn. „Es tut mir leid, dass du deinen Bruder verloren hast. Ich weiß, dass er dir nahestand und dass er dich beschützt hat. Ich hätte ihm nur allzu gerne Land gegeben und ihn auch als meinen Bruder willkommen geheißen. Ich habe seinen Tod nicht gewollt."

Sie nickte und wischte sich eine Träne von der Wange. „Danke. Aber es gibt noch etwas, um das ich dich bitten muss, Angus. Es ist ein Gefallen." Sie schluckte schwer, sprach dann aber mit entschlossener Stimme. „Bitte schickt Raonaid fort."

Er ließ die Hände sinken und lehnte sich zurück.

„Ich weiß, dass du ihre Gabe schätzt, aber sie hatte eindeutig unrecht, was unsere Zukunft betrifft. Ich habe keinen Grund mehr, dich zu verraten. Wir brauchen sie nicht, und ich will sie nicht bei uns haben. Sie war deine Geliebte, das musst du verstehen. Sie wird versuchen, einen Keil zwischen uns zu treiben, denn sie will dich zurückgewinnen und unsere Ehe zerstören."

„Auf so einen Gedanken würde sie gar nicht kommen", erwiderte Angus resolut. „Raonaid ist nicht sentimental. Niemand bedeutet ihr was. Du bildest dir das alles sicher nur ein."

Das waren die falschen Worte. Er erkannte es sofort, als er sah, wie die Röte in ihre Wangen schoss.

„Wenn du das glaubst, bist du blind", erwiderte sie scharf.

Auf einmal musste er an jenen ersten Tag denken, an dem sie seine Autorität herausgefordert hatte. Damals hatte er sie in ihr Gemach gezogen, um ihr eine Lektion zu erteilen. Doch würde er sie jetzt noch immer so behandeln, nach allem, was sie gemeinsam durchgemacht hatten?

Nein, das würde er nicht. Aber konnte sie mit dem, was sie über Raonaid gesagt hatte, recht haben? Wollte seine frühere Geliebte ihn tatsächlich zurück?

„Ich werde mit ihr sprechen", versicherte er, „und ich werde sie fortschicken, wenn du das wünschst."

Gwendolens Blick ruhte auf dem Wasserfall. „Ja, das wünsche ich. Können wir jetzt gehen?"

Er stand auf und streckte ihr seine Hand entgegen, doch sie hielt den Blick gesenkt, während er ihr auf das Pferd half.

23. Kapitel

Angus fand Raonaid in der Dorfschenke. Wie die Hausherrin thronte sie am Kopfende einer langen Tafel. Gelächter und das Klirren von Zinnkrügen erfüllten die Luft. Ein paar seiner Männer hatten sich um sie versammelt. Sie sangen und prosteten sich fröhlich zu.

Angus schlenderte den Tisch entlang und legte einem der Männer eine Hand auf die Schulter. „Entschuldigt die Unterbrechung, ich muss mir das Mädchen für einen kurzen Augenblick ausleihen."

„Wenn du dir die Zukunft voraussagen lassen willst, hast du hoffentlich genug Münzen im Sporran, Angus. Sie feilscht wie der Teufel!"

Die Männer am Tisch lachten laut.

„Ich kenne meine Zukunft bereits", entgegnete Angus und streckte Raonaid eine Hand entgegen.

Raonaid musterte Angus kühl und misstrauisch, ließ sich von ihm aber schließlich doch zur Tür führen.

Es hatte aufgehört zu regnen und die Sonne war durch die Wolken gebrochen. Raonaid schützte ihre Augen mit den Händen vor den gleißenden Sonnenstrahlen. „Wie spät ist es?", fragte sie.

Angus roch Whisky in ihrem Atem, doch sie wirkte nicht betrunken. Sie vertrug mindestens genauso viel wie jeder schwertschwingende Highlander.

„Warst du den ganzen Tag in der Schenke, Raonaid?"

Sie sah ihn mit forschem, durchdringendem Blick an, doch

ihre Stimme klang merkwürdig traurig. „Interessiert dich das denn wirklich?"

Einen langen Augenblick betrachtete er sie im dunstigen Licht des Nachmittages. Er erinnerte sich an jene Zeit, als sie beide in den Armen des anderen Trost und Freude gefunden hatten. Sie hatte ihm durch eine schwere Zeit seines Lebens geholfen, und er war ihr dafür ein Freund gewesen, als sonst niemand etwas von ihr wissen wollte.

Doch genauso oft hatten sie sich leidenschaftlich, manchmal sogar tagelang gestritten. Die meisten Auseinandersetzungen endeten damals damit, dass Raonaid etwas durch den Raum warf.

„Lass mich dir aufs Pferd helfen", sagte er und griff nach den Zügeln.

„Ich brauche deine Hilfe nicht."

Angus war nicht danach, sich mit ihr anzulegen. Er wartete, bis sie auf dem Pferd saß, bevor er sich hinter ihr in den Sattel schwang. Dann trabten sie auf den Wald zu.

Der Weg war nicht weit, und deshalb war Angus überrascht, als Raonaids Kopf an seine Schulter sank. Sie schlief. Vorsichtig lenkte er das Pferd über den Waldboden. Im Schutz der Bäume sog er den Duft der Pinien ein und überlegte, was er Raonaid sagen sollte, und vor allem, wie.

Sie erreichten den schmalen Fluss, der tief und ruhig dahinfloss, und ritten schließlich auf eine grüne Lichtung hinaus. Dann weckte er sie.

Verwirrt wandte sie sich im Sattel zu ihm um. „Wie lange habe ich geschlafen?"

„Nicht lange." Angus stieg aus dem Sattel ab und band sein Pferd an einen Baum. Dann streckte er die Arme aus, um Raonaid zu helfen.

Dieses Mal nahm sie seine Hilfe an. Sie legte ihre Hände auf seine Schultern und glitt seufzend, doch elegant aus dem Sattel.

„Immer so stark und so galant", murmelte sie. Sie lächelte ihn an und strich mit den Händen über seine breite Brust.

Angus fasste ihre Handgelenke und schob Raonaid von sich.

Sie sah ihn fragend an. Wollte sie in seinem Gesicht lesen, wonach ihn verlangte? Schätzte sie ab, wie zugetan er seiner Frau wirklich war? Schließlich drehte sie sich um und sah auf das Wasser.

„Was mache ich hier?", wollte sie wissen.

„Du kannst doch in die Zukunft blicken", entgegnete er. „Hast du das denn nicht kommen sehen?"

„Was kommen sehen?", rief sie ihm über die Schulter hinweg zu. „Dass du mich fortschicken möchtest? Warum? Weil deine hübsche MacEwen mich hier nicht haben will? Hat sie etwa Angst, dass ich dich zurück in mein Bett locke?"

Angus sah sie zweifelnd an. „Ist es das, was du vorhast, Raonaid?"

Sie kniete sich hin, hob einen Stein auf und warf ihn in den Fluss. „Ich habe mich noch nicht entschieden."

Angus sah zu, wie sie einen weiteren Stein suchte und aufhob. Sie wendete ihn in der Hand hin und her und ließ ihn dann wieder fallen, um nach einem anderen zu suchen.

Er trat vor und begann nun ebenfalls, nach einer bestimmten Sorte Stein Ausschau zu halten. Dann hob er einen auf und reichte ihn ihr. Sie betrachtete ihn sorgsam, holte aus und warf ihn in die Strömung.

Angus sah zu, wie sie ihre Suche wieder aufnahm. Dann sprach er aus, was gesagt werden musste. „Du kannst nicht hierbleiben, Raonaid. Das weißt du."

Sie fuhr zu ihm herum und atmete scharf aus. „Ist das alles, was du mir zu sagen hast, nachdem ich diesen ganzen weiten Weg gekommen bin, um mein Versprechen einzulösen?"

Sie funkelte ihn wütend an, dann wandte sie sich ab und watete in den Fluss. Besorgt trat er einen Schritt vor, um ihr, wenn nötig, nachzugehen. Er wusste nie, was Raonaid als Nächstes vorhatte. Es würde ihn nicht einmal überraschen, wenn sie hier und jetzt versuchen würde, sich zu ertränken.

Doch sie schöpfte nur eine Handvoll Wasser und benetzte ihr Gesicht, dann watete sie zurück ans Ufer.

Sie ließ sich ins Gras fallen, legte den Kopf in den Nacken und genoss die warme Sonne auf ihrem Gesicht. „Komm doch her und setz dich zu mir", sagte sie. „Hier ist niemand außer uns. Du könntest unter meine Röcke schlüpfen, wenn du magst, oder ich verwöhne dich mit meinem Mund, so, wie du es am liebsten magst", raunte sie verführerisch. Weil Angus schwieg, redete sie einfach weiter. „Ein paar Minuten mit mir könnten dir helfen, die Dinge wieder klarzusehen."

Er stand nun hinter ihr und sah auf ihren Hinterkopf hinab. „Wie meinst du das?"

„Wenn du dich wieder daran erinnerst, wie schön es früher zwischen uns war, wirst du gewiss bereuen, dass du in deiner Frau die einzige wahre Liebe siehst. Das glaubst du doch, oder etwa nicht? Und wenn du mit ihr im Bett liegst, denkst du, dass sie dasselbe für dich empfindet und dass du ihre einzig wahre Liebe bist."

Angus spürte, wie sich die Wut in seinem Bauch zusammenballte. „Sie ist meine Frau, Raonaid. Pass auf, was du über sie sagst", knurrte er böse.

Sie lächelte ihn hinterhältig an. „Aber ich weiß so viele interessante Dinge zu berichten. Und ich bleibe dabei, sie wird dich verraten. Wenn ihr Bruder erst zurückkehrt, wird sie sich für ihn entscheiden, nicht für dich. Es wird deinen Tod bedeuten. Die MacEwens werden hier regieren, wenn du schon lange in der Hölle schmorst. Dann wirst du dir wünschen, du hättest auf mich gehört."

Angus' Hand ruhte auf dem Griff seines Schwertes. Er sah auf den sich dahinschlängelnden Fluss und dachte eine Weile nach. Dann setzte er sich schließlich neben sie.

„Du glaubst also wirklich, dass ihr Bruder zurückkehren und sie mich verraten wird, um ihn zum Anführer zu machen, nicht wahr?"

„Ich weiß es", entgegnete sie mit unumstößlicher Sicherheit. „Und genau deshalb solltest du mich auch nicht fortschicken. Wenn du jemanden verbannen solltest, dann doch eher diese Frau, der du dich aufgezwungen hast und die dich nie gewollt hat. Du bist ihr Feind, Angus. Sie wollte dich vom ersten Augenblick an tot sehen."

Er beugte sich vor und musterte Raonaid eindringlich. Das Haar fiel ihr in weichen, eleganten Locken ums Gesicht, doch nichts an ihr konnte diesen gerissenen, entschlossenen Blick mildern, in dem der Rachedurst brannte.

„Warum hast du mir nie von Gwendolen erzählt, als du meinen Sieg in den Steinen gesehen hast?", fragte er. „Du hast doch alles andere auch gesehen, angefangen vom Tod meines Vaters bis hin zur erfolgreichen Eroberung der Burg. Du konntest die Schlacht ebenso bis ins letzte Detail beschreiben, wie das Festmahl nach meinem Sieg. Aber Gwendolen hast du nie erwähnt."

Raonaid schüttelte den Kopf, als könne sie es selbst nicht verstehen. „Sie trat in keiner meiner Visionen auf. Es war, als hätte es sie nie gegeben."

Plötzlich flog eine Amsel aus einer der Baumkronen auf und überraschte sie beide. Raonaid rückte enger an Angus heran. Sie schob eine Hand unter seinen Kilt, ließ sie seinen Oberschenkel hinaufgleiten und wollte gerade in verbotenes Terrain vordringen, als er ihr Handgelenk packte. „Das ist nicht mehr dein Gebiet, Raonaid."

Sie kniff ärgerlich die Augen zusammen. „Du bist ein

243

Dummkopf, wenn du glaubst, dass du mit ihr glücklicher wirst, als du es mit mir je warst. Du hättest niemals hierher zurückkommen dürfen. Du hättest diesen Ort verrotten lassen sollen."

„Und stattdessen bei dir bleiben?"

„Genau."

Erst jetzt erkannte er den tiefen Kummer in ihrem Gesicht. Er las die Missgunst und die Einsamkeit, die sie empfand, in ihren Augen. Er konnte Raonaid nicht böse sein, obwohl er wusste, dass sie nicht die war, für die er sie einst gehalten hatte. Sie kannte ihn nicht so gut, wie sie glaubte. Und sie sah nicht alles.

„Murdoch ist tot", erklärte er ihr. „Er wird nicht zurückkehren und Anspruch auf Kinloch erheben."

Raonaid lehnte sich zurück und sah ihn stirnrunzelnd an. „Wer hat dir das erzählt? Deine Frau? Sie versucht dich nur in Sicherheit zu wiegen, damit du mich fortschickst. Sie fürchtet, du könntest mich zu deiner Geliebten machen."

„Nein, sie war es nicht. Sie hat es von mir erfahren."

Raonaid verzog mürrisch das Gesicht. „Und du glaubst, dass es die Wahrheit ist?"

„Natürlich glaube ich es. Es war einer meiner vertrauenswürdigsten und verlässlichsten Männer, der Murdoch in Frankreich auf dem Totenbett gefunden hat."

Raonaid stand auf und trat an den Rand des Flusses. „Deine Frau beschmutzt meine Visionen!", sagte sie entrüstet. „Sie lässt mich an dem zweifeln, was ich sehe!"

Angus erhob sich ebenfalls. „Du zweifelst, weil die Zukunft sich ständig ändert. Alles, was wir tun, hat Einfluss auf das, was geschehen wird. Was die Steine dir gezeigt haben, als ich Calanais verlassen habe, entspricht nicht mehr der Wahrheit. Gwendolen hat mich gehasst, als ich die Burg erobert habe, doch inzwischen liebt sie mich. Ihre Taten stimmen nicht mehr mit dem überein, was du vor all diesen Wochen gesehen hast", sagte er bestimmt.

In Raonaids Augen loderte die Eifersucht, als sie ihn ansah. Sie war erschrocken und gekränkt, denn er hatte den Fehler in ihrer besonderen Gabe gefunden. In jenem Geschenk also, das sie von allen anderen abhob und sie zu etwas Besonderem machte. Sie war anders als alle anderen, deshalb hatte sie sich bisher nie auf jemanden einlassen müssen. Es gab ihr einen guten Grund, alleine zu bleiben.

Er trat näher an sie heran. „Auch du kannst deine Zukunft ändern."

Doch Raonaid wollte es nicht hören. Höhnisch verzog sie ihren Mund. „Du schickst mich nur fort, weil sie es dir befohlen hat. Sie ist eifersüchtig und sie hat Angst vor mir."

„Das haben die meisten Menschen", entgegnete Angus lapidar, „und ich kann es ihnen kaum verdenken." Er wandte sich ab. „Ich bringe dich jetzt zurück zur Burg, dort bekommst du Vorräte und genug Münzen, um dich überall hinzubringen, wo du nur hinwillst. Aber du musst morgen früh gehen, Raonaid, und du darfst nicht mehr zurückkehren."

„Das wirst du noch bereuen", fauchte sie wütend. „Schon sehr bald wirst du dir wünschen, du hättest mich hierbehalten."

Angus griff nach den Zügeln, um sein Pferd loszubinden. „Es ist Zeit zu gehen."

„Warte!" Raonaid stürmte hinter ihm her und ihre harsche Stimme wurde weicher. „Bitte schick mich nicht fort. Lass mich wenigstens im Dorf bleiben. Du könntest heimlich zu mir kommen, wann immer du möchtest. Ich kann dir mithilfe der Knochen und der Tränke, die ich dabeihabe, die Zukunft vorhersagen, und du könntest meinen Körper benutzen und tun, was immer dir gefällt."

„Ich möchte dich aber nicht benutzen!", erwiderte er. „Du verdienst etwas Besseres als das."

Sie wirkte bestürzt und wich vor ihm zurück. „Denk an meine Worte, dein Knochengestell von einer Frau wird dir im Schlaf einen Dolch in die Brust rammen."

Er führte sein Pferd zu ihr. „Da irrst du dich, und deshalb möchte ich, dass du gehst. Ich werde nicht zulassen, dass du meinen Verstand mit deinen boshaften Unwahrheiten vergiftest." Er sah sie an. „Und jetzt steig auf, Raonaid. Wir reiten zurück. Und morgen früh wirst du gehen."

Sie funkelte ihn wütend an. „Du tust so, als wärst du dir deiner Sache und der Zuneigung deiner Frau nur allzu sicher, aber ich sehe die Angst in deinen Augen."

„Du siehst gar nichts", entgegnete Angus knapp. Zorn wallte in ihm auf, als er ihr auf das Pferd half.

Kurz darauf galoppierten sie durch den Wald zurück zur Burg, während Angus darum rang, Raonaids giftige Warnungen aus seinen Gedanken zu vertreiben.

Als Raonaid am nächsten Morgen die Burg verlassen sollte, wartete Lachlan bereits am offenen Burgtor. Er wollte sichergehen, dass die Seherin ohne unangenehme Zwischenfälle von dannen zog.

„Diese dreckige MacEwen wird ihn verraten", zischte Raonaid wütend, während sie sich ihren Korb voller Knochen und Tränke auf den Rücken schnallte und auf das Pferd stieg, das man ihr überlassen hatte. „Und wenn es so weit ist, werdet ihr euch wünschen, ihr hättet mich hierbehalten."

Lachlan begleitete sie über die Brücke. „Ich glaube nicht, dass ich mir das jemals wünschen werde."

„Du hättest mich selbst haben können, weißt du, wenn du dich nur etwas geschickter angestellt hättest. Stattdessen hast du ihn gegen mich aufgebracht. Ich gebe dir die Schuld an alldem, Lachlan MacDonald. Du hast ihn mir weggenommen und es ist deine Schuld, dass er mich fortschickt.

Ich weiß, was du über mich sagst. Du hast mich eine Verrückte genannt."

Sie hatten das Ende der Brücke erreicht, und er gab ihrem Pferd einen Klaps auf die Flanke, sodass es über die Wiesen davongaloppierte. „Gute Reise, und versuch, nicht von irgendwelchen Klippen zu stürzen."

Sie zügelte das Tier und sah zu, wie er wieder in den Burghof trat. Dann gab er das Signal, die Tore zu schließen.

„Er wird sterben!", rief sie laut. „Und wenn es geschehen ist, wirst du derjenige sein, der die Schuld daran trägt! Dafür verfluche ich dich! Ich werde dich kriegen, und dann wirst du den Tag bereuen, an dem du einen Fuß auf meine Insel gesetzt hast!" Dann riss sie das Pferd herum und galoppierte auf den Wald zu.

Lachlan sah ihr nach, bis sich die Burgtore vor ihm schlossen.

„Ich kann nicht sagen, dass es mir leidtut, die da gehen zu sehen", sagte ein junger Wachmann, während er die Tore verriegelte. „Sie ist ohne Frage ein hübsches Ding. Solche Brüste hab ich noch nie gesehen. Aber es war etwas Böses an ihr. Bei dem Mädchen ist es mir kalt den Rücken heruntergelaufen."

„Da kann ich dir nicht widersprechen", bemerkte Lachlan. „Ich habe seit ihrer Ankunft kein Auge zugemacht. Aber jetzt ist sie fort, und das ist alles, was zählt."

Er drehte sich um und ging langsam zurück in die Große Halle. In seinen Augen lag tiefe Besorgnis.

24. Kapitel

An diesem Abend klopfte Angus zaghaft an Gwendolens Tür und trat in ihr Gemach. Im Kamin loderte ein warmes Feuer, und die Decken waren zerwühlt, als wäre seine Frau gerade erst aufgestanden. Ihre Augen waren rot und geschwollen.

„Du trauerst um deinen Bruder."

„Ja", sagte sie leise. Sie trat an den Tisch beim Kamin und bot ihm eine Obstschale an. Er nahm sich eine Frucht und ging im Raum umher, während er sie aß. Sie schenkte ein Glas Wein ein und reichte es Angus.

Er nahm den Kelch und hob ihn zaghaft an seine Lippen. Der Wein war ausgezeichnet, vollmundig und kräftig. Er schmeckte nach Zimt und Kirschen. Angus nickte anerkennend. „Es ist ein sehr guter Wein. Trinkst du nichts davon?"

Sie schnäuzte sich und schüttelte den Kopf. „Ich trinke lieber Ingwertee. Mutter sagt, Wein mache die morgendliche Übelkeit nur schlimmer. Außerdem ist diese besondere Flasche nur für dich."

Er sah hinab auf sein Glas. „Warum?"

„Weil sie deinem Vater gehört hat. Nach den Worten eines der Dienstboten war es der beste Wein, den er jemals gekostet hat. Ich dachte, heute wäre eine gute Gelegenheit, dass du ihn probierst. Wir haben noch nicht gefeiert, dass ich ein Kind erwarte."

Angus freute sich über das Kind, auch wenn es ihn schmerzte, dass er nicht wusste, was sein Vater zuletzt geschätzt hatte. Vermutlich würde er bis an sein Lebensende über dieses Zerwürfnis trauern.

Gwendolen trat ans Fenster und sah hinaus in den Sonnenuntergang. „Nachdem mein Vater Kinloch eingenommen hatte, wurde diese Flasche wie eine Art Trophäe behandelt. Vater wollte sie erst bei Murdochs Rückkehr öffnen. Doch das hat sich jetzt erübrigt", sagte sie stockend. Gwendolen sah Angus an. „Du solltest sie trinken und genießen. Kinloch gehört dir. Es gibt niemanden mehr, der es wagen würde, deine Herrschaft anzufechten. Und jetzt ist unser gemeinsames Kind die Trophäe."

Eine Träne rollte über ihre Wange, und er trat zu ihr, um sie fortzuwischen. „Es ist nicht leicht, einen Bruder zu Grabe zu tragen", sagte er.

„Wahrscheinlich ist genau das die Tragödie. Ich kann ihn nicht begraben. Ich hatte nicht einmal die Chance, mich zu verabschieden."

Angus nahm ihr Gesicht zwischen seine Hände. „Ich verstehe deine Trauer. Ich habe meinen Vater auf ganz ähnliche Weise verloren." Er ließ ihr einen Augenblick Zeit und legte dann seine Hand auf ihre Schulter. „Niemand kann dir jemals Murdoch oder deinen Vater ersetzen, aber ich werde tun, was immer nötig ist, um dich und unsere zukünftigen Kinder zu beschützen. Ich werde dir ein guter Ehemann sein. Das verspreche ich. Du wirst niemals alleine sein."

Das rötlich gelbe Licht der untergehenden Sonne fiel durch das Fenster auf ihr Gesicht. „Ich will nur noch in Frieden hier leben", seufzte sie müde. „Ich will all diesen Tod und die Schlachten hinter uns lassen. Raonaid ist fort und darüber bin ich froh. Und obwohl ich um meinen Bruder trauere, freue ich mich auch. Ich weiß, dass wir glücklich miteinander werden können. Es gibt so vieles, auf das wir uns freuen können." Sie legte eine Hand auf ihren Bauch. „Bald schon werde ich dein Kind gebären."

Angus konnte durch den Schleier seiner Gefühle kaum noch einen klaren Gedanken fassen. Gwendolen war so wundervoll, und sie war die Seine. Noch niemals zuvor in seinem Leben hatte er sich so zu einem anderen Menschen hingezogen gefühlt. Er würde alles für sie tun. Er würde für sie durch die Hölle gehen. Er bedauerte nicht, Raonaid fortgeschickt zu haben. Er hatte die richtige Entscheidung getroffen.

„Ich trinke auf deinen Vater und deinen Bruder", sagte er. Er hob den Weinkelch und trank einen tiefen Schluck. „Sie waren tapfere und ehrenhafte Schotten."

Nachdem er den Wein beiseitegestellt hatte, strich er mit seinen Lippen federleicht über ihren Mund. Sie schmiegte sich an ihn und umschlang ihn mit süßer, überströmender Zuneigung.

„Komm ins Bett", bat sie. „Liebe mich. Ich möchte dich in mir fühlen."

Er löste sich sachte von ihr. „Bist du sicher?", fragte er zweifelnd. „Du hast gerade deinen Bruder verloren. Wenn es dir lieber ist, halte ich dich einfach nur in meinen Armen."

Gwendolen schüttelte den Kopf und nahm Angus Stück für Stück die Waffen ab. „Nein, ich will, dass du mich liebst. Ich möchte mich lebendig fühlen und Dankbarkeit für all die wunderbaren Dinge spüren, die mir geschenkt wurden." Sie zog die Pistole aus seinem Gürtel und legte sie auf die Bank vor dem Fenster, dann band sie seinen Schwertgurt los und legte auch diese schwere Waffe auf die Pritsche. Sie strich ihm den Tartan von der Schulter, löste seinen Kilt und zog ihm schließlich das Hemd über den Kopf.

Angus stand vollkommen nackt im goldenen Zwielicht vor ihr. Sein Herz pochte erregt, scheinbar bis hinauf zu seinen Ohren, und eine Sehnsucht stieg in ihm auf, in der sich Zärtlichkeit und Verlangen mischten. Er wollte ihr Leiden lindern und ihr versichern, dass sie geliebt und bewundert wurde. Er wollte sie glücklich machen, sie trösten und behüten.

Ja, Gwendolen wurde geliebt.

Er liebte sie.

Als er dies begriff, sog er die Luft scharf ein. Gwendolen schmiegte sich an ihn, und er legte den Kopf an ihren Hals. Er konnte ihr gar nicht nahe genug sein. Er wollte sie für alle Ewigkeit in den Armen halten. Und wenn die Ewigkeit sich einmal dem Ende zuneigte, dann würde ihm dank ihr vielleicht auch der Himmel offenstehen.

Sie führte ihn zum Bett und zog sich aus, während er ihr zusah und half. Gemeinsam schlüpften sie unter die Decken.

Die Spitzen ihrer Brüste richteten sich unter seiner Berührung auf, und sie stöhnte leise, als er den Mund darauf legte und sie sanft, doch voller Verlangen liebkoste. Sie schlang ihre Beine um seine Hüften und wand sich unter ihm. Ihre Körper bewegten sich im gleichen sinnlich lüsternen Rhythmus.

Als er schließlich in sie eindrang, konnte er nicht mehr verhindern, dass er ihr sein Herz öffnete. Er liebte sie mit quälender, herzerweichender Leidenschaft und hieß die Flut der Gefühle willkommen, die ihn erfasste, als er in ihr zerfloss. Als sich Gwendolen voller Ekstase in seine Schultern krallte und aufschrie, konnte er sich nicht länger dagegen wehren. Er wollte es auch nicht mehr. Es hätte keinen Sinn, sich gegen Gefühle zu wehren. Bis zu diesem Augenblick hatte er nicht wirklich gelebt. Endlich aber wusste er, was Liebe war, und jetzt, da er sie gefunden hatte, wollte er sie nie wieder loslassen.

Onora ging rückwärts aus der Großen Halle hinaus und lockte Lachlan mit dem Zeigefinger hinterher. „Kommt, mein Lieber", schnurrte sie. Lachlan stellte seinen Bierkrug ab und folgte ihr mit aufreizend zur Schau gestellter Belustigung. „Mir ist nicht nach Tanzen zumute", sagte sie. „Ich brauche frische Luft und etwas von diesen leckeren Himbeertörtchen aus der Küche."

„Wie erstaunlich", erwiderte Lachlan. „Mir geht es ebenso. Wusstet Ihr, dass jetzt ein MacDonald die Küche führt?"

„Und was wollt Ihr mir damit sagen, Sir?"

„Dass Ihr zugeben müsst, dass wir die besseren Feinbäcker sind."

Onora lachte und lief den schummrig erleuchteten Gang entlang. „Nun, wenn Ihr es wünscht, falle ich vor Euch auf die Knie. Ich werde immer in Eurer Schuld stehen, wenn Ihr mich nur begleitet."

„Warum?"

Sie wirbelte zu ihm herum. „Weil ich diese Burgkorridore bei Nacht hasse. Ich fürchte mich im Dunkeln."

„Ihr könntet Euch doch eine Kerze mitnehmen."

Onora stupste ihn spielerisch in die Rippen. „Ich werde Eure Frechheiten heute nicht dulden, Sir. Nicht, wenn eine solche Köstlichkeit auf mich wartet. Hört Ihr?", sie blieb stehen und legte eine Hand an ihr Ohr, „diese Törtchen rufen nach mir, und ich glaube, nach Euch rufen sie auch."

Lachlan lachte. Onoras Wangen liefen rot an. Er war der schönste Mann, den sie jemals gesehen hatte. Ein wilder Schmerz durchzuckte sie.

„Na gut", sagte er. „Ich begleite Euch, aber Ihr müsst mir versprechen, mich anschließend zu entlassen. Ich bin müde vom Tanzen und Singen und habe morgen viele Verpflichtungen. Ich brauche meinen Schlaf."

Sie hüpfte den Gang entlang wie ein junges Mädchen. „Gewiss. Ich verspreche, Euch schlafen zu lassen, wenn wir hier fertig sind. Und jetzt kommt. Mir knurrt schon der Magen."

„Ich bin direkt hinter Euch …" Lachlans Stimme erstarb. Ein Holzknüppel traf ihn mit voller Wucht am Hinterkopf. Angus' treuer Cousin brach zusammen.

Onora drehte sich zu ihm um und wurde Zeugin eines zweiten Schlags, dann rannte sie zurück und hob die Hand. „Nein! Du hast versprochen, ihn nicht zu töten!"

Slevyn MacEwen ließ den Knüppel sinken und rieb sich mit einem dicken Unterarm über den kahlrasierten Schädel. Er war ein Riese von einem Mann und leider kaum klüger als ein Ochse. Seit einer Schlägerei in Kindertagen fehlten ihm zwei seiner Schneidezähne, und eine gezackte Narbe erstreckte sich von seinem linken Ohr bis hinab zum Mundwinkel. Diese Narbe verdankte er seinem Versuch, sich selbst den Schädel zu rasieren. Slevyn hatte mit der Klinge hinauf zu einer Wolke deuten wollen, die wie ein Boot aussah, und dabei die Hand zu schnell hochgerissen.

„Ich weiß nicht, was das jetzt noch für einen Unterschied machen soll", knurrte er dumpf. „Nach dieser Sache hier wird er Euch sowieso nicht mehr besonders mögen."

„Ich will einfach nicht, dass er stirbt."

Slevyn zuckte mit den Schultern und musterte den bewusstlosen Lachlan im Fackelschein. Er neigte seinen großen, schweren Kopf zur Seite.

„Hübscher Bursche, was?"

Onora verzog angewidert das Gesicht. „Du bist es nicht einmal wert, ihn anzusehen." Sie legte sich eine Hand über die Nase. „Und du stinkst! Wo hast du dich bloß wieder herumgetrieben, Slevyn?"

„Bin den Abwasserkanal hinaufgekrochen, um an den Wachen vorbeizukommen." Er gluckste, beugte sich dann zu Lachlan hinunter und warf ihn sich wie einen Sack Mehl über die Schulter. „Gehen wir lieber, bevor hier noch jemand vorbeikommt, dem ich dann auch noch eins überziehen muss."

Onora folgte ihm zur Treppe. „Du bist abscheulich."

„Natürlich, und das ist auch gut so. Deshalb behält Euer Sohn mich ja auch immer in seiner Nähe. Und jetzt kommt schon. Slevyn hat Hunger. Ich habe gehört, wie Ihr von Himbeertörtchen gesprochen habt. Oder war das auch eine Lüge?"

„Nein", versicherte sie, „wenigstens in diesem Punkt habe ich die Wahrheit gesagt."

Sie folgte ihm die Stufen hinunter und legte sich eine Hand auf den Bauch, als könne sie damit dieses furchtbare Bedauern lindern.

Ein leises Klopfen an der Tür weckte Gwendolen. Sie setzte sich auf und drückte ihre Hand in den Magen. Ihr war schon wieder übel, obwohl die Sonne noch nicht einmal aufgegangen war. Der Ingwertee versagte ihr seine Wirkung.

Sie sah zu Angus hinüber, der neben ihr schlief. Sie wollte sich nicht übergeben, doch sie war nicht sicher, ob sie eine Wahl hatte. Sie beugte sich über den Bettrand, um zu sehen, ob der Nachttopf in Reichweite stand. Es klopfte abermals an der Tür, und nun hörte sie auch die Stimme ihrer Mutter. „Gwendolen, hörst du mich? Bist du wach?"

Stöhnend vor Übelkeit stand Gwendolen auf. Sie zog sich ihren Morgenrock über und öffnete die Tür. „Was gibt es, Mutter? Es ist mitten in der Nacht."

„Ich weiß, und es tut mir leid, dich zu stören", flüsterte Onora. Sie stellte sich auf die Zehenspitzen, um über Gwendolens Schulter hinwegsehen zu können. „Ist Angus bei dir? Schläft er?"

„Ja! Was ist denn los?"

Onora sah nervös den Gang entlang. „Es geht um Murdoch", wisperte sie. „Wir haben Neuigkeiten von ihm."

„Was für Neuigkeiten?"

Onora zögerte, dann straffte sie die Schultern und sah Gwendolen an. „Ich weiß nicht, wie ich dir das sagen soll, aber er lebt. Dein Gemahl hat uns belogen."

Vor Schreck vergaß Gwendolen alle Übelkeit. Ihre Stimme war nur noch ein ungläubiges Wispern, als sie zu sprechen versuchte. „Was meinst du damit, er hat uns belogen? Warum sollte er so etwas tun?"

„Sei leise, du weckst ihn noch auf. Komm mit mir, dann erkläre ich dir alles."

Sie wandte sich zum Gehen, doch Gwendolen rührte sich nicht. „Nein, Mutter. Ich will nicht mit dir kommen. Ich will Angus fragen, was das alles zu bedeuten hat." Sie trat wieder in das Gemach zurück.

Onora fasste sie am Ärmel. „Warte! Bitte lass es mich erklären. Wir wissen nicht, wem wir trauen können."

„Wir können Angus vertrauen", versicherte ihr Gwendolen unbeugsam.

Ihre Mutter schüttelte den Kopf. „Nein, das können wir nicht."

25. Kapitel

Onora führte Gwendolen in ihr Gemach. Dort blieb Gwendolen wie angewurzelt stehen. Ihr war, als sähe sie einen Geist.

Vor ihr stand ihr Bruder.

Auferstanden von den Toten.

„Murdoch!"

Gwendolen warf sich in seine Arme. Ihr Bruder, der ihr beigebracht hatte, wie man ein Pferd ritt, wie man eine Muskete abfeuerte und wie man Shinty spielte wie ein richtiger Junge, war nicht tot. Er war hier!

„Du lebst." Sie drückte ihr Gesicht an seine Schulter und weinte vor Erstaunen und Erleichterung. Ihr ganzer Körper bebte. Wie sehr hatte sie sich nach seiner Rückkehr gesehnt.

„Ja, meine Kleine." Murdoch drückte sie tröstend an sich. „Es tut mir so leid, dass ich nicht da war, als ihr mich am meisten gebraucht habt. Ich habe gehört, wie es euch ergangen ist."

Sie trat einen Schritt zurück und legte ihm eine Hand auf die Wange, während sie ihn betrachtete. Er hatte sich verändert. Sein braunes Haar war kurz geschnitten und seine Haut war sonnengebräunt. Fast ein Jahr war vergangen, seit sie ihn das letzte Mal gesehen hatte. Um seine warmen braunen Augen hatten sich feine Fältchen gebildet, doch er sah immer noch so gut aus wie früher, vielleicht sogar noch besser.

„Anfangs ist es uns wirklich nicht gut ergangen", antwortete sie. „Doch inzwischen geht es mir gut."

Murdoch sah seine Mutter sorgenvoll an. Onora hob vielsagend eine Augenbraue. Dann durchquerte er den Raum und blieb mit dem Rücken zu den beiden Frauen stehen.

Gwendolen wusste sofort, dass hier ein Komplott ersonnen wurde. Die MacDonalds waren einstmals die Feinde der MacEwens gewesen, und Murdoch hatte all jene Verbindungen, die während des vergangenen Monats zwischen den Clans geknüpft worden waren, nicht miterlebt. Er wusste nicht, was für einen guten Anführer Angus abgab. Er verstand nicht, warum ihr Mann Anspruch auf Kinloch erhoben hatte, und er konnte nicht ahnen, wie verliebt und glücklich Gwendolen war. In Murdochs Augen war Angus ein Feind, der ihren Clan unterworfen und Gwendolen in eine ungewollte Ehe gezwungen hatte.

„Ich erwarte ein Kind", sprudelte sie hervor, in der verzweifelten Hoffnung, ihr Bruder würde erkennen, wie glücklich sie inzwischen war. Er musste wissen, dass sich die Ereignisse auf Kinloch nicht so schlimm entwickelt hatten, wie er glaubte.

„Bist du dir sicher?", fragte Murdoch kühl.

„Ja." Sie überlegte, was sie sagen konnte, um es ihm zu erklären. „Als Angus durch unsere Tore stürmte, um die Burg für sich zu beanspruchen, wollte er unsere Clans vereinen. Das ist ihm gelungen. Er will Frieden." Ihr Bruder drehte sich nicht zu ihr um, also redete sie weiter und beschrieb die Situation, so gut sie es konnte. „Er hat immer gesagt, er würde dir Land und einen Titel geben, wenn du zurückkehrst. Du musst mit ihm sprechen, Murdoch. Er ist ein guter Mann. Zwischen euch kann es Frieden geben, so wie zwischen unseren Clans."

Endlich drehte sich Murdoch um und sah sie an. Verachtung lag in seinem Blick und seine Lippen waren zu einer schmalen Linie zusammengepresst. „Du glaubst also, hier gäbe es Frieden?"

„Ja, das tue ich."

Mein Gott, was war hier nur los? Hatte Angus tatsächlich gelogen, als er ihr vom Tod ihres Bruders berichtet hatte? Oder war dies eine weitere Verschwörung gegen ihren Mann?

Enttäuschung und Wut ballten sich in ihrem Magen zusammen. Sie konnte es nicht ausstehen, wenn man ihr etwas verheimlichte. „Sagt mir endlich, was hier vor sich geht", verlangte sie. „Was habt ihr vor?"

Onora trat vor und griff nach ihrer Hand. „Komm und setz dich, Gwendolen. Hör dir an, was dein Bruder zu sagen hat."

„Ich will mich nicht setzen", entgegnete sie knapp. „Ich stehe lieber."

Wieder sahen sich Onora und Murdoch sorgenvoll an, was Gwendolen nur noch wütender machte. „Du hast behauptet, wir könnten Angus nicht trauen", zischte sie ihre Mutter an. „Warum hast du das gesagt? Hat er uns tatsächlich getäuscht? Oder warst du diejenige, die gelogen hat?"

Onora zögerte. „Es ist kompliziert."

„Mutter, was hast du getan?"

„Warum sagst du ihr nicht einfach alles", schlug Murdoch vor. „Dann kann sie selbst entscheiden."

„Was soll sie mir sagen? Ich will sofort wissen, was hier los ist."

Onora ließ sich auf einen Stuhl sinken und atmete tief aus. „Wir haben den Mann, der Murdoch angeblich in Frankreich am Totenbett gesehen hat, gut dafür bezahlt, dass er die Wahrheit ein wenig verbiegt. Murdoch war nie krank. Er war tatsächlich eine Weile in Frankreich und auch in Spanien, aber er ist schon seit fast einem Monat wieder in Schottland", erklärte sie. „Er ist kurz nach deiner Hochzeit zurückgekehrt."

Gwendolen sah ihren Bruder überrascht an. „Du warst die ganze Zeit über hier? Warum hast du dich nicht gezeigt? Ich habe mir solche Sorgen um dich gemacht."

„Weil ich zuerst die Lage hier abschätzen musste. Ich musste wissen, mit welchem Feind ich es hier zu tun habe. Angus ist ..." Er zögerte.

„Er ist was?", hakte Gwendolen nach.

„Das weißt du doch selbst, Gwendolen. Man sagt, er sei unverwundbar. Ich hätte wohl kaum einfach hier hereinspazieren und ihn zum Kampf auffordern können. Er ist unbesiegbar, man kann ihn nicht töten."

„Er ist ein Mann, genau wie du", gab sie zurück, doch das stimmte nicht. Angus war nicht wie die anderen.

Aber er war auch nicht unverwundbar. Er war ein Mensch.

„Steckst du hinter dem Mordanschlag auf ihn?", fragte sie und rief sich jene schreckliche Nacht in ihrem Gemach in Erinnerung. „Hast du diesen Unbekannten geschickt, der ihn im Schlaf töten sollte?"

„Ja! Aber er war keiner von uns. Ich habe einen spanischen Meuchelmörder geschickt, und nicht einmal er konnte tun, was getan werden muss."

Gwendolen drehte sich zu ihrer Mutter herum. „Und hast du ihm dabei geholfen? Warst du diejenige, die ihm den Schlüssel gegeben hat?" Das Herz schlug ihr bis zum Hals. Sie war so wütend und entsetzt.

Onora senkte den Blick. „Es tut mir leid, Gwendolen, aber Murdoch ist mein Sohn. Ich musste mich entscheiden."

Gwendolen sah ihren Bruder an. Mit einem Mal verachtete sie ihn zutiefst. „Und was hast du jetzt vor?"

„Der große Löwe kann nur auf eine Art getötet werden", erklärte er. „Er muss hängen, und genau das wird er auch."

„Woher hast du das denn?"

„Das Orakel hat es mir gesagt."

Entsetzt wich Gwendolen zurück. „Nein, das ist alles Lüge. Man hat dich in die Irre geführt. Sag es ihm, Mutter. Sag ihm, dass Raonaid verrückt ist."

Onora stand auf. „Murdoch, hör bitte auf. Du machst alles nur noch schlimmer. Erzähl ihr von James Edward und dem Aufstand. Sag ihr, was du in Frankreich und Spanien getan hast."

„James Edward?", wiederholte Gwendolen leise. „Der Anwärter auf den englischen Thron? Hast du dich etwa mit den Jakobiten verbündet?" Das folgende Schweigen bestätigte ihre Vermutung. „Aber wir sind keine Jakobiten", erwiderte sie. „Diese Burg wurde Vater für seine Königstreue zugesprochen. Er hat sie bekommen, weil er die Einigung Großbritanniens unterstützt hat."

Murdoch begann, im Raum auf und ab zu gehen. „Das war Vater, nicht ich. Noch nie haben sich so viele gegen ein vereinigtes Großbritannien gestellt wie jetzt, Gwendolen. Sogar jene Schotten, die König George damals unterstützt haben, sind bitter enttäuscht von der Regierung in London. Wir brauchen unser eigenes Parlament hier in Schottland, wir brauchen unseren eigenen König. Es ist an der Zeit zuzuschlagen. England wird Spanien höchstwahrscheinlich noch vor Ende des Jahres den Krieg erklären. Und wenn das geschieht, wird Spanien Truppen schicken, um uns im Kampf gegen die englische Krone zu unterstützen."

Onora fiel ihrem Sohn ins Wort. „König James hat deinem Bruder Titel und Ländereien versprochen, sollte er die schottische Rebellion zum Sieg führen. Stell dir das doch nur einmal vor, Gwendolen. Dein Bruder wird ein Duke."

„Aber wir sind keine Jakobiten", wiederholte Gwendolen ungläubig, „und James Edward ist nicht unser König."

„Noch nicht, aber das wird er bald sein", versicherte Murdoch.

Gwendolen sah ihren Bruder entsetzt an. „Bist du deshalb vor einem Jahr fortgegangen? Ist das der Grund, warum Vater und du euch zerstritten habt? Und ich dachte, es ging dabei um eine Frau."

Murdoch sah sie schweigend an. Es war ihr Antwort genug.

„Angus will Frieden", versuchte Gwendolen zu erklären, „genau wie ich und die meisten Mitglieder unserer Clans. Ein Krieg mit England ist zu gefährlich. Zu viele von uns werden dabei ihr Leben lassen. Ich flehe dich an, Murdoch. Tu es nicht."

Murdochs Wangen erröteten vor Zorn. „Ich werde die englische Tyrannei niemals hinnehmen. Wir müssen unser eigenes Parlament bekommen."

„Dann reiche eine Petition dafür ein!", schrie Gwendolen. „Aber stürze uns nicht alle in eine weitere blutige Schlacht, die wir nicht gewinnen können!"

Schwere Schritte erklangen von der Tür her, und jemand packte sie an den Oberarmen. „Nimm deine dreckigen Hände von mir!", fauchte sie.

Onora trat vor. „Nein, Slevyn! Das ist vollkommen unnötig. Murdoch, sag ihm, er soll sie loslassen!"

Unsicher sah Murdoch von Gwendolen zu Onora. „Ich kann nicht", sagte er dann. „Ich will dir nicht wehtun, Gwendolen, aber ich brauche Kinloch. Ich habe bereits eine Armee zusammengerufen. Sie warten nur darauf, dass ich die Tore öffne."

Er deutete auf Slevyn, der sie zur Tür zog. „Bring sie in Vaters Gemach und schließ sie dort ein. Halt sie fest, bis es vorbei ist."

„Bis was vorbei ist? Murdoch, was hast du vor?"

Slevyn brummte und packte sie um die Taille. „Wir hängen den großen Löwen, damit dein Bruder der Laird werden kann."

„Aber er wird kämpfen!", schrie sie. „Er wird dich töten!"

„Nein, das wird er nicht", widersprach Murdoch, „weil er bereits vergiftet wurde. Slevyn muss ihn nur noch zum Dach schleppen und ihm den Rest geben."

„Du hast ihn vergiftet?" Gwendolens Welt schien sich vor ihren Augen aufzulösen.

„Nein, meine Kleine, das hast du getan."

Alle Kraft schien sie zu verlassen, und sie sackte in Slevyns Griff zusammen, als sie die schreckliche Wahrheit begriff.

Onora sah sie entschuldigend an. „Es war der Wein, Gwendolen. Eine Art Schlaftrank. Raonaid hat ihn uns gegeben."

Gwendolen flehte ihren Bruder an. „Murdoch, bitte!" Doch Slevyn zog sie bereits hinaus auf den Gang. „Er ist mein Mann. Ich liebe ihn."

Ihr Bruder wandte ihr den Rücken zu und seine Stimme klang kalt und tonlos. „Ich weiß, Gwendolen, aber du wirst darüber hinwegkommen."

Angus erwachte von einem Pochen in seinem Kopf. Ihm war, als würde man mit einem Hammer permanent auf ihn einschlagen. Vage spürte er, dass seine Arme über seinem Kopf ausgestreckt waren. Jemand schleifte ihn über kalten, harten Stein. Seine Handgelenkt waren gefesselt, obwohl er sich auch ohne die Fesseln nicht bewegen konnte. Er fühlte den rauen Boden unter seinem Rücken kaum, und er war sich nicht einmal mehr sicher, ob sein Herz und seine Lunge noch arbeiteten.

„Hier ist es gut." Es war eine Männerstimme.

Die Welt um ihn blieb mit einem Mal stehen. Seine Arme fielen schlaff zu Boden. Langsam begriff er, dass man ihn gefangen genommen hatte. Angus riss entsetzt die Augen auf.

Gwendolen.

Mein Gott. Wo war er?

Im Freien. Er sah die Sterne über sich.

Wie lange war er ohne Bewusstsein gewesen? Er wandte leicht den Kopf und erkannte, dass er neben einer Mauer lag.

Dann neigte er den Kopf zur anderen Seite. Füße. Er sah die Beine eines Mannes, der an ihm vorbeiging.

Dann blieben die Füße stehen. „Mist! Der Kerl ist wach!"

„Ganz ruhig, Slevyn. Er ist gefesselt, und du bist größer als er. Leg ihm einfach das Seil um den Hals."

Eine Schlinge wurde über seinen Kopf gezerrt und festgezogen.

Angus versuchte mit aller Kraft, sich zu bewegen. Sein Körper zuckte, doch mehr gelang Angus nicht. Er hatte keine Kontrolle über seine Glieder. Dann zog sich die Schlinge noch enger um seinen Hals, und er wurde wieder über den Boden geschleift.

Er bekam keine Luft!

Das Seil würgte ihn, und er konnte nichts dagegen tun, weil seine Hände gefesselt waren.

Er war auf einem Wehrgang, das wusste er jetzt.

Der kleinere Mann, der zuerst gesprochen hatte, packte ihn am Hemd und zog ihn hoch, bis er auf den Zinnen saß. Benommen sah Angus in ein Paar tiefbrauner Augen.

„Wir werden dich hängen", sagte ihm der Mann. „Wir werfen dich über die Zinnen und lassen deine Leiche dann eine Weile hängen, damit die MacEwens sie in aller Ruhe betrachten können. Ich bin übrigens Murdoch MacEwen, und das hier ist meine Burg, nicht deine."

„Gwendolen!" Es war nur ein heiseres Krächzen.

Wut verdunkelte Murdochs Augen. „Ja, sie ist meine Schwester, und du hast sie dir ebenso mit Gewalt genommen, wie Kinloch. Das habe ich gar nicht gerne gehört. Ohne sie wäre mir dieser Überfall hier nie geglückt. Sie hat dich vergiftet, Angus. Ich dachte, das solltest du wissen."

Angus schüttelte den Kopf, und dann wurde er hochgehoben und landete über der breiten Schulter des anderen Mannes. Dumpf nahm er einen furchtbaren Gestank wahr, dann begann die Welt sich zu drehen. Murdoch befestigte das andere Ende des Seils an einer der Zinnen.

Angus wollte kämpfen. Der Zorn wütete im Inneren seines Schädels. Wo war sein Schwert? Er musste diesen Mann entzweihacken!

Er erinnerte sich, dass Gwendolen ihm die Waffen abgenommen und sie auf die Bank vor dem Fenster gelegt hatte. Er hatte sich nackt zu ihr gelegt, doch jetzt trug er seinen Kilt. Jemand hatte ihn angekleidet.

Wo war sein Schwert?

Dann wälzten sie ihn von den Zinnen. Er rollte zur Seite und fiel in die Tiefe. Gleich würde sich das Seil um seine Kehle zuziehen, ihm vielleicht auch das Genick brechen. Die Furcht explodierte in seinem Herzen und riss ihn endlich aus der Benommenheit.

26. Kapitel

Das Seil straffte sich, der Sturz endete abrupt, und Angus wurde für einen Augenblick wieder in die Höhe gerissen. Er schwang heftig hin und her und krachte gegen die Burgmauer. Tretend und kämpfend rang er nach Luft.

Er hörte das Seil knarren, während er sich mit aller Macht gegen die Kraft wehrte, die ihn nach unten zog. Die Adern an seiner Stirn traten hervor, seine Augen schienen platzen zu wollen. Das Seil scheuerte an seinem Hals. Es verbrannte seine Haut und schnitt ihm die Luft ab, doch er trat und kämpfte weiter, bis plötzlich ein lautes Ratschen erklang!

Der Druck ließ nach, und er schnappte gierig nach Luft, während er wie ein Stein in die Dunkelheit hinabstürzte.

Wasser drang ihm in Nase und Ohren. Es war eisig kalt und betäubend. Angus trat mit den Beinen aus, während das Adrenalin durch seinen Körper jagte und die Wirkung des Giftes verbrannte. Sein Überlebenswille erfüllte ihn mit Kraft. Er riss an dem Seil, das um seine Handgelenke geschlungen war, und zerfetzte sich die Haut, um die Hände freizubekommen. Dann brach sein Kopf durch die Wasseroberfläche und er holte keuchend Luft. Danach tauchte Angus wieder unter, während Luftblasen an seinen Ohren vorbeirauschten.

„Was zum Teufel ist da los?"

Murdoch beugte sich über die Zinnen und spähte auf das schwarze Wasser hinab. Er hörte ein lautes Platschen, doch er konnte in der Dunkelheit nichts erkennen.

„Das Seil ist gerissen!", rief Slevyn.

„Seile zerreißen nicht einfach, du Narr!"

„Da war ein Knoten drin. Ich musste zwei Seile aneinanderbinden."

Murdoch zischte ihn wütend an. „Worauf wartest du? Mach, dass du da runterkommst. Zieh ihn raus und töte ihn."

Slevyn eilte die Stufen zum Burghof hinab. Er rannte zum Tor, hob den eisernen Riegel und stieß die schweren Eichenflügel auf.

Dann wandte er sich um. Vielleicht war es besser, den unverwundbaren Löwen zu Pferd zu jagen. Murdochs Pferd stand gesattelt ein Stück entfernt an einen Pflock gebunden, also stieg er auf und galoppierte mit gezogenem Schwert über die Brücke. Doch er konnte die ungute Frage nicht unterdrücken, wie er einen Mann töten sollte, der nur am Galgen sterben konnte.

Angus kroch aus dem Burggraben und spuckte Schlamm und Schleim. Er zitterte am ganzen Leib, bis er ein Pferd erblickte, das direkt auf ihn zuhielt.

Angus musste an Gwendolen denken. Er fragte sich, ob dies wohl sein Ende sei. Wenn es so war, dann hatte er wenigstens lange genug gelebt, um Freude zu finden. Doch gleichzeitig tobte eine bittere, ungezügelte Wut in ihm.

Hatte Gwendolen ihn wirklich vergiftet? Hatte sie nur ein hinterhältiges Spiel mit ihm gespielt? Hatte er sich so sehr getäuscht?

Keuchend kniete er am schlammigen Ufer, während der Reiter immer näher kam. Der Angreifer stieß sein Schwert in die Luft. Angus fühlte Kälte in seinem Bauch, doch dann kämpfte er sich auf die Beine. Er brüllte wie ein wildes Tier, riss die Arme hoch und rannte auf das Pferd zu.

Das Tier scheute und bäumte sich wiehernd auf, während der Reiter laut zu Boden plumpste.

Angus stürzte sich wie ein Wahnsinniger auf den kahlköpfigen Krieger, noch bevor dieser eine Chance hatte, wieder auf die Beine zu kommen. Angus trat dem Mann vor die Brust, riss ihm das Schwert aus der Hand und schwang sich in den Sattel des Pferdes.

„Yah! Yah!"

Wild und ungezügelt galoppierte er über die dunklen Wiesen auf den Wald zu. Er beugte sich vor, der Wind pfiff an ihm vorüber. Da hörte er den Wutschrei des Kahlköpfigen, und er wusste, dass seine Verfolger dicht hinter ihm waren.

Angus brach durch das Unterholz, Dornenzweige peitschten ihm ins Gesicht und kratzten über seine Arme. Er kannte die Wälder wie seine Westentasche, wusste, wo Karrenwege und Fußpfade waren und welche davon er besser meiden sollte. Er trieb das Pferd in den gestreckten Galopp, bis die Kräfte des Tieres schwanden. Dann lenkte er es tiefer ins Unterholz, um einen Augenblick auszuruhen.

Er legte den Kopf in den Nacken und betrachtete das Blätterdach über ihnen. Ihm war, als wären alle Vögel und Tiere des Waldes verstummt, nur weil er hier war.

Unvermittelt regte sich das Gift in seinem Körper wieder. Angus stieg ab, stolperte auf einen Baum zu und übergab sich in ein Farndickicht.

Benommen vor Übelkeit legte er die Stirn gegen den Stamm und schloss die Augen. Er wollte es nicht glauben, dass Gwendolen ihm den vergifteten Wein gegeben hatte. Doch es war vor seinen Augen geschehen. Sie hatte ihm den Wein eigenhändig eingeschenkt und selbst nichts als Tee getrunken.

Ein Teil von ihm hoffte inständig, dass sie vielleicht nichts von dem Gift gewusst hatte, doch dann erinnerte er sich an Raonaids Prophezeiung. Sie hatte versucht, ihn zu warnen.

Aber ihre Prophezeiung war nicht eingetreten. Er war nicht tot. Man hatte versucht, ihn zu hängen, doch irgendwie hatte er überlebt. Raonaid hatte sich geirrt. Er musste weiter, bevor Murdoch hier auftauchte und das Schicksal noch einmal wendete.

Angus stieß sich vom Baum ab und kehrte zum Pferd zurück. Aber Gott, mein Gott, dachte er. Gwendolen war noch immer auf der Burg. Er hatte sie und seinen Clan zurückgelassen.

Und was war mit Lachlan? Bestimmt hatten sie ihn auch getötet. Murdoch würde den treuen Cousin des Löwen und Laird des Krieges kaum am Leben lassen. Zu groß war das Risiko, dass er sich eines Tages wieder gegen ihn erhob.

Angus ließ den Kopf gegen den Hals des Pferdes sinken, während jeder Nerv in seinem Körper danach schrie, umzukehren. Er musste wissen, ob Gwendolen in Sicherheit war. Er konnte sie nicht im Stich lassen.

Heftige Übelkeit übermannte ihn erneut. Angus musste einsehen, dass er nicht in der Verfassung war, für seinen Clan zu kämpfen oder seine Frau zu retten, falls sie überhaupt von ihm gerettet werden wollte. Er wusste nicht, was er glauben sollte. Ein Teil von ihm hasste Gwendolen und verabscheute sich selbst, weil er sich so hatte einwickeln lassen. Er war so vertrauensselig und verletzbar geworden, dass er nicht einmal mehr merkte, wenn er vergifteten Wein trank.

Ein anderer Teil jedoch wollte auf die Knie fallen und um ihren Verlust weinen.

Doch eines wusste er bestimmt. Kinloch gehörte nicht den MacEwens. Es war eine Burg der MacDonalds, und der Kampf darum war noch nicht vorbei. Er musste nur wieder zu Kräften kommen.

Ein Lichtstrahl durchbrach das Blätterdach. Entschlossener denn je schwang sich Angus wieder in den Sattel. Er ritt noch tiefer in den Wald hinein. Jetzt gab es nur noch einen Ort, an den er gehen konnte. Es war an der Zeit, einen alten Freund zu besuchen und zu beten, dass dieser Freund ihn nicht ebenfalls mit einer Schlinge um den Hals vom Dach werfen würde.

Er hatte allen Grund dazu.

Dieses Schicksal war schlimmer als der Tod.

Gwendolen hämmerte mit den Fäusten gegen die verschlossene Tür, sie schrie und brüllte. Zuerst rief sie nach ihrem Bruder, der sie im Gemach ihres Mannes eingeschlossen hatte, dann nach jedem, der vielleicht vorbeikommen und ihr helfen könnte.

Doch es kam niemand. Gwendolen erzitterte. Vermutlich wurde Angus gerade in diesem Augenblick hingerichtet. Gwendolen schleuderte wütend die Möbel gegen die Tür. Sie schlug das Fenster ein, doch das Gemach befand sich zu hoch oben im Turm, um springen zu können. Sie schrie sich heiser, in der Hoffnung, dass irgendjemand sie hören und kommen würde, um sie zu befreien. Doch die Minuten verstrichen quälend langsam und sie blieb allein. Gwendolen konnte Angus nicht helfen. Sie machte sich bittere Vorwürfe.

Sie war es gewesen, die ihn vergiftet hatte.

Und es war nur geschehen, weil er ihr blind vertraute.

Gwendolen fiel auf die Knie. Starb er in diesem Augenblick? Und sahen Murdoch und seine Jakobiten-Armee lachend und applaudierend dabei zu, wie das Leben aus dem Körper ihres Mannes schwand?

Niemals zuvor hatte sie ihren Bruder so sehr gehasst. Und Gwendolen hätte auch niemals geglaubt, dass sie zu solchem Hass fähig wäre. Sie ahnte, wie Angus sich gefühlt haben musste, nachdem die Engländer seine Mutter und seine

Schwester getötet hatten. Ein dunkler Schleier legte sich um ihre Seele. Gwendolen wollte kämpfen. Sie erinnerte sich an das Gewicht des Zweihänders in ihrer Hand. Sie wünschte sich, sie würde diese Waffe jetzt bei sich tragen, um sie gegen die Feinde ihres Mannes schwingen zu können.

Murdoch würde sie töten müssen, wenn er der Laird von Kinloch werden wollte, denn sobald sie hier herauskam, würde sie sich rächen. Bei Gott, sie würde sich rächen. Sie würde ihm niemals vergeben, dass er ihr Glück ausgelöscht hatte.

Und all das nur für den unwahrscheinlichen Traum, einst Duke werden zu können.

Endlich wurde ein Schlüssel im Schloss gedreht, und Gwendolen sprang auf die Füße. Ihre Mutter trat rasch herein und schloss die Tür wieder hinter sich. Sie hatte kaum Zeit, sich umzudrehen, als Gwendolen schon bei ihr war und sich auf den Schlüssel stürzte.

„Gib ihn mir!", rief sie erbost. „Ich muss ihn retten!"

Sie musste etwas tun, auch wenn sie nicht wusste, was. Sie war so verzweifelt und aufgelöst. Sie durfte Angus nicht verlieren. Er durfte nicht sterben.

„Warte!", rief Onora. „Hör mir zu, Gwendolen. Er ist entkommen. Angus ist fort."

Gwendolen erbleichte. Hoffnung keimte in ihr auf, doch noch hatte sie Angst, ihrer Mutter zu glauben. Was, wenn dies wieder eine Lüge war?

„Bist du sicher?"

„Ja. Sie haben versucht, ihn an den Burgzinnen zu hängen, aber Slevyn hatte dazu zwei Seile aneinandergebunden und der Knoten hat sich gelöst. Angus ist in den Burggraben gestürzt und auf einem Pferd geflohen. Natürlich sind sie hinter ihm her, aber ich dachte, du solltest es wissen."

Gwendolen wandte sich ab und bedeckte das Gesicht mit den Händen. „Gott sei Dank."

Onora wartete schweigend, während Gwendolen um Fassung rang. Sie musste wieder zur Besinnung kommen. Sie musste einen kühlen Kopf bewahren, um Angus und seinen Männern zu helfen.

Gwendolen schluckte schwer und drehte sich wieder ihrer Mutter zu. „Wo ist Lachlan?"

Alle Farbe wich aus Onoras Gesicht. Sie stützte eine Hand auf die Hüfte und legte sich die andere an die Stirn. „Er ist im Kerker. Lachlan lebt gerade noch."

„Was haben sie mit ihm gemacht?"

„Slevyn hat ihn mit einem Knüppel auf den Kopf geschlagen, und es ist meine Schuld. Ich habe ihn zur Schlachtbank geführt, und das werde ich mir niemals vergeben. In diesem Augenblick werden die Burgtore geöffnet und Murdochs Armee nimmt Kinloch ein. Ich dachte, das wäre das Beste für uns alle, aber jetzt fühle ich nur ein so schreckliches Bedauern. Ich kann es kaum ertragen."

Gwendolen sah ihre Mutter böse an. „Du verdienst diesen Schmerz, Mutter. Du bist schuld an alldem hier, also suche kein Mitleid und keine Vergebung bei mir. Du wirst mit dem leben müssen, was du getan hast." Sie legte eine Hand auf ihren Bauch und kämpfte mit den Tränen, die sie bisher vor Wut nicht hatte weinen können. Jetzt schien alles in ihr zusammenzubrechen. „Er ist der Vater meines Kindes und deines eigenen Enkels. Wie konntest du nur so etwas Furchtbares tun?"

Onora sank auf einen Stuhl. „Ich habe dem Plan zugestimmt, bevor all dies geschehen ist. Du selbst hast dich am Anfang gegen Angus gewehrt. Du hast ihn gehasst. Ich habe nur versucht, dir zu helfen und dich zu beschützen. Ich habe Murdoch gesagt, ich würde alles in meiner Macht Stehende tun, um ihm beizustehen, aber da konnte ich noch nicht ahnen, dass wir uns in unsere Feinde verlieben würden."

„Meinst du Lachlan? Du glaubst, du liebst ihn? Du weißt doch nicht einmal, was Liebe ist." Gwendolen trat ans Fenster und sah durch das zerbrochene Glas hinaus. „Warum habt ihr mir nicht wenigstens gesagt, was vor sich ging? Du hast mich glauben lassen, mein Bruder sei tot. Du hast mich die ganze Zeit belogen."

„Du hättest es niemals geheim halten können. Du bist nicht wie ich, Gwendolen. Du bist zu Lüge und Betrug nicht fähig. Die Wahrheit leuchtet in deinen Augen, und Angus hätte sie sofort erkannt. Er ist sehr aufmerksam, was diese Dinge angeht. Murdoch wollte, dass du und ich Angus und Lachlan von der Verteidigung Kinlochs ablenken, während er Kräfte sammelt. Ich wusste, dass mir das nicht weiter schwerfallen würde, aber du musstest es ehrlich meinen."

Gwendolen fuhr herum. „Und das habe ich auch getan." Sie verabscheute sich dafür, dass sie so naiv und leichtgläubig gewesen war. Sie hatte sich benutzen lassen von jenen, denen sie am meisten vertraut hatte. „Ich bin so eine Närrin."

Ihre Mutter stand auf. „Nein, das bist du nicht. Dein Herz ist rein und du vertraust jenen, die du liebst. Du siehst das Gute in den Menschen."

„Und das hast du ausgenutzt und gegen mich verwandt."

„Ja. Aber es hat aus mir eine Närrin gemacht, nicht aus dir. Ich habe meine einzige Chance vertan, jemals glücklich zu werden. Ich habe Lachlan in die Falle gelockt. Wenn das hier vorbei ist, wird er mich nie wieder ansehen. Er wird mich hassen."

Gwendolen sah betrübt zu Boden. „Und Angus wird mich hassen." Sie kehrte zum Fenster zurück und sah in das dämmrige Licht des Morgens hinaus. „Ich war diejenige, die ihn vergiftet hat. Nach alldem, was geschehen ist, wird er mir niemals glauben, dass ich nichts davon gewusst habe. Raonaids Prophezeiung hat sich erfüllt, und ich war es, die ihn davon überzeugt hat, ihr nicht zu glauben und sie fortzuschicken."

Onora trat neben sie. „Ja, aber sie hat die Intrige eingefädelt. Sie hat Murdoch gesagt, wie Angus sterben würde, und Murdoch hat ihr geglaubt. Er hat alles getan, um ihre Prophezeiung zu erfüllen. Sie hat ihn ermutigt und benutzt, um sich an Angus zu rächen und um zu beweisen, dass sie recht hat."

„Aber es ist ihr nicht gelungen", sagte Gwendolen, „denn Angus lebt."

Sie ging zum Bett hinüber, ließ sich darauf sinken und sprach ein stilles Dankgebet.

„Wir wählen unser Schicksal selbst", bestätigte Onora. „Das weiß ich jetzt. Wir alle haben die Macht, die Zukunft zu ändern. Wir machen daraus, was immer wir wollen. Angus wollte nicht sterben. Er hat gegen Slevyn gekämpft und konnte fliehen."

Gwendolen sah sie an. „Was willst du noch von der Zukunft, Mutter?"

Sie dachte darüber nach. „Ich will, dass du glücklich bist. Ich will, dass mein Enkel einen Vater hat, und ich will, dass Lachlan und die anderen MacDonalds mir vergeben." Sie senkte den Blick. „Aber das ist nicht so leicht zu erreichen. Ich will nicht, dass mein Sohn stirbt oder leiden muss."

„Manchmal müssen wir schwere Entscheidungen treffen."

„Aber wie sollen wir uns entscheiden?" Onoras Augen füllten sich mit Tränen.

Gwendolen trat vor. „Das ist ganz einfach, Mutter. Manchmal müssen wir alles beiseiteschieben, was wir wollen, und stattdessen einfach nur das Richtige tun."

27. Kapitel

Es war ein langer Weg nach Moncrieffe Castle. Angus blieb den ganzen Tag im Sattel und auch nachts ritt er durch dunkle Täler und stille Wälder. Wenn, dann stoppte er nur kurz, um ein wenig zu schlafen, doch er rastete nie länger als eine Stunde. Unter normalen Umständen brauchte man für den Weg zwei Tage. Angus hatte es in vierundzwanzig Stunden geschafft. Ein neuer Morgen zog herauf, als er das Schloss erblickte. Doch mit dem grauen Licht kamen eisiger Wind und schwerer Regen. Als er das Tor erreichte, war er nass bis auf die Knochen. Er zitterte und fühlte sich taub und schwach vor Hunger und durch die Nachwirkungen des Giftes.

Angus hatte den Tartan wie eine Kapuze um den Kopf geschlungen, ihm klapperten die Zähne. Er führte sein erschöpftes Pferd auf die Brücke, als ihm ein breitschultriger, rotgesichtiger MacLean in den Weg trat.

Die Wache zog das Schwert und trat vor. „Was führt Euch an diesem nassen Morgen zum Earl, Fremder? Er erwartet keine Besucher."

Angus zog sich die Kapuze vom Kopf und hob die Hände, um zu zeigen, dass er unbewaffnet war. „Ich bin Angus MacDonald, Herr der MacDonalds von Burg Kinloch."

Der Wachmann zog besorgt seine buschigen Augenbrauen zusammen, während er Angus musterte und erkannte, wie mitgenommen dieser war.

„Kommt hier entlang." Der Wachmann führte ihn rasch durch den Torbogen, dann winkte er zwei weitere Wachen über den Burghof herüber. „Der Laird von Burg Kinloch ist hier. Bringt ihn rein und kümmert euch um sein Pferd. Schnell. Und gebt unverzüglich dem Earl Bescheid."

Die beiden Männer sahen Angus erschrocken an.

Es überraschte ihn nicht, vermutlich sah er aus wie eine Leiche.

Viele Stunden später erwachte Angus in einem warmen, frisch duftenden Gemach auf Seidenlaken und unter schweren Decken. Er schlug die Augen auf, aber er war zu schwach, sich zu bewegen.

Ein kühles, feuchtes Tuch berührte seine Stirn, und er sah hinauf in das Gesicht einer rothaarigen Schönheit mit faszinierenden grünen Augen, die sich neugierig über ihn beugte.

„Lady Moncrieffe", krächzte Angus. Er konnte kaum sprechen. Seine Stimme war rau und leise.

„Meine Güte. Das nenne ich ein Wunder. Willkommen zurück in der Welt der Lebenden." Sie sah auf ihn hinab, und die Anteilnahme, die in ihren Augen lag, ergab keinen Sinn. Angus hatte einst gedroht, diese Frau zu töten. Er hatte sogar ihren Mann, den berühmten Schlächter der Highlands, verraten. War es ein Traum?

„Wie lange bin ich schon hier?"

„Seit heute Morgen", antwortete sie. „Ihr habt den ganzen Tag geschlafen. Ihr seid bei Eurer Ankunft auf der Brücke zusammengebrochen, aber jetzt ist alles in Ordnung. Ihr braucht nur Ruhe."

„Ich bin vergiftet worden", versuchte er zu erklären und leckte sich über die trockenen, aufgesprungenen Lippen.

„Ja, das habt Ihr schon gesagt. Der Arzt war bereits hier. Er sagt, Ihr werdet überleben." Sie lehnte sich zurück und betrachtete ihn besorgt. „Ihr habt auch gesagt, Euer Schwager hätte versucht, Euch umzubringen. Ihr sagtet, er hätte Euch mit einer Schlinge um den Hals von den Burgzinnen geworfen. Ist das wahr?"

„Ja." Er schloss die Augen. „Ich kann mich wohl einfach nicht von Schwierigkeiten fernhalten, was?"

„Nein, Ihr scheint sie geradezu anzuziehen, ebenso wie Duncan."

Angus blieb eine Weile reglos liegen und dachte über diese merkwürdige Situation nach. „Aus irgendeinem Grund hat Gott gestern Morgen seine schützende Hand über mich gehalten", stellte er fest. „Warum er das getan hat, werde ich nie verstehen. Ich verdiene seine Gnade wohl kaum."

Plötzlich erschien Gwendolen vor seinem inneren Auge, und ihr Verlust schmerzte wie eine offene Wunde in seiner Brust. Er holte tief Luft und war auf einmal von einem Gefühl der Dringlichkeit erfüllt.

Er versuchte, sich aufzusetzen. „Wo ist Duncan? Wird er mit mir sprechen? Ich muss ihm so vieles sagen."

„Bitte seid geduldig." Die Countess drückte ihn sanft in die Kissen zurück. „Er wird bald hier sein." Sie wandte sich vom Bett ab und wusch das Tuch in einer Schale mit Wasser aus.

Angus erblickte ihren runden Bauch.

„Ihr erwartet ein Kind."

„Ja, unser zweites."

„Und das erste?"

„Ist ein gesunder Junge." Lady Moncrieffes Augen strahlten stolz.

„Wie heißt er?"

„Charles", antwortete sie, „nach meinem Vater." Lady Moncrieffe beugte sich wieder über Angus und betupfte seine Stirn.

„Der große englische Colonel", sagte er anerkennend. „Er war stets ein Freund der Schotten. Duncan hatte immer eine hohe Meinung von Eurem Vater."

„Ja, das hatte er, und diese Hochachtung beruhte auf Gegenseitigkeit."

Angus wusste, dass der Colonel inzwischen verstorben war. Es war ein großer Verlust für das vereinigte Großbritannien.

„Kann ich Euch noch etwas bringen?", fragte sie und trat mit der Schale in der Hand zur Tür. Angus versuchte erneut, sich aufzurichten. Die Countess stellte die Schale rasch zur Seite und kam zu ihm zurück. „Bitte ruht Euch aus, Angus. Ich gehe und hole Duncan, ich verspreche es."

Er sah in ihr sanftes Gesicht und in ihre mitfühlend dreinblickenden Augen. „Warum seid Ihr so gut zu mir?", fragte er verwirrt. „Vor zwei Jahren habe ich alles getan, um erst Euch und anschließend Duncan zu vernichten."

„Die Dinge waren damals kompliziert", entgegnete sie.

„Sind sie das jetzt nicht mehr?" Er konnte es kaum glauben.

„Ihr seid der älteste Freund meines Mannes", erklärte sie und strich die Decken glatt. „Außerdem habe ich Euren Brief gelesen."

Er ließ sich in die Kissen zurücksinken. „Dann habt Ihr ihn also erhalten. Ich war nicht sicher, weil Duncan nicht geantwortet hat."

„Er wollte selbst zu Euch kommen", erwiderte sie, „aber er konnte jetzt nicht fort. Er wollte warten, bis unser zweites Kind geboren ist."

Angus betrachtete sie im Feuerschein. „Das verstehe ich."

Tatsächlich verstand er es nur zu gut. Bei dem Gedanken an sein eigenes ungeborenes Kind, das jetzt auf Kinloch schutzlos seinen Feinden ausgeliefert war, wurde ihm mulmig.

Er dachte an Gwendolen, seine Frau und Geliebte, die ihm vergifteten Wein gegeben hatte.

Sein Herz pochte schmerzhaft. Seine Gefühle verwirrten ihn. Er wusste nicht mehr, was er glauben, was er empfinden oder was er tun sollte. Nicht, dass er im Augenblick in der

Lage wäre, etwas zu tun. Er musste erst wieder zu Kräften kommen. Und er musste Duncan sehen. Es gab viel zu sagen.

Minuten oder vielleicht auch Stunden später fuhr Angus hoch. Er setzte sich auf und umklammerte keuchend seinen Hals, während er gegen den verzweifelten Drang ankämpfen musste, wild um sich zu schlagen.

Es war still im Raum, nur das Prasseln des Feuers im Kamin war zu hören. Eines der Holzscheite fiel um, und er sah in die tanzenden Flammen, während er versuchte, sich zu beruhigen. Er atmete ein paar Mal tief durch.

„Ich nehme an, du wirst noch eine ganze Weile davon träumen", sagte eine Stimme.

Angus versuchte in das dunkle Zimmer zu sehen und erkannte schließlich Duncan, der sich vorbeugte und so vom Schein des Feuers erfasst wurde. Er saß in einem Ohrensessel vor dem Kamin und hielt ein Glas Whisky in der Hand.

Seit Jahren hatte Angus seinen Freund nicht mehr gesehen, und seine erste Regung war Freude. Er empfand unfassbare Freude, doch sie verschwand sofort angesichts seiner Schuld. Angus war überzeugt, dass Duncan ihn hasste. Vielleicht würde er sich auch an ihm rächen wollen. Bei Gott, er verdiente es.

Angus versuchte, sich etwas zu entspannen, während er auf das wartete, was auch immer kommen mochte. „Ich dachte, ich sterbe", sagte er, ohne den Blick von seinem Freund abzuwenden.

„Tja, aber du bist nicht tot. Es war nur ein Traum."

„Und du hattest nicht etwa vor, mich aufzuwecken?"

„Nein." Duncan stand auf und trat zu einem Fenstersitz neben dem Bett. Er setzte sich und musterte Angus.

Duncan MacLean, der Earl of Moncrieffe. Einigen wenigen auch bekannt als der Schlächter der Highlands. Er war berühmt und berüchtigt, und er war zu Recht zu einer schottischen Legende geworden. Er war seit jeher eine beeindruckende Erscheinung, ein grimmiger und tapferer Krieger, der mehr Ehre und Redlichkeit im kleinen Finger hatte, als die meisten je in einem ganzen Leben erlangen konnten.

Heute Abend trug er einen Tartan der MacLeans mit einem weiten Leinenhemd. Sein tiefschwarzes Haar war zu einem Zopf gebunden. Früher hatte er vor allem seidene Wämser, Hemden mit spitzenbesetzten Kragen und Ärmeln, Brokatwesten mit Messingknöpfen und häufig auch eine schwarze Lockenperücke getragen.

Manchmal war er in den Augen der Engländer ein Gentleman.

Manchmal ein brutaler Schlächter.

Was war er heute? Vermutlich ein wenig von beidem.

„Ich bin überrascht, dass du mich nach dem, was vor zwei Jahren geschehen ist, überhaupt hereingelassen hast", sagte Angus und setzte sich auf. Er sah in Duncans blaue Augen. „Du hast jedes Recht, mich abgrundtief zu hassen. Das weiß ich. Ich sollte in der Hölle brennen für das, was ich dir angetan habe."

Er hatte den englischen Soldaten genau beschrieben, wo sie den Schlächter finden würden, und Duncan war daraufhin gefangen genommen, geprügelt und zum Tode verurteilt worden. Hätte seine mutige Frau nicht alles riskiert, um ihn zu retten, würde er nicht mehr leben.

Und heute hatte sich genau diese Frau voller Güte und Sanftmut um ihn gekümmert. Manchmal erstaunte es ihn, wie bereitwillig das menschliche Herz vergeben konnte. Besonders sein eigenes, denn noch vor Kurzem hätte er nicht einmal gedacht, dass er überhaupt ein Herz besaß. Und doch spürte er jetzt einen tiefen Schmerz an jener Stelle. Er bereute, was er getan hatte. Er bereute seinen Verrat und seine Untreue und er sehnte sich nach der Frau, die er liebte, trotz all seiner Zweifel an ihr.

„Ja", sagte Duncan, „du warst ein tyrannischer Schweinehund und ich sollte dir dafür eigentlich eine Kugel verpassen."

„Die meisten Männer würden das an deiner Stelle auch tun."

Duncan schwieg, und Angus fragte sich ein wenig besorgt, ob sein Freund wohl irgendwo hier eine Pistole versteckt hielt. Wie oft musste sich Duncan diesen Augenblick ausgemalt haben, während er in seiner Kerkerzelle lag, verraten von dem Freund, dem er am meisten vertraut hatte.

Duncan setzte das Whiskyglas an den Mund und leerte es in einem Zug. „Ich habe hier eine Flasche meines besten Whiskys stehen", erklärte er und nickte mit dem Kopf in Richtung Tisch. „Du solltest auch einen trinken. Vielleicht beruhigt es deine Nerven ein bisschen."

Angus schnaufte. „Ich glaube kaum, dass es irgendein Getränk auf der Welt gibt, dem dieses Wunder gelingt."

„Trotzdem ist es der beste Whisky weit und breit." Duncan lehnte sich zurück. „Du musst dich ausruhen, Angus. Ich habe deinen Brief gelesen und ich weiß noch allzu gut, unter welchem Druck wir beide vor zwei Jahren standen. Es waren harte Zeiten."

Duncan stand auf, schenkte ein weiteres Glas ein und reichte es Angus.

„Ich hatte nur den einen Wunsch, Richard Bennetts Kopf auf einem Spieß zu sehen."

Richard Bennett war jener englische Offizier, der Angus' Schwester vergewaltigt und ermordet hatte. Angus war vor Wut und Trauer beinahe wahnsinnig geworden. Als Duncan entschied, Bennett am Leben zu lassen, hatte der Löwe den letzten Rest seines Verstandes verloren.

„Aber was ich getan habe, war falsch", sagte er, „und ich könnte es dir nicht verübeln, wenn du es mir jetzt heimzahlen würdest."

Duncan zog seine breiten Schultern nach oben und senkte sie mit einem tiefen Atemzug. „Vor zwei Jahren hätte ich dich vielleicht vor den Toren verrotten lassen, aber die Zeit kühlt jeden Zorn und heilt alte Wunden. Wenn man glücklich ist mit seinem Leben, fällt es leichter, Dinge zu vergeben, die einen einst gequält haben."

Angus nickte. „Allmählich verstehe ich auch das. Seitdem ich nach Kinloch zurückgekehrt bin, denke ich zunehmend auch an andere Dinge als die Vergangenheit. Ich habe geheiratet, und eine Weile lang dachte ich tatsächlich, Gott habe mir eine zweite Chance gegeben."

„Lass mich raten. Jetzt denkst du das nicht mehr", mutmaßte Duncan, „wegen dem, was dir gestern zugestoßen ist. Nachdem du auf der Brücke zusammengebrochen bist, hast du uns erzählt, deine Frau habe dich vergiftet. Das ist hart."

Angus trank den letzten Schluck und stellte das Glas auf den Beistelltisch, dann schwang er die Beine über die Bettkante. „Ja."

„Glaubst du wirklich, sie wollte, dass du stirbst?"

Um seine Kräfte zu prüfen stand Angus auf, ging zur Karaffe beim Kamin hinüber und füllte sein Glas neu. „Ich weiß nicht. Dieser Gedanke bringt mich schier um. Aber wenn sie nichts von alledem gewusst hat, wäre es noch schlimmer. Denn dann hätte ich sie im Stich gelassen."

Duncan sah zu, wie Angus zum Bett zurückkehrte. „Ich kann dir nicht sagen, ob deine Frau unschuldig ist oder nicht. Ich weiß nicht, was in ihrem Kopf vorgeht, aber ich kann dir sagen, was ich über die MacEwens weiß. Seitdem sie vor zwei Jahren deinen Vater getötet und Kinloch eingenommen haben, sind meine Spione dort postiert."

Angus verlor fast das Gleichgewicht. „Du scherzt."

„Nein, es ist mein voller Ernst."

„Sind deine Spione auch jetzt noch dort? Warum weiß ich davon nichts? Wer sind sie?"

Duncan schüttelte den Kopf. „Das kann ich dir nicht sagen, aber keine Sorge, sie sind auf deiner Seite. Ich wollte die MacEwens im Auge behalten. Nach dem Tod deines Vaters musste ich schließlich wissen, was ich von meinen neuen Nachbarn zu erwarten hatte. Und ich habe so einige Dinge erfahren, die du wissen solltest."

„Zum Beispiel?"

„Wenn du dich setzt, erzähle ich dir etwas über die politische Gesinnung deines verstorbenen Schwiegervaters."

Sie setzten sich in die beiden Ohrensessel am Kamin.

„War er ein Jakobit?", fragte Angus.

Duncan stützte die Ellbogen auf die Knie. „Nein, aber sein Sohn ist es. Er hat Kinloch vor einem Jahr verlassen, um die jakobitischen Streitkräfte aufs Neue zu formieren und einen weiteren Aufstand zu planen. Sein Vater war damit nicht einverstanden, aber er hat die Gesinnung seines Sohnes geheim gehalten."

„Verständlich", entgegnete Angus. „Immerhin war ihm Kinloch nur zugesprochen worden, weil er ein königstreuer Angehöriger der Whigpartei war." Er sah in die Flammen. „Dann habe ich Kinloch also an einen Jakobiten verloren. Welche Ironie."

Sein eigener Vater war ein überzeugter Jakobit gewesen, und Angus selbst hatte in zahllosen Schlachten an der Seite der Aufständischen gekämpft. Seit seiner Verbannung wollte er jedoch nur noch Frieden finden. Auch wenn er sich noch lange nicht zu den Königstreuen zählte, so hoffte er doch, neutral bleiben zu können. Doch hatte er eine Wahl? Kriegstreiber würde es immer geben. Er selbst war einer von ihnen gewesen, denn er hatte immer nur den Kampf gesucht. Nur so konnte er lange Zeit diesen rasenden Rachedurst stillen.

„Was ist mit Gwendolen?", fragte er und sah in sein Glas. „Weißt du, wo sie politisch steht? Sie hat immer behauptet, für ein vereinigtes Königreich einzustehen, aber ich weiß nicht mehr, was ich noch glauben soll."

Angus trank etwas Whisky, um das Tosen in seinem Kopf zu besänftigen, doch es half nicht. Ihm konnte nur noch die Wahrheit helfen.

Duncan schüttelte den Kopf. „Soweit ich weiß, steht sie tatsächlich auf Seiten der Krone. So wie es aussieht, hat sie von der Einstellung ihres Bruders nichts gewusst. Aber vielleicht ist sie auch nur eine gute Lügnerin. Ihre Mutter kann einem gestandenen Mann nachweislich den Kopf so verdrehen, dass er nicht mehr weiß, was er tut."

„Ja, das hat sie auch mit meinem Cousin versucht."

„Lachlan MacDonald?", fragte Duncan überrascht. Er trank noch einen Schluck. „Der ist allerdings ein gestandener Krieger. Nach allem, was ich über ihn weiß, ist er nicht gerade der Typ, der sich von einer Frau um den Finger wickeln lässt. Ist es nicht normalerweise genau umgekehrt?"

Angus nickte. „Ja, er ist ein berüchtigter Herzensbrecher. Und ich weiß nicht, ob er noch lebt."

Eine Weile saßen sie schweigend da.

Duncan griff nach dem eisernen Schürhaken und fachte das Feuer wieder an.

Angus ließ den Kopf gegen die Lehne sinken und schloss die Augen. „Was mache ich, wenn meine Frau mich wirklich verraten hat?", fragte er. „Sie trägt mein Kind."

Duncan hängte den Schürhaken wieder weg. „Wenn sie wirklich versucht hat, dich zu vergiften, und in dieses Komplott verwickelt ist, dann ist die Sache einfach. Du sperrst sie ein, löst die Ehe und nimmst dein Kind zu dir."

Angus hob den Kopf. „Und wenn sie unschuldig ist?"

Duncan lehnte sich zurück und dachte sorgfältig über dieses Dilemma nach. „Wenn du es für möglich hältst, dass sie nur eine Marionette im Plan ihres Bruders war, dann schwing deinen jämmerlichen Hintern zurück nach Kinloch und hol dir deine Burg und deine Frau zurück."

Angus dachte angestrengt nach. „Aber woher soll ich wissen, was die Wahrheit ist? Raonaid hat mich vor Gwendolen gewarnt. Sie sagte, sie würde sich letztendlich für ihren Bruder entscheiden."

„Deine Seherin?" Duncan schnaufte verächtlich. „Die mag vielleicht hübsch anzusehen sein, aber sie ist auch im wahrsten Sinne des Wortes eine Hexe. Hör nicht auf sie. Hör auf dein Herz und auf sonst gar nichts."

Angus starrte ins Feuer. „Genau das ist das Problem. Ich weiß nicht viel über mein Herz. Es war zu lange taub. Und selbst wenn Gwendolen unschuldig ist, weiß ich nicht, ob sie mir jemals wieder so viel bedeuten könnte wie zuvor. Sie hat etwas getan, was ich nie zulassen wollte."

„Und was wäre das?"

„Sie hat mich geschwächt."

Duncan runzelte die Stirn. „Wie das?"

Angus wusste nicht, wie er es ausdrücken sollte. „Bisher habe ich nicht gewusst, was Angst ist", sagte er schließlich. „Jetzt weiß ich es, und ich zögere, obwohl ich eigentlich schnell und instinktiv handeln müsste. Ständig bin ich abgelenkt. Ein Teil von mir hasst Gwendolen dafür und will sie auch weiterhin hassen. Das Leben wäre wohl so viel leichter ohne die Liebe, die alles nur schwer macht."

„Leichter vielleicht", räumte Duncan ein, „aber auch sinnlos. Und habe ich dich da wirklich gerade von Liebe sprechen hören?"

Angus ignorierte die Frage, stand auf und trat ans Fenster.

„Wie ich schon sagte, dieses verdammte Herz in meiner Brust war zu lange tot und jetzt weiß ich nicht, ob ich es überhaupt wieder zum Leben erwecken will."

„Wie auch immer, du hast eine Burg zurückzuerobern und einen Clan zu beschützen."

„Ja, und in dieser Beziehung werde ich alles tun, was in meiner Macht steht, um meiner Verantwortung gerecht zu werden, aber mir fehlt eine Armee."

Duncan erhob sich ebenfalls. „Du brauchst keine Armee, Angus. Es gibt noch eine andere Möglichkeit."

„Wirklich?"

„Ja, aber dazu müsstest du all deinem alten Groll ein für alle Mal abschwören."

Ein ungutes Gefühl beschlich ihn und er runzelte die Stirn. „Was schlägst du mir vor, Duncan?"

Sein Freund sah ihn scharf an. „Verbünde dich mit den Engländern, Angus. Geh nach Fort William und berichte Colonel Worthington von Murdochs Plänen. Sie werden ihn zermalmen."

Angus ließ sich wieder in den Sessel fallen und sah in die Flammen. „Einen Schotten an die englische Armee verraten?" Er schüttelte den Kopf. „Das könnte ich nicht noch einmal tun, Duncan. Du weißt, was ich von den Engländern halte."

Er schüttelte abermals den Kopf. „Nein, das kann ich nicht tun. Ich muss es selbst erledigen."

„Und wie?", fragte Duncan. „Wie du schon sagtest, du hast keine Armee. Alle Krieger, die dir ergeben sind, wurden mittlerweile sicher entweder eingesperrt oder umgebracht. Wie willst du deinen Schwager besiegen, der seine Kräfte bestens aufgestellt hat?"

Angus stützte die Ellbogen auf die Knie und verschränkte die Hände ineinander. „Indem ich dich um einen Gefallen bitte. Ich weiß, ich habe kein Recht, Großzügigkeit von dir zu erwarten, und du schuldest mir ganz sicher nichts, aber fragen muss ich dich."

Duncan musterte ihn wissend und kniff sich dann in den Nasenrücken. „Verdammt. Du willst dir meine Armee ausborgen."

„Ja."

Duncan überlegte. „Ich kann nicht mit dir kommen", sagte er. „Nicht, während mein Kind jederzeit geboren werden kann."

„Das verstehe ich. Aber wenn deine Männer mir folgen wollen, werde ich sie selbst anführen."

Duncan beugte sich vor und nickte. „Dann machen wir es so."

Angus empfand eine merkwürdig zögerliche Freude. Vermutlich hatte er schlicht Angst davor, zu hoffen.

Sie stießen an und schwiegen, während sie genüsslich tranken. Angus begriff, dass Hoffnung im Augenblick unwichtig war. Er hatte eine Armee zu führen und eine Burg einzunehmen. Nur das zählte.

Er beugte sich wieder vor und verschränkte die Hände. „Ich nehme nicht an, dass du außer den Männern vielleicht auch noch einen Rammbock hast, den ich mir borgen könnte?"

Duncan lachte und trank sein Glas aus.

28. Kapitel

Gwendolens Gemach wirkte wie eine kühle Gruft, in der sie mit dem Schlaf kämpfte. Sie wälzte sich in ihrem Bett hin und her und starrte hinauf zum seidenen Baldachin.

Vier Tage waren vergangen, seit Angus entkommen und wie ein Geist im Wald verschwunden war. Es waren schwere, qualvolle Tage für sie gewesen, denn sie wusste nicht, ob er noch lebte oder ob er gestorben war. Vierzehn Stunden nach seiner Flucht waren die Männer ihres Bruders ohne Angus zurückgekehrt. Sie hatten nirgendwo auch nur eine Spur von ihm gefunden. Nach allem, was sie inzwischen wusste, konnte er an der Wirkung des Giftes gestorben sein, das sie ihm gegeben hatte. Vielleicht war er geschwächt von seinem Pferd gefallen und einen Abhang hinuntergestürzt. Vielleicht war er aber auch in einem Fluss oder See ertrunken, und niemand würde je erfahren, was aus ihm geworden war.

Es waren grausame Gedanken, doch Gwendolen konnte nur noch an das Schlimmste denken. Sie war gefangen von der Angst, Angus niemals wiederzusehen. Und selbst wenn er zurückkehren würde, könnte er wohl kaum glauben, dass sie von dem ganzen Komplott nichts geahnt hatte. Sie hatte nicht vorgehabt, ihn zu verraten. In den vergangenen vier Tagen hatte sie die gehorsame Schwester gespielt, die ihren Bruder als rechtmäßigen Herrn über Kinloch anerkannte. Damit hatte sie erreicht, dass sie sich wieder frei auf der Burg bewegen durfte.

Ob sie ihren Mann jemals wieder in die Arme schließen konnte, würde sich in den kommenden Tagen entscheiden. Wenn alles planmäßig verlief, würde Kinloch einen gewaltigen Aufruhr erleben und Gwendolen ihrem Mann die Treue erweisen.

Sie rollte sich auf die Seite und schob die Hand unter die Wange. Wenn Angus noch am Leben war und diesen Aufruhr erlebte, würde er erfahren, wie sehr sie ihn liebte und dass Raonaid sie die ganze Zeit über falsch eingeschätzt hatte.

Solange Murdoch sie nicht tötete, gab es noch Hoffnung. Doch die Gefahr bestand, wenn er erfuhr, was sie getan hatte.

Drei Stunden später breitete sich graues Morgenlicht im Raum aus. Aufgeschreckt vom Klang eines Horns, das vom Burghof her erklang, fuhr Gwendolen hoch.

Sie waren da.

Sie warf die Decken beiseite, sprang auf und eilte in ihren Ankleideraum, wo sie sich einen Wollrock, Strümpfe und ein Mieder anzog. Mit flinken Fingern band sie das Korsett und schlüpfte dann in ihre Schuhe. Einen Augenblick später hastete sie schon die Turmtreppe hinauf auf das Dach. Die ersten Sonnenstrahlen färbten den Horizont glutrot.

Einige Mitglieder des MacEwen-Clans beugten sich über die Zinnen und sprachen erhitzt miteinander. Erhobene Stimmen waren zu hören, dann brachen die ersten Schwertkämpfe aus. Männer brüllten sich an, während der Boden unter ihnen erbebte. Ein Rammbock donnerte erhaben gegen das Burgtor.

Das alles kam ihr so schrecklich vertraut vor, doch es war ganz anders als beim ersten Mal. Damals hatte sie nichts davon abhalten können, nach den Waffen zu greifen und ihr Heim zu verteidigen.

Dieses Mal waren die Loyalitäten in der Burg geteilt. Gwendolens Herz schlug wild gegen ihre Rippen. Sie betete still. Dies hier war ihr Werk.

Grauen stieg in ihr auf, denn gleich würde die Schlacht beginnen. Überall um sie herum brachen Kämpfe aus. Sie hoffte, dass der Kampf rasch vorüber sein und so wenig Tote wie nur möglich fordern würde.

Rums! Wieder krachte der Rammbock machtvoll gegen das Tor, ihm folgte ein ohrenbetäubendes Geräusch von splitterndem Holz. Gwendolen hastete die Wehrgänge entlang und beugte sich über die Zinnen.

Ihr stockte der Atem. Vor ihr stand nicht Colonel Worthingtons Armee! Es waren fremde Krieger.

„Wer sind sie?", fragte sie den Kämpfer, der neben ihr stand. „Wer greift uns da an?"

Sie hatte die englische Armee erwartet, doch nun sah sie dutzende Highlander. Wollte ein fremder Clan Kinloch einnehmen? „Das ist die Armee der Moncrieffes!", brüllte der Krieger über das Donnern der Musketen. Seine Wangen waren aschfahl vor Angst, während er seine eigene Waffe lud.

Moncrieffe?

Gwendolen stellte sich auf die Zehenspitzen und beugte sich noch weiter vor, als der Rammbock ein weiteres Mal das Tor traf und den Erdboden erbeben ließ.

„Ist der Earl bei ihnen?", fragte sie.

„Das wissen wir nicht, Madam! Wir haben lediglich die Banner und den Tartan der MacLeans erkannt!"

Tatsächlich konnte man aus dieser Höhe keine Gesichter erkennen. Doch Gwendolen wusste, sie würde Angus aus jeder Entfernung erspähen. War er dort unten, um Kinloch ein weiteres Mal zu erobern? Hatte er Zuflucht bei seinem alten Freund Duncan gesucht und ihn um Hilfe gebeten? Oft hatte sie sich gefragt, ob er dorthin gegangen war, doch sie hatte ihre Vermutungen mit niemandem geteilt, denn Murdoch hätte es schamlos ausgenutzt.

Der Krieger neben ihr feuerte seine Muskete ab. Gwendolen zuckte zusammen, während die Soldaten der Moncrieffes in den Burghof strömten. Gwendolen eilte auf die andere Seite des Daches und sah, wie die Eroberer Kinloch einnahmen, ohne auf großen Widerstand zu stoßen. Niemand schien bereit zu sein, die Burg zu verteidigen oder für Murdoch zu kämpfen. Viele Kämpfer der MacEwens und der MacDonalds legten ihre Waffen nieder oder flohen. Einige kämpften stattdessen auch gegeneinander, uneinig, wem ihre Treue gelten sollte.

Doch das galt nicht für Slevyn, der einen Soldaten nach dem anderen niedermetzelte und dabei brüllte wie ein riesiger, hässlicher Troll.

Wo war Angus? Verzweifelt versuchte Gwendolen auf dem Burghof einen Schimmer goldenen Haares zu sehen. War Angus überhaupt unter den Angreifern oder ging es hier um etwas ganz anderes? War es vielleicht eine politische Schlacht zwischen Königstreuen und Jakobiten? Da endlich sah sie ihren Mann, den großen Löwen der Highlands. Auf einem schwarzen Hengst galoppierte er furchtlos in den Burghof hinein und schnitt dabei eine Schneise in die Reihen der Soldaten, die sich vor ihm teilten.

Mit wildem Kampfgebrüll ritt er auf Slevyn zu und riss sein Schwert in die Luft. Das Licht der Sonne brach sich auf der Klinge und Slevyn wirbelte herum, um sich zu stellen. Mit einem Schwerthieb nur schleuderte Angus ihm den Schild aus der Hand, dann schwang er sich aus dem Sattel des galoppierenden Tieres.

Angst schnürte Gwendolens Brust zusammen, während sie zusah, wie die beiden Krieger aufeinandertrafen und ihre schweren Beidhänder schwangen. Stahl krachte gegen Stahl und lautes Klirren erfüllte die Morgenluft, während die Krieger aller drei Clans wie erstarrt den Kampf verfolgten.

In diesem Augenblick entdeckte Gwendolen Murdoch. Noch im Rennen schloss er die Schnalle seines Gürtels und rückte seinen Galadegen zurecht. Er sah aus, als käme er geradewegs aus dem Bett.

Gwendolen wandte sich wieder dem Kampf zu. Slevyn war ein wahrer muskulöser Hüne, doch Angus war schlanker und gewandter. Er schlug blitzschnell zu. Und noch bevor Slevyn sich auch nur umdrehen konnte, bohrte sich die Klinge des Löwen bereits in sein Herz. Slevyn stürzte und schlug schwer auf dem Boden auf.

Gwendolen sah, wie Murdoch zurückwich und in der Menge verschwand.

Angus hob sein Schwert und rief: „Murdoch MacEwen! Zeige dich!"

Niemand regte sich oder wagte auch nur zu sprechen. Auch Gwendolen war wie gebannt von der stählernen Kraft, die in der Stimme ihres Mannes lag, während ein anderer Teil in ihr jubilierte. Er lebte! Und er war zurückgekehrt. Er hatte über jene gesiegt, die ihm Unrecht angetan hatten.

Nie hatte sie ihn mehr geliebt, nie hatte sie ein größeres Verlangen nach ihm verspürt.

Halb verrückt vor Sehnsucht eilte sie die Turmtreppe hinunter auf den Burghof, wo sie sich einen Weg durch die Menge bahnte. Drei Clans waren hier versammelt und warteten darauf, den Sieger dieses Machtkampfes zu küren.

Gwendolen drängte sich in die Mitte des Burghofes vor, wo Angus mit seinem blutigen Schwert in der Hand stand und mit eisernem Blick die Zinnen absuchte.

„Murdoch MacEwen!", brüllte er ein zweites Mal, und seine tiefe Stimme hallte von den Mauern wider. „Komm und kämpfe gegen mich!"

Gwendolen trat in den leeren Kreis vor ihn. „Er wird nicht kommen", sagte sie leise. „Er fürchtet sich vor dir."

Ihre Blicke trafen sich, und Gwendolen erstarrte vor Angst. Wie oft hatte sie sich in den vergangenen Tagen vorgestellt, ihn wiederzusehen, doch jetzt war alles ganz anders. In Angus' Augen blitzten die Wut und Lust auf blutige Rache. Gwendolen war wie gelähmt vor Furcht. Nur ein falsches Wort, und er würde auch sie durchbohren, nur weil sie es gewagt hatte, die Stimme zu erheben.

„Wo ist er?", fragte Angus drohend.

Alles an ihm drückte eine tiefe Verachtung aus. Er schien sie überhaupt nicht mehr zu kennen. Er tat so, als wären sie sich nie zuvor begegnet, hätten sich nie geliebt und in der sanften Stille der Nacht in den Armen gehalten. Er suchte nach seinem Feind. Das war das Einzige, was für ihn zählte.

Sie deutete auf das Pulverhaus. „Ich habe ihn dort hineingehen sehen."

Angus musterte sie scharf. „Ist das etwa wieder eine Falle? Belügst du mich, Weib?"

„Nein!" Die Verzweiflung brach aus ihr heraus. Ihr Mann verachtete sie. Sie fühlte seinen Hass wie einen eisigen Winterwind. Er gab ihr die Schuld an allem, weil er glaubte, dass sie ihn betrogen hatte.

Plötzlich verließ sie ihr Mut. Sie sah in seinen Augen nur die Kampfeslust. Er musste ihren Bruder finden, der ihn aus seinem Heim vertrieben und von den Burgzinnen geworfen hatte.

Angus würde ihn töten, er musste ihn töten. Es gab keine andere Möglichkeit. Im Kampf hatte Murdoch keine Chance. Er war nicht besonders geschickt im Umgang mit dem Schwert, deshalb hatte er Slevyn stets so dicht bei sich behalten. Slevyn hatte Murdochs Schlachten geschlagen.

Murdoch war in vielerlei Hinsicht ein Feigling, doch sie wollte trotzdem nicht, dass er starb. Trotz allem war er noch immer ihr Bruder.

„Bitte töte ihn nicht", wisperte sie sanft, obgleich sie wusste, dass es das Schlimmste war, was sie aussprechen konnte. Doch sie musste es tun. Sie musste um das Leben ihres Bruders bitten.

Angus kniff erbost die Augen zusammen, seine Kiefermuskeln spannten sich und seine Hand schloss sich fest um den Schwertgriff. Er deutete auf zwei Soldaten der Moncrieffes. „Nehmt sie fest, bringt sie in den Südturm und schließt sie dort ein."

„Nein, Angus. Bitte!" Sie kämpfte gegen den Griff der Männer, und einige treue Kämpfer eilten an ihre Seite, um sie zu verteidigen. Doch die Soldaten hielten ihnen Messer an die Kehlen und brachen so den Widerstand.

„Lass es mich erklären!", rief sie, während sie davongeschleift wurde. „Ich wusste nicht, dass das geschehen würde. Ich habe dich nicht verraten. Ich wusste nicht einmal, dass der Wein vergiftet war. Es war alles Teil ihres Plans, sie haben mich benutzt!"

Angus deutete mit dem Schwert auf sie. Seine Miene war wutentbrannt. „Ich will es nicht hören. Nicht jetzt. Bringt sie fort", brüllte er zornig. Er wandte sich schon zum Gehen, drehte sich dann aber doch noch einmal um. „Fügt ihr aber bitte kein Leid zu! Sie trägt mein Kind!"

Dann ging Angus zum Pulverhaus, um Murdoch zu suchen, während Gwendolen in die entgegengesetzte Richtung davongezerrt wurde. Sie wehrte sich mit aller Kraft und kämpfte unermüdlich gegen die Griffe der Soldaten an. Vier Männer waren nötig, um sie die gewundene Turmtreppe hinauf in ihre Zelle zu bringen, wo sie schließlich auf die Knie fiel und hemmungslos weinte.

29. Kapitel

Angus marschierte entschlossen auf das Pulverhaus zu. Seine Muskeln waren angespannt und seine Sinne geschärft. Er war bereit für den entscheidenden Kampf. Er konnte sich jetzt nicht all seinen Gefühlen hingeben, die er empfunden hatte, als er Gwendolen wiedersah. Er konnte es jetzt nicht zulassen. Nicht in diesem entscheidenden Augenblick.

Er stieß die Tür auf und trat ins Innere, wo er wie angewurzelt stehen blieb. Vor ihm beugte sich Murdoch über ein Pulverfass. Er hielt eine Fackel in der einen Hand und in der anderen seinen juwelenbesetzten Degen.

„Keinen Schritt näher", rief Murdoch, „oder ich jage die ganze Burg in die Luft."

Angus musterte seinen Feind einen Augenblick lang, dann trat er entschlossen vor. Murdoch atmete scharf ein und riss seine Augen ängstlich auf.

Bevor er auch nur einen Griff tun konnte, hatte ihm Angus schon die Fackel aus der Hand gerissen.

„Du verdammter Narr", knurrte er. Er trat zurück zur Tür und reichte einem seiner Männer die Fackel. „Bringt sie schnell raus." Dann wandte er sich wieder Murdoch zu. „Ich sollte dich hier und jetzt aufspießen. Du bist zu dumm, als dass ich dir dein Leben lassen dürfte."

Murdoch hob seinen Degen und sprang vor.

„Was zum Teufel soll denn das?", fragte Angus verächtlich. „Willst du spielen? Glaubst du wirklich, du wärst mir gewachsen?" Er schüttelte angewidert den Kopf, trat mit seinem schweren Beidhänder vor und hieb Murdoch seinen Galadegen mit einem lässigen Schwinger aus der Hand. Die Waffe landete klappernd auf dem Boden. Murdoch hob beide Hände und stolperte rückwärts gegen die Wand.

„Du wirst mich nicht töten", sagte er mit bebender Stimme.

„Meinst du?"

„Ja!"

„Warum sollte ich dich schonen?"

„Wegen meiner Schwester. Wenn du Hand an mich legst, wird sie den Tag verfluchen, an dem du geboren worden bist, und jeder weiß, dass du besessen von ihr bist."

„Weg von der Wand", warnte Angus.

Murdoch trat in die Mitte des Raumes. „In Ordnung", sagte er bedächtig. „Dann lass uns über Politik reden. Dein Vater war ein bekannter Jakobit, sicherlich willst du dich meiner Sache anschließen. Wir können hier gemeinsam herrschen, und wenn Englands Krieg mit Spanien beginnt ..." Murdoch stockte.

„Englands Krieg mit Spanien?", wiederholte Angus gereizt. „Damit will ich nichts zu tun haben."

„Es ist die Gelegenheit für Schottland, wieder einen eigenen König zu bekommen", beharrte Murdoch.

Angus betrachtete ihn von Kopf bis Fuß. „Nein, es ist die Gelegenheit für dich, zu Amt und Würden zu kommen. Ich habe erst heute Morgen von deinem Verrat erfahren. Wenn du glaubst, du könntest jemals Duke werden, bist du verloren. Ich werde nicht zulassen, dass du Kinloch und das Blut meiner Männer dafür aufs Spiel setzt."

Angus setzte Murdoch die Schwertspitze auf die Brust.

Sein Schwager sah ihn finster an. „Wenn du mich töten willst, dann tu es jetzt. Dann wird jeder wissen, auf welcher Seite du stehst."

Angus biss die Zähne zusammen. Er spürte seinen altbekannten Zorn und Rachedurst in sich aufsteigen. Plötzlich fragte er sich, wie viele Männer er in seinem Leben schon getötet hatte, ohne jemals an die Folgen gedacht zu haben. Der Tod eines Menschen hatte ihm nie etwas bedeutet, denn schon das Leben bedeutete ihm nichts, nicht einmal sein eigenes. Vor allem nicht sein eigenes.

Aber dieser Mann war Gwendolens Bruder und Onoras Sohn.

Ohne das Schwert sinken zu lassen oder den Blick von Murdoch abzuwenden, trat er zurück zu seinen Männern. „Sperrt ihn in den Westturm. Ich will nicht, dass er in die Nähe seiner Schwester kommt."

Murdoch leistete keinen Widerstand, während er von drei Kriegern abgeführt wurde. Er schien vollkommen davon überzeugt, letztendlich den Sieg davonzutragen.

Angus schloss das Pulverhaus ab und kehrte dann in den Burghof zurück, wo Dutzende Krieger der MacEwens, MacLeans und MacDonalds in befangenem Schweigen standen und ihn anstarrten.

Verurteilen sie mich? fragte er sich, als er in die Mitte der Menge trat. Halten sie mich für schwach, nur weil ich das Leben meines Feindes geschont habe?

Lange Zeit stand er einfach nur da und sah einem nach dem anderen schweigend in die Augen. Er musterte jeden Einzelnen von ihnen genau, so als wolle er sie herausfordern, ihre Missbilligung zu zeigen oder die Schwerter gegen ihn zu erheben.

Niemand sprach. Sie sahen ihn einfach nur an und warteten darauf, dass etwas geschah.

Angus blickte hinauf in den Morgenhimmel und dann die vier Türme entlang über die Zinnen der Burg. Dann rammte er sein Schwert in die Erde.

„Ich bin Angus Bradach MacDonald", brüllte er, „und ich bin der Herr und Laird hier! Wenn jemand hier in diesem Burghof ein Jakobit ist, dann ist es so. Kämpft für die Stuarts, wenn ihr das wollt, aber Kinloch ist und bleibt neutraler Boden. Alle Kriege werden auf fernen Schlachtfeldern ausgetragen. Hier nicht!" Er wandte sich um. „Männer von Moncrieffe! Ich danke euch dafür, dass ihr mir heute bei meinem Kampf beigestanden habt! Bleibt und feiert heute Abend mit uns, und dann kehrt zurück zu eurem eigenen Laird, zu euren Frauen und Kindern, und seid gewiss, dass ihr in mir, dem Laird von Kinloch, einen treuen Verbündeten habt. Alle anderen schwören mir sofort die Treue oder gehen!"

Die Soldaten der Moncrieffes traten zurück, während alle anderen vor Angus auf die Knie fielen. Niemand war bereit, sich ihm im Kampf zu stellen. Niemand wandte sich ab.

Angus sah Gordon MacEwen im Torbogen der Großen Halle stehen. Der alte Steward sah ihn an, nickte und fiel dann auf ein Knie.

Angus zog sein Schwert aus der Erde und ging durch die Menge auf Gordon zu. „Ihr seid rasch bereit, Eurem MacEwen-Anführer den Rücken zu kehren, obwohl ich Euch eingesperrt und des Verrats beschuldigt habe."

Gordon sah ihn unverwandt an. „Murdoch MacEwen wollte uns alle in einen Krieg mit England stürzen. Sogar mich. Er hat mir gesagt, wenn ich nicht kämpfe, werde er mir den Kopf abschlagen lassen."

Angus sah in das sorgenvolle Gesicht des Stewards. „Für Euren Kopf habe ich eine bessere Verwendung, Gordon. Ihr seid ein hervorragender Steward. Ihr könnt gut mit Zahlen umgehen. Das Schatzhaus braucht Euch, und wenn Ihr dazu bereit seid, möchte ich, dass Ihr in Eure alte Stellung zurückkehrt."

Gordon sah Angus dankbar an. „Das bin ich, Sir."

Angus legte ihm eine Hand auf die Schulter. „Gut. Und jetzt sagt mir, wo Onora ist?"

Er musste sichergehen, dass sie nicht versuchen würde, ihren Sohn zu befreien oder andere Männer so zu verführen, dass sie diese Aufgabe für sie übernahmen.

Gordon wurde blass. „Ich fürchte, Ihr werdet sie hier nicht finden."

„Und warum nicht?"

„Sie ist vor zwei Tagen aus der Burg geflohen, um Euren Cousin, den Laird des Krieges, zu heiraten."

Angus ließ die Hand sinken und sah Gordon ungläubig an. „Lachlan lebt? Und Ihr sagt, er wolle Onora heiraten?"

Das war vollkommen unmöglich. Angus kannte Lachlan zu gut. Er würde Onora niemals heiraten und auch keine andere Frau. Die Ehe war nichts für ihn.

„Ja, ich bin ganz sicher", beharrte Gordon. „Onora hat Lachlan aus dem Kerker befreit und ihrem Sohn einen langen, ergreifenden Brief hinterlassen. Sie hat ihm von ihrer Liebe berichtet und ihn angefleht, sie nicht zu verfolgen. Sie sagte, ihr ganzes Glück hinge davon ab, und sie hat geschworen, sie würde seinen Plänen nicht in die Quere kommen. Stellt Euch das vor."

Angus war erleichtert, dass sein Cousin und Freund noch lebte.

Doch hinter dieser angeblichen Hochzeit stand gewiss nur ein schlau ausgeheckter Fluchtplan. Angus war überzeugt, dass ihm die Zeit recht geben würde.

„Und was geschieht mit Eurer Frau?", fragte Gordon vorsichtig. „Wenn Ihr wirklich Frieden wollt, Sir, dann müsst Ihr auch sie freilassen. Ihr Clan würde es nicht gutheißen, wenn Ihr sie noch lange gefangen haltet."

Angus sah zum Südturm hinüber. Für wen schlägt ihr Herz im Augenblick? fragte er sich. Angst schnürte ihm die Kehle zu. Wenn sie ihn wirklich absichtlich vergiftet hatte, musste er die Ehe lösen und das Kind zu sich nehmen.

Oder gab es vielleicht doch noch eine Chance? Hatte sie die Wahrheit gesagt, als sie behauptete, sie hätte nichts von dem vergifteten Wein gewusst?

Angus war verwirrt. Er wusste nur, dass er vorsichtig sein musste. Er wollte ihr glauben. Aber konnte er jemals sicher sein, dass sie die Wahrheit sagte? Womöglich würde ein Blick in ihre traurigen Augen genügen, und er würde ihr einfach alles glauben, was sie sagte, weil er sie liebte. Er konnte es nicht abstreiten. Doch er wusste besser als jeder andere, wie sehr die Liebe die Sinne vernebeln konnte.

Nüchtern erwiderte er den Blick von Gordon MacEwen und schob sein Schwert zurück in die Scheide. „Ich weiß es noch nicht. Darüber werde ich wohl noch eine Weile nachdenken müssen."

30. Kapitel

Gwendolen strich sich die Tränen von den Wangen, raffte die Röcke und stand auf. Immerhin hatte Angus sie in den Südturm und nicht in den feuchten, rattenverseuchten Kerker des Westturmes bringen lassen. Hier hatte sie wenigstens ein Fenster, das zwar verriegelt war, und einen Stuhl, und der Boden bestand aus sauberen Holzplanken.

Nichts davon konnte ihre Stimmung bessern. Sie war gefangen und weder in der Lage, Murdoch vor der stählernen Klinge ihres Mannes zu retten, noch, Angus von ihrer Unschuld zu überzeugen. Sie hatte keine Beweise dafür, dass sie ihn nicht verraten hatte. Ihre Mutter war fort und nichts hatte sich so entwickelt, wie sie gehofft hatte.

Jedenfalls noch nicht.

Sie setzte sich auf den Stuhl, faltete die Hände im Schoß und versuchte, nicht an den lodernden Hass in Angus' Augen zu denken. Ganz gleich, was auch geschah, sie durfte die Hoffnung nicht aufgeben. Wenn es Gerechtigkeit gab, würde Angus die Wahrheit erkennen und ihr vergeben. Wenn ihm das aber nicht gelang, musste sie sich fragen, ob er sie jemals wirklich geliebt hatte.

Sie sah hinab auf ihre Hände und kämpfte gegen die würgende Angst.

Es gibt noch Hoffnung, sagte sie sich.

Gwendolen stand auf. Sie trat ans Fenster und sah zum Horizont.

Angus sank in den dampfenden Badezuber in seinem Gemach und wusch sich den Schmutz der Schlacht von seinem schmerzenden Körper. Die letzten beiden Tage waren zermürbend gewesen. Die Reise durch die dunklen Glens und die dichten Wälder mit der Armee der Moncrieffes hatte ihn angestrengt. Und der Morgen war sogar noch aufreibender gewesen. Er musste die Tore seiner eigenen Burg einrammen, die er gerade erst selbst gebaut hatte. Er hatte seinen Schwager gestellt und ihn um ein Haar getötet, doch dann entschieden, sein Leben zu schonen. Er wusste noch nicht, ob er richtig entschieden hatte. Noch vor sechs Monaten hätte er keinen Gedanken daran verschwendet. Er hätte Kinloch einfach von diesem Feind befreit.

Doch er war nicht mehr der Mann, der einst von den Hebriden hierhergekommen war. Er liebte jetzt eine Frau, und das obwohl sie ihn vielleicht verraten und an einer Verschwörung gegen ihn mitgewirkt hatte.

Sie hatte beteuert, dies sei eine Lüge, man habe sie nur benutzt und sie habe nichts von dem Gift gewusst. Doch konnte er ihr noch glauben?

Er wollte es. Er wünschte sich nichts so sehr auf der Welt, als sich ihr wieder so nah zu fühlen wie vor Murdochs Ankunft. In Gwendolens Armen waren ungeahnte Gefühle in ihm erwacht. Er hatte zu glauben begonnen, dass er vielleicht doch nicht der Hölle geweiht war. Er hätte es nie für möglich gehalten, dass er einmal solche Freude spüren und ein solches Glück in den Armen einer Frau finden könnte.

Doch es war nicht irgendeine Frau. Sie war seine Frau und Gemahlin.

Angus ließ den Kopf zurück auf den Rand des Badezubers sinken. Er musste bald zu ihr gehen. Er musste wissen, was vorgefallen war. Wenn er ihr in die Augen sah, würde er die Wahrheit erfahren.

Kurz darauf stand er mit noch immer feuchtem Haar im Südturm vor ihrer Zellentür. Er sah zu, wie der Wachmann den schweren Eisenriegel hob. Er öffnete die knarrende Tür und trat in den Raum.

Gwendolen sah ihm ängstlich vom anderen Ende des Raumes entgegen.

Er war mit dem festen Vorsatz gekommen, kühl und sachlich zu bleiben, doch sobald er sie erblickte, durchfuhr ihn ein Ruck. Sie war die schönste Frau, die er jemals gesehen hatte, und er begehrte sie. Obwohl er wusste, dass er auf der Hut sein musste. Er wollte sie in sein Bett zerren und ihr beweisen, dass sie ihm gehörte, dass er sie erobern konnte, so wie er alles andere innerhalb dieser Mauern erobern konnte.

Doch ein anderer, unbekannter Teil seiner selbst wollte vor ihr auf die Knie fallen und sie anflehen, ihre Unschuld zu beschwören. Sie sollte ihm zeigen, wie sehr sie ihn liebte, obgleich er der Feind ihres Bruders war.

„Hast du meinen Bruder getötet?", fragte sie schnell.

Alle Luft schien aus seinen Lungen zu entweichen, als die harsche Wirklichkeit ihn einholte. „Nein."

„Hat ihn ein anderer getötet?"

„Nein, er lebt. Ich habe ihn in den Kerker werfen lassen."

War es das Einzige, was sie interessierte?

Die Anspannung wich aus ihrem Gesicht und Gwendolen schien endlich auszuatmen.

„Ich bin sehr erleichtert", sagte sie. „Nach allem, was er dir angetan hat, hättest du ihn natürlich im Kampf töten können. Es wäre dein gutes Recht gewesen und ich hätte dir keinen Vorwurf machen können. Dennoch freut es mich, dass du ihn verschont hast. Ich bin ..." Sie hielt inne und sah zu Boden.

„Du bist was?"

Sag es! Sag mir noch einmal, dass du unschuldig bist!

Dass du nie aufgehört hast, mich zu lieben. Und sieh mir in die Augen, wenn du es aussprichst!

Doch sie hielt den Blick weiter gesenkt. „Ich bin dankbar."

„Dankbar?" Er trat näher an sie heran, und Gwendolen wurde heiß und kalt. „Ist das alles? Hast du mir sonst nichts zu sagen? Du hast mir vergifteten Wein gegeben und ich kann froh sein, dass ich es überlebt habe. Ich sollte dich windelweich schlagen und vom Hof jagen. Die meisten Männer, denen so etwas widerfährt, würden das jetzt tun." Er zögerte einen Augenblick, dann begann er vor ihr auf und ab zu schreiten. „Du hast im Burghof gesagt, dass du nichts von dem Gift gewusst hast und dass sie dich nur benutzt haben. Ist das wahr? Und selbst wenn du es schwörst, wie kann ich sichergehen, dass du es ehrlich meinst?"

Endlich blickte sie auf und sah ihn mit weit aufgerissenen Augen an. Alle Farbe war aus ihren Wangen gewichen. Ihre Lippen teilten sich und ihre Brust hob und senkte sich schwer.

„Du wirst mir einfach vertrauen müssen", sagte sie schlicht.

„Dir vertrauen?" Es fiel ihm schwer, einen klaren Gedanken zu fassen. Angus verspürte den Drang, auf etwas einzuschlagen. Zu gerne wäre er einfach hinausgegangen, nur um nie wieder zurückzukehren.

„Ja." Sie zuckte hilflos mit den Schultern.

„Und du glaubst, das geht so einfach?"

„Ja. Folge deinem Herzen, Angus. Ich weiß, du denkst, du hättest keines, aber ich weiß es besser. Ich will zwar nicht, dass mein Bruder stirbt, aber meine Treue gehört dir. Ich war immer loyal zu dir. Ich wusste nichts von dieser Verschwörung. Meine Mutter steckte dahinter und sie hat mich genauso betrogen wie dich. Gott weiß, wie leicht ihr das gefallen sein muss. Ich hatte ja nichts anderes mehr im Kopf als dich."

„Mir ging es ebenso", sagte er, „und ich habe teuer dafür bezahlt."

Sie sahen einander an, bis er es nicht mehr ertrug. Wut tobte in ihm, gefolgt von tiefer Enttäuschung. Ein Teil von ihm wünschte, er hätte Gwendolen niemals kennengelernt, denn sie hatte ihn vollkommen entwaffnet und verletzbar gemacht. Er war blind in die Falle seiner Feinde getappt und hatte seine Burg verloren.

Andererseits versuchte er verzweifelt, herauszufinden, ob er Gwendolens Worten auch ohne Beweise glauben konnte. Er wollte es. Er hatte geglaubt, er könne die Wahrheit in ihren Augen lesen, doch so einfach wie gedacht war es nicht. Er musste seinem Herzen trauen, doch Angus fürchtete sich davor.

Er wusste nur, wonach er sich sehnte. Er wollte sie in den Armen halten und sie wieder zu der Seinen machen. Er wollte die Wahrheit zwingen, sich seinem Willen zu beugen.

So war er wohl nun einmal. Was er wollte, nahm er sich mit Gewalt. Das hatte er immer getan. Und hatte er sie nicht schon einmal genau so gewonnen?

Zu keinem klaren Gedanken mehr fähig, ging er auf sie zu und presste seinen Mund auf ihre Lippen. Es war ein wilder Kuss, der ihn erregte und ein Feuer in ihm entfachte. Er wollte Gwendolen, und zwar sofort. Der Krieger in ihm wollte sie erobern und besitzen, doch ein anderer Teil in ihm verzehrte sich nach den innigen, zärtlichen Stunden, die sie geteilt hatten, bevor Politik und Verrat ihr Leben bestimmten.

„Oh, Angus", seufzte sie ängstlich. „Glaubst du mir jetzt? Glaubst du mir, dass ich nichts damit zu tun hatte?"

Nein, er war noch nicht bereit, ihr zu glauben. Doch jetzt wollte er sie nur in den Armen halten und genießen. Er war zu lange von ihr getrennt gewesen. Er brauchte sie hier und jetzt.

Er drängte sie gegen die Wand, legte seine Hand auf ihre Brust und küsste sie gierig. Sie fuhr mit der Hand an seinem Tartan entlang unter seinen Kilt und massierte ihn sanft.

„Liebe mich", flüsterte sie und küsste ihn hingebungsvoll auf die Brust.

Natürlich wollte er das. Das Einzige, was ihn erfüllte, war schiere, zügellose Lust, und er hoffte insgeheim, dass die körperliche Liebe ihm die Antwort geben würde, die er sich wünschte.

Doch plötzlich legte er seine Hände auf ihre Schultern, und er wich einen unsicheren Schritt zurück. „Nein", sagte er atemlos.

„Warum nicht?", fragte sie bestürzt.

„Weil ich mir immer noch nicht sicher bin, ob ich dir trauen kann. Dich hier und jetzt zu lieben, wird mir dabei auch nicht weiterhelfen."

Wut flackerte in ihrem Gesicht auf. Oder vielleicht war es auch Enttäuschung.

„Wenn du wirklich einen handfesten Beweis brauchst", fauchte sie, „musst du nur noch ein bisschen warten."

„Wie meinst du das?"

Sie sah ihn abweisend an. „Weil ich es war, die Lachlan befreit hat. Ich habe Mutter gezwungen, den Brief an Murdoch zu schreiben. Ich habe ihr jedes einzelne Wort diktiert. Anschließend habe ich beide nach Fort William geschickt, damit sie Colonel Worthington von Murdochs Verschwörung mit Spanien berichten. Wenn dein Cousin zurückkehrt, kann er dir das bestätigen. Übrigens könnte die englische Armee jederzeit hier eintreffen, um Murdoch gefangen zu nehmen und Kinloch an dich, unseren rechtmäßigen Laird, zurückzugeben."

Angus sah sie überrascht an. „Du hast deinen eigenen Bruder verraten?"

Warum bloß hatte sie so lange gewartet, bis sie ihm das erzählte?

Sie schaute ihn weiterhin kühl an. „Ich möchte es lieber anders ausdrücken. Ich möchte glauben, dass ich das Richtige getan habe, weil ich meinem Mann und der Krone treu geblieben bin. Ich bin davon überzeugt, dass eine weitere Rebellion gegen das englische Königshaus ein böses Ende nehmen wird. Nach dem, was Murdoch dir antun wollte ..." Ihre Stimme drohte zu brechen und sie verstummte kurz. „Aber ich dachte, du hättest mehr Vertrauen in mich, Angus. Ich dachte, du würdest mir glauben, wenn ich dir sage, dass ich nichts von dem Komplott wusste. Wie kannst du nur glauben, ich würde dir so etwas antun? Wie kannst du glauben, ich würde dich wissentlich vergiften?"

Er trat vor, um sie zu berühren, doch sie hob abwehrend die Hand. „Bitte nicht. Geh jetzt und komm zurück, wenn du den Beweis hast, den du offenbar brauchst, um mir zu vertrauen."

Vielleicht hätte er ihr widersprechen und versichern sollen, dass er keinen weiteren Beweis mehr bräuchte. Dass ihm ihr Wort nun doch genug sei. Er wusste nicht, warum, doch es war ihm nicht genug.

Vielleicht hatten die Jahre als Krieger ihn so abgestumpft, dass er zu solch einem Vertrauen nicht mehr fähig war. Ihm war schon so viel Unrecht widerfahren, man hatte ihn in seinem Leben zu viele Male verletzt. Er selbst hatte seinen engsten Freund verraten, er wusste also, wie leicht so etwas geschah.

Er wandte sich zum Gehen, doch sie hielt ihn auf. „Warte. Was hast du mit meinem Bruder vor?"

Er zögerte. „Das habe ich noch nicht entschieden."

„Wirst du ihn hinrichten lassen?"

Angus neigte den Kopf und musterte Gwendolen aufmerksam. „Vielleicht folge ich deinem Beispiel und liefere ihn den Engländern aus."

Die Spannung wich ein wenig aus ihren Schultern. „Ich weiß, dass er dir großes Unrecht angetan hat, aber wie ich schon sagte, er ist mein Bruder, und ich will nicht, dass er stirbt. Deshalb habe ich Colonel Worthington ersucht, bei Murdochs Bestrafung Milde walten zu lassen. Als Gegenleistung dazu werde ich ihm alles sagen, was ich weiß. Außerdem habe ich ihm schriftliche Beweise für Murdochs Unternehmungen in Spanien versprochen."

„Und du glaubst, dass die Engländer ihn am Leben lassen werden, auch wenn sie von seiner Schuld überzeugt sind?"

Sie seufzte schwer. „Vielleicht bin ich eher bereit, dem Wort eines Menschen zu glauben. Du selbst hast mir das beigebracht, weißt du noch?"

Angus schüttelte ungläubig den Kopf. „Und das, obwohl dir dein Bruder und deine eigene Mutter all das angetan haben? Sie haben dich benutzt, Gwendolen!"

Sie antwortete ohne Zögern. „Ja, aber was soll ich sonst tun? Soll ich etwa niemandem mehr vertrauen? Menschen machen nun einmal Fehler, aber wenn uns jemand am Herzen liegt und echte Reue spürt, hat er eine zweite Chance verdient. Gerade du solltest das doch wissen."

Er atmete tief ein. „Verdient auch dein Bruder eine zweite Chance? Oder vergibst du nicht jedem so bereitwillig?"

„Er hat versucht, dich umzubringen, Angus, und ich glaube, wenn er eine zweite Chance bekäme, würde er es wieder versuchen. Hier stößt meine Großzügigkeit an Grenzen. Mein Bruder bereut seine Taten nicht. Also hat er keine zweite Chance verdient. Er ist nicht der Mann, für den ich ihn gehalten habe."

Sie standen lange schweigend beieinander. Angus spürte, wie seine lodernde Wut langsam erlosch. Sie wich dem Gefühl tiefer Bewunderung für seine Frau.

Wärme durchflutete seinen Körper. Angus glaubte mit einem Mal den Beteuerungen seiner Frau. Und ihn beschlich die Angst, einer solchen Frau nicht würdig zu sein. Er hatte es nicht verdient, sie sein Eigen nennen zu dürfen.

War es das, was ihn zurückhielt? War er, wenn überhaupt, nur zu einer zaghaften Liebe fähig?

Plötzlich musste er an seine Mutter denken. Er erinnerte sich an ihr grausam verzerrtes, totes Gesicht und an ihren geschundenen Körper im Schnee. Er war erst vier Jahre alt gewesen, als sie ihm genommen worden war.

Sein Blick fiel auf Gwendolens Bauch, wo sein eigenes Kind heranwuchs. Instinktiv wusste er, dass es tapfer, stark und klug werden würde. Es gab keine andere Möglichkeit bei solch einer Mutter.

Er sah Gwendolen ehrerbietig an. „Du kannst gehen, wohin du möchtest", sagte er leise. „Ich werde dich nicht länger einsperren."

„Danke", raunte sie.

Er betrat den Korridor und wies den Wachmann an, seine Frau gehen zu lassen. Sie würde in ihre eigenen Gemächer zurückkehren. Dann lief er die Treppe hinunter und machte sich auf den Weg zu Gordon MacEwen. Er musste den Steward anweisen, eine wichtige Nachricht auf den Weg zu schicken.

Nachdem der Rammbock von der Brücke geschafft und die Überreste des zerstörten Tores weggeräumt worden waren, stand Angus auf dem Dach und sah, wie ein Bote Kinloch verließ. Das Pferd des jungen Mannes trabte über die Brücke und fiel auf der dahinterliegenden Wiese in den Galopp. Er wandte sich nach Osten in Richtung von Fort William.

Angus schritt den Wehrgang entlang und sah, wie der Krieger in der Ferne verschwand. Schon jetzt wartete er ungeduldig auf seine Rückkehr.

31. Kapitel

Gwendolen zog sich Schuhe und Strümpfe aus und setzte sich an den kleinen Tisch in ihrem Schlafgemach, den sie zuvor näher ans Feuer gerückt hatte. Eine Magd hatte ihr das Mittagessen auf einem Tablett gebracht. Es war ein köstlicher Eintopf mit Kaninchenfleisch, herzhaftem Brot und süßen Fruchttörtchen zum Dessert, doch sie hatte keinen Appetit. Sie musste immerzu an Angus denken und an das, was heute zwischen ihnen vorgefallen war.

Sie war so wütend auf ihn. Am liebsten hätte sie ihn angeschrien und ihn einen Narren geschimpft, weil er ihr das Schlimmste unterstellte. Er wollte nicht sehen, dass sie für ihn nichts als Liebe empfand.

Doch eine andere Stimme mahnte sie zur Geduld. Er musste sich an den Gedanken gewöhnen, dass sie ihm niemals willentlich Schmerz bereiten würde.

Es klopfte an der Tür. Gwendolens Herz pochte wild. War es vermessen zu hoffen, dass er doch noch gekommen war, um sich mit ihr zu versöhnen?

Sie tupfte sich den Mund mit einem Tuch ab und zwang sich, besonnen zu bleiben. Sie stand auf und trat an die Tür. „Wer ist da?"

„Deine Mutter."

Gwendolen riss überrascht die Tür auf. „Du bist zurück. Was ist geschehen? Hast du die englische Armee mitgebracht? Bitte sag mir nicht, du hättest deine Meinung geändert!"

Ihre Mutter trat ein und schloss die Tür hinter sich. „Nein, ich habe meine Meinung nicht geändert, und ja, wir haben die englische Armee mitgebracht. Colonel Worthington ist hier, um Murdoch mitzunehmen." Bedauern und Schmerz trübten ihren Blick. „Aber ich weiß nicht, wie ich mit dieser Schuld leben soll, Gwendolen. Was habe ich nur getan? Er ist mein einziger Sohn."

Gwendolen ahnte, welches Opfer ihre Mutter brachte, und sie schloss sie fest in die Arme. „Es muss furchtbar für dich sein, aber du hast das Richtige getan. Murdoch hätte uns alle in einen hoffnungslosen Krieg gestürzt, nur um seine eigenen selbstsüchtigen Ziele zu verfolgen. Du hast viele Leben gerettet und unserem Clan Frieden geschenkt. Vater hätte es so gewollt. Er war ein Anhänger der Krone." Gwendolen trat zurück und sah ihrer Mutter fest in die Augen.

Onora strich sich eine Träne von der Wange.

„Komm, setz dich", bat Gwendolen, „und erzähl mir alles. Wie geht es Lachlan? Ist er mit dir zurückgekehrt?"

Onora ließ sich auf einen Stuhl am Kamin sinken. „Ja! Er ist bei Angus und dem Colonel, und sie besprechen bei einer Flasche Whisky, wie sie weiter vorgehen werden. Dein Mann hatte bereits eine Nachricht zum Fort geschickt und bestätigt, was wir Worthington über Murdoch berichtet haben. Der Bote ist unterwegs zu uns gestoßen. Daraufhin hat der Colonel seine Armee zurück ins Fort geschickt und ist mit einer kleineren Streitmacht weitergezogen, um Murdoch festzunehmen."

Gwendolen seufzte erleichtert. Nun würde Angus erfahren, dass sie die Wahrheit gesagt und Lachlan tatsächlich nach Fort William geschickt hatte. „Habt ihr irgendetwas von Raonaid gehört?", fragte Gwendolen. „Seit Angus geflohen ist, hat sie niemand mehr gesehen."

„Ich habe nur noch gehört, dass sie Lachlan verfluchen wolle, weil er ihr Angus genommen hat."

Die Frauen saßen einige Minuten schweigend beieinander. Jede von ihnen hing ihren eigenen Gedanken über die Ereignisse der vergangenen Tage nach.

„Was ist zwischen dir und Lachlan vorgefallen?", fragte Gwendolen schließlich in die Stille hinein. „Hat er dir vergeben?"

Onora ließ den Blick auf ihre Hände im Schoß sinken. „Er war natürlich furchtbar zornig auf mich. Als wir die Burg hinter uns gelassen hatten, dachte ich, er würde mir gleich den Hals umdrehen, aber glücklicherweise war es ihm wichtiger, zu fliehen und Angus zu Hilfe zu eilen. Später zeigte er sich dankbar für meine Hilfe, aber ob er mir jemals vergeben kann ..." Onora schüttelte nachdenklich den Kopf. „Er hat immerhin meine Entschuldigung angenommen. Das wird reichen müssen."

Gwendolen goss ihrer Mutter ein Glas Wein ein und ließ ihr einen Augenblick Zeit, um sich wieder zu fassen. „Gibt es denn keine Hoffnung, dass sich zwischen euch etwas entwickeln könnte? Vielleicht irgendwann einmal?"

Onora schüttelte entschieden den Kopf.

„Nein, mein Schatz", antwortete sie. „Da gibt es keine Hoffnung mehr, aber merkwürdigerweise bricht es mir nicht mehr das Herz. Ich habe in den vergangenen Tagen etwas sehr Mutiges getan, was mir Kraft gibt. Ich habe mich meinem eigenen Sohn entgegengestellt." Sie senkte den Blick. „Ich hoffe, Murdoch wird seine Fehler eines Tages erkennen und ein besserer Mensch werden. Ich glaube, dass so etwas möglich ist, denn ich habe selbst gerade erkannt, dass ich mehr zu bieten habe als nur ein hübsches Gesicht. Allmählich begreife ich, dass ich auch unabhängig von meinen weiblichen Reizen ein interessanter Mensch bin. Das habe ich früher nie für möglich gehalten. Deshalb weiß ich, dass sich Menschen ändern können." Sie sah Gwendolen an und lächelte tapfer. „Vielleicht lerne ich ja auch noch, wie man mit einem Schwert umgeht."

Gwendolen betrachtete ihre Mutter voller Wärme und hob ihr Glas.

In dieser Nacht erschien der Löwe wieder in Gwendolens Traum. Das schöne, goldfarbene Tier schritt majestätisch über eine saftig grüne Wiese. Es setzte sich ins hohe Gras und wartete darauf, dass sie sich ihm näherte.

Gwendolen kniete sich vor den Löwen und lächelte. Sie streichelte seine weiche Mähne, und der Löwe schnupperte an ihrem Ohr. Er rieb seine Nase an ihrem Hals.

„Ich verstehe nicht, warum du so wütend auf mich bist", sagte sie. „Ich habe nichts Falsches getan." Da begann der Löwe zu brüllen. Das Brüllen war so laut, dass sie die Augen schließen und sich die Ohren zuhalten musste. Ihre Brust vibrierte.

Gwendolen fuhr hoch und sah sich im Raum um. Es war stockdunkel. Ihr Herz pochte bis zum Hals. „Angus? Bist du hier?", fragte sie ängstlich.

Doch die Tür war geschlossen und alles blieb still. Sie ließ sich zurück in die Kissen sinken und versuchte, wieder einzuschlafen.

Murdoch MacEwen wurde am nächsten Tag in einer bewachten Gefängniskutsche aus Kinloch fortgebracht. Gwendolen beobachtete von den Zinnen des Ostturmes aus, wie Colonel Worthington, einige Berittene und eine kleine Kompanie Fußsoldaten die Kutsche mit ihrem Bruder sicherten.

In einem Winkel ihrer Seele fühlte sie furchtbare Scham und Schuld, weil sie ihren Bruder verraten hatte. Andererseits wusste sie aber auch, dass es ihre einzige Möglichkeit war. Hätte sie Murdoch nicht aufgehalten, hätte sie sich und ihren

Clan in großes Unglück gestürzt. Sie hatte die Pflicht, an das Wohl ihrer Leute zu denken und ihr ungeborenes Kind zu schützen. Außerdem stand sie treu zu ihrem Mann.

Sie hoffte, dass Angus dies eines Tages begreifen würde. So wie er wollte sie vor allem Frieden. Dafür hatte sie sogar ihren eigenen Bruder geopfert.

„Jetzt habe ich ihn", sagte eine Stimme hinter ihr.

Überrascht wirbelte sie herum und sah direkt in Angus' Augen. Der mächtige Löwe trug ein sauberes Hemd, er hatte sein Haar zu einem ordentlichen Zopf gebunden, und die Brosche, mit der sein Tartan festgesteckt war, glänzte frisch poliert.

„Wen hast du?", fragte sie kühl.

„Den Beweis, dass du Kinloch und mir die ganze Zeit über treu ergeben warst." Ein Windhauch löste eine Locke aus seinem Zopf und blies sie ihm in die Stirn.

„Wie schön für dich", erwiderte sie abweisend. „Dann kannst du ja jetzt endlich ruhig schlafen, ohne Angst haben zu müssen, dass deine Frau dir bei nächster Gelegenheit einen Dolch in die Brust rammt."

Seine Augen blitzten belustigt auf. Es verwirrte Gwendolen.

„Es sei denn, ich lasse mich wieder mit Raonaid ein, oder mit irgendeiner anderen Frau", fügte er hinzu, als sei es ihm wichtig, sie in diesem Punkt zu korrigieren. „Wenn ich mich recht erinnere, hast du mir genau damit einmal gedroht, und das habe ich sehr ernst genommen."

Sie sah ihn an. „Ach ja, ich erinnere mich. Das war, nachdem du meine Röcke hochgeschoben und mich auf einem Schreibtisch des Stewards genommen hast. Es war keine unserer Glanzstunden, Angus. Du hattest mich gerade beschuldigt, dich über unser Kind zu belügen und deinen Tod zu planen."

„Aber genossen hast du es trotzdem, oder?", fragte er. „Da bin ich mir ziemlich sicher."

Sie standen nur einen Fußbreit auseinander, und Gwendolen hoffte, dass sie nicht gleich aufgrund der starken, widerstreitenden Gefühle in Ohnmacht fallen würde. Trotz allem, was geschehen war, war Angus der schönste und fesselndste Mann, dem sie je begegnet war. Zu gerne würde sie ihn jetzt berühren.

„Vielleicht habe ich das", entgegnete sie, „aber es bleibt dabei, du hast mir Ungeheuerliches zugetraut. Du hast meine Treue in Frage gestellt und mir trotz all meiner Beteuerungen nicht geglaubt."

Angus seufzte so schwer, dass sich seine breite Brust dehnte. Dann zog er sein Schwert. Gwendolen erzitterte. Wappnete sich Angus etwa für einen Kampf? Doch stattdessen sank der mächtige Löwe auf ein Knie und setzte die Spitze des Schwertes auf den Steinboden vor sich. Er umschloss den Griff mit beiden Händen.

„Ich, Angus Bradach MacDonald", sagte er leise, „schwöre dir die Treue, Gwendolen MacEwen. Du bist meine wunderbare Frau und Mutter meines Kindes. Es war falsch, an dir zu zweifeln."

Er schloss die Augen und schien auf etwas zu warten.

„Und was soll ich jetzt tun?", fragte sie zweifelnd. „Dir die Hand auf die Schulter legen und alles vergeben?"

Er sah auf. „Ja, es wäre eine Möglichkeit."

Sie funkelte ihn böse an und gab ihm eine Kopfnuss. „Von wegen. Ich habe nichts anderes getan, als dir ständig meine Treue zu beweisen und dir im Bett Freude zu bereiten. Ich war so fruchtbar, dass ich dich schon im ersten Monat unserer Ehe zum Vater mache, und trotzdem war dir das nicht genug. Nein. Ich gebe zu, dass meine Mutter ein hinterlistiges Biest war und mein Bruder ein selbstsüchtiger Schuft ist, aber ich habe nie etwas Falsches getan. Ich war dir eine gute Frau, die genauso hintergangen wurde wie du, und dennoch hast du mich bestraft. Du hast mich eingesperrt, wie eine Verbrecherin, und du hast mir nicht geglaubt. Vor mir auf die Knie zu fallen ist das Mindeste, was du tun kannst! Du solltest ein ganzes Jahr da unten bleiben!"

Angus sah Gwendolen verblüfft an. Dann verzog er seine Lippen zu einem breiten Grinsen und lachte schallend.

Es war das erste Mal, dass sie ihn so strahlend schön und befreit lachen sah. Sie hatte ihn noch nie lachend gesehen. Nicht ein einziges Mal.

Gwendolen runzelte erbost die Stirn. „Lachst du mich etwa aus?"

Er nickte und Tränen liefen ihm nur so über die Wangen. „Ja, meine Kleine! Du bist noch wahnsinniger als die Hexe, bei der ich fast ein Jahr gelebt habe. Du bist vollkommen verrückt!"

Jetzt musste auch Gwendolen lachen, und sie wunderte sich, dass sie ihm so leicht vergeben konnte.

„Das ist nicht lustig", murrte sie beleidigt, aber auch amüsiert. „Ich habe zu meinem Wort gestanden. Ich habe nichts falsch gemacht."

Angus stand langsam auf und sein Lächeln verblasste. „Ich weiß. Ich habe den Fehler begangen, und das hatte nichts mit dir zu tun." Er zögerte. „Es ist nur", Angus suchte nach den richtigen Worten, „ich habe noch nie zuvor jemanden geliebt, ich bin also ein wenig ungeschickt."

Als er das sagte, schmolz jede Härte in Gwendolens Herzen. Sie hatte so sehr darauf gehofft, ihn einmal von Liebe sprechen zu hören. Sie hatte sich nach seiner Zuneigung gesehnt. „Das bist du tatsächlich."

„Es ist nicht so, dass ich dir nicht glauben wollte", fuhr er fort. „Ich wusste, dass du die Wahrheit sagst und dass dein Bruder dich ebenso betrogen hat wie mich, aber ich hatte Angst vor der Wahrheit. Ich hatte Angst davor, enttäuscht zu werden. Mein Leben war bisher alles andere als leicht. Ich habe die beiden einzigen Frauen verloren, die mir jemals etwas bedeutet haben."

„Deine Mutter und deine Schwester."

„Ja. Ich habe immer nur für die Rache gelebt. Als ich dich zum ersten Mal gesehen und Anspruch auf dich als meine Braut erhoben habe, wollte ein Teil von mir grausam zu dir sein und dir furchtbare Schmerzen zufügen, denn ich habe in dir nur den Feind gesehen. Ich habe in jedem einen Feind gesehen, sogar in jenen, die mir wichtig waren. Doch seit ich bei dir bin, lässt mein Verlangen, zu kämpfen und mich an der ganzen Welt zu rächen, nach. Dieser Teil in mir ist so ..." Angus atmete tief ein.

Gwendolen trat einen Schritt auf ihn zu. „Was, Angus?"

Er sah blinzelnd zum Horizont. „Er ist so still geworden."

Gwendolen strich ihm mit zitternden Fingern über die Wange. „Das macht mich froh."

Angus drückte seine Lippen zärtlich in ihre Handfläche. Dann zog er Gwendolen in seine Arme und hielt sie einen langen Augenblick einfach nur fest. Endlich fand sein Mund den ihren. Seine Lippen waren wie süßer, warmer Honig, seine Zunge wie köstlicher Wein, der Gwendolen berauschte. Er drängte sie gegen die steinernen Zinnen, küsste ihren Hals, ihr Dekolleté, dann umschloss er ihr Gesicht mit beiden Händen.

„Oh, Angus", seufzte sie. „Eigentlich müsste ich so wütend auf dich sein, aber ich kann es nicht. Wenn du so etwas sagst, werden meine Knie weich und geben nach. Als ich dich zum ersten Mal gesehen habe, war ich außer mir vor Angst. Und manchmal bin ich es noch immer."

„Du brauchst keine Angst mehr vor mir zu haben. Ich werde dir niemals wehtun. Ich würde für dich sterben."

Sie zog ihn an sich und küsste ihn noch einmal. Dieser Kuss war zärtlich und innig, und sie fühlte sich, als ertrinke sie in unendlichem Glück. Langsam streichelte sie über die Muskeln seiner Arme bis hinauf zu seinen breiten Schultern. Dann fuhr sie an seinem Tartan entlang, bis ihre Hand auf seiner Brust lag.

„Letzte Nacht habe ich wieder von dem Löwen geträumt", sagte sie. „Doch langsam glaube ich, dass mir diese Träume doch nichts über die Zukunft verraten."

Er hob den Kopf, um sie ansehen zu können. „Und warum nicht?"

„Weil er mich angebrüllt hat, als ich ihm gesagt habe, er hätte keinen Grund, wütend auf mich zu sein. Das Brüllen war so laut, dass mein Innerstes erbebte. Du hast mich aber gar nicht angebrüllt, Angus. Du küsst mich und du liebst mich."

Er sah sie lächelnd an. „Das stimmt, aber dennoch wüsste ich etwas, das dein Innerstes erbeben lässt, mein geliebtes Mädchen." Er schob ihre Röcke hoch und streichelte mit seiner Hand sanft ihren Schenkel hinauf. „Das hier, zum Beispiel."

Gwendolen seufzte verzückt. Sie spürte eine Gänsehaut auf ihren Schultern und auf ihrem Rücken. Ihr wurde warm vor Lust. „Ich glaube, da könntest du recht haben", raunte sie.

Angus knetete sanft ihr Gesäß. „Und wie steht es damit?"

Sie schloss die Augen und nickte selig, während Angus sanft in ihr Ohrläppchen biss. Er küsste ihren Hals und hauchte seinen warmen Atem langsam in ihren Nacken, bis ein qualvolles Verlangen über Gwendolen zusammenschlug.

„Weißt du, wie es weitergeht?", raunte er.

„Ich glaube schon."

„Dann kannst du wohl doch in die Zukunft sehen."

Gwendolen zwinkerte ihm zu. „Das glaube ich erst, wenn ich vor Leidenschaft schreie, weil ich all die Lust nicht mehr ertragen kann."

Er ließ einen Finger in ihren feuchten Schoß gleiten und streichelte sie mit großer Kunstfertigkeit. „Dann mache ich wohl besser weiter, immerhin habe ich etwas zu beweisen."

Und tatsächlich erbebte Gwendolen MacEwen an jenem Tag auf dem Turm vor Liebe und Leidenschaft. Und später folgten bis tief in die Nacht noch viele weitere Beben in den Gemächern des Lairds, auf seinem Bett, auf seinem Boden und seinem Tisch.

– *Ende* –

KEINEN ROMAN MEHR VERSÄUMEN!

Ihr Händler hat die aktuellen Romane aus Ihrer Lieblingsserie nicht vorrätig? Kein Problem! Sprechen Sie ihn einfach an, und er wird Ihnen gern umgehend und kostenlos das gewünschte Exemplar über seinen Großhändler besorgen – sofern es verfügbar ist. Natürlich können Sie den oder die Roman(e) auch unter 0 18 05/63 63 65* telefonisch bestellen, oder Sie stöbern auf unserer Website **www.cora.de**. Hier finden Sie alle lieferbaren Romane und natürlich jede Menge Informatives und Unterhaltsames rund um CORA.

Unter **redaktion@cora.de** können Sie uns übrigens Ihre Wünsche, Vorschläge oder auch kritischen Anmerkungen direkt mitteilen.

* 14 Cent/Minute aus dem Festnetz der Deutschen Telekom; max. 42 Cent/Minute aus dem Mobilfunknetz

HISTORICAL
GOLD

Freuen Sie sich auf den neuen Band,
der ab **24. Juni 2014**
im Handel ist.

Anna Randol
Die Leidenschaft der Kurtisane

„Ich versteigere meine Unschuld!" Um als Edelkurtisane zu überzeugen, muss die Spionin Madeline ihren Körper für eine Nacht der Leidenschaft verkaufen. Ein gewagtes Vorhaben mit ungeahnten Folgen. Zwar überwacht der Ermittler Gabriel Huntford Madelines Bieter. Doch selbst als ein Unbekannter ihr nach dem Leben trachtet, fürchtet sie nichts so sehr wie die Gefühle, die Gabriel in ihr weckt: Lust, Verlangen – und eine zutiefst verbotene Sehnsucht …

HISTORICAL Megastar Zahlenrätsel
GOLD
präsentiert

Spielregeln: Jede Ziffer entspricht einem Buchstaben, wobei gleiche Ziffern immer für gleiche Buchstaben stehen. Für den Einstieg enthält das Rätsel ein Schlüsselwort, auf das im Kästchen über dem Gitter ein Hinweis gegeben wird. Die entsprechenden Buchstaben können Sie in die grau hinterlegten Kästchen im Gitter eintragen. Außerdem enthält das Zahlenrätsel ein codiertes Lösungswort, auf das unter dem Rätselgitter ein Hinweis gegeben wird.

A=8

runder Türgriff

1	2	3	4	5	6	7	8	9	10	11	12	13	14
K	N	A	U	F	M	E	S	B	L	I	R	A	D

europäisches Frühlingssymbol: **MAIBAUM**

Lösungswort: **MAIBAUM**

Die Lösung des Rätsels erscheint in Historical Gold Band 276

MEGASTAR

Weitere Sudokus, Zahlen-, Gitter- oder Wortsucherätsel vom Megastar Verlag finden Sie jede Woche neu im gut sortierten Pressehandel.

Besuchen Sie auch unsere Homepage: **www.megastarverlag.de**

Der CORA Nachbestellservice

CORA Verlag

Sie haben einen Roman verpasst?

Dann nutzen Sie einfach unseren CORA Nachbestellservice.

Hier können Sie Ihre verpassten Romane oder weiteren Ausgaben Ihrer Lieblingsautorin bis zu **einem Jahr nach Erscheinen** nachbestellen – solange der Vorrat reicht.

Im Internet sind wir rund um die Uhr für Sie da: **www.cora.de**

Sie erreichen uns über folgende Bestellwege:

♥ **per Telefon: 0 18 05 / 63 63 65***
von Montag bis Freitag von 8 – 19 Uhr
(*14 Cent/Min. aus dem Festnetz der Deutschen Telekom, max. 42 Cent/Min. aus dem Mobilfunknetz)

♥ **per Fax: 0 71 31 / 27 72 31**

♥ **per E-Mail: kundenservice@cora.de**

Zur Bestellbearbeitung benötigen wir nur folgende Angaben: Vor- und Nachnamen, komplette Anschrift, Telefonnummer oder E-Mail Adresse für Rückfragen sowie die Romanreihe und Bandnummer (ersatzweise den Romantitel).

Lieferbedingungen: Ihre gewünschten Romane erhalten Sie mit der Rechnung direkt per Post. Die Versandkosten betragen € 2,50, ab einem Bestellwert von € 15,– liefern wir innerhalb Deutschlands versandkostenfrei. Für Bestellungen außerhalb Deutschlands werden unabhängig vom Warenwert pro Bestellung € 4,90 Versandkosten berechnet.

Harlequin Enterprises GmbH · Valentinskamp 24 · 20354 Hamburg

IHR KOMFORT-COUPON

Genießen Sie Ihre Lieblingsreihe ohne Verpflichtungszeit, mit Preisvorteil und Überraschungsgeschenk bei kostenloser Zustellung!
(*Bei Auslandbestellungen erlauben wir uns die Berechnung der Portokosten.)

21003V2.14_s/w

Ja, bitte liefern Sie mir die angekreuzte Romanreihe bequem und ohne Zustellkosten* direkt ins Haus. Ich erhalte jeweils die aktuelle Ausgabe **zum Vorteilspreis. Ich kann die Lieferung jederzeit wieder abbestellen.** Als Dankeschön erhalte ich ein Überraschungs-Rezeptband von Dr. Oetker, den ich in jedem Fall behalten darf. Bei Teilnahme am Bankeinzugsverfahren erhalte ich eine Gutschrift über € 5,–.

- HISTORICAL (9×/Jahr €4,05, statt €4,49)
- Special (4×/Jahr €4,95, statt €5,50)
- Gold (13×/Jahr €5,40, statt €5,99)
- Gold Extra (4×/Jahr €6,30 statt €6,99)
- Mini Kombi, **18% sparen** (9×/Jahr HISTORICAL und 4×/Jahr Gold Extra à €4,31 je Band)
- Maxi Kombi, **18% sparen** (9×/Jahr HISTORICAL, 4×/Jahr Gold Extra, 13×/Jahr Gold und 4×/Jahr Special à €4,60 je Band)

01KOMF14

Vorname / Nachname

Straße / Nr.

PLZ / Ort

Telefonnummer   E-Mail-Adresse

Ja, ich bin immer an neuen Verlagsangeboten interessiert. Ich bin damit einverstanden, dass der CORA Verlag mir weitere Angebote per Telefon / E-Mail unterbreitet. Garantie: Es erfolgt keine Weitergabe Ihrer Daten an Dritte. (Freiwillige Angabe, das Einverständnis kann ich jederzeit widerrufen.)

Den Vorteilspreis zahle ich bequem per SEPA-Bankeinzug und erhalte eine Gutschrift über € 5,–
☐ monatlich   ☐ 1/4-jährlich   ☐ 1/2-jährlich   ☐ jährlich

Gläubiger-Identifikationsnummer: DE46ZZZ00000748563
Ich ermächtige Harlequin Enterprises GmbH CORA Verlag, Hamburg, Zahlungen von meinem Konto mittels SEPA-Lastschrift einzuziehen. Zugleich weise ich mein Kreditinstitut an, die auf mein Konto gezogenen Lastschriften einzulösen. Hinweis: Ich kann innerhalb von acht Wochen, beginnend mit dem Belastungsdatum, die Erstattung des belasteten Betrages verlangen. Es gelten dabei die mit meinem Kreditinstitut vereinbarten Bedingungen.

oder per Rechnung: ☐ 1/2-jährlich   ☐ jährlich

IBAN

Kreditinstitut   BIC

Datum/Unterschrift   Bitte senden an: **CORA Leserservice, Postfach 810580, 70522 Stuttgart**
Servicehotline: 040 / 636 64 20-0 (Mo.–Fr. von 8–18 Uhr)

Widerrufsrecht: Die Bestellung kann ich innerhalb der folgenden zwei Wochen ohne Begründung beim CORA Leserservice, Postfach 14 55, 74004 Heilbronn, in Textform (z. B. Brief oder E-Mail) widerrufen. Zur Fristwahrung genügt die rechtzeitige Absendung. Alle Preise inkl. MwSt. Ich bin damit einverstanden, dass die von mir angegebenen Daten für Beratung, Werbung und Zwecke der Marktforschung durch den CORA Verlag gespeichert und genutzt werden. Ich kann der Nutzung meiner Daten zu Werbezwecken jederzeit beim Verlag widersprechen.

Harlequin Enterprises GmbH · Valentinskamp 24 · 20354 Hamburg